Peine perdue

DU MÊME AUTEUR

Les Lisières, Flammarion, 2012 ; J'ai lu, 2013.
Kyoto Limited Express, avec Arnaud Auzouy, Points, 2010.
Le Cœur régulier, Éditions de l'Olivier, 2010 ; Points, 2011.
Des vents contraires, Éditions de l'Olivier, 2009 ; Points, 2010.
À l'abri de rien, Éditions de l'Olivier, 2007 ; Points, 2008.
Falaises, Éditions de l'Olivier, 2005 ; Points, 2006.
Passer l'hiver (nouvelles), Éditions de l'Olivier, 2004 ; Points, 2005.
Poids léger, Éditions de l'Olivier, 2002 ; Points, 2004.
À l'Ouest, Éditions de l'Olivier, 2001 ; Pocket, 2007.
Je vais bien, ne t'en fais pas, Le Dilettante, 2000 ; Pocket, 2006.

Olivier
ADAM

Peine perdue

ROMAN

© Flammarion, 2014

Pour Karine,
plus que jamais...

1

Antoine

Il sent son cœur battre dans sa tête. Ça et
son souffle, ça prend toute la place. Les voitures sur le bitume humide, les moteurs les
pneus, tout s'agrège en bouillie sourde à
l'arrière plan. Les lumières comme des traînées
orange et rouges, les palmiers les guirlandes,
les néons les lampadaires, les cafés les boutiques, ça passe. Des masses plus ou moins
claires, imprécises. L'hôtel où bosse Marion,
ménage des chambres et petits déjeuners, son
enseigne façon Los Angeles Hotel California, le
mal de chien que ça lui fait de l'imaginer coucher avec l'autre connard à chemisette de VRP,
le garage où il puait l'huile de moteur il y a
encore un an, avant que le patron le vire parce
qu'il se défonçait pendant les pauses, la clinique où le petit est né et la morsure de ne
plus le voir tous les jours, ça passe. Il accélère
et ça passe. La douleur dans les jambes et les
poumons, les muscles qui éclatent et le souffle
qui manque, l'impression d'être au bord de
tomber dans les pommes, ça fait tout passer.

Antoine vire à droite et au bout de la rue la
mer est lisse : une plaque d'aluminium bordée

de grains quasi marron. Entre les nuages le soleil tombe en rideau comme si le ciel avait quelque chose à nous dire. Dans son dos le stade s'éloigne et il essaie de ne pas repenser au match de dimanche, la rage où ça l'a mis de se faire sécher en pleine surface, le plomb qu'il a pété et la gueule du défenseur avec, les os qui craquent et le sang qui a giclé, il essaie de les chasser de sa mémoire même si, il ne va pas mentir, sur le coup ça l'a fait jouir. Il paraît qu'il n'est pas sûr de revenir sur le terrain. Qu'il va y avoir une commission de discipline. D'accord, pourquoi pas, mais franchement, à part lui il y a qui pour foutre le ballon au fond des cages dans cette équipe ? Et il y aura qui dans quinze jours pour ne pas se faire ridiculiser ? Ils ont tiré au sort et c'est Nantes qui est sorti du chapeau et c'est tout sauf un cadeau. Jamais tapé des mecs pareils. Jamais même pensé qu'un jour ils les auraient en face. Dixième de la ligue 1 l'an passé. Des pros dont certains ont déjà joué l'Europe et tout le bordel. Personne ne sait comment ils ont fait pour arriver jusque-là. Et eux pas plus que les autres. « La magie de la coupe de France », ils ont mis dans le journal. Il n'y a qu'à voir Calais. Quevilly. Des amateurs idem qui ont failli aller au bout. Quand il l'a rejoint dans les vestiaires après le match ce jour-là, son père lui a sorti que de toute manière il n'avait jamais su choisir, qu'il avait toujours hésité entre la boxe et le foot, mais que ce n'était pas une raison pour essayer de concilier les deux. Il a toujours été comme ça son père : un marrant. Après ça ils

10

sont allés prendre une bière à l'Auberge de la plage. Le vieux avait encore une heure à tuer avant de partir bosser. Qu'à son âge il puisse continuer à monter des murs, ça paraît dingue. Il est sec comme les chênes-lièges là-bas dans les collines. Des fois on a l'impression que ses os pourraient craquer comme des branches, que sa peau n'est plus qu'une écorce. Il n'y avait pas grand monde à boire un coup à part deux trois retraités qui se chauffaient le dos, deux motards italiens, une femme seule d'une quarantaine d'années et un type un peu plus loin, la soixantaine, une valise à ses pieds, qui tendait son visage vers le soleil comme si ça pouvait vraiment l'en rapprocher. Ils ont bu en silence. Ils n'ont jamais trop su se parler tous les deux. Mais ça leur va. Pas besoin de se la raconter. Chacun sait qui il a en face de lui. Chacun sait à quoi s'en tenir. Antoine l'a regardé plisser les yeux en tirant sur sa sèche et il a pensé au temps où sa mère était encore là, à la façon qu'avait déjà son père de se tenir silencieux auprès d'elle. Il est gentil mais il est bavard, plaisantait-elle en passant sa main dans ses cheveux brûlés. Ce jour-là c'était Sarah qui servait. Le vieux reparti, Antoine a attendu la fin du service pour la ramener au mobile home. Ils ont baisé et ensuite ils sont restés longtemps allongés à regarder le plafond en fumant, même si en théorie ils n'ont pas le droit. Le mobile home n'est pas le sien. Et c'est non-fumeurs, a précisé son boss. Il le laisse y loger le temps des travaux, c'est tout. Après, Antoine ne sait pas. Après, il verra bien. Il a rendu les clés de l'appartement il y a deux mois. Ça en faisait dix qu'il ne payait plus le loyer. À la fin, le proprio le menaçait de lui envoyer son fils et ses potes de Bastia. Il pouvait toujours les appeler. Depuis que Marion s'était tirée avec l'autre con, depuis qu'elle avait embarqué le petit avec elle, Antoine ne supportait plus cet endroit. La chambre qu'ils avaient laissée au gamin. Le salon où ils dépliaient le canapé-lit. La table sous la fenêtre donnant sur les voies ferrées et derrière les derniers immeubles, avant que le sombre du massif ne mange le paysage. Le vent s'était levé et Sarah somnolait. Quand ça s'est mis à souffler vraiment il a cru que le toit de la caravane d'à côté allait s'envoler. Il l'avait posé la veille. Plusieurs fois dans la nuit il est sorti pour vérifier que ça tenait. Sarah a filé vers quatre heures du matin. Alex, son mec, rentrait de sa nuit vers sept. Il surveille des entrepôts à vingt kilomètres de là. Du matériel de location. Des trucs électroniques. De la hifi de la vidéo de l'informatique. Antoine le croise parfois avec son uniforme à la noix, sa lampe torche à la ceinture, son chien à la botte. Souvent il s'arrête prendre un café au centre-ville et attend d'être rentré chez lui pour se changer. Sûrement qu'il doit se sentir quelqu'un habillé comme ça. Sûrement que ça le fait kiffer de rentrer chez lui, de rejoindre Sarah sous les draps et de la baiser en gros dur, en flic ou en ce qu'il s'imagine être là-dedans.

Antoine accélère malgré le sable qui le fait peser trois tonnes. Le long de l'eau la ville se désagrège en hôtels vue sur mer et villas privées. Le fric qui coule à flots par ici on se demande d'où il peut bien sortir. Il prend le sentier qui mène à la grande plage, avec ses parkings sous les pins en lisière, ses trois paillotes montées sur pilotis. Jeff est tellement occupé à balayer sa terrasse qu'il ne le voit même pas. Il lutte contre le sable, grain à grain, y compris les jours où c'est fermé. En cette saison il n'ouvre que le week-end, et les midis de grand soleil. À l'arrière de la salle, près des toilettes, il a sa piaule. Un lit de camp et son sac à même le sol. Il dort là la plupart du temps. La nuit il n'y a plus qu'eux deux parmi les sables, les pins et les eaux endormies. Antoine dans son camping désert, avec ses mobile homes à moitié repeints, orange rouge turquoise émeraude lavande, ses toits à la mode tropicale à poser d'ici le début de la saison, qui commence dès mars dans le coin. Et Jeff dans sa paillote, fermée par de lourds battants de bois amovibles quand il a le courage de les mettre, c'est-à-dire pas souvent, sa batte de base-ball lui suffit, c'est ce qu'il dit, même si sous son sommier Antoine a bien vu le flingue qu'il planque au cas où. Au cas où quoi, ça il l'ignore. Tout ce qu'Antoine sait c'est qu'il n'aimerait pas avoir un truc pareil chez lui. Certains ont la chance d'être assez forts pour être sûrs qu'ils n'en feraient rien. Lui n'en est pas convaincu. Parfois il vaut mieux savoir ce dont on est capable ou pas.

Il arrive au mobile home et Chet se jette sur lui. Quand il est parti courir tout à l'heure l'animal dormait encore. Des frelons lui volaient dans le crâne à cause des whiskies qu'ils s'étaient enfilés la veille avec Jeff dans une nuit bizarrement tiède pour la saison. Le vent de terre les caressait et Jeff parlait de partir loin, de faire quelque chose de sa vie, mais c'était tellement abstrait qu'on voyait mal par quel bout il comptait prendre les choses. C'est le problème avec la vie, a pensé Antoine. La nôtre est toujours trop étriquée, et celle à laquelle on voudrait prétendre est trop grande pour simplement se la figurer. La somme des possibles, c'est l'infini qui revient à zéro. Au final, ça passe. Ça finit toujours par passer. Chet a tellement faim qu'Antoine n'est pas certain qu'il ne le trouverait pas à son goût s'il ne lui sortait pas sa viande du frigo. L'odeur lui monte à la gorge. Il ne vomit pas parce qu'il n'a rien à vomir, mais ce n'est pas l'envie qui lui manque. Il prend une douche et se met au boulot même si c'est dimanche. Même s'il ne devrait pas être là. Même si à cette heure il devrait être dans le car avec les autres à écouter le coach débiter ses trucs sur l'équipe adverse. Ses tactiques à deux balles pour contrer le jeu d'en face alors qu'à son avis, qui que tu aies devant toi, il n'y a qu'un truc à faire, s'emparer du ballon et le fourrer au fond des cages. Quand le coach lui a dit sans rire qu'il ne voulait pas de lui dans le bus ni sur le banc, que ça aurait rimé à rien vu qu'il était suspendu, ça lui a tellement scié les pattes qu'il s'est barré sans un mot. Ça valait mieux. Antoine se connaît. Il était dans une telle rage qu'il aurait pu lui en mettre une. Et ça il ne faut pas. Un coach ça se respecte. Que tu t'appelles Anelka Ribéry ou Tartempion. Depuis, le coach essaie de l'appeler toutes les cinq minutes mais il peut toujours attendre qu'Antoine décroche.

Il commence par la peinture des caravanes. Deuxième couche de turquoise. Il regarde l'heure, en a six devant lui. De quoi finir et attaquer l'orange. Il se remettra aux toits mardi. Et fera off comme prévu demain. Il passera chez Marion et son connard de vendeur de bagnoles pour prendre Nino. Le petit adore passer du temps dans la caravane. Ils se paieront une pizza au camion pour le midi et après ça ils iront à Marineland. Le gamin est dingue de tout ce cirque. Faut voir comme ses yeux brillent quand les dauphins font des loopings, et plus encore quand la fille fait du surf sur leur dos. Chez sa mère il a une peluche genre Flipper. Il ne la quitte jamais. Il lui parle. Il dit qu'un jour tous les deux ils iront vivre dans la mer. Ces conneries, ça coûte un bras, mais Sarah lui a filé deux tickets. Sa sœur bosse là-bas. Pas dresseuse d'orques. Ni vétérinaire. Pas le style à nourrir les animaux. Juste à tenir la caisse du magasin de souvenirs. Des monceaux de peluches. Des tas de gadgets à la con avec des dauphins imprimés dessus. La sienne, de sœur, ils iront la voir en rentrant. Louise ne vit pas très loin, un peu au milieu de nulle part. Avec son mec ils ont acheté un terrain. Il construit une maison. Du moins c'est ce qu'il dit. Parce que pour le moment il y a seulement des débuts de mur, des sacs de ciment, des parpaings, les bagnoles qu'il n'en finit pas de retaper et les pièces détachées qui vont avec, et une caravane où ils vivent en attendant. En attendant, tu parles… Ça fait longtemps que ça n'avance plus d'un pouce, leur petit pavillon. Le vieux a proposé ses services mais Franck a refusé net. Il veut la construire de ses mains. Il veut ne rien devoir à personne. Il y tient dur comme fer. C'est sa philosophie, il dit. Et quant à venir habiter chez le paternel, pas question. Louise refuse. Elle dit qu'elle a sa fierté. Et que vivre chez ses parents à trente ans passés quand on est casé, ce n'est pas une vie. Comme si la sienne en était une. La caravane. Le nulle part qui l'entoure. Le maquis et les chemins de poussière. Son mec toujours barré dans son camion. Et elle qui soigne les vieillards de la maison de retraite à cent kilomètres de là. Souvent Antoine la regarde et c'est leur mère qu'il revoit. Quand ils étaient gosses et avant qu'une tumeur lui bouffe le cerveau et la foute sous terre en trois mois chrono. Sauf que leur mère quand il y repense c'est toujours avec son grand sourire aux lèvres et pas la moindre trace de fatigue malgré le boulot. Toujours vaillante. Toujours aux petits soins. Toujours à mettre des fleurs partout, et la lumière de son rire. Comment elle faisait pour tenir comme ça, il n'en sait rien. Souvent il se dit que rien ne pouvait l'abattre, que rien ne pouvait la scier. Alors ils ont fini par lui refiler une tumeur pour la punir. La faire ployer. Plier l'échine. Ne lui demandez pas qui c'est « ils », il n'en sait rien. Mais il a souvent l'impression qu'ils existent et qu'ils sont bien décidés à les user jusqu'à la corde. Ne lui demandez pas non plus de qui il parle quand il dit « nous ». Nous c'est nous. C'est tout. Ceux qui en sont le savent très bien. Et les autres aussi. Chacun sait où il est. De quel côté de la barrière.

Après le turquoise, Antoine se lance dans l'orange. Entre deux coups de pinceau il jette un œil sur la plage, la mer étincelante et calme sous le ciel intense, le sable blanc parsemé de morceaux de bois et d'algues séchées. Depuis deux jours ils annoncent un méchant coup de mer, ils émettent des alertes de toutes les couleurs, mais pour le moment on ne voit rien venir. Tout est lascif et le vent absent. Et l'air si doux qu'Antoine se retrouve en tee-shirt. L'odeur de peinture lui casse la tête. Il pourrait peut-être se faire une pause, histoire de se rouler un petit joint, vu qu'ici il n'y a personne pour le surveiller comme avant au garage. Le patron, c'était pas un mauvais type, mais il ne supportait plus de voir Antoine la bouche pâteuse et les yeux rouges. Faut que tu dormes plus, il lui disait, faut que tu te reposes, faut que t'arrêtes de sortir comme ça tous les soirs si t'es pas capable d'assumer le lendemain au boulot, t'as trente ans un gamin une gentille femme un loyer à payer, faut que tu ralentisses et que tu mènes une vie plus saine, t'auras pas toujours un patron sympa comme moi pour te payer à bayer aux corneilles dès midi sonné. Je dis ça pour toi, tu sais, et puis si tu continues comme ça comment tu vas les niquer les autres, dimanche après-midi au stade ? Et il y a qui à part toi pour planter des balles en pleine lucarne ? Je te le demande. Il pouvait toujours le lui demander en effet, même si tout ça c'est juste la petite gloire des équipes locales. Ici tout le monde dit qu'il aurait pu passer pro s'il avait voulu, mais la vérité c'est que personne n'est jamais venu le chercher et bon Dieu, depuis le temps qu'il traîne ses crampons sur les stades, il doit bien y avoir une raison à ça : après tout, les types des centres de formation, ils y étaient à tous ces matchs où il jouait avant-centre de la sélection régionale. Faut croire que derrière les buts qu'il mettait en rafales et les centres au cordeau ils ont senti le mec pas fiable, pas assez discipliné pour s'entraîner comme il faut et s'astreindre à la vie que ça suppose de devenir pro. Peut-être qu'eux aussi lui trouvaient les yeux trop rouges. Le patron quand il l'a vu fumer au fond du garage, quand il a compris que ce n'était pas juste la noce de la veille et les verres de trop, quand il a pigé qu'Antoine se défonçait pendant les pauses, il ne lui a pas laissé la moindre chance. Il l'a regardé comme s'il venait de violer sa fille et lui a dit : T'es viré, prends tes affaires je veux plus jamais te revoir. Antoine n'a pas compris ce qui lui arrivait. C'était qu'un putain de joint et merde, ils s'entendaient bien tous les deux, comme un père et un fils dans les films, avec ce genre de tendresse bourrue et silencieuse typiquement masculine, il paraît, même si tout ça au final quand on y pense, c'est surtout des bonnes excuses pour rester à jamais des handicapés des sentiments et des relations humaines. Antoine est rentré chez lui comme un con. Avec Marion déjà ça n'allait plus très fort, elle trouvait qu'il n'assurait pas avec le gosse, qu'il n'assumait pas, qu'il ne s'occupait pas assez de lui, qu'il ne lui parlait pas assez même quand le gamin n'était pas plus gros qu'un chat et n'émettait que des sons en bouillie, elle trouvait qu'il passait trop de temps au stade et à déconner après avec les potes, qu'il rentrait trop tard. Il ne s'était toujours pas décidé à aménager une vraie chambre pour Nino, n'était jamais là quand il fallait aller voir le médecin, chercher le petit à la garderie ou à l'école, et avant ça déjà il avait toujours une bonne excuse pour ne pas lui filer son biberon ni son petit pot, ne pas lui changer sa couche ni l'emmener prendre l'air. L'emmener prendre l'air pour elle ça voulait dire aller au parc. Putain le parc. Avec toutes ces bonnes femmes et leurs landaus et puis ces types qui encouragent leurs gosses près des toboggans comme s'ils s'apprêtaient à effectuer un triple salto arrière. Attends, je veux bien le sortir mais à la plage, il lui répondait. Elle refusait à cause du sable. Qu'est-ce qu'il y pouvait ? Qu'est-ce qu'il y pouvait si les plages étaient pleines de sable, et puis merde, depuis quand le sable était plus dangereux que la poussière et la terre dégueulasse des squares miteux près des commerces et des bagnoles. Où elle était allée choper ces conneries comme quoi les plages n'étaient pas des endroits pour les bébés ?

Antoine l'ignorait mais ce dont il était certain en revanche, c'est qu'après le coup du garage, à partir du moment où il s'était retrouvé au Pôle emploi, entre eux plus rien n'a été pareil. Ou peut-être que ça a continué pareil mais qu'ils étaient déjà sur la mauvaise pente et qu'ils ont juste continué à la descendre. Ça a peut-être aussi été l'excuse parfaite pour elle, elle voyait sans doute déjà son vendeur de voitures et elle n'attendait plus qu'un putain de faux pas de sa part pour se tirer en toute bonne conscience. La bonne conscience des filles dans son genre, qui ont toujours tout bon et rabaisseront toujours les types comme lui à des enfants immatures sur qui on ne pourra jamais compter. Des filles comme ça on en voit tellement partout, à croire que c'est la loi du genre, le modèle type, moralisatrices et obsédées par l'idée de faire rester leur mec à la maison, de leur faire mener une vie d'employés, de pères responsables, de parfaits hôtes de maison, qui cuisinent avec un tablier, font le marché, lisent les journaux pour s'informer, emmènent les enfants au square et conduisent un monospace. Au club c'est bien simple, une femme comme ça tout le monde en a une. Et même celle que t'aurais pas cru, que t'avais branchée en boîte bien bourrée et la jupe en haut des cuisses, au bout de six mois tu pouvais être sûr qu'elle voudrait l'appart nickel des soirées à la maison une répartition des tâches un gosse, que tu cesses de te saper comme un foutu adolescent, que tu décroches un vrai boulot et que t'arrêtes de sortir avec tes copains attardés qui lui semblaient pourtant si cool un an plus tôt.

Il se remet à la peinture, il faut bien que ça avance. Pour le moment il est dans les temps mais il ne doit pas traîner. Surtout si demain il veut emmener Nino voir les dauphins. Et puis il sait que si par hasard ils gagnent contre Nantes tout le monde va s'emballer, qu'ils vont encore rajouter des entraînements comme la semaine passée, et peut-être même un stage ce coup-ci, dans un centre avec des bains à la con et une salle de muscu. La mairie, Perez ou n'importe quelle boîte raquera pour ça : qu'ils jouent à fond la carte du Petit Poucet. Les demi-finales de la coupe de France, ça vaut bien ça. Et puis ils devront peut-être aller jouer là-bas, dans un de ces stades de pro avec des vestiaires plus grands que leur terrain, des caméras partout et les joueurs de l'équipe adverse qui les regarderont comme des merdes. Rien que le match, ça prendra trois jours et ce sera autant de moins pour tout repeindre et fixer ces faux toits exotiques, des trucs censés évoquer les îles et transformer des mobile homes de base en minicases façon hôtels resorts, les pieds dans l'eau, cocktails et spas *all inclusive*. Mais ce n'est pas la peine de rêver, pour tout ça faudrait déjà taper Nantes, et vu le mal qu'ils ont eu contre Antibes la semaine dernière, ils sont pas rendus. Bien sûr ils s'en seraient mieux sortis si Antoine n'avait pas collé son poing sur la gueule de ce putain de défenseur qui l'avait séché en pleine surface, à onze contre onze ils les auraient sûrement explosés mais comme dit tout le temps le coach la seule vérité du sport c'est le résultat, et le résultat ça a été un match nul. Le type en question, Antoine croit bien lui avoir pété le nez. À la sortie des vestiaires deux trois de ses potes sont venus lui dire que ça n'allait pas en rester là, qu'il aurait de leurs nouvelles bientôt et que s'ils étaient à sa place ils feraient bien attention en traversant la rue.

Antoine badigeonne à toute vitesse pour la première couche. Le bungalow commence à prendre une couleur d'abricot pas mûr. Par la fenêtre en Plexiglas il peut voir l'intérieur standard, avec le coin cuisine le petit salon et la porte qui donne sur la chambre, c'est pas grand-chose mais quand tu t'installes là-dedans après une année de boulot, que tu sens l'odeur de résine des pins alentour et le sable sous tes pieds, que la mer s'étale à deux pas sous le soleil permanent, franchement, à moins que l'eau soit infestée de méduses, tu n'as besoin de rien d'autre tu es le roi du monde. On est pas les rois du monde, hein ? C'est ce que sa mère répétait toujours, le week-end quand il faisait beau ou les soirs de juin quand ils venaient là après le travail, avec le pique-nique et leurs culs à planter dans le doré, les yeux dans le bleu qui mangeait tout, tirant parfois sur le lavande avant que le soir se mette à tomber. Elle avait beau vivre là depuis toujours, jamais elle ne s'était lassée de regarder la mer, d'y nager, jamais elle ne s'était lassée du soleil qui la cuisait tellement que le vieux disait tout le temps : Le Crabe va finir par te miter la peau. Au final le Crabe a choisi l'intérieur, l'a chopée direct au cerveau.

Chet se met à aboyer et se pointe en courant comme un dératé. Quand il court de cette façon, il a vraiment l'air d'un parfait abruti, son vieux chien stupide. Qu'est-ce qui lui prend de gueuler comme ça ? Antoine se retourne et voit surgir deux types avec des bidons. Ils se dirigent droit vers les mobile homes. S'il en avait le temps, il en viendrait presque à se dire qu'il n'est pas si con ce cabot, avant que Marion les largue c'était même une bestiole tout ce qu'il y a de plus respectable, à croire que lui aussi ne supporte pas de ne plus voir le gosse, de ne plus l'avoir sur le dos tout le temps à lui tirer les poils, que c'est pour ça qu'il a tourné maboul, un genre de dépression pour chiens créée par le manque mais peut-être bien qu'Antoine projette. En attendant, les mecs commencent à vider leurs bidons au pied du premier bungalow. Putain, c'est quoi ces dingues ? Antoine se dirige vers eux et leur gueule de se barrer d'ici, d'aller faire leurs conneries ailleurs. Les types reposent leurs bidons. Se baissent et ramassent quelque chose. Quand il comprend que ce sont des battes de base-ball Antoine décampe et se retrouve sur la plage avec ces cinglés à ses trousses. Il se dirige vers la paillote de Jeff et se vautre dans le sable sans comprendre comment et sans que personne l'ait même effleuré. Un putain de joueur italien qui chercherait le penalty à deux minutes du coup de sifflet final. Sauf qu'il n'y a personne pour siffler et que le but, c'est pas lui qui le marquera ce coup-ci. Il recrache du sable et tente de se relever. Le hurlement du type quand

Chet le chope au mollet c'est la dernière chose qu'Antoine entend. Avant que la batte frappe son crâne et le fracasse. Après tout est noir. Il n'y a plus rien. C'est comme s'il était mort.

2

Marion

Ce n'est pas la première fois mais ça lui ronge toujours autant l'estomac de voir le petit attendre comme ça, le regard comme assoiffé. Elle a beau lui dire : ton père ne sera pas là avant huit heures, dès l'aube il se poste à la fenêtre pour le guetter. Il ne veut pas quitter sa place un instant de peur de rater son apparition au bout de la rue. Même son petit déjeuner il le prend collé à la vitre. Elle peut toujours allumer la télévision pour les dessins animés qu'il ne raterait pour rien au monde n'importe quel autre jour de la semaine, rien n'y fait. Et pour lui enlever son pyjama et lui passer un jean un tee-shirt et un pull c'est pareil : impossible de le déloger. Du coup elle l'habille comme elle peut en le tordant dans tous les sens tandis que le gamin fixe le dehors comme s'il espérait que surgisse Spider-Man en personne. Spider-Man son héros. Ça et les dauphins, il n'y a rien d'autre qui compte. Quant au rapport entre les deux... Il faut le voir dans son déguisement avec les faux muscles au niveau des pectoraux et des abdos. « Mon petit Spider ». C'est comme ça qu'Antoine l'appelle.

À huit heures trente ils en sont toujours là, elle est en retard, elle doit vraiment partir et elle sent bien que le gamin commence à se crisper et que son visage se déforme en grimace déçue. Dans la salle de bains elle entend Marco souffler qu'il voit venir le truc gros comme un camion depuis déjà une heure. Dans sa barbe il marmonne que c'est toujours pareil, qu'on ne peut pas lui faire confiance à ce petit con. Quand il dit ça il parle d'Antoine, ils ont à peu près le même âge mais Marco parle toujours de lui comme si c'était un gosse, un gamin de trente berges défoncé au shit et à peu près incapable de vivre comme il faut. Elle a beau n'être pas très loin de penser la même chose, Antoine et elle, ça a beau être du passé, elle n'aime pas trop qu'on parle de lui comme ça. Surtout devant le gamin. Et surtout Marco. Qui déboule la serviette autour de la taille tandis qu'elle enfile sa veste, attrape son sac et les clés de la bagnole. Elle l'entend grogner que pour une fois qu'il prend sa journée il va avoir le petit sur les bras, mais qu'est-ce qu'elle y peut ?

— Écoute, il va bien finir par arriver. Tu peux bien attendre dix minutes ici, ça va pas te tuer. Les poissons t'attendront. Pour ce que tu leur fais de toute façon, ça changera pas grand-chose à leur vie.

Marco fait sa mine de con en secouant la tête, genre : très drôle. Elle n'ose pas ajouter qu'en plus vu le temps qu'ils annoncent ce n'est peut-être pas la peine d'aller pêcher. À la télé ils ont même dit que ça pourrait être dangereux. Ça ne servirait à rien. Elle voit d'ici son

26

haussement de sourcils et son air de dire : si tu crois qu'un type comme moi a peur d'un peu de vent et de trois clapotis... Son air de type sûr de lui, solide et les deux pieds bien plantés dans le réel de la vie, qui l'a fait se jeter dans ses bras quand avec Antoine plus rien ne ressemblait à rien, qu'ils se foutaient sur la gueule du matin au soir et même devant le gamin, que tout leur filait entre les doigts et que les jours n'avaient plus quoi que ce soit de cohérent ou de simplement tenable. Qu'elle avait peur de la vie qu'ils étaient en train de fabriquer au gosse. Elle lui colle un baiser profond dans la bouche. Un autre sur le front de Nino et elle file.

Quand elle arrive à l'hôtel, Coralie est aux petits déjeuners et lui lance un regard noir en lui collant sa montre sous le nez. Elle peut encore entendre le son de sa voix la veille quand elle lui a répondu Ok mais huit heures trente dernier carat, je commence à neuf à l'hôpital. Coralie se dirige vers le vestiaire sans même attendre que Marion soit en place et elle se tire sans un mot. Ce n'est pas qu'elles ne s'aiment pas toutes les deux mais elles ne trouvent jamais rien à se dire. Et quand par hasard quelque chose leur vient ça tombe à côté. On dirait qu'elles ne sont pas sur la même fréquence. Qu'elles ne parlent pas de la même vie ni du même monde. Marion regarde la salle quasi déserte. Il y a juste un couple de vieux. Ils ont fini mais ils s'attardent, les yeux rivés à la baie vitrée, comme si de l'autre côté tout allait s'envoler, comme si on allait soudain leur reprendre leur terrasse sans transats et la bande de sable, leur mer plate comme un lac sous le soleil en biais. Les gens qui viennent ici, c'est dingue, ils ne peuvent pas décoller une seconde le regard de tout ça. La baie en croissant et les roches orange, les pins les chênes-lièges qui s'accrochent on se demande à quoi, le massif cramoisi qui s'adosse au ciel et vous isole du reste du monde. Mais pour elle, c'est juste un décor comme un autre, qui ne lui fait pas plus d'effet que les rues derrière ou le parking du Cora. Après tout il faut voir les choses en face : c'est juste de l'eau et des pierres. Et au bout d'un moment ça va, t'en as fait le tour. Pareil pour le massif pelé à l'arrière. Et la lumière « dorée » comme ils disent. Qu'est-ce que ça peut lui faire à elle qu'elle soit dorée la lumière ? Ce n'est pas ça qui va la faire bouffer ni payer son loyer ni assurer une vie décente au gamin. Ben si justement, lui rétorquerait Marco avec son ton de prof qui la rend à moitié dingue. C'est justement grâce à tout ça qu'on a du boulot ici. La mer les roches et la lumière. Les pins les chênes-lièges les oliviers. Le sable. Les calanques. L'Estérel. Tout juste si d'après lui il ne faudrait pas dire merci. Au ciel au hasard à tout ce que vous voudrez. Parfois elle a l'impression d'entendre un curé.

Les deux vieux lui sourient et la remercient poliment avant de remonter dans les étages en se tenant la main. La femme marche à tout petits pas. Elle se tient à son homme comme si elle pouvait tomber à n'importe quel moment. Ça l'émeut toujours, Marion, de voir ça, ces vieux couples qui viennent prendre du bon temps et se donnent encore la main après combien d'années à vivre ensemble. Elle a beau se creuser la tête, elle ne parvient pas à s'imaginer à leur âge. Elle débarrasse leur table et file à la réception vérifier les chambres occupées et celles déjà rendues. Les patrons ne sont pas là, comme tous les lundis, alors maintenant que Coralie est partie elle n'a plus besoin de se presser. Elle appelle Marco à l'appartement et elle entend tout de suite Nino derrière et il n'y a rien à ajouter. Antoine n'est toujours pas arrivé et le gamin pleure qu'il ne va pas pouvoir aller à Marineland voir les dauphins les orques et les pingouins. Sur le coup ça la met en rage de l'entendre chouiner pour ça mais elle sait bien que ce n'est pas après lui qu'elle en a, si elle regarde au fond de son cœur elle le sait bien. Ce qui la fout en l'air ce ne sont pas ses jérémiades mais bien ces places pour Marineland. Parce qu'elle sait parfaitement d'où elles viennent. Et que ce n'est pas juste pour les beaux yeux d'Antoine que cette pute de Sarah a demandé à sa sœur de les lui filer gratos. Au prix que ça coûte, ces places tout le monde se les arrache. Alors on va dire que ça pue la jalousie à plein nez son histoire, que c'est pour ça que ça la défrise ces putains de places pour Marineland, et aussi merde, que c'est bien elle qui l'a mis dehors Antoine et qu'il peut bien foutre sa bite dans n'importe quelle chatte, ça ne la regarde pas, même si c'est celle d'une femme mariée ça ne la regarde pas. Même si c'est Sarah ça ne la regarde pas. Qu'est-ce qu'ils veulent qu'elle réponde ? Qu'elle est jalouse même si c'est fini eux deux ? C'est ça qu'ils veulent entendre ? Elle raccroche et compose le numéro d'Antoine. Elle tombe sur le répondeur alors elle le pourrit bien comme il faut même si ça la déchire à l'intérieur parce qu'au fond elle n'arrivera jamais à le détester pour de bon, même quand il fait des crasses comme ça. Même quand elle l'imagine comater dans son lit parce qu'il a trop picolé et trop fumé avec Jeff au lieu de lever son cul et d'aller chercher son gosse qui l'attend comme le messie et ne peut pas prononcer le mot « papa » sans qu'un milliard d'étoiles viennent lui bouffer les yeux. Elle se demande toujours ce qu'il a pu faire de bien pour mériter ça, à part ne jamais s'en occuper perdre son boulot foutre leur couple en l'air et oublier une fois sur deux de le prendre avec lui. Quand Antoine lui a dit : Jeff m'a trouvé un plan je vais retaper les mobile homes à côté de sa paillote, c'est cool non ? elle n'a pas su quoi penser. Elle s'en méfie comme de la peste de celui-là. Tous les deux ensemble ça ne donne jamais rien de bon. Ils se connaissent depuis le primaire et ne se sont jamais vraiment quittés depuis. Même quand le médecin a dit à Jeff qu'il avait des chevilles en verre et que s'il ne voulait pas finir en fauteuil roulant il valait mieux qu'il abandonne le foot. Après ça Jeff est peu à peu sorti du circuit. D'abord il a abandonné l'école, puis s'est retrouvé à faire un peu de tout et beaucoup de rien. Des jobs qu'il perdait aussitôt embauché. Des trucs en saison dans les restos, les boîtes.

Serveur, veilleur de nuit. Il s'en sortait en trafiquant un peu. Rien de grave, juste les trucs habituels : des clopes en contrebande, des fringues contrefaites tombées du camion, un peu de shit et deux trois pilules. Elle a toujours l'impression qu'il tire Antoine vers le bas. Et depuis la naissance du petit elle n'aime plus trop le voir rôder dans les parages, avec ses gestes nerveux et son rire bizarre, ses yeux de fou et ses tempes qui ont toujours l'air d'être en feu, cette sensation permanente qu'à tout instant il peut péter les plombs, devenir violent ou faire n'importe quelle connerie. Mais depuis le temps qu'Antoine ne bossait plus elle s'est dit que ce plan c'était quand même une bonne chose, que ça allait le remettre en selle. Parfois elle se dit que c'est ça qui les a tués. Le chômage et tout ce temps à ne rien glander. À la fin elle n'en pouvait plus de le retrouver affalé dans le canapé en caleçon tee-shirt, la main dans les chips pendant que le petit restait des heures à mater des dessins animés débiles. C'est ça qu'il appelait s'occuper du gamin : le planter toute la journée devant des dessins animés. Au bout d'un moment ils ont commencé à s'engueuler pour tout et n'importe quoi, à s'insulter à longueur de temps. Et ça a été fini. Pourtant tous les deux, ça n'avait pas toujours été ça. Il fallait les voir avant que la glu les colle au plancher. Avant que la vie, le temps ou les choses comme elles finissent par tourner les transforment en ce qu'ils n'étaient pas six mois plus tôt. Entre eux ça n'avait pas toujours été les reproches et les trucs qui la mettent en boule, les détails de la vie concrète et les emmerdes du loyer à payer des boulots chiants du pognon et de tout ce que ça use et réduit et fane en chacun de nous. Non, au début il y avait eu quelque chose comme de la grâce. Et de la légèreté. Quelque chose de vraiment beau. De vibrant. Mieux vaut ne pas y penser. Ces images qui reviennent, ces bouts d'eux deux qui se sont évaporés mais qui étaient comme de la lumière brute, c'est des morceaux de verre en plein cœur.

Elle démarre sa tournée des chambres. En cette saison l'hôtel est rempli au quart sauf le week-end : dès le vendredi soir les Italiens débarquent pour profiter de la côte parce qu'ils ont salopé la leur pire qu'ici. Enfin pour ce qu'elle en sait, vu qu'elle n'y a jamais mis les pieds. Et là-bas pas plus qu'ailleurs. Mais c'est ce que dit Marco avec son air de toujours en savoir plus que tout le monde et d'avoir déjà vécu toutes les vies possibles alors que lui non plus n'a jamais trop bougé d'ici ni fait grand-chose de plus que vendre des bagnoles à la concession Nissan sur la nationale. Elle frappe à la porte de la 12 et personne ne répond. Au bout du couloir le couple de petits vieux ressort de sa chambre pour une balade. À ce rythme-là ils ne risquent pas d'aller bien loin. Ils se sont couverts comme s'ils se croyaient en Bretagne. Surtout elle. Mais les vieux ont toujours froid. Sa mère est pareille. Elle porte toujours huit pelures sur le dos. Quand elle en enlève une elle dit qu'elle fait l'oignon. Dans son appartement elle met le chauffage dès le mois d'octobre, même s'il fait encore vingt degrés minimum. Pourtant elle n'a pas toujours été comme ça. Ça a débuté quand le père de Marion s'est tiré. Marion avait quatorze ans mais depuis plusieurs années déjà il menait une double vie. Dans son esprit, faut croire qu'elle était quasi adulte. À cet âge-là, lui il commençait à travailler, alors de son point de vue il avait fait les choses dans les règles, il avait tenu jusqu'à ce qu'elle soit grande et autonome : il pouvait se casser. Tu parles. Il leur avait annoncé ça comme si c'était parfaitement naturel. Ses valises étaient prêtes. Il les avait fourrées dans le coffre de sa Peugeot. Elle se souvient encore du bruit du moteur s'éloignant dans la nuit et de son regard suivant les phares arrière de la voiture depuis la fenêtre de sa chambre. Puis tout s'était éteint et ç'avait été tout : il n'y a plus eu que les cigales, les télés allumées des voisins, le bruit des couverts et les voix étouffées. Les carrés de lumière aux façades des autres immeubles semblables au leur, des petits cubes de quatre étages en lisière de la ville, derniers remparts avant le plus rien des collines grillées lézardées de terre orange. Après ses parents ne se sont jamais revus. Sa mère n'a jamais voulu. Elle disait : Il est parti il est parti. Il est sorti de ma vie. C'est comme s'il n'y était jamais entré. Et même quand il ramenait Marion à la fin des week-ends qu'elle passait chez lui, avec sa nouvelle femme qu'il fréquentait depuis déjà dix ans et leur fille qui appelait Marion « ma grande sœur » et son père « papa », et qui rentrait en primaire, à la fin de ces week-ends où son père la conviait sans jamais s'être expliqué sur rien, comme si tout cela était parfaitement normal, même alors sa mère refusait de lui adresser la parole ou seulement de l'apercevoir, elle laissait à Marion les clés de l'appartement dont il continuait à payer le loyer et ne rentrait que trois ou quatre heures plus tard, pour être vraiment certaine de n'avoir aucune chance de le croiser. Puis il est tout à fait sorti aussi de la vie de Marion. De plus en plus souvent il oubliait de l'appeler pour l'inviter à passer le week-end chez lui. Et Marion a laissé les choses filer. Plus ça allait plus elle se demandait ce qu'elle faisait là quand elle était chez eux. Sabine, sa belle-mère, lui adressait à peine la parole, la fuyait comme si sa simple présence l'accusait de quelque chose. Et elle n'en pouvait plus de voir son père prendre sa demi-sœur dans les bras et avoir pour elle des gestes qu'il n'avait jamais eus pour Marion. Même si elle n'avait plus l'âge pour qu'il la prenne sur ses genoux, l'embrasse dans les cheveux ou la chatouille jusqu'à ce qu'elle le supplie d'arrêter. Aujourd'hui ça doit faire treize ans qu'elle ne l'a pas revu. Et le jour où elle a rencontré Antoine, quand il lui a demandé ce que faisait son père dans la vie elle lui a répondu qu'il était mort. Parce qu'à ce moment-là c'est ainsi qu'elle voyait les choses. Son père les avait trahies, abandonnées, c'est comme s'il était mort à l'intérieur. Ça les avait liés au début avec Antoine. Sa mère à lui était morte quand il avait quinze ans. Son père à elle idem même si ce n'était pas vrai, même si elle avait au contraire la sensation qu'il vivait enfin, que toutes ces années où il avait attendu qu'elle soit assez grande pour partir, pour rejoindre sa véritable vie, il avait vécu dans un sas, un purgatoire, des limbes. Avec Antoine ils étaient à demi orphelins, et les deux parents qui leur restaient étaient comme des fantômes silencieux égarés dans le grand nulle part. Ils s'étaient reconnus et elle ne peut pas s'empêcher de penser que ça a joué dans leur histoire. Ils étaient tous les deux suspendus dans le vide et libres de faire ce qu'ils voulaient, dans cet endroit où il n'y a que la mer, la saison basse où tout est désert et la haute où ça grouille dans tous les sens. Ils avaient le sentiment de dériver. De ne pas savoir quoi faire de leur vie, ni où elle allait les mener. Alors ils s'étaient accrochés l'un à l'autre. Plus tard le petit est venu et elle a pensé que ça les lesterait pour de bon. Que ça les arrimerait dans ce monde où tout flottait sans qu'on sache vraiment par quel bout prendre les choses. Au final ça n'a pas suffi. Antoine a continué à flotter comme du bois creux sur une rivière. Et elle a rencontré Marco. Pris un boulot d'aide à la personne en plus de l'hôtel. Et ça va. Ce n'est pas le paradis mais ça va. Elle va dans le bon sens. La bonne direction. Si tant est qu'il y en ait une.

Elle entre dans la chambre et trouve le lit défait, le plateau du petit déjeuner plein de miettes de croissant et de café renversé comme d'habitude. Elle débarrasse, vire les draps froissés et retire les taies des oreillers, quand un gros type en costard se pointe sans frapper ni rien. Qu'est-ce qu'il fait là ? Sur le cahier Coralie a noté que le client avait quitté sa chambre. Il bafouille qu'il a oublié quelque chose, qu'il en a pour une seconde. Il la regarde avec des yeux de porc. S'approche tout près alors elle fait comme si elle n'avait rien remarqué, lui dit je suis désolée, je croyais que la chambre était vide je repasserai plus tard. Elle va pour partir mais il lui attrape l'épaule. Elle peut rester, ça ne le dérange pas, au contraire. Il se colle contre elle et elle sent sa queue dégueulasse tendue contre son jean et ses mains moites qui cherchent ses seins. Elle se décolle comme elle peut, lui balance un coup de coude et lui demande à quoi il joue, s'il se prend pour DSK ou quoi, mais il insiste, lui sort qu'elle l'excite et que si elle est gentille avec lui elle aura une récompense.

— Lâche-moi ou j'appelle les flics.

— Petite conne. Tu peux toujours les appeler. Tu sais pas qui je suis. Les flics ici, ils font là où je leur dis de faire.

— Je m'en fous de qui t'es. Tu me lâches, c'est tout.

Elle attrape le premier truc qui lui tombe sous la main, une bouteille de détergent, lui en balance une giclée et se précipite dans le couloir. Elle a juste le temps de l'entendre gueuler qu'il connaît les patrons et que si elle dit quoi que ce soit elle sera virée en moins de deux. Une fois en bas elle décroche le téléphone et compose le numéro de la police mais quelque chose la retient de leur parler et elle abandonne. Elle mémorise juste son nom au cas où. Perez. Serge Perez. Ça lui dit quelque chose mais impossible de se rappeler quoi. Sûrement parce que ça n'évoque personne en particulier. Juste le genre de nom qu'on entend tous les jours. Quoi qu'il en soit ce mec a l'air plein aux as. Elle a bien vu son costard impeccable et le sac Vuitton qu'il portait à l'épaule. Et la Benz sur le parking est certainement la sienne. Et on sait tous comment ça finit ces trucs-là. La justice ici comme ailleurs, mon cul. Il n'y a que le pognon et le pouvoir que ça donne sur les gens et les choses. C'est la seule règle. Sans compter qu'il a peut-être dit vrai, c'est peut-être un pote du patron et elle n'a pas les moyens de perdre son boulot. Alors elle monte au troisième et elle fait la 32, puis la 38 et la 39. Elle s'applique. Elle essaie. Mais elle ne peut pas s'empêcher d'aller vérifier toutes les quinze secondes à la fenêtre si la voiture est toujours là. Au bout d'un moment elle finit par le voir monter dedans après avoir mis son sac dans le coffre. Il démarre comme un cinglé. Et bientôt elle n'entend plus que le bruit du moteur qui s'estompe peu à peu. Comme le jour où son père a mis les voiles. Elle redescend à son étage, fait d'abord la chambre des petits vieux. Le moindre bruit la fait sursauter. Et puis ça vient sans même qu'elle ait le temps de bouger ou de comprendre ce qui se passe : elle dégueule tout sur leur dessus-de-lit.

3

Paul et Hélène

Ils ont quitté l'hôtel accrochés l'un à l'autre. Cela fait bientôt une semaine qu'ils sont là et chaque jour ils font la même promenade, emmitouflés dans leurs manteaux, leurs écharpes, leurs bonnets, longeant lentement la mer, s'accordant de longues haltes silencieuses à la faveur d'un banc sans arbre pour l'assombrir. C'est pour eux un trajet familier, minimal au regard des années passées ici dès qu'ils le pouvaient, dès que le travail les en laissait libres, puis durant les premiers temps de leur retraite. Ils ne sont plus venus depuis six ans. N'ont pas quitté le pavillon de Soisy où ont grandi leurs enfants, où ils vivent tous les deux parmi les pièces qui ne servent plus que rarement, à l'occasion d'une fête, d'un anniversaire. Leur horizon désormais réduit à son rez-de-chaussée, salon soigné où entre la lumière l'après-midi, dessinant sur le tapis les croisillons des fenêtres. Couvertures en laine. Théières. Tissus anglais. Beaux livres. Bouquets de fleurs séchées. Mozart et Schubert. Et le piano droit où se sont exercés les trois enfants. L'univers d'Hélène en somme. Son goût pour

l'automne. Les romans. La peinture impres-
sionniste. L'âge d'or de la comédie hollywoo-
dienne et les films de Claude Sautet. Sami Frey
Yves Montand Romy Schneider. Michel Piccoli.
Imperméables beiges et Peugeot, serveuses des
vieux cafés, cigarettes. Téléphone au comptoir.
Woody Allen. Barbara. Les jardins, rosiers
pivoines azalées et camélias.

Il trouve un peu étrange d'être ici. De loger
à l'hôtel. De n'être pas chez soi. De demeurer
au niveau de la mer. Après avoir passé tant de
semaines puis de mois dans leur maison perchée là-haut, en surplomb de la baie, accrochée
au Rastel variant du rose pâle au rouge orangé
selon les heures, l'inclinaison de la lumière, les
saisons. Bien sûr c'est là qu'elle aurait aimé
séjourner pour la dernière fois. Il le sait bien.
Une dernière fois regarder le soleil plonger
dans l'eau depuis la terrasse. Une dernière fois
se balancer dans le rocking-chair, la vieille couverture en laine la protégeant de la fraîcheur,
une tasse de thé brûlant entre les mains, Billie
Holiday déchirante au salon. Une dernière fois
descendre par le petit chemin au milieu des jardins, maisons roses et terrasses de pierre
blonde, piscines planquées derrière les bou-
gainvilliers, les lauriers-roses, frayant parmi les
oliviers, les arbousiers, une dernière fois débou-
cher sur la petite plage à l'est de la baie, le pro-
montoire s'enfonçant dans l'eau d'une
immobilité inconcevable. Une dernière fois
replonger au cœur des étés heureux et calmes,
brassées de marches dans le massif lézardé de
torrents qu'asséchait juillet, canyons miniatures

et vallées orange et vertes sous les parois cramoisies, hautes falaises et maquis en plateaux, végétation rase et cramée, parfums séchés de résine et d'herbes. Nuées de plages longées dans le soir, dans la tiédeur parfaite de l'eau d'août ou de septembre, grands gestes fluides des bras réguliers, enfants s'élevant au fil des années, toujours à demi nus dans la lumière blonde, bientôt adultes et accompagnés d'enfants à leur tour, pareillement vêtus de shorts et la peau brunie, s'aspergeant en bordure des sables ou coincés dans l'anfractuosité dominant la presqu'île et laissant apercevoir en arrière-plan le jeu des calanques et des pins équilibristes, l'arrangement des ocres et des turquoise sous l'éclairage violent, marchant parmi les plantes rases, inquiets de voir surgir un sanglier, immergés jusqu'aux épaules dans les eaux adoucies de l'étang sans souci des serpents, déballant leurs cadeaux d'anniversaire dans la fumée des bougies coulant sur le gâteau posé sur la table en plastique vert qui jamais ne changea, inusable malgré la laideur qu'on finit par ne plus remarquer, comme la toile cirée à motifs provençaux couvrant la grande table du salon, les rideaux les dessus-de-lit seventies devenus démodés puis de nouveau parfaitement raccord. Oui c'est ça qu'elle aurait aimé, malgré la morsure de savoir tout ça enfui, les enfants grandis et parents débordés dorénavant, liés à eux par le souvenir de liens tellement plus tendus et serrés, familiarité physique, quasi animale d'une meute, cellule unique dont ne restent que des traces, un manque tenace qu'il faut bien maquiller, une nostalgie. Même si bien sûr les petits-enfants, mais non il faut bien l'avouer ce n'est pas pareil, de la joie de la vie un peu de tendresse mais rien de comparable tout de même, rien de si violent, de si inquiet. Évidemment tout ça est impossible désormais, et la maison ne sert plus qu'aux enfants et à leurs enfants, qu'ils ne voient plus qu'aux anniversaires, à Noël, aux repas d'une famille maintenant si nombreuse que Paul n'arrive plus à cacher sa fatigue. Trop de bruits, de rires, de mouvements. Il s'en veut mais parfois même la joie l'épuise. La vie elle-même. Dans son battement, son activisme forcené, sa vitesse, son grouillement permanent. Il ne supporte plus tout ça très longtemps. Il lui faut de longues plages de calme et de silence, de repos. Comme on reprend son souffle. Il a besoin de tellement plus de temps, de lenteur. C'est comme si depuis quelques années, la vieillesse l'envahissant, son propre rythme avait ralenti. Tandis que la vie des autres lui paraît réglée sur un mode très rapide. Comme s'il tournait à l'allure d'un trente-trois tours et qu'autour de lui tout s'activait sur un quarante-cinq. Lui, elle. La maison de Soisy. Calme et régulière. Et le monde autour. Si désaccordés. Arythmie permanente. Rubans de temporalité parallèles se déroulant sans rapport l'un avec l'autre, sans plus aucune coordination. Et puis tout ce qui se bloque, se grippe, s'altère. Le cœur, la vue, les genoux, la hanche. Tout ça l'engonçant dans une activité minimale, déclinant peu à peu. Abandonnant peu à peu.

Le vélo, le volant, les escaliers. Réduisant peu à peu. Les activités, les déplacements, les repas en société, la lecture. Déclinant, oui. Et Hélène qui semblait toujours si vive, increvable, inaltérée. À un moment il faut bien l'avouer c'est lui qui les lestait. Et parce qu'elle n'avait jamais conduit c'est à cause de lui qu'il avait fallu se résoudre à ne plus venir ici, dans la maison perchée dominant la rade. Si c'est pour rester sur la terrasse à quoi bon ? Et comment faire pour se ravitailler ? On ne va quand même pas appeler un taxi à chaque fois qu'on veut descendre acheter du pain, prendre un café à l'auberge ou lézarder sur la plage. Évidemment tout ça c'était la bonne excuse et aujourd'hui, longeant la promenade dont la beauté lui serre le cœur, il mesure son égoïsme. Il mesure combien cette fatigue d'être devenu vieux, il l'a accueillie avec complaisance, combien il s'y est vautré. Combien il a volontairement succombé au ralentissement, sans lutter vraiment, surjouant une vieillesse avérée mais pas si vorace malgré tout. Il mesure combien peu à peu il l'a érigée en rempart, en excuse, en repli. Non il ne voulait plus venir ici. Parce qu'il ne supportait plus la brûlure des choses enfuies. Cette douleur de tout savoir passé et irrémédiable. Perdu et sans retour. Il avait peur de ne rien pouvoir regarder sans sentir les larmes venir et le cœur se serrer jusqu'à l'étouffer. La maison, la terrasse, la baie, chaque arpent de maquis, chaque sentier. Tout ça gavé d'une vie courant vers son terme. Pour tout dire il n'a pas supporté de voir ses enfants grandir, partir, lui échapper. Se soustraire et fonder leur propre cellule, autonome, retranchée, inaccessible au plus profond. Il n'a pas supporté de ne plus les avoir auprès de lui. Même si après ces années de tempête, les années seul avec Hélène, ici ou à Soisy, se sont écoulées dans une lenteur étale et bienfaisante, un repos, un calme, des silences dont il pensait avoir un peu besoin. Un ennui délicieux. Mais petit à petit il s'est muré, a tenté de se préserver du souvenir. Impossible de les regarder ces photos. Impossible de les ouvrir ces placards où elle a rangé les souvenirs. Impossible d'y entrer dans ces chambres où tout est resté pareil ou presque. Bibliothèques remplies de livres d'enfants, de romans de jeunesse, de bandes dessinées. Maquettes de l'aîné. Poupées de collection de la petite. Trophées sportifs du second. Chaussons de danse, kimono de judo, raquette de tennis. Partitions, guitares et clarinette. Armoires remplies des vêtements portés puis devenus trop petits, parfois passés successivement de l'aîné au cadet et à la benjamine, puis enfin pliés et gardés pour rien ni personne, empaquetés comme autant de petits tombeaux successifs, emportant chaque âge comme autant d'enfants perdus qu'on ne reverra jamais. Où sont-ils, ce Jean âgé de trois ans, et celui de douze ou de quinze ? Et Didier nouveau-né, blond puis châtain puis blond de nouveau à coups de décoloration punk ou New Age ? Et Clémence à jamais la petite, même à vingt ans étudiante et dernière à la maison, la petite, alors qu'elle dirige son propre cabinet, pour toujours la petite ? Où ont-ils disparu ? Et

44

à qui confier qu'il faut en faire le deuil. Autant de deuils que d'années enfuies. Multiplié par trois enfants. À qui parler de cela. À part à elle. Qui aime tant les souvenirs. Les traces. Pour qui ce qui s'est évanoui demeure si vivant et joyeux. Si présent. Comme toujours vivace, jamais fané. Comme si le temps, le passé, tout ça, rien n'estompait, rien ne délavait, rien n'effaçait. Mais aujourd'hui tout est différent. Aujourd'hui c'est elle qui a chuté si bas, c'est bien à elle qu'il faut tenir le bras en permanence, c'est bien elle qui semble sur le point de flancher à chaque pas, elle qu'il surprend s'endormant après le moindre effort, elle dont la mémoire se troue, elle que la maladie grignote et ronge sans que les rayons ni la chimie y puissent faire encore quelque chose. C'est bien elle qui lui a réclamé de venir ici une dernière fois. Avant de ne plus jamais en être capable. Avant de nouveaux traitements. Dont on sait qu'ils ne serviront à rien. Sinon à prolonger un peu. Retarder l'échéance.

Ils s'assoient sur un banc. Elle a froid et lui aussi. Il faut dire que depuis qu'ils ont quitté l'hôtel le vent les pousse sans relâche et leur glace les os. Il souffle comme il ne l'a jamais senti souffler ici. Pour le moment il se cogne à leurs dos mais comment feront-ils pour rebrousser chemin en lui faisant face ? Elle en sera tout bonnement incapable. C'est certain. Il devra appeler un taxi. Ils regagneront leur chambre et comme chaque jour après la promenade elle s'endormira jusqu'au soir. Il tuera le temps sans rien faire de particulier. Il lui suffit de si peu désormais pour que passent les heures. Et si peu de chose suffit à les faire déborder. Il se demande d'ailleurs comment le temps pouvait être à ce point extensible avant la retraite, et plus encore quand les enfants étaient à la maison. Comment on pouvait y faire entrer tant de choses. Le travail, les réunions, les déplacements, les séminaires, la maison, les papiers, le jardin, la course à pied, le vélo, le cinéma, les livres, les factures, le bricolage, les réparations, les repas, les amis, les réunions à l'école, les allers-retours pour mener l'un au tennis, l'autre à l'équitation, la troisième au conservatoire, la télévision, les doléances de chacun, l'attention qu'il faut leur porter. Bien sûr il n'arrivait pas à tout faire. Et n'en finit pas de se reprocher de n'avoir su trouver assez de temps pour elle, pour les enfants, et d'en avoir accordé tant au travail et à lui-même : tous ces moments qu'il s'aménageait pour se retrouver seul, en retrait, comme s'il lui fallait leur échapper en permanence, les fuir un peu, pour au final ne jamais avoir été suffisamment là, présent, attentif, jamais vraiment, ils le lui ont souvent reproché d'ailleurs. Tu n'étais jamais là de toute façon. Tu as tout donné à ton travail. Tu ne t'occupais pas vraiment de nous. Pas de manière continue. Régulièrement tu nous consacrais une heure, une heure pleine dont il fallait profiter et qu'il fallait garder en réserve, en mémoire pour le reste du temps. Aujourd'hui si peu de chose suffit. Feuilleter le journal. Une grille de mots croisés. Sortir faire une course. Suivre les débats sur la Chaîne parlementaire. La regarder elle et tenter de se représenter cinquante ans de vie commune sans y parvenir. Parce que ça ne veut rien dire. Parce que ce ne sont que cinquante vies successives, toujours changeantes. Un fil continu et morcelé à la fois. Incohérent et parfaitement linéaire. Des morceaux qui ne se joignent pas et pourtant impossibles à détacher les uns des autres. Mille vies. Une seule vie. Il regarde le ciel et il n'a jamais paru si noir ni les eaux si mauves. Il regarde autour de lui et nul endroit où s'abriter de la pluie qui finira sûrement par tomber. Dont la menace est une promesse d'engloutissement, il le sent bien. Sans doute le sent-elle aussi. Qui lui tient la main et le contemple avec tant de confiance et de bonté. Ses yeux si calmes et si pleins de justesse. Les a-t-il un jour seulement pris en défaut, lui qui fut toujours si plein de nerf, de colère sans objet, de tristesse sans fondement, d'insatisfaction injustifiable, de trouble, de bile, de lourdeur noircie de quelle encre, de quel motif au fait ? L'a-t-il jamais su ? Une vie entière bientôt à son terme et jamais elle n'a été prise en défaut d'être cette joie à l'œuvre, cette vaillance, cette justesse en toutes choses. Et lui jamais non plus d'être ce tourment, cette cyclothymie, ces dents serrées, cet empêchement. Sans origine ni cause identifiable. Sa maladie comme il l'a longtemps appelée. Comme il ne peut plus la nommer maintenant que la maladie du corps s'est attaquée à elle. Et l'emporte peu à peu. Et l'emportera lui aussi. Parce qu'il en est certain. Il ne pourra pas continuer longtemps sans elle.

Il n'en trouvera ni la force ni même l'intérêt à vrai dire. Même si les enfants, qui n'en ont plus que le nom. Tous quarante ans passés. Même si les petits-enfants. Portée de gamins galopant d'une pièce à l'autre le week-end, s'ébrouant sur la pelouse du jardin, déboulant en sueur et rougis dans la cuisine pour réclamer une grenadine et une part de pain d'épices, un cookie ou autre chose avant de repartir s'affairer parmi les massifs de fleurs où roulent immanquablement leurs ballons. Puis laissant la maison démesurément vide après leur départ, mélancolie pleine de silence de dimanche soir après les visites, les déjeuners pour lesquels il a sorti les meilleurs vins, conversations où l'on s'échange les nouvelles du moment, commentaires sur les derniers développements de l'actualité, café interminable sur la terrasse ou regroupés dans le salon où crépite un feu, Brassens ou Stéphane Grappelli jouant immuablement sur la chaîne parce que la benjamine ne veut entendre que ça ici, ça lui rappelle son enfance, dit-elle. La maison si débordante de leur absence après ça qu'il ne sait plus comment la remplir. Et même Hélène en semble toujours désemparée. Soudain perdue dans ses pensées, laissant refroidir le thé dans sa tasse, faisant mine de s'attarder sur une émission politique à la télévision, se mettant à préparer le repas dès dix-huit heures, mutique et comme égarée. Soudain si nostalgique que chacun de ses gestes s'en trouve alourdi, contaminé. Puis la nuit vient et le fil ralenti de leur vie sans eux reprend, seulement émaillé de coups de téléphone ou de courriels. Comment fera-t-il quand elle ne sera plus là ? Peut-il seulement se projeter dans ce futur-là, privé de tout avenir ? Toute leur vie il a pensé qu'il partirait avant elle. Toute leur vie il n'a jamais pu s'imaginer poursuivre seul. S'éloigner d'elle. La perdre de vue pour de bon. Même quand ont éclaté les orages. Les incartades. Les coups de canif. Même quand son cœur idiot a cru battre pour une autre et ses yeux aveugles entrevoir la possibilité d'une existence différente. Moins réglée. Moins étale. Moins limpide. Accordée à son désordre intérieur, son incessant bouillonnement, sa rage enfouie. Comment a-t-il pu se fourvoyer ainsi ? Ne pas comprendre qu'ils étaient tout ce dont il avait besoin. Elle et sa justesse. Les enfants et leur joie solide. Le calme imperturbable des jours. La douceur qu'elle mettait en toute chose. Sa sagesse et le cœur régulier qu'il sentait battre en elle. Sa quiétude et celle qu'elle savait organiser autour d'elle. Elle était son guide de tous les instants. Celle qui sans cesse le remettait sur la voie. Au centre. Celle à travers qui il trouvait parfois un accord. Se fondant alors dans le fil des jours, ponctué d'éblouissements minuscules, saisissant ce qui devait l'être et qui seul comptait. Une vie de détails. De présence aux êtres et aux choses. Une pierre. De la mousse. Des reflets sur l'eau vive. Un ciel changeant. Un oiseau. Une fleur. Un visage. Un souffle allant venant, se suffisant à lui-même.

Ils se relèvent et vont poursuivre leur promenade. Bien sûr c'est absurde. Le vent forcit et jamais ils ne pourront rebrousser chemin. La pluie commence à tomber et les transperce instantanément. La mer vient déjà lécher le ciment et s'aventure jusqu'à leurs pieds, alors qu'ils se tiennent prudemment en retrait, longent les grillages des villas côtières. Elle le regarde et dans ses yeux passe une question. Est-il certain de vouloir encore avancer ? De lui tenir la main et de marcher dans la pluie et la mer démontée vers la presqu'île inatteignable ? De progresser sur le chemin qui s'étrécit, jusqu'à disparaître sous la mer électrique ? De s'enfoncer dans cette nuit de plein jour, ce ciel anthracite qui a déjà tout avalé, ce rideau de pluie compacte qui les lacère désormais ? Il hoche la tête doucement. Elle lui sourit. Vers où marchent-ils ? Dans quelle nuit s'enfoncent-ils ? Quel déluge va les emporter, les dissoudre ? Les effacer. Les engloutir. Quel vent les pousse vers quel néant ?

4

Marco

Depuis six mois qu'ils vivent ensemble avec Marion, il faut croire qu'ils n'ont pas encore réussi à bien s'habituer l'un à l'autre Nino et lui. Le gamin le regarde toujours avec ce genre de méfiance qui ressemble à de la peur. C'est vrai que Marco n'a pas de patience avec lui, qu'il a tendance à s'emporter quand le petit ne fait pas ce qu'on lui dit de faire ou qu'il chouine pour un rien. Et il doit avouer que les rares fois où ils se retrouvent en tête à tête, il ne trouve rien de très malin à lui dire. Quand Nino lui demande de jouer avec lui, à part le foot dehors et encore pas trop longtemps, il ne sait pas pourquoi mais il n'y arrive pas. Il essaie, mais ça ne marche pas. Au bout de trois minutes il bouillonne, trépigne, son esprit part ailleurs et il fait tout pour écourter la séance, quitte la pièce en disant : Je reviens dans deux minutes j'ai un truc à faire, et évidemment deux heures plus tard n'est toujours pas revenu. Et quand Nino se met à lui raconter ses histoires de gosse, un de ses rêves, ou ce qu'il a fait avec un de ses copains ou ce qu'il a mangé à la cantine, il ne parvient jamais à fixer son esprit, à s'y intéresser vraiment. C'est plus fort que lui. Il n'y peut rien. Parfois il se dit que ça sera différent quand il s'agira de son gosse à lui. Même s'il n'est pas certain d'en avoir un un jour. En tout cas avec Marion. Bien sûr elle le rend dingue, mais il n'est pas certain que ce soit réciproque. Ou si ça l'est l'intensité n'est pas la même. Elle lui répond toujours qu'il ne devrait pas se poser ce genre de question, qu'elle est bien avec lui, qu'il est solide et responsable, qu'elle se sent protégée, que c'est ça dont elle a besoin. Si quelqu'un sait ce que ça a à voir avec l'amour qu'il vienne l'éclairer parce que pour lui on en est à des millions de kilomètres. Souvent il se dit qu'à ses côtés elle se repose, elle récupère. Et qu'un jour elle repartira au feu. Il ne peut pas s'empêcher de penser que pour elle il est juste une parenthèse. Et qu'il faudra bien qu'il s'en contente.

Le téléphone sonne et c'est elle. Elle est toujours sans nouvelles d'Antoine et vu l'heure il faut se faire une raison : il ne viendra pas.

— Et Nino ? il lui demande.

— Ben t'as qu'à l'emmener avec toi à la pêche.

— Il va s'emmerder ferme. Et puis je croyais qu'ils annonçaient une tempête...

— Alors je ne sais pas. Trouve quelque chose.

Elle raccroche et Marco voit les yeux du gamin se mouiller. Il a compris que cette fois c'est pour de bon, que son père ne viendra pas le chercher et que Marineland c'est râpé. On peut lui reprocher tout ce qu'on veut, n'empêche qu'il pige vite ce môme. Marco tente de le consoler en lui disant qu'ils vont aller pêcher tous les deux, qu'il le laissera tenir la canne et même lancer, qu'il pourra faire tourner le moulinet si ça mord, mais ça ne lui arrache pas l'ombre d'un sourire. De toute façon il a dit ça pour dire quelque chose. Dehors le ciel s'assombrit et les arbres commencent à pencher. Ça fait une heure que le vent forcit et on se demande où ça va s'arrêter. Pour une fois qu'il pose une journée. Pour une fois qu'il n'est pas à la concession avec son beau costard ses joues bien rasées ses cheveux peignés impeccables et son plus beau sourire, à essayer de vendre des bagnoles à tous ces types qui ne font que regarder, qui pour la plupart n'ont même pas l'intention ou le projet d'acheter quoi que ce soit. Et encore moins les moyens. Ça c'est un truc qui le dépasse. Le nombre de gens qu'on voit dans les garages dans les magasins partout, qui passent leurs journées à faire du lèche-vitrine, juste pour s'occuper, se donner soif, se faire saliver, comme s'il leur fallait vérifier que tous ces trucs auxquels on les fait rêver à longueur de pub et auxquels ils n'auront jamais droit existent bel et bien quelque part. Et il faut voir leurs têtes quand un type entre avec le chéquier qu'il faut et s'assied à son bureau pour s'acheter sans rire la belle bagnole toute rutilante dans laquelle il les a laissés s'installer comme dans un rêve à trente mille euros, cinq minutes plus tôt.

— Allez on y va, dit-il à Nino en lui enfilant son blouson.

— Où ça ?

— Chercher ton papa.

Le môme a l'air tellement heureux soudain que Marco ne peut éviter de se demander ce qu'il peut bien trouver à Antoine, ce qu'ils peuvent bien faire ou se dire quand ils sont ensemble. Lui quand il était gamin, rien ne lui aurait plus foutu les jetons que de se retrouver seul avec son père. Il ne le voyait quasiment jamais de toute manière. Le vieux rentrait souvent tard. Pas vraiment à cause du boulot. Plutôt de la pause qu'il faisait au bar sur le chemin du retour. Et si par hasard il rentrait tôt c'était pour se coucher et ne se lever que pour le dîner, qu'il fallait prendre en silence et devant le poste. Quand il leur adressait la parole à son frère ou à lui c'était juste pour leur gueuler de se calmer même s'ils n'avaient pas bougé le petit doigt, ou alors pour l'engueulade trimestrielle à propos des résultats scolaires qui n'étaient pas brillants alors qu'il se saignait aux quatre veines, et s'ils ne bossaient pas ils auraient une vie de con comme lui. Le week-end aussi, leur père, ils ne le croisaient qu'à peine. En général il était sur son vélo ou partait à la pêche, et allait le soir au stade avec ses potes voir le match. Et quand il pétait un plomb et leur en mettait une pour un rien leur mère leur disait toujours : Il faut le comprendre, il est crevé, il se ruine la santé pour subvenir à vos besoins, c'est pas une vie aussi. Elle n'avait sans doute pas tort. Et puis il n'y avait pas que du mauvais. Plus grand il lui est bien arrivé de l'accompagner à vélo ou à la pêche. Ils partaient sur le bateau d'un de ses potes de l'atelier, un type au visage complètement fripé et qui mâchait des cigarillos à la file. Le vieux avait l'air presque heureux alors, au milieu des calanques, torse et visage grésillant sous la cuisson du soleil. Ou bien sur les routes du massif à l'arrière, laissant les parfums de réglisse et d'herbes cramées, de terre sèche et de pierres confites laver ses poumons du tabac qui les encrassait depuis ses quatorze ans et son entrée à l'usine. Il faut croire que ça n'a pas suffi comme traitement. Au final, la retraite, cet horizon qui semblait le seul possible, la seule promesse à laquelle il ait jamais cru, il ne l'aura connue qu'à peine. Le pire c'est que Marco n'est même pas sûr que ça lui ait servi de leçon. Que lui-même ne mène pas sa vie comme tout le monde en se figurant qu'il y en a une autre après qui vaudrait vraiment la peine de s'emmerder en attendant.

Il installe Nino à l'arrière de la voiture, sans siège-auto ni rien mais avec un coussin sous les fesses pour qu'il soit un peu plus haut. Il lui cale la ceinture de sécurité sous le bras pour qu'elle ne le prenne pas à la gorge au cas où. Il sait bien que ce n'est pas réglo mais il ne va quand même pas s'emmerder à aller au Leclerc un jour de congé pour cinq pauvres kilomètres. D'autant qu'ils en ont déjà un de siège-auto, que Marion a oublié de lui laisser en prévision. Il met le contact tout en prévenant le môme qu'il n'a pas intérêt à vomir sur ses sièges tout neufs. Ce gamin en bagnole c'est à peine croyable, on ne peut pas faire trois kilomètres sans qu'il rende tout ce qu'il a dans l'estomac. Et Marco ne supporte pas qu'on dégueulasse sa bagnole. C'est débile mais c'est comme ça. Sûrement un genre de déformation professionnelle. Ils sortent de la résidence, qui se résume à trois petits blocs d'immeubles avec balcons coincés entre la ville et les premiers abords du massif, un peu pareils que ceux où Marion a grandi mais tout neufs et surtout plus luxueux. Même si des fois entre deux ensembles on se demande si la vraie différence ce n'est pas juste le prix du mètre carré et le fait qu'un type ait décidé d'appliquer de façon arbitraire le mot « standing » sur les annonces de vente ou de location. À deux kilomètres de là par les sentiers au milieu des chênes-lièges ça pullule de lézards et de sangliers et puis il n'y a plus rien que la roche et le maquis à perte de vue. D'habitude c'est complètement sec mais en ce moment ça ruisselle de partout, des torrents qui vous arrivent aux chevilles et coulent d'on ne sait où en entraînant des kilos de terre orange jusqu'à la mer. Il allume la radio et immédiatement le petit se met à se trémousser sur son siège. C'est le premier signe de détente qu'il donne depuis que sa mère est partie bosser. Il aurait dû y penser avant. C'est plus fort que lui, cet enfant, dès qu'il entend de la musique ça l'emporte et ça lui fait tout oublier, y compris qu'il est en bagnole avec son beau-père ou appelez-le comme vous voulez. Ils traversent la ville jusqu'à la promenade qui longe la mer, les palmiers les platanes les manèges fermés, les petites cahutes de glaciers barricadées, les restos de plage démontés jusqu'aux beaux jours et les ruines que ça laisse un peu partout autour : bouts de bois, parpaings, débris divers, sable noirci mêlé de terre et de cailloux. L'été ça devient juste méconnaissable et bondé, les bagnoles à touche-touche du matin au soir et les flots de touristes à moitié à poil et luisants d'huile solaire, la peau cramée pour la plupart, les marchés provençaux bourrés de trucs fabriqués en Chine, les serviettes collées les unes aux autres et les monceaux de corps assoupis serrés comme des sardines dans une boîte géante à ciel ouvert et bordée d'eau salée. Plus loin la ville se désagrège en villas montées sur roches tombant dans les flots turquoise : des kilomètres de paradis privés qui te font comprendre une fois pour toutes qu'ici comme ailleurs la mer et la beauté ce n'est pas pour tout le monde, qu'il y a une hiérarchie, des espaces réservés. Ils longent des murs hauts comme des maisons pour soustraire toute cette richesse à la vue des autres. De temps en temps entre deux propriétés, cerné par deux pointes de roche rose orangé, un petit croissant de sable couvert d'algues séchées s'ouvre sur l'horizon sans bavure. D'ordinaire, l'eau turquoise transparente comme il faut et les pins maritimes un peu penchés complètent la carte postale. Mais là le ciel est chargé d'anthracite et la mer d'un gris quasi violet est striée d'écume. Marco jette un œil au massif qui part au nord et se laisse bouffer par les nuages. Le vent n'en finit plus de gonfler et les premières gouttes commencent à marteler le pare-brise et rebondissent sur le capot comme des balles de ping-pong. On dirait que là-haut on a décidé de sortir le grand jeu. À peine arrivés au parking planqué sous les arbres, tout au bout de la route de sable cabossée, le gamin se met à se tortiller pour enlever sa ceinture. Il est tellement pressé de voir son père qu'il sort comme un dingue de la voiture et court vers la grande plage malgré la pluie et les bourrasques. Marco a beau le poursuivre en lui gueulant de l'attendre, il s'en fout. Il se prend des paquets de vent sans moufter, un vrai mur, un truc si puissant que Marco se demande comment le petit tient debout, comment il ne s'envole pas, si c'est juste la force de sa volonté, l'inconscience, l'amour, l'attraction de son père comme un aimant ou une sorte de phénomène physique. Le sable lui fouette le visage mais c'est à peine s'il râle. Il en a jusqu'entre les dents pourtant rien ne semble l'atteindre. Lui qui d'habitude pleurniche à la moindre égratignure. Au moindre inconfort. Marco finit par le rattraper et lui prend la main. Ils progressent dans le grondement de la mer qui s'est réveillée d'un coup, comme si quelqu'un avait appuyé sur un interrupteur. Marco n'a jamais vu ça. Ça se soulève de plus en plus et s'abat dans un fracas granuleux de sable et de cailloux entrechoqués. L'eau monte au moins dix mètres plus haut que d'habitude sur la plage et vient y ramasser tout ce qui traîne. Des bouts de bois et des paquets d'algues, des tas de détritus que les gens laissent là parce qu'ils se comportent toujours comme des porcs et prennent la plage pour une décharge. Voir ça et les deux bidons qui se font emporter et se mettent à dériver vers l'ouest, disparaissent puis réapparaissent, s'éloignent en ballottant, ça lui fait penser à son père, la rage dans laquelle ça le foutait ce genre de trucs. Quand ils se baladaient avec son frère, le vieux les obligeait toujours à ramasser les sacs plastique, les canettes, les emballages de Bounty et même les mouchoirs qui traînaient : encore heureux que ce ne soient pas les vôtres, disait-il, attendez que je vous prenne à jeter quoi que ce soit dans la nature... Ils passent devant la paillote de Jeff et tout est calfeutré comme rarement. Lui qui est toujours si branleur ça étonne Marco qu'il ait été si prévoyant et prudent pour le coup. La dernière fois qu'il y a eu une tempête il n'avait rien fermé comme toujours et l'eau était entrée partout et avait tout lessivé. Le patron avait bien failli le virer. Quant à savoir pourquoi il s'était retenu c'est une autre histoire. Ce n'est pourtant pas le genre à avoir le cœur sur la main, le gros Perez. D'ailleurs Marco se demande bien pourquoi il s'emmerde avec Antoine et Jeff. S'il était à sa place, il ne confierait pas les clés de son resto et de son camping à des baltringues dans leur genre. Même si ce n'est certainement pas lui qui les a embauchés en direct. Même s'il ne les a peut-être même jamais croisés. Enfin il s'en fout dans le fond. Perez peut bien faire ce qu'il veut. Marco ne l'a jamais vu autre part que dans les journaux mais il ne peut pas l'encadrer, ce type. Comme personne ici d'ailleurs. Même si personne ne l'a sûrement jamais ne serait-ce qu'aperçu en chair et en os, à moins de fréquenter le beau monde, les cercles privés. Tout lui appartient ici. Trois restos une paillote deux campings quatre bars deux boîtes de nuit un golf des immeubles et l'équipe de foot en quelque sorte, vu que c'est lui qui met tout le fric depuis deux ou trois ans. Il doit se prendre pour Bernard Tapie.

La pluie redouble alors que ça paraissait impossible seulement deux secondes plus tôt. Elle semblait à son maximum mais il faut croire que non, qu'il y en a encore des litres en réserve. Ils sont déjà complètement trempés. Marco annonce au gamin qu'ils vont s'abriter deux secondes chez Jeff mais le petit ne veut rien entendre : il répète juste qu'il veut voir son père.

— Mais putain tu vois bien qu'il pleut des vaches qui pissent...

Le gamin se marre. Marco ne voit pas pourquoi.

— C'est à cause des vaches qui tombent du ciel en pissant, il répond, et soudain Marco comprend et rit à son tour. Ça fait comme une diversion. Il en profite pour frapper à la porte du resto, personne ne répond. Il essaie d'ouvrir mais c'est fermé à double tour. En jetant un œil dans la rainure entre la fenêtre et le volet il entrevoit Jeff assis dans le grand canapé, celui où les gens attendent qu'une table se libère quand il fait beau et que tout est bondé. Il a le regard fixe et comme hagard, la jambe tremblante. C'est bien ce qu'il pensait. Il est encore défoncé. Il se fait un trip *stone in the storm*. Alors Marco n'insiste pas. Il aime autant que le petit ne voie pas son parrain dans cet état. Bien sûr ce n'est pas vraiment son parrain mais Antoine tient à ce que le gamin l'appelle comme ça. Parrain. Parrain Jeff. Tonton Jeff. Copain Jeff. Marco regarde autour de lui. La pluie tombe de travers et le bruit de la mer les avale. Les vagues qui s'abattent à leurs pieds sont comme une gueule vorace qui voudrait bouffer tout le sable disponible. Le gamin rigole parce que ça monte si haut que même sur la terrasse de Jeff ils se font lécher, asperger. Il lui gueule qu'ils vont courir jusqu'au camping. Qu'ils vont être trempés mais que c'est ça qui est marrant justement. Le petit a l'air d'accord. Marco lui prend la main et ils courent tous les deux en hurlant sous les griffes de l'averse. Au bout d'un moment c'est trop pour Nino, vraiment il n'en peut plus. Marco le porte contre lui et le protège comme il peut avec ses bras. Il sent son visage dans son cou, sa peau glissante et trempée, ses mains qui s'accrochent à lui et même s'il sait parfaitement que c'est juste à cause de la tempête, même s'il sait qu'ils sont en route pour voir son père, un instant Marco a la sensation que quelque chose se noue entre eux. Mais quoi ? Une tendresse. Une douceur. Un abandon. En arrivant au camping la première chose que Marco remarque c'est qu'Antoine a tout laissé en plan. Les pots de peinture ouverts les pinceaux les rouleaux. Tout ça en bordel au pied d'un bungalow orangeasse à peine badigeonné.

Par-dessus, le toit tropical tremble comme une feuille et se soulève comme s'il allait s'envoler. C'est dire s'il a été fixé avec soin. Il le reconnaît bien là, tiens… Ils entrent en trombe dans le mobile home mais il n'y a personne, à part Chet qui se pointe soudain complètement noyé, ses longs poils collés dégouttant et découvrant ses flancs maigres. À croire qu'il n'a rien bouffé depuis des semaines. Une fois séché il fera sûrement deux fois son volume actuel mais pour l'instant c'est juste un gros rat semi-liquide qui se jette sur le gamin et ajoute un peu de bave à la pluie qui lui inonde le visage. Marco inspecte le mobile home et ne voit qu'un sac plein de vêtements posé près de la banquette lit, un peu de bouffe dans les placards et le frigo, des packs de bière une bouteille de whisky et des cendriers pleins. Le tout plutôt sale et en désordre. Il déshabille le gamin et le frictionne avec la serviette qui était suspendue dans la douche minuscule. Le petit claque des dents pendant qu'il met ses vêtements à sécher et lui cherche un pull. Il trouve un sweat-shirt qui lui fait une robe jusqu'aux pieds. Avec la capuche rabattue jusque sous le nez ça lui donne un look de boxeur miniature en peignoir au moment d'entrer sur le ring, lumière stroboscopique et vibrations des infrabasses. Marco le fait se regarder dans la glace et le môme est mort de rire, même si on sent bien que le boucan de la pluie qui s'abat sur le toit ça l'inquiète. Par la vitre ils ne voient plus rien hormis des coulées d'eau dans tous les sens. Au sol, creusant des rigoles énormes, tombant en rideau compact, effaçant l'horizon trouble sur la vitre. Le craquement que fait le toit d'à côté en se détachant pour de bon et en allant s'écraser contre la façade du bungalow de derrière, même le chien ça le fait sursauter puis chercher un endroit où se planquer en attendant la fin du monde.

— Il est où, papa ? dit le petit en lui lançant un de ces regards qui vous tordent le ventre qui que vous soyez, même si vous êtes insensible aux mioches et à leurs simagrées.

— T'inquiète, lui répond Marco. Je suis sûr qu'il doit être à l'abri quelque part.

Il essaie d'être aussi rassurant que possible mais franchement il se demande bien ce que peut fabriquer son père. La caravane n'était même pas fermée et avec toute cette peinture en plan il devait bien être dans le secteur quand ça a commencé à tomber. Il regarde par la fenêtre et aperçoit Jeff dehors occupé à fixer la mer déchaînée. Qu'est-ce qu'il branle cet abruti ? Il tient quelque chose dans ses mains mais avec l'eau qui dégouline et la buée Marco ne parvient pas à discerner ce que c'est. Soudain Jeff fait un grand geste, il lance l'objet, un truc long qui s'envole et disparaît aussi sec dans les flots. Qu'est-ce qui lui prend à ce débile de balancer des bâtons dans l'eau en pleine tempête ? Le mobile home se met à vibrer comme si la terre tremblait. Il se pourrait bien qu'il ait glissé un peu. Marco rejoint le gamin pelotonné sur la banquette, sous la couverture, avec le chien encore trempé collé contre lui. Il s'allonge près de lui et le serre dans ses bras et colle son nez contre ses cheveux. Autour d'eux tout tremble, tout gronde, tout ruisselle. Un truc d'apocalypse. Marco a l'impression que le mobile home va se détacher de la terre et que l'eau va les emporter au large. Il les imagine comme dans un de ces livres que Nino adore, flottant calfeutrés dans leur abri de tôle, dérivant pendant des jours, finissant par s'échouer sur une île déserte. Mais ils ne sont pas dans un livre. Et Nino sait bien qu'en vérité ils couleraient à pic et crèveraient noyés pour de bon. Alors Marco s'abstient de lui raconter ce genre d'histoire. Surtout qu'un claquement sec vient de se produire et que les lumières s'éteignent. Il fait sombre comme en pleine nuit.

— Marco. J'ai peur.

— C'est rien. Juste la pluie et le vent. Ça va passer.

— J'ai faim.

Marco se lève, fouille dans le placard et lui ramène un paquet de biscuits entamé égaré au milieu des paquets de chips, des boîtes de thon et de riz précuit. De nouveau le petit se blottit contre lui et ils grignotent leurs spéculoos un peu mous serrés tous les trois chien compris, dans la nuit de plein jour dévorée par les eaux. Après ça Nino ferme un peu les yeux et au bout de deux minutes Marco entend sa respiration calme et régulière. Qu'il s'endorme comme ça aussi vite c'est comme un miracle. À la maison c'est juste impossible de le coller au lit avant dix ou onze heures, et même alors il gigote dans tous les sens et appelle toutes les trois secondes parce qu'il a soif, qu'il fait trop ou pas assez noir, qu'il a perdu son dauphin en peluche, qu'il veut son costume de Spider-Man, qu'il a peur des monstres ou de faire des cauchemars ou de plus jamais se réveiller. Finalement Marion se glisse dans le lit avec lui et elle s'endort en le berçant. Et Marco se retrouve comme un con devant la télé avec le grand lit pour lui tout seul, la nuit à traverser et l'envie d'elle qui le taraude jusqu'au matin. Il ferme les yeux à son tour tandis que la rumeur énorme les digère. Il a l'impression de sombrer pour de bon, d'être aspiré par une masse mouvante et huileuse. Son téléphone se met à vibrer. Marco répond en chuchotant, sans bouger, toujours collé au gamin, si collé et si abandonné entre ses bras que ça lui serre la poitrine un bref instant.

— Vous êtes où ? fait Marion.

Oh cette inquiétude dans sa voix... Comme ça le met en rogne. Elle ne le dit pas ouvertement mais elle se demande s'il a été assez con pour emmener Nino à la pêche malgré le temps. Elle s'est fait des films. Ça l'énerve tellement qu'il a presque envie de lui répondre que oui, ils y sont allés et qu'une vague a emporté le gamin et qu'il est avec les pompiers, qu'on le cherche partout. Il n'en fait rien bien sûr. Il se contente de lui dire la vérité : ils sont chez Antoine.

— Comment ça, chez Antoine ? Il est là ?

— Non. On est dans sa caravane. Elle était ouverte alors on est entrés mais lui je ne sais pas où il est barré, il a tout laissé en plan. Et Jeff m'a l'air complètement défoncé.

Le gamin se réveille, il semble totalement paniqué. Comme s'il avait oublié où il était et pourquoi. Il dévisage Marco et fond en larmes aussi sec. Marco raccroche après s'être assuré que Marion s'en sort de son côté. Elle est arrivée chez la vieille juste avant la pluie. Il paraît que la route qui longe la côte est submergée et qu'à l'auberge ils sont déjà inondés. Chaque fois qu'une tempête éclate c'est la même histoire. Ça arrive tous les trois quatre ans mais c'est toujours comme si c'était la première fois. Un peu comme à Paris quand il neige et que tout est bloqué, les routes les voies ferrées les aéroports pour cinq centimètres de poudreuse virant à la purée grise en un quart d'heure. Comme s'il était si étrange et imprévisible qu'il puisse neiger en hiver sous ces latitudes. Comme si la Méditerranée n'était pas une vraie mer mais un genre de lac destiné à vivre sa vie paisible d'étendue lisse et transparente et tiède à longueur de saison. Alors on s'entête à bâtir des paillotes sur la plage, des bars sur pilotis, des campings au ras des flots que le moindre coup de mer viendra balayer en trois vagues à peine plus hautes que les autres. Marco berce le petit pour qu'il arrête de pleurer même si, avec tout ce boucan autour d'eux, ces bourrasques qui font trembler la caravane à la faire s'envoler, lui non plus n'en mène pas large. Il lui chante une chanson, une berceuse que sa mère leur servait pour les endormir avec son frère.

> *Doucement s'endort la terre*
> *Dans le soir tombant*
> *Ferme vite tes paupières*
> *Dors mon tout petit enfant.*

Nino écarquille les yeux comme s'il le croyait absolument incapable de faire un truc pareil. Marco ne peut pas lui donner tort. Il le regarde et se demande soudain ce qu'il a bien pu fabriquer tous ces mois, pour vivre avec lui sans jamais lui prêter la moindre attention.

5

Sarah

Quand le patron s'est pointé à l'auberge, l'eau s'infiltrait par les baies vitrées depuis un moment et couvrait une bonne partie du carrelage de la salle du bas. Comment elle pouvait se propager aussi facilement, personne n'en savait rien, douze menuisiers et autant de vitriers s'y étaient cassé les dents au fil des années et on avait fini par s'y faire, à chaque coup de mer ils attrapaient les seaux, les serpillières et s'y attaquaient. Et quand ça se calmait il fallait désensabler toute la terrasse qu'on retrouvait complètement enfouie.

— Qu'est-ce que vous faites là ? a demandé Sarah. Vous n'êtes pas censé être en vacances ?

Il ne lui a même pas répondu, s'est contenté d'attraper un balai et de se mettre au boulot. Depuis qu'elle travaille ici elle ne l'a jamais vu s'absenter plus d'une demi-journée. Et encore toujours pour raison professionnelle. Les fournisseurs. Des achats de matériel. Le comptable. Ce genre de trucs. Du coup cette histoire de congés c'est devenu une blague entre eux. Régulièrement il parle de prendre deux ou trois jours à la saison basse, mais il y a toujours quelque chose qui l'oblige à revenir. Et même quand il n'y a rien il trouve une excuse. J'ai plus l'habitude de rien faire, il dit.

La vérité, c'est que l'auberge c'est tout pour lui. Il arrive le matin à l'aube et ne repart qu'à la fermeture. On ne lui connaît pas de vie privée. À part les touristes qu'il ramène chez lui de temps à autre, des femmes entre deux âges et célibataires, avec qui il a une « histoire ». Jamais plus de quelques nuits. Jusqu'à ce qu'elles partent et que chacun retrouve sa vie ou ce qui lui en tient lieu. Pour lui : l'auberge et c'est tout. Ils se connaissent depuis l'enfance. Comme tout le monde ici. Antoine et sa sœur, Jeff, Marion et les autres. Pas toujours dans les mêmes classes mais se croisant au primaire au collège au lycée, sur la plage sur le port, dans les bars dans les boîtes, le peu qui reste quand les estivants s'en vont, station fantôme comme une gueule de bois, un lendemain de fête qui durerait neuf mois.

La pluie redouble et ils ont beau s'activer, tous autant qu'ils sont, le cuistot son aide le patron et l'autre serveur, l'eau va plus vite, s'infiltre partout. Maintenant les vagues se fracassent contre les vitres de la salle du haut, où trois clients sont assis au bar, des curieux venus voir la mer déchaînée de près et entrés s'abriter pour contempler tout ça au sec. Le ciel violine et l'eau gris-noir déferlant à toute allure. Depuis ce matin il en afflue par poignées, pliés en deux sous la charge du vent, faisant face pendant quelques minutes et repartant trempés d'embruns, saoulés par les paquets d'air gelé qui les plaquent en arrière. Tout à l'heure Sarah a vu passer les deux petits vieux qu'elle aperçoit chaque jour cheminant à pas lents vers la presqu'île. En général ils font une pause au retour. Un demi pour monsieur et un thé pour madame. Elle ne les a pas vus revenir. Ils ont dû trouver un endroit où se mettre à l'abri même si elle ne voit pas très bien où, à cette époque tout est fermé à part l'auberge et la petite boulangerie au pied des collines et de leur myriade de minivillas vue dégagée, terrasse et piscine pour la plupart, cactus et rhododendrons, buissons de romarin et citronniers, meubles en teck et chaises longues. Familles heureuses gavées de temps libre d'azur et d'horizon. À la belle saison tout ce beau monde descend par les sentiers profiter de la plage, siroter un cocktail dans le soleil couchant, manger du poisson grillé les pieds dans le sable, encore salés des baignades de l'après-midi. La nuit venue la musique joue un peu plus fort et c'est le moment qu'elle préfère. Quand les vacanciers s'attardent autour d'un verre dans la tiédeur bienvenue, après le cagnard qui vous chauffe à blanc et vous assèche, étouffe la baie et vous fait le sang comme du plomb. La langueur et la douceur qui envahissent tout alors, jusqu'à la texture de l'air et des jours. De la vie elle-même. Puis l'été meurt lentement, et s'installe un ennui vague et froid. Un entre-deux. Où la lueur gris métal qui s'abat sur le quotidien semble contredire les bleus et les orange toujours aussi violents. Au final ici l'été ce n'est pas seulement le mercure. C'est surtout les gens. La manière dont ils remplissent les lieux, les silences, les paysages. Certains ici n'attendent qu'une chose. Que les touristes désertent et les laissent à la mer, au ciel, à la roche. Aux courants et aux oiseaux. Pas elle. Elle, elle les attend comme on attend la marée haute, afin que disparaissent le trouble et l'équivoque, les récifs à nu, les sables mouvants qui vous enlisent, comme des entrailles laissées ouvertes à l'œil, des secrets mal dissimulés. Elle n'a jamais compris le goût de certains pour les eaux retirées, les mers basses. Dieu merci la Méditerranée lui épargne de s'en soucier.

Dans sa poche son téléphone se met à vibrer. C'est sa sœur. Sa chère sœur.

— Dis, il est toujours pas passé ton Antoine. T'es sûre que c'est aujourd'hui qu'il doit venir ? Parce que là je dois partir. Il devait m'appeler une fois sur le parking pour que je lui file les billets.

Elle abrège la conversation. Non elle ne sait pas ce que fout Antoine, s'il va y aller ou pas. Et elle n'aime pas le ton que sa sœur a cru bon d'employer en appuyant sur le « ton » avant Antoine, le sous-entendu à peine dissimulé. Et puis qu'est-ce qu'elle en sait ? Elle ne l'a pas vu depuis le soir du match, le verre qu'ils ont pris après le service, le mobile home et la plage, l'obscurité radicale du camping. Vu le temps qu'il fait il a peut-être annulé. Il est parfois capable de prendre ce genre de décision sensée. Mater des dauphins et des orques sous des kilos de flotte, qui ferait ça ? Même pour faire plaisir à Nino. Il y a des limites au sacrifice. Déjà qu'elle se demande comment il a pu se fourrer dans cette galère. Faire un môme. Se faire coincer par cette conne de Marion, ses airs pincés et son absence totale d'humour. Cette façon qu'elle a eue de plonger tête la première dans le plan-plan et de prendre vingt ans d'un coup. Comme si elle n'avait attendu que ça depuis toujours au fond. Une excuse pour basculer. Ils n'étaient pas faits l'un pour l'autre, c'est évident. Et ça ne l'étonne pas qu'elle ait fini par se mettre avec Marco. Tous les deux bien conformes, bien chiants et taillés pour leur petite vie bien réglée, la voiture l'appartement et le gamin. Enfin elle dit ça mais elle, sa vie, hein, qu'est-ce qu'elle a de plus ? De quoi ça l'a libérée de ne pas faire d'enfants ? De ne pas avoir gardé celui d'Antoine dix ans plus tôt ? De ne même pas lui avoir dit ce qui s'était produit, qu'elle avait dû aller à l'hôpital avec sa sœur, subir toute cette merde qui lui avait fait un mal de chien et l'avait laissée comme blessée sans savoir où ni comment pendant des semaines. Subir le putain de regard des médecins, des infirmières, leur dédain, leurs airs supérieurs. Qu'est-ce qu'elle en a fait de tout ça ? De cette humiliation, de ses larmes quand elle a appelé sa frangine, des sermons endurés, des rendez-vous à l'hôpital ? De la douleur qu'elle a eue en plein ventre le jour où Antoine lui a annoncé qu'il allait être papa. De l'image qu'elle a dû chasser de sa tête d'un enfant à eux deux, de leur vie à trois ? Du petit fantôme qui rôde en elle et qu'elle essaie de chasser en permanence ? À part être incapable de ne pas coucher avec lui une ou deux fois par semaine, tout en se disant chaque fois que c'est la dernière. À part se faire croire qu'avec Alex c'est la belle vie et le grand amour. Les nuits qu'il passe en uniforme à surveiller les entrepôts avec son collègue Javier. Les soirées toute seule après le service, complètement crevée devant la télé. Et les jours off à faire tout ce qu'on n'a pas le temps de faire le reste de la semaine, les courses les lessives le ménage. Une balade un ciné de temps en temps. Quand Alex n'est pas à la boxe ou sur sa moto. Quelquefois la nuit ça la prend : elle imagine ce que ce serait d'avoir un gamin. Ou deux. Ou d'avoir gardé celui d'Antoine. Et puis ça passe. Ça finit toujours par passer. Elle se raisonne. Elle se dit qu'elle n'était pas prête à l'époque. Qu'elle était trop jeune et pas stable, pas calmée, pas raisonnable. Qu'elle passait sa vie à boire à se coucher quand les autres se réveillent, à baiser avec tout ce que juillet apportait de bandant sur la plage. Elle se dit que ce n'est pas le rôle des mômes de remplir le vide dans le cœur et la vie de leurs parents. Ce genre de choses. Ce genre d'arguments qu'on déploie pour soi seul. Qu'on s'enfonce dans le crâne en espérant que ça s'y imprimera une fois pour toutes. Elle essaie de chasser tout ça de son esprit et elle se remet au boulot, les pieds trempés et même le bas du jean. Mais elle n'y parvient pas. Ces temps-ci les pensées l'assaillent sans jamais la lâcher, lui tournent autour comme des moustiques insupportables, dont le bruit minuscule semble saturer le silence en pleine nuit, le résumer. Elle remplit des seaux entiers qu'elle va vider ensuite en pensant à Antoine, à Jeff, à elle, aux gamins qu'ils étaient. Qu'est-ce qu'ils pouvaient bien branler à l'époque ? À quoi ils pensaient si ce n'est à se rouler des pelles, se bourrer la gueule dans les soirées, faire des feux sur la plage, baiser dans les calanques, se faire griller, le nez contre la serviette, en somnolant dans la musique crachotée par le ghetto blaster, une bière à portée de main, pastis vodka orange whisky Coca dans des bouteilles d'Oasis. Plonger du haut des récifs, concours d'acrobatie, apnées interminables, genoux griffés par la roche au moment de remonter. Un monde de sel et de résine. De peau. De danse. D'herbe et d'alcool. Une vie tendue. Une vie magnétique. Et la place pour rien d'autre. À l'école ils étaient tous à la ramasse mais personne n'avait l'air d'y voir un problème. Ni eux ni les parents. Qui y étaient à peine allés et pensaient qu'on n'avait pas besoin de ça pour s'en sortir, considéraient tout ce qui suivait le lycée d'un mauvais œil. Un truc pour les autres. Quels autres ? Même les profs semblaient trouver ça inévitable. Les notes pourries. Les orientations à la con. Si elle réfléchit bien elle ne connaît personne de ce temps-là qui ait même songé un jour à être un bon élève, à faire des études, à quitter le coin pour Paris ou ailleurs. Un bon salaire, un job haut de gamme, une autre vie. À part Antoine à cause du foot. Tout le monde y croyait. Tout le monde pensait qu'il deviendrait le prochain Zidane. Mais il faut croire que tout le monde se faisait des idées. Parce que aucun club ne l'a jamais approché. Peut-être qu'ils ont eu raison aussi. Il suffit de voir cette année. Ils décrochent un quart de finale en coupe de France et il gâche tout. Un coup de boule dans un petit match à la con pour un pauvre tacle dans la surface. Et l'équipe qui va devoir se débrouiller sans lui. Finalement si, d'une certaine manière on ne s'était pas trompé : Antoine avait bien quelque chose de Zidane. Elle repense à eux gamins, à Marion et Marco poussant leur poussette dans les allées du Carrefour, ou assis sur le banc d'un square. Putain Marion. Marion. Comment faire le lien entre ce qu'elle était et ce qu'elle est devenue ? Et sa propre sœur ? Entre la caisse de la boutique souvenir du Marineland et sa maison avec son gentil flic et leurs deux enfants près d'Antibes. Si parfaitement à sa place, en apparence. Contente de son sort. Rangée dans sa boîte. Sans jamais se poser de questions. Mais au fond qu'est-ce qu'elle en sait ? Sans doute qu'elle s'en pose. Comme tout le monde. Rien n'est si simple ni acquis pour personne. Parfois elle se dit : pourquoi est-ce que pour moi la vie ne va pas de soi ? Et puis elle se reprend. Est-ce que c'est seulement le cas pour quelqu'un en ce monde ? Voilà le genre de choses qui l'obsède ces temps-ci. Ça et la somme de ce qui se fige dans nos vies sans qu'on l'ait vraiment décidé. Rien foutre à l'école parce que ça paraît juste normal, parce qu'on a autre chose à penser, les mecs les fringues les soirées le bon temps les plongeons les joints la baise les calanques le soleil, et comprendre à un moment que ça a déterminé une fois pour toutes le genre de boulot qu'on fait et la vie qu'on mène, les gens qu'on rencontre, comme si tout d'un coup la vie tellement immense et solaire au départ se résumait à plus grand-chose, une grisaille comme de la cendre fine tombée sur toutes choses, champ des possibles rétréci au strict minimum, une vie réduite et vaillante, mais réduite quoi qu'on en pense. Se mettre avec Alex parce que c'est comme ça, qu'on baise ensemble et qu'à trente ans passés c'est normal de vivre avec quelqu'un, malgré l'inertie qui te cloue au sol à tout jamais, qui te fait vivre une vie sans vraiment te demander s'il n'y en a pas d'autres qui t'iraient mieux. Et rien que l'idée de te retrouver seule, de devoir te chercher un appartement, de changer tes habitudes et ton train-train ça te terrifie tellement que tu bouges plus d'un pouce jusqu'à ta mort et que tu te persuades que t'es très heureuse comme ça. Décider que tu veux pas d'enfant, que t'es pas faite pour ça, que t'es trop jeune ou maintenant trop vieille, faire passer celui d'Antoine sans rien dire à personne et surtout pas à lui, et sentir tout le temps cette espèce de vide à l'intérieur, cette boule de choses à offrir qui ne trouvera jamais de récipiendaire, ce putain de fantôme obsédant, et te dire que c'est irrattrapable. Quoi que tu décides c'est irrattrapable. Penser depuis tes quinze ans qu'avec Antoine c'est juste un truc de baise et de marrade sans avenir, deux instables ensemble qu'est-ce que ça peut donner si ce n'est un naufrage, un truc bancal et dangereux, et réaliser que ça fait maintenant treize ans que vous baisez en douce et qu'avec personne c'est aussi intime et évident. Même avec Alex. Tout ce qui fait qu'on a pris un chemin et pas les autres. Et même qu'on a jamais eu l'impression qu'il y ait eu un choix un jour. D'autres voies. D'autres routes. D'autres vies. La vie dans un dé à coudre. Comme décidée à l'avance. Évidemment à trente ans passés c'est presque trop tard pour se poser ce genre de questions. Une fois lancés sur les rails ça sert plus à rien.

Et puis soudain un grand fracas et toutes ses pensées s'envolent. Elle se précipite dans la salle du haut et tout est inondé. Les clients trempés. À leurs pieds de l'eau de mer constellée de morceaux de vitre éclatée. Le patron leur gueule de se mettre au fond au milieu des tables toujours dressées, couverts bien alignés serviettes bleues dans les verres impeccables, bouquets de mimosa au centre. Il commence à éponger et se prend une deuxième vague qui le mouille entièrement en un instant. Cette fois c'est toute l'auberge qui est inondée. L'eau s'immisce jusque dans les cuisines. Sarah court couper le disjoncteur. Ils se retrouvent en pleine nuit avec le bruit de la mer comme en son intérieur, le vent qui vient chahuter les bouteilles, la panique des clients qui ne savent pas s'ils doivent rester ou sortir parce que c'est pire dehors. Il n'y a qu'à voir ce type au bord de l'eau. Qu'est-ce qu'il branle à fixer les flots, tellement près qu'à tout moment une vague peut venir le recouvrir et l'emporter ? Qu'est-ce qu'il cherche ? Déjà tout à l'heure ce couple d'ados qui jouaient aux cons elle a eu peur que ça tourne mal pour eux. Ils se tenaient en lisière des vagues et suivaient l'eau qui se reti-rait, les pieds dans le glissement des cailloux sous le sable retourné labouré, rebroussaient chemin juste à temps pour que la prochaine vague se contente de les éclabousser. Bientôt, il fallait s'y attendre, la fille s'est retrouvée sous la flotte et si son copain ne l'avait pas retenue par le bras, s'il n'avait pas été assez costaud pour ça on l'aurait jamais revue. La mer l'aurait engloutie et emportée au large. De nouveau Sarah jette un œil en direction du type. Il gueule comme s'il appelait quelqu'un perdu dans les flots, mais avec le boucan tout autour pas un son ne semble sortir de sa bouche.

— T'as vu ce type ? C'est bizarre, non ? Tu crois qu'il a besoin d'aide ?

Le patron répond à peine. Il s'en fout. Il éponge comme un malade. Livre une lutte acharnée et perdue d'avance. La mer engloutit peu à peu l'auberge, renverse les chaises, fait glisser les tables. Le sable crisse sous les pieds gorgés d'eau. Une deuxième vitre vient d'exploser. Les clients ont hurlé puis se sont précipités à l'extérieur.

— Je vais voir.

— Putain, Sarah, c'est pas le moment. On va jamais y arriver si tout le monde se barre.

Elle ne l'écoute pas. De toute façon il peut pleuvoir pendant des heures encore, le vent peut souffler comme ça pendant des jours, la mer faire péter toutes les vitres et s'engouffrer partout, ravager l'auberge de fond en comble. Et ce n'est pas avec des seaux et des serpillières qu'on pourra lutter contre ça. Elle sort et se dirige vers le type. Le vent et la pluie lui coupent le souffle. C'est comme plonger dans une mer à dix degrés. Le même effet de suffocation exactement. Elle regarde le type qui fixe toujours la mer, elle la scrute à son tour mais ne voit rien. Ou alors juste entre deux vagues une petite masse noire qui apparaît puis disparaît mais elle n'est même pas sûre. Tout est tellement gris et mouvant. Et la pluie qui mouille ses yeux et trouble sa vue. Elle s'approche encore et le type n'arrête pas de gueuler. Fernand Fernand ! Voilà ce qu'il gueule. Elle l'entend distinctement à présent.

— Qu'est-ce qui se passe ? Vous avez besoin d'aide ?

Elle hurle mais ses mots ne sont qu'un murmure au-dessus du ressac. Comme s'ils étaient
pris dans du coton. Étouffés. Quelque chose
comme un cri muet.

— C'est Fernand. Il s'est foutu à l'eau, ce
con. Il ne peut pas s'en empêcher. Et maintenant il ne réussit pas à rentrer. Le courant est
trop fort. Je crois qu'il n'a plus de souffle.

— Je vais appeler les secours.

— Tu parles. Le temps qu'ils viennent ce
sera trop tard. Je vais y aller.

— Vous êtes dingue !

Elle ne peut rien faire pour le retenir. Il
plonge et disparaît dans l'ardoise mouvante.
Réapparaît à peine plus loin et s'efforce de
nager malgré les creux et les remous inces-
sants. Ses bras s'agitent sans le faire avancer
d'un pouce. Les premières vagues semblent
une barrière, une muraille. Il va se noyer. Il
va se noyer et l'autre aussi, même si l'autre
elle ne l'aperçoit qu'à peine, toujours cette
masse indéfinie au large. Et aucun signe d'un
humain tentant de regagner la rive. Elle sort
son téléphone de sa poche et compose le
numéro des pompiers. Il y a deux hommes à
la mer, elle dit. S'il n'y en avait que deux, soupire son interlocuteur. Puis : On arrive. Elle
sait qu'elle ferait mieux de rentrer se mettre
à l'abri. Si tant est qu'une auberge inondée
dont presque toutes les fenêtres ont volé en
éclats puisse en faire office. Au final elle reste
là, les bras ballants, parfaitement inutile, à
regarder le type se débattre et enfin franchir
la première barre, progresser lentement vers

Fernand ou ce qu'elle en distingue. C'est-à-dire pas grand-chose. Ça dure comme ça des minutes angoissées et impuissantes. L'homme ballotté par la mer, sa cible lointaine qu'il paraît ne jamais devoir atteindre. Le ciel et l'eau gris-noir et la pluie en rideau. Quand les pompiers débarquent, le type a rejoint Fernand et essaie de regagner le rivage. Ce sont des gestes désordonnés, des apparitions des disparitions des réapparitions, cent fois comme ça l'horreur d'une noyade sous ses yeux. Les pompiers se jettent à l'eau et embarquent sur le Zodiac qui se soulève à la verticale, semble prêt à se renverser mais non, il fend les rouleaux dans un bruit de moteur assourdi, bientôt tout à fait inaudible, recouvert. Arrivé au niveau des deux hommes un des pompiers se penche et hisse un premier corps. Puis le second qui, d'où est Sarah, n'a pas la taille d'un adulte. Elle ne sait pas bien pourquoi mais l'idée qu'il puisse s'agir d'un enfant lui fait l'effet d'un anéantissement. Elle se met à trembler et soudain ses jambes sont comme fourrées de coton ou d'autre chose, d'une matière impropre à la soutenir en tout cas. Le Zodiac regagne la rive et les pompiers sautent dans le sable, étendent une sorte de civière et y déposent le type sans vie. S'activent sur lui en techniques de réanimation inutiles. Elle croise leurs regards et elle comprend que c'est sûrement fini. Qu'il n'y a plus rien à faire. Le type est mort. S'est noyé en voulant sauver Fernand dont personne n'a l'air de faire grand cas. Elle s'approche du Zodiac, les jambes flageolantes et le cœur lui obstruant la gorge, les poumons, le cerveau tout entier. Elle s'approche encore et ce qu'elle voit c'est un chien. Dont les flancs maigres sous les longs poils comme les franges d'une serpillière battent en désordre, cherchant un souffle enfui, hors d'haleine. Quand elle prononce le nom de Fernand il tourne la tête vers elle et la regarde avec cette tendresse assoiffée qui n'appartient qu'à ce genre d'animal.

6

Coralie

Évidemment elle est arrivée en retard à l'hôpital. Évidemment elle s'est fait engueuler par le chef de service. Et tout ça pour qui ? Pour Marion. Qui voulait « juste » prendre son petit déjeuner avec son mec et Nino pour une fois. Qu'est-ce qu'elle en a à foutre ? Depuis quand ça ne lui est pas arrivé, à elle, de prendre un peu son temps le matin ? De ne pas quitter l'appartement alors que la nuit est encore là, que sa fille dort encore ? Tous les jours elle débarque à l'hôtel un peu avant six heures. Elle prépare les corbeilles de viennoiseries, le café, dispose des fruits des céréales sur le buffet. Et elle fait le service jusqu'à ce que Marion daigne se pointer. Pourquoi elle commence si tard même en temps normal, vu qu'elle ne bosse qu'à mi-temps et qu'à son avis elle ne demanderait pas mieux que de travailler deux heures en plus même si ça l'obligerait à se lever plus tôt, pourquoi le patron a embauché deux filles pour le petit déj' et les chambres et les fait se relayer alors qu'une seule suffirait et pourrait tout faire, ce qui au passage éviterait à l'une comme à l'autre de devoir prendre un deuxième boulot elle n'en sait rien. Personne n'en sait rien d'ailleurs. Pas même le patron. Elle n'est même pas certaine qu'il y ait seulement réfléchi un jour. Parfois il y a des choses tellement absurdes qu'elles finissent par prendre une texture d'évidence inquestionnable. Ça se fige et plus personne ne sait comment on en est arrivé là ni pourquoi. Ce qui est sûr, en tout cas, c'est qu'une fois que Marion s'est enfin pointée, elle, elle doit se précipiter dans la bagnole et foncer jusqu'à l'hôpital pour son service de quatre heures, et qu'au bout du mois quand elle enlève l'essence les factures le loyer la bouffe le téléphone les vêtements de sa fille, il ne lui reste plus que ses yeux pour pleurer, un joli découvert et dès le quinze sur son répondeur la douce voix de son banquier qui lui dit que là ça y est elle a dépassé le seuil autorisé et qu'il va falloir trouver une solution. Une solution elle, elle en a une. Qui conviendrait à des millions de gens dans son genre : un boulot à plein temps correctement payé. L'autre jour elle était à Nice avec une copine et elles sont tombées sur trois mecs avec des caméras qui faisaient un micro-trottoir pour elle ne sait plus quelle émission. Un truc politique. Ils lui ont demandé : À quoi rêve votre génération ? À un CDI à plein temps, elle a répondu. Les trois mecs ont trouvé ça formidable... Ils lui ont demandé de signer un papier les autorisant à diffuser les images et elle les a envoyés se faire voir. Ils ont eu l'air déçus... Ceci dit Marion n'est pas tellement mieux lotie qu'elle. Pour compléter elle s'est lancée dans le service à la personne. Elle a trois clientes d'après ce qu'elle a compris. Au final pour elle non plus ça ne doit pas faire lourd à la fin du mois. Mais son mec vend des voitures sur la nationale alors merci pour elle, y a peu de chances qu'elle soit dans le besoin. Du temps où elle était avec Antoine, sûr qu'ils devaient tirer la langue. Mais maintenant qu'elle l'a largué pour un type sérieux qui gagne sa vie... Parce que bon, elle ne veut pas être méchante mais franchement, mets Antoine et Marco dans la balance et demande à n'importe quelle fille de choisir, et tu comprendras vite de quelle matière est fait son petit cœur. Marion a penché du côté du confort et de la sécurité matérielle. C'est son problème. Ce n'est pas elle qui lui jetterait la pierre. Chacun fait ce qu'il veut. Chacun sa morale. Et puis Antoine, une fois sorti du lit, une fois que t'as fait le tour de son joli petit cul et de sa gueule d'ange, ça ne doit pas être un cadeau tous les jours.

Son boulot à l'hôpital ça se résume à n'importe quel boulot de femme de ménage : nettoyer la merde des autres. Ses copines ne comprennent pas qu'elle ait choisi de bosser là alors qu'avant elle faisait la même chose dans le douillet de maisons particulières. Elles disent qu'à sa place elles auraient jamais lâché ça pour l'hôpital. Parce que la crasse et la poussière des petits salons des cuisines des salles de bains des chiottes dans les jolies maisons vue sur mer c'est une chose, mais la maladie les gens les médecins les familles qui ne te regardent même pas ne te disent même pas bonjour et te méprisent c'en est une autre. En même temps ça tombe bien, elles n'y sont pas, à sa place. Et elle, elle préfère. Ici elle n'entre pas dans l'intimité des gens. Ou alors de façon tellement crue, désarmée, que ça met tout le monde à égalité. Les gens des villas, ici, reliés à leur perfusion, leur respirateur, maigres et blancs et affaiblis et parfois incapables de même se lever pour pisser ou pour chier, nourris à la petite cuiller dans leur lit médical au milieu des murs rose pâle des chariots des odeurs de mauvaise bouffe et de désinfectant, il ne leur reste plus rien de supérieur, vous pouvez la croire. Plus rien qui fait envie. Plus de grands airs de beaux habits à repasser avec la marque en vue, plus de beaux meubles à dépoussiérer, plus de placards pleins de produits achetés sans même en consulter le prix sur l'étiquette, plus de frigo rempli à ras bord de trucs qu'elle ne bouffera jamais même à Noël. Plus de piscine ni de meubles en teck sur la terrasse. Plus de thé Mariage Frères ni de capsules Nespresso. Plus d'Audi ni de BMW garées le long du mur. Plus de sourires ni de petites attentions doucereuses pour faire passer la pilule et leur donner bonne conscience. Plus de Si vous avez le temps vous me ferez un peu de repassage, Si aujourd'hui vous pouviez penser à nettoyer le réfrigérateur, Les enfants dorment si vous pouviez attendre un peu avant de passer l'aspirateur, L'autre fois j'ai remarqué qu'il restait des traces dans le lavabo de la salle de bains. Plus de livres, de papiers, de relevés de comptes avec tellement de chiffres au crédit qu'elle ne peut même pas se figurer ce que ça représente réellement. Plus de musique classique, de jazz, de coups de téléphone bien audibles à dévoiler comme si elle n'était pas là leurs problèmes qui n'en sont pas vraiment et qui ne la regardent pas de toute façon. Plus de conversations subies par politesse. Ma fille ceci. Mon fils cela. Et mon mari si vous saviez. Plus rien de tout ça. Juste des malades sur des lits. Des sols à nettoyer, des chiottes et des douches à récurer. Des chariots repas à débarrasser. Des draps à changer. Quatre heures comme ça et elle enlève sa blouse, reprend son blouson ses clés de Twingo et rentre chez elle, l'appartement vide jusqu'à ce que sa fille arrive du collège. Laura est en troisième. N'en fout pas une rame. Passe son temps enfermée dans sa chambre ou chez les copines. Ou à traîner en bande sur les bancs en bas de l'immeuble, entre les parkings et les pelouses mitées, colonisant l'aire de jeux et fumant perchés sur les agrès. Des heures et des nuits sur Facebook. Elle dit que plus tard elle veut travailler dans la mode même si elle déteste la couture et ne sait pas dessiner. Non mais je veux dire, vendre des fringues dans une boutique, tu vois. Soupire dès qu'on lui adresse la parole ou lui demande quoi que ce soit. Des nouvelles, débarrasser, un service, ou qu'on lui propose quelque chose : un ciné, un McDo. Et semble prête à appeler la Ddass et à dénoncer sa mère pour mauvais traitement au motif que Coralie lui impose chaque soir de dîner avec elle. Depuis peu elle s'est résolue à allumer la télé. Elles mangent leurs pâtes devant *Plus belle la vie*. Parce que le silence, les chiens de faïence, les soupirs, l'impatience qu'a Laura de regagner sa chambre pour chatter avec ses copines, ça devenait juste insupportable. Une adolescente, quoi. Elle se dit qu'elle devait être comme elle au même âge mais franchement, non, elle a beau se creuser la cervelle elle ne se souvient pas d'elle comme ça. Ou bien c'est qu'elle a la mémoire courte. Ou qu'elle regrette de ne pas l'avoir été plus. De ne pas en avoir eu vraiment, d'adolescence. Sage petite fille à ses parents, docile et plate, sans relief et sans l'excuse de la glande entre copines, de l'attrait des garçons, des ordinateurs ou des séries télévisées pour justifier ses mauvaises notes. Gentille fille pas très douée en quoi que ce soit, bonne volonté en pure perte. Mais le mystère de la disparition de sa fille, c'est là malgré tout l'insondable. Où est-elle passée ? Quel rapport entre cette présence hostile dans l'appartement et la gamine qu'elle a tenue dans ses bras, qui n'en avait jamais assez de ses étreintes ? Quand est-ce que ça a bien pu merder ? Et pourquoi ? Et d'où viendra la joie désormais ? D'où viendra le réconfort ? Après les journées de merde à nettoyer la merde. Il y a quelques années encore elle se surprenait à imaginer sa vie une fois Laura partie. Le vide que ça ferait. La solitude absolue de l'appartement. Les journées sans la perspective des quatre heures et demie et du torrent de vie qui fait irruption. La somme de gestes et de mots. Leur complicité absolue. Une seule et même personne. Le goûter sur la plage et les devoirs à la maison. Les jeux puis les préparatifs du repas. Les histoires et l'endormissement dans un même lit, une même chaleur, son petit corps entre ses bras, l'odeur de ses cheveux rassurante et emplissant ses poumons. Elle imaginait ce qui suivrait et ça la terrifiait. Laura n'est pas encore partie et pourtant l'horreur a déjà commencé. Et c'est encore au-delà de tout ce qu'elle pouvait redouter.

Comme toujours elle démarre par les couloirs, les toilettes du personnel, la salle des infirmières. De la musique dans le casque. La musique elle a toujours aimé ça. Toujours aimé chanter aussi. Sous sa douche et en secret. Gamine c'est de ça qu'elle rêvait. Elle se voyait chanteuse. Pas une star non. Juste chanteuse, l'été, dans les cafés, avec un type à la guitare ou au synthétiseur. Aux beaux jours avec Fabrice, les soirées qu'elle préférait c'était quand il l'emmenait au karaoké. Juste eux deux parce que devant les copines elle n'aurait pas osé. Elle chantait uniquement pour lui. Il disait qu'elle avait une belle voix et il semblait sincère. Un vieux Mylène Farmer. Jean-Jacques Goldman. Balavoine. *Valse de Vienne*. Phil Barney. Ça aussi, ça a disparu quelque part sans qu'elle sache où. La tiédeur de la nuit, les illuminations dans les palmiers, les badauds léchant des glaces face aux yachts. Les cocktails après qu'elle laissait sa place à une autre chanteuse, un autre chanteur. Tout le Top 50 des années quatre-vingt-dix y passait. Quelques années avant leur séparation Fabrice l'avait convaincue de s'inscrire à *La Nouvelle Star*. Des sélections avaient lieu à Nice. La petite n'avait que six ans. Elle n'a jamais vu les images, n'a même jamais demandé à les voir. C'est juste demeuré comme une blague entre elles. Parfois ça revient. Comme une moquerie. Une bizarrerie. Ça la laisse incrédule. Comme si vraiment Laura la croyait incapable de faire un truc pareil. Du reste elle ne lui a jamais demandé de chanter devant elle. S'est toujours contentée de se moquer d'elle. Comme si elle s'en fichait. Comme si elle s'en était toujours fichue, même quand elle avait été en âge de réaliser de quoi il s'agissait et qu'elle suivait avec passion le programme en question. Même avant de plonger dans l'adolescence et de soupirer chaque fois qu'elle se trouve en sa présence. Elle se souvient parfaitement de ce jour-là. Les trois heures de queue avec les caméras qui lui tournaient autour. Elle essayait de se faire toute petite, tremblait rien qu'à l'idée d'apparaître quelques semaines plus tard à la télévision, que les copines la reconnaissent, et puis tout le quartier. Mais ça n'avait pas manqué. Une fille avec un micro s'était approchée d'elle et lui avait demandé d'où elle venait et ce qu'elle faisait dans la vie. Elle avait répondu la vérité, qu'elle s'occupait de sa petite fille et c'était vrai, parce que Fabrice était du genre vieille école et que selon lui une femme ne devait travailler que si elle n'avait réellement pas d'autre choix pour subvenir à ses besoins, et puis si on fait des gosses c'est pour les élever soi-même, il disait, si c'est pour les confier à d'autres et les retrouver seulement le soir pour le bain le dîner et les mettre au lit, à quoi bon. Alors à l'époque elle s'occupait de la petite à plein temps. Puis Laura était entrée à l'école et il y avait ces six heures quatre jours par semaine dont elle ne savait pas trop quoi faire. Les courses le ménage les lessives ça ne suffisait pas à les remplir. Elle s'ennuyait un peu dans l'appartement vide, entièrement tendue vers la sortie d'école, mais au fond ce n'était pas si mal, c'est ce qu'elle se dit aujourd'hui penchée sur les toilettes de la chambre 214, où une vieille dort toute la journée, elle ne l'a même jamais vue ouvrir les yeux. Une vieille minuscule sous ses draps bleus. Complètement transparente et décharnée. Comme un raisin rabougri et desséché.

On lui avait demandé si elle pensait être la Nouvelle Star et elle n'avait pas su quoi répondre. La fille au micro s'était éloignée un peu déçue. La séquence n'était pas passée. Trop banale. Pas d'histoire. Juste une mère au foyer qui tente sa chance au casting. Si elle le repassait aujourd'hui sûr qu'on ferait un petit sujet sur elle. Seule dans son HLM avec sa fille adolescente. Deux boulots pour s'en sortir à peu près. Les petits déjeuners à l'hôtel et les chiottes dans les chambres à l'hôpital. Et ses trente-huit ans. Le souvenir des karaokés en amoureux. Avant que Fabrice se tire avec une autre. Même ça, ça leur aurait plu. Le plombier qui tombe amoureux d'une cliente. Presque un scénario de film porno à la con. Le beau gosse en marcel qui débarque dans la cuisine de la fille en minijupe et haut moulant. Bonjour mademoiselle. Alors comme ça vous voulez que je débouche vos canalisations... On avait fini par l'emmener jusqu'à une cabine où tout était bleu. Avec juste une caméra en face d'elle. On lui avait dit : Chante. Et elle avait chanté. Une chanson de Liane Foly qu'elle reprenait souvent au karaoké. Bien sûr a capella ce n'était pas pareil mais ça avait été, après le chevrotement des premières notes, à cause du trac, ça s'était plutôt bien passé. Elle avait fait de son mieux. Puis elle avait attendu au milieu des autres avec leur dossard comme des coureurs de marathon. Ensuite un grand type était venu annoncer le numéro des candidats appelés à chanter devant le jury. Et elle avait été retenue. De nouveau l'attente. Et les caméras qui tournaient autour, les journalistes qui disaient : Allez-y, chantez quelque chose, jouez-nous un truc, ayez l'air de vous amuser. Alors des gens qui ne se connaissaient pas la veille et ne s'étaient jamais parlé une minute plus tôt faisaient semblant d'être liés à la vie à la mort avec de grands rires forcés, des exclamations, des gestes enthousiastes, et se mettaient à chanter ensemble, l'air pénétré, des chansons dont elle n'avait jamais entendu la moindre note. Et puis ça avait été son tour. La caméra l'avait suivie dans le couloir, puis dans la petite salle d'attente. Et enfin elle était entrée. Ils étaient quatre, alignés face à elle, assis à une table couverte d'étoffe noire. Elle les avait vus à la télé l'année précédente. Elle n'en connaissait aucun avant ça. C'étaient des gens du milieu. Un compositeur arrangeur un peu pianiste, un type d'une grande maison de disques, un producteur de comédies musicales et un genre d'humoriste. Chacun son rôle. Le gentil le méchant l'exigeant mais juste et la rigolote au grand cœur.

— Et vous allez nous chanter quoi ?

— *Au fur et à mesure* de Liane Foly.

Là ils s'étaient marrés. Sur le coup elle n'avait pas su pourquoi. Mais elle avait bien compris qu'elle avait fait un mauvais choix. D'abord elle s'était dit qu'ils trouvaient peut-être la chanson trop ringarde. Elle n'en savait rien. Après tout c'étaient des professionnels. Ils avaient forcément des avis particuliers, des goûts plus affirmés que la moyenne. Comme à la télé quand les comiques se foutent de la gueule de Céline Dion, d'Hélène Ségara ou de Lara Fabian. Elle, elle trouve qu'elles chantent bien, qu'elles ont vraiment une belle voix. Et elle aime bien leurs chansons. Elle ne voit pas ce qu'il y a de drôle. Comment pouvait-elle savoir que le type aux cheveux noirs un peu trop longs qui faisait des discours intermi-nables et avait toujours l'air de draguer les filles quand il leur disait ce qu'il pensait d'elles était l'auteur de la chanson et l'ex de Liane Foly ? Qu'est-ce qu'elle y pouvait si les gens étaient assez tordus pour penser qu'elle avait pu faire ce choix exprès, dans l'espoir d'amadouer Manoukian ? Elle avait commencé à chanter et étrangement elle n'avait pas eu peur. Elle savait qu'elle risquait de passer à la télévision, que tout le monde la verrait alors, qu'elle avait devant elle des professionnels qui allaient la juger, mais elle n'avait pas peur. Elle chantait. Elle était bien. Sa voix sortait comme il fallait.

En face les quatre jurés souriaient. Ils semblaient un peu attendris. Quand elle avait eu fini, pendant une microseconde elle y avait cru, elle s'était dit, Après tout pourquoi pas ? Pourquoi pas passer les épreuves et se retrouver à chanter en prime time ? Elle s'était même demandé comment ils feraient avec la gamine dans ce cas-là, parce qu'il faudrait vivre à Paris pendant des semaines et des semaines. Elle n'avait pas eu le temps d'envisager les différentes possibilités. Le verdict était tombé. Une chanteuse de karaoké. Voilà ce qu'ils avaient dit. Avec des gentils sourires et des voix mielleuses pour contrebalancer. Mais c'était ça qu'ils pensaient. Qu'elle chantait juste mais qu'elle n'avait pas « d'identité », pas de « signature vocale », pas « d'univers ». Des chanteuses comme vous il y en a dans chaque poubelle, avait dit l'un d'eux. Et nous ce qu'on cherche c'est LA nouvelle star. Et ça s'était terminé là. Chanteuse de karaoké. Elle n'avait pas pleuré. Elle était rentrée chez elle en se disant que c'était la vérité. C'était bien ce qu'elle était après tout. Pas une artiste. Simplement une chanteuse de karaoké. Qui ne connaissait rien à la musique. Qui aimait pour de vrai Céline Dion Hélène Ségara et les autres. Trois semaines plus tard l'émission était passée et on l'avait aperçue quelques secondes. On l'entendait annoncer sa chanson et on voyait en gros plan Manoukian et les autres qui rigolaient. Puis elle poussait trois notes et après ça le jury lui disait qu'elle chantait juste mais que ça ne suffisait pas. Ils avaient coupé les mots poubelle, identité, karaoké. Ça l'avait soulagée. On lui en avait parlé pendant deux trois semaines. À la sortie de l'école, à la boulangerie, chez Ed. Certains lui disaient : vous avez vraiment une belle voix, moi je vous aurais prise... Mais fallait pas choisir cette chanson. Ils aiment pas quand on prend un truc qu'ils ont fait. Pareil pour *Les Dix Commandements*. Faut pas y aller. Et puis peu à peu tout le monde avait oublié. Et la vie avait repris son cours.

Elle regarde le planning et passe devant les soins intensifs pour se rendre en orthopédie. La 213 est remplie de blouses blanches. Il y a aussi deux flics. Elle ne peut pas s'en empêcher, c'est comme un réflexe, elle jette un œil et ce type endormi, malgré ses bandages elle le reconnaît instantanément, c'est l'ex de Marion, c'est Antoine. Elle s'approche du lit et demande à l'aide-soignante ce qui lui est arrivé.

— On ne sait pas. Quelqu'un l'a amené ici cette nuit. On l'a laissé comme ça sur un banc devant l'entrée. Le pauvre était sans connaissance. Et on n'a rien trouvé sur lui. Pas de papiers, rien. Mais qu'est-ce que vous foutez là, d'abord ?

— Vous le connaissez ?

C'est le flic qui vient de s'adresser à elle. Tout le monde la regarde maintenant. Elle répond que oui. Elle donne son nom. Celui de son ex, la mère de Nino, précise-t-elle. Son numéro de téléphone. Elle donne aussi le nom du père. Elle parle du camping. Des bungalows qu'il retape et du mobile home où il loge. Du foot et du match contre Nantes à venir. Elle raconte tout ce qu'elle sait. Elle ignore pourquoi elle en dit tant. Tout ce que Marion a pu lui raconter et dont elle se fout bien, elle le répète. Marion qui passe son temps à parler d'Antoine même s'ils ne sont plus ensemble, même si elle répète à qui veut l'entendre qu'entre eux c'est fini de chez fini. Franchement qui peut y croire ?

— Qu'est-ce qui lui est arrivé ? elle demande de nouveau.

— Il s'est fait fracasser le crâne. À coups de batte de base-ball ou d'un truc du genre.

— Et c'est grave.

— À votre avis ? Il est dans le coma. Et pour le reste il a pas l'air bien. Ils vont lui faire des examens.

Elle quitte la chambre. Une fois dans le couloir elle sort son téléphone de sa poche et se dirige vers le petit coin aménagé pour les visiteurs. Trois plantes grasses une machine à café. Des banquettes en Skaï rose. Noémie fait sa pause les yeux dans le vide.

— Ça va ?

— Et toi ?

Elle compose le numéro. Ce n'est pas tant qu'elle en ait quoi ce soit à foutre mais elle sait qu'à la place de Marion elle n'aimerait pas décrocher et tomber sur des flics lui annonçant comme ça qu'Antoine est en réanimation, qu'on l'a frappé avec une batte de base-ball. Elle tombe sur le répondeur et laisse un message. C'est Coralie. Je suis à l'hôpital. Il s'est passé quelque chose. Rappelle. Elle raccroche sous les yeux de Noémie qui secoue la tête d'un air affligé.

— Ouais, des trucs aujourd'hui, sûr qu'il s'en passe. D'abord ce type qui s'est fait agresser. Et puis les deux vieux qui se sont noyés. Elle s'en est pas sortie. Lui si. Tout à l'heure j'étais dans sa chambre et il chialait. Pas seulement parce que sa femme est morte. Il paraît que quand les secours l'ont repêché il était furax. Qu'il les a traités de tous les noms. Il aurait voulu qu'on le laisse là, à se noyer. C'est dingue, non ? Et deux heures après ils ont ramené cette gamine. Ils l'ont trouvée trempée sur la plage. Échouée. Juste en jean et en tee-shirt. Sans rien sur elle, elle non plus. Depuis qu'elle est là elle a pas dit un mot. Ils lui font des examens mais elle a rien du tout. Juste elle parle pas.

— Dites donc, si c'est pour bavarder et vous la couler douce j'ai un paquet comme ça de CV, sur mon bureau, de filles qui demandent qu'à prendre votre place.

Coralie se retourne. Ne répond rien. Se remet au boulot. Passe devant le chef de service sans même lui adresser un regard. Elle pousse la porte de la 247. Un type énorme aux deux jambes plâtrées. La télé allumée sur le sport.

— Putain c'est pas trop tôt. Ça fait dix minutes que j'appelle.

7

Delphine

Elle a tout de suite vu que ça n'allait pas. À peine entrée dans l'appartement. Mélanie tenait son bébé contre sa poitrine, le petit hurlait et elle semblait à bout de nerfs. D'abord elle a cru que c'était ça. Le bébé. Les cris. L'impossibilité pour Mélanie de gérer ça. Ce n'est qu'une gamine. Depuis le début elle n'y arrive pas. Elle a dû tout lui montrer. Tout lui apprendre. Le bain. Les repas. Les vêtements. Les couches. Les siestes. Comment le prendre dans ses bras. Comment lui parler. Mélanie avait l'air de sortir du lit. En survêtement comme toujours mais le visage défait, des cernes sous ses yeux rougis. Delphine a pensé : ou alors elle s'est remise à fumer. Mais l'appartement ne sentait rien. Juste le Nescafé et les couches de bébé qui s'entassaient dans la poubelle.

Elle est arrivée trempée. Il n'y a qu'une rue à traverser pour aller de chez Noémie à ici mais avec ce qui tombe depuis ce matin elle s'est retrouvée liquide en trois minutes chrono. Tous les appartements sont dans le même quartier. Des studios, des F2 des F3, simples mais corrects, fonctionnels comme on dit, mis à disposition de femmes seules en difficulté, de couples en réinsertion, jeunes pour la plupart, comme Mélanie et Ryan. Mélanie, ses parents l'ont virée quand ils ont su qu'elle était enceinte. Ça paraît dingue. Mais Delphine est bien placée pour savoir que ce genre de truc, ça arrive partout, tous les jours. Lui il a grandi en foyer. Casier pas vraiment vierge. Tous les deux sans diplômes. Sans ressources. Sans emploi. Ils se sont retrouvés à la rue pendant trois mois. Alors qu'elle attendait le petit. Mais c'est du passé. L'association les a pris en charge. On leur a filé un appartement. Et puis Ryan bosse depuis trois mois maintenant. Comme manutentionnaire au Brico. C'est Delphine qui lui a appris à rédiger un CV, une lettre de candidature, à démarcher les boîtes. Elle qui l'a accompagné aux entretiens, au Pôle emploi. Elle n'a aucun mérite. C'est juste son boulot. Elle est payée pour ça. Même si Mélanie persiste à l'appeler sa fée, sa bonne fée. Noémie c'est pareil. C'est Delphine qui lui a trouvé le boulot à l'hôpital. Elle sortait de taule. Rien de très grave. Des mauvaises fréquentations. Des paquets qu'on accepte de prendre avec soi et de remettre à quelqu'un qu'on ne connaît pas à l'autre bout de la France. Quand elle est sortie son mec s'était évaporé. Leur appartement loué à d'autres gens. Elle a vécu quelques jours chez une copine. C'était ça ou la rue. Mais avec le mari les trois gosses et le frère qui squattait, dans le trois-pièces c'est vite devenu invivable. C'est comme ça qu'elle a fini par frapper à la porte de l'association. Maintenant tout semble sur de bons rails. Elle vient de signer un CDI. À mi-temps mais c'est déjà ça. Et elle a un entretien dans une société de nettoyage d'entreprises la semaine prochaine. Si tout se déroule comme prévu, dans six mois elle pourra déposer une demande de logement social. Et voler de ses propres ailes. Delphine l'aime bien. Ce qui n'est pas toujours le cas. C'est une fille courageuse, structurée, sérieuse. Qui semble ne pas beaucoup souffrir de la solitude. Et qui lit beaucoup. Elle y a pris goût en prison. Pas de télé chez elle. Elle a même demandé à ce que Delphine l'en débarrasse. Mélanie par contre vit avec MTV, NRJ12 et M6 en permanence. Avec une préférence pour les clips de RnB et les émissions de téléréalité un peu trash, genre *Les Ch'tis à Ibiza* ou *Voulez-vous épouser mon fils même s'il est moche complètement con et vit avec sa mère à trente-cinq balais*. Delphine aime bien passer du temps avec Noémie. Leur rendez-vous hebdomadaire à force ce n'est plus tout à fait du travail. Elles prennent le thé et bavardent une heure ou deux. De l'ambiance à l'hôpital. Des livres qu'elle a lus. C'est une fille vraiment intelligente, sensible, cultivée. Même si personne ne lui donnera jamais l'occasion de le montrer. Dans le monde du travail tout du moins. C'est ainsi. Pas de diplôme. Aucune expérience professionnelle. Sans compter la prison. Elle n'aura pas de deuxième chance. Ou alors disons que sa deuxième chance elle l'a eue. Il ne faudra pas en demander plus. Souvent pendant qu'elles parlent Delphine se dit qu'au fond elles se ressemblent toutes les deux. Qu'il aurait suffi d'un rien pour qu'elles se retrouvent à la place l'une de l'autre. Mais elle se le dit aussi en voyant Mélanie. Et tous les autres. Elle est comme ça. Et c'est sûrement ce qui l'a menée ici, dans cet appartement, face à Mélanie en survêtement rose et gris, complètement épuisée, à bout, tenant entre ses bras son bébé hurlant.

— Je sais pas où il est, elle dit. Il est pas rentré hier soir. Il répond pas. Je lui ai laissé soixante messages. Qu'est-ce qu'il branle, putain ?

Alors c'est ça. Ryan n'est pas rentré. Évidemment ce n'est pas la première fois mais ça faisait longtemps. C'était derrière lui les conneries. Depuis la naissance du petit, il file droit. C'en est stupéfiant, cette transformation. C'est même émouvant de le voir s'occuper de cet enfant, être aux petits soins, lui parler, l'inonder de Mon cœur mon lapin mon prince. Avec son mètre quatre-vingt-quinze ses fringues de caillera sa voix grave et le paquet de nerfs à quoi semble se résumer son corps, c'est parfaitement déconnecté, incongru. On n'imagine pas la douceur sous la carcasse. La tendresse. Le gamin hurle de plus belle et sa mère est tellement à cran qu'elle le tient un peu de travers. Delphine le prend sans rien dire et c'est tout juste si Mélanie y prête attention. Elle se met à faire les cent pas, attrape une tasse puis la repose, une bouteille idem, comme si elle cherchait quelque chose à envoyer voler quelque part et finalement se reprenait à cause de Delphine, du gosse, ou de son impuissance et de sa détresse mêlées. C'est à peine si elle voit la tête chauve et humide du petit se lover dans le creux de l'épaule de sa protectrice. À peine si elle paraît entendre le silence qui vient d'envahir l'appartement. Les pleurs stoppés d'un coup. La respiration calme du nourrisson. Les petits bruits de succion que fait sa bouche. Et puis si. Au bout d'un moment elle s'arrête de tourner dans sa cage. Elle réalise et ça la met en rogne, on dirait.

— Alors ça, ça me tue. Ça fait trois heures qu'il chiale à me vriller les tympans et toi tu arrives, tu le prends contre toi et ça y est, plus rien.

— Oh c'est pas moi. C'est juste qu'il te sent énervée et que ça le perturbe. Les bébés ça sent tout tu sais.

— Putain qu'est-ce que t'en sais ? T'en as pas si je me souviens bien.

Delphine encaisse. Elle a l'habitude. Elle ne répond pas. Il n'y a rien à répondre. Elle n'a pas d'enfant, c'est vrai. Ce qui ne signifie pas qu'elle n'ait jamais eu de bébé. Ce qui ne signifie pas qu'en tenir un contre elle, un qui n'est pas né de son ventre, un qui respire, un dont le cœur bat, un dont la peau est toute chaude contre la sienne ne la déchire pas. Mais ça ne regarde personne. Alors elle encaisse. Et joue le rôle de celle qui ne sait pas mais qui malgré tout donne des conseils, des avis. Tout comme elle accompagne ses protégés dans leur recherche d'emploi bien qu'elle n'ait jamais eu vraiment à en chercher elle-même, que travaillant depuis toujours dans ce secteur elle n'ait aucune expérience du monde de l'entreprise. Pas plus que Lætitia, sa copine au Pôle emploi. Celle grâce à qui elle a trouvé un job à Ryan, à Noémie et à tous les autres. Qui était au chômage depuis dix mois quand elle s'est dit, Tiens, pourquoi pas postuler au Pôle emploi ? Qui s'est retrouvée conseillère du jour au lendemain alors qu'elle n'avait jamais reçu la moindre réponse au moindre de ses CV, ne s'était jamais rendue au moindre entretien, n'avait jamais mis les pieds dans une boîte. L'emploi, je connais pas, c'est sûr. Mais en matière de chômage, par contre, j'ai une sacrée expérience, elle dit toujours en rigolant.

Mélanie a fini par s'asseoir et elle se ronge les ongles devant la télévision dont elle a monté le son. Comme si se retrouver dans le silence face à Delphine et au bébé qui dort maintenant, couché dans le petit lit parapluie à côté du canapé qu'elle déplie le soir pour la nuit, qu'elle replie chaque matin comme Delphine lui a conseillé de le faire, histoire que l'appartement ressemble à quelque chose même si elle n'a rien de particulier à y faire à part s'occuper du bébé et regarder la télévision en attendant le retour de Ryan, lui était insupportable. Comme si tout valait mieux que ça. Même Shakira.

— Tu es sûre qu'il ne t'a rien dit ?

— Juste qu'il irait boire un coup avec Javier. Qu'il rentrerait tard. Rien d'autre.

— Javier ? Celui qui est veilleur aux entrepôts ?

— Ouais.

— Et tu l'as appelé ?

— Il répond pas non plus. De toute façon celui-là c'est juste un nid à emmerdes. J'aime pas que Ryan passe trop de temps avec lui. Toujours fourré dans des plans bizarres.

— Quel genre ?

— Genre : des plans, quoi. Des trucs qu'il vend. Toujours les mêmes conneries. Mais ils étaient ensemble au foyer. Je peux pas empêcher Ryan de le voir non plus. Et puis même si je le voulais, de toute façon Ryan il fait toujours juste ce qu'il veut.

Delphine lui demande si elle a entrepris des recherches.

— Des recherches ? elle répond. Où tu veux que je le cherche ? Il peut être n'importe où.

— Il lui est peut-être arrivé quelque chose.

Mélanie hausse les épaules. Dans son regard passe une lueur de terreur. Elle se fourre les doigts dans la bouche et commence à se manger la peau autour des ongles. Delphine sort son téléphone et compose le numéro de l'hôpital. Elle connaît bien Sophie, aux admissions. Lui expose brièvement la situation et raccroche.

— Elle va se renseigner, dit-elle à Mélanie. Parce que avec le coup de mer, ça n'arrête pas. Tout à l'heure j'étais avec Noémie, qui a l'appartement en face du tien. Rien que ce matin ils ont repêché deux petits vieux. La femme est morte. Et un pompier m'a raconté qu'un type s'était noyé en essayant de sauver son chien. Ils ont aussi récupéré une gamine trempée des pieds à la tête qui était sur la plage, apparemment elle sortait de l'eau, elle avait l'air complètement choquée.

— Pourquoi tu veux que Ryan se soit noyé ? Tu veux me foutre les jetons ? Je te dis qu'il est pas rentré hier soir. Et ça s'est levé que ce matin. Et puis il met jamais les pieds à la mer de toute manière.

— J'en sais rien, moi. Ils ont peut-être fait les cons toute la nuit. Et ils ont échoué ce matin à la plage.

— Tu le prends pour un putain de touriste ?

— La plage n'est pas réservée aux touristes. Moi par exemple j'aime bien boire une petite bière au bord de l'eau de temps en temps. Quand le soleil se couche. C'est vraiment beau, tu sais. Regarder ça, je t'assure, ça te lave le cerveau.

Mélanie hausse de nouveau les épaules. Elle est comme la plupart des filles dont s'occupe Delphine, excepté Noémie. Elle se fiche bien de la mer. Des calanques. Des roches rouges de l'Estérel. Elle ne les voit même pas. Elle ne sait pas la chance qu'elle a de vivre dans un cadre pareil. Mais cette phrase, Delphine ne la prononce plus depuis longtemps. Elle a trop entendu la réponse. Putain quelle chance ? J'ai pas une thune mes parents m'ont mise à la porte dès qu'ils ont pu je bosse comme une dingue pour des clopinettes je suis même pas foutue de me payer un appartement de quelle chance tu me parles, qu'est-ce que j'en ai à branler du soleil et de l'azur ? Ou bien : mon père était pêcheur. Toute sa vie à partir à quatre heures du mat pour pas un rond. Vivre à la mer t'appelles ça de la chance ? Tout ça elle connaît par cœur. Son téléphone vibre. C'est Sophie. Rien. Pas de trace de Ryan. On a bien ramené un type hier, bien amoché soit dit en passant, mais ça y est, on l'a identifié. Antoine quelque chose.

— Mets un manteau. Habille le petit.

— Pourquoi ?

— On va au commissariat.

Mélanie blêmit. Comme n'importe qui dès qu'on parle d'aller voir la police. N'importe qui dès lors qu'on se situe d'un côté bien précis de la barrière. Le côté des emmerdes. Le côté où on se débrouille comme on peut. Delphine est bien placée pour le savoir. Ceux qui ont besoin d'être protégés sont précisément ceux qui se méfient le plus de ceux qui sont censés le faire. Policiers. Travailleurs sociaux. Médecins. Hôpitaux. Pôle emploi. Politiciens. Gouvernement. Europe.

Quand elles sortent le vent est tombé et la pluie a cessé. Delphine n'avait pas fait attention. Coincée dans l'appartement avec le bébé qui hurlait et Mélanie à bout de nerfs, la télé sur les clips, elle n'a pas entendu le silence s'étendre soudain et tout envahir. Un silence d'après la fin du monde. Qui prend toute la place. Plus rien ne bouge. Arbres immobiles et volets en berne. Dans la voiture elle voit défiler les rues désertes, les rideaux baissés, la ville fantôme. Elles débouchent sur le front de mer et l'eau est parfaitement lisse sous le ciel d'un blanc bizarre. Le sable trempé est constellé de débris, d'objets arrachés au rivage ou ramenés du large. Une décharge bordant les eaux laiteuses et orangées, brouillées par la terre coulée du massif. Elles longent l'auberge où les employés s'acharnent à déblayer la terrasse. Les baies sont grandes ouvertes, certaines vitres ont volé en éclats. Delphine passe au ralenti, regarde le carrelage effacé, les tables renversées, le sol ensablé et l'eau dégoulinant d'un peu partout. Plus loin la plage privée de l'hôtel est ravagée. Le toit de bois ajouré a volé on ne sait où. Les poteaux et le semblant de charpente auxquels il s'arrimait ne sont plus qu'un tas de poutres écroulées. Certaines pointent en diagonale. D'autres sont manquantes et doivent flotter au loin. Partout sur la plage, des tonnes d'algues s'étalent au milieu des sacs plastique, de géné-rations de seaux de pelles de râteaux, de tubes de crème solaire, d'emballages aux noms et motifs effacés, de bouteilles de soda, de san-dales, de pneus, de bidons engloutis depuis tant d'années que la mer a fini par les vomir. Tout est méconnaissable. Tout est vide et désolé, en désordre, les couleurs abolies, redéfinies. Plus rien ne ressemble à rien. Bien sûr c'est juste un coup de mer. Mais ça ressemble à autre chose. Et elle n'ose même pas imaginer ce que ce doit être ailleurs. Katrina. Haïti. Sendai. Toutes ces images dont elle ne parvient jamais à détacher le regard lorsqu'elles surviennent, ces nuits entières qu'elle passe devant son téléviseur, branchée sur les chaînes d'infos, à contempler les monceaux de débris, les décombres, l'anéan-tissement de provinces recouvertes, ravagées. Ces nuits entières qu'elle dépense auprès de ces hommes et de ces femmes jetés à la rue, arrachés aux leurs, dépouillés, endeuillés. Leur courage l'émeut aux larmes. Elle frémit à leurs côtés, ou plutôt en parallèle, elle frémit tandis qu'ils fouillent parmi les ruines, pleurent leurs enfants engloutis, leurs maris noyés, leurs frères ensevelis. Des nuits entières à se sentir parmi eux même si elle sait que ça ne rime à rien. Des nuits entières tandis que Bruno lui dit de venir se coucher, de le rejoindre sous les draps. Secouant la tête quand il la trouve les yeux rougis de larmes, scotchée au visage d'un enfant que sa mère vient de retrouver, moquant sa sensiblerie, sa capacité à s'émouvoir outre raison du sort de ces gens à l'autre bout du monde, qu'elle ne connaît ni ne connaîtra jamais. Elle lui disant J'arrive mais restant encore des heures devant le poste, comme aimantée, et ressentant au plus profond cet appel étrange qu'elle ne comprend pas, auquel elle ne veut pas répondre : va là-bas. C'est là-bas qu'est ta place. Parmi les ruines et les décombres. Au milieu des survivants. Parmi les corps noyés, enfouis, inanimés.

Au commissariat, ou ce qui en tient lieu, un hall d'attente et trois ou quatre bureaux minuscules où on ne traite pas grand-chose, des conneries entre jeunes l'été, vols sur la plage, petits dealers en boîte de nuit ou aux abords de la gare routière, villas cambriolées en dépit des murs dressés, des barrières et des codes, des systèmes d'alarme et de surveillance en tous genres, elles patientent un moment dans l'odeur de café et de détergent industriel. Aux murs des affiches austères indiquent les procédures à suivre en cas de vol de papiers d'identité. Il y a aussi une dizaine d'avis de recherche punaisés. Mélanie ne peut en détacher le regard. Photos baveuses d'imprimantes bas de gamme, défraîchies au fil des jours, des semaines, des mois, des années. Une femme d'une cinquantaine d'années, lunettes et cheveux courts, deux jeunes filles de seize et dix-sept ans, prototypes d'adolescentes de l'époque, sourires éclatant frange maquillage top à fines bretelles. Et un vieillard pareil à celui qui attend en face d'elles, un grand sac à ses pieds, et qu'on vient enfin interroger.

— Vous êtes là pour quoi ? lui demande un type en uniforme.

J'ai trouvé ça.

Il se lève, ouvre son sac et commence à en sortir une arme. Un fusil de chasse. L'officier a un geste de recul et lui fait signe de remballer ça et de le suivre.

— Où vous l'avez trouvé ?

— Sur la plage en bas de chez moi. Ramené par la tempête.

La porte d'un bureau se referme et on n'entend plus rien. Rien sinon les cris du petit qui vient de se réveiller et regarde autour de lui, effrayé.

— Je crois qu'il a faim, fait Mélanie.

— Donne-le-moi. Je vais le garder pendant que tu lui prépares son biberon.

Mélanie lance un regard perdu à Delphine. Évidemment elle est partie sans rien. Ni couches ni tenue de rechange ni eau ni poudre de lait. Elle aurait dû s'en douter. Il faut toujours tout lui dire. Toujours être derrière elle. La guider en tout.

— Bon. Reste là, lui dit Delphine. Je vais à la pharmacie à côté et je reviens. S'ils viennent te voir tu dis juste ce que tu sais. Que Ryan avait prévu de prendre un verre avec Javier hier soir après le boulot et que tu es sans nouvelles, qu'ils ne répondent ni l'un ni l'autre.

— Attends. J'ai pas un radis.

— C'est pas grave, je t'avance.

— Non, je veux dire, j'ai déjà une boîte de lait à la maison. Et deux biberons. Vu le prix que ça coûte ces conneries, j'ai pas les moyens d'en racheter, là tout de suite, alors que j'ai déjà tout ce qu'il faut.

— Et comment tu comptes faire alors ? On va pas laisser ton bébé hurler de faim comme ça pendant cent sept ans.

Dans un soupir, Delphine clôt la discussion.

— T'inquiète pas. Je vais payer. Je reviens tout de suite.

Elle se lève et se dirige vers la porte. Elle sait qu'elle n'est pas censée payer quoi que ce soit à ses protégés. Qu'elle n'est pas censée les aider de cette façon-là. Et que vu ce qu'elle gagne elle ne peut pas vraiment se le permettre. Mais elle ne peut pas s'en empêcher. Il y a toujours un moment où elle finit par leur acheter ce qui leur manque. Toujours elle leur dit : Tu me rembourseras quand ça ira mieux. Quand tu auras trouvé du travail. Quand tu auras touché ton RSA. Quand tu auras fini de rembourser tes crédits à la consommation. Mais ça n'arrive jamais. Ils ne s'en sortent jamais vraiment. Ils finissent seulement par être un peu moins dans la merde. Et une fois sortis d'affaires, une fois dans leur appartement à eux dont ils payent le loyer avec leur paie de caissière de femme de ménage de vigile, ils lui disent merci pour tout et on en reste là. Ils sortent de sa vie. Elle ne les revoit pas. Aucun ne semble songer à lui adresser un signe, à lui donner de ses nouvelles. Ni à lui dire merci en fait. Parce que bien sûr : Elle est payée pour ça. Et à leurs yeux, puisqu'elle s'occupe d'eux, puisqu'on la paie pour ça, ces vêtements pour enfants ces couches ces biberons ces bavoirs ces hochets ces tétines ces paquets de gâteaux ces petits pots ces boîtes de lait ce minimum qu'elle leur laisse et qu'elle paie elle-même, au fond elle le leur doit. Ça fait partie du package. Mais elle s'en fout. Même si Bruno l'engueule. Même si sa supérieure hiérarchique l'a convoquée deux fois pour lui faire la morale : Vous ne les aidez pas en faisant ça. Vous savez bien que l'objectif c'est qu'ils se prennent en charge. Qu'il faut leur apprendre des règles simples : si vous arrêtiez de fumer vous auriez largement de quoi acheter du lait et un biberon supplémentaire à votre bébé. Si vous vous contentiez du téléphone fixe de l'appartement et ne passiez pas votre vie sur votre portable avec vos copains alors que vous n'en avez pas les moyens vous pourriez lui acheter assez de couches pour le changer. Et tutti quanti.

— Tu veux pas prendre le petit ?

Elle se retourne et Mélanie lui tend l'enfant.

— S'il gueule comme ça on va pas s'entendre...

Delphine le prend contre elle mais cette fois il n'arrête pas de pleurer pour autant. Il n'arrêtera pas tant que son estomac ne sera pas rempli. Elle sort du commissariat et marche jusqu'à la pharmacie avec le bébé serré dans les bras, sa tiédeur humide, ses larmes lui coulant dans le cou, son nez morveux contre sa peau. Elle essaie de ne pas penser à ce que ça lui fait de marcher comme ça dans la rue avec un bébé collé contre elle, d'entrer dans la pharmacie et de saluer la femme au comptoir qui doit croire qu'il s'agit de son enfant, elle essaie de ne pas penser à ce que ça lui fait qu'on puisse se dire qu'elle est la mère du nourrisson en larmes, la mère étourdie sortie sans biberon ni boîte de lait et entrant en catastrophe dans la première pharmacie pour acheter de quoi nourrir son petit affamé qu'elle tente de calmer en le berçant doucement, en lui parlant avec cette voix et ces mots qu'on ne réserve qu'aux nouveaunés, ces mots d'une mère à son garçon tout simplement. La pharmacienne lui tend le sachet et pendant que Delphine paie, s'adresse au bébé avec ce même type de mots censés le rassurer : Voilà c'est fini ce gros chagrin tu vas pouvoir manger maman va te faire un bon biberon. Delphine sort et s'assied sur le premier banc venu. Un banc encore mouillé planté sur la promenade couverte de sable et d'algues, longeant la plage en désordre, les eaux maintenant marronnasses, comme mêlées de boue, sous le ciel en lambeaux, nuages déchiquetés sans pourtant qu'aucun vent ne souffle encore, laissant passer au loin le soleil en rideau. Elle a le cul trempé, un peu froid, tandis qu'elle verse la poudre au fond du biberon puis ajoute ce qu'il faut d'eau minérale, secoue le tout, le colle dans la bouche du petit qui soudain s'apaise, tète avec application. Elle sent ses doigts minuscules jouer avec les siens enserrant le verre du biberon. Entre ses pieds le plastique à la fois dense et mou du paquet de couches. Comme une scène ancienne, surgie d'un rêve étrange, à la fois fidèle et dérangé, avec ce décor sens dessus dessous, cette désolation. Lui envoyant une sorte de message. Qu'elle préfère ne pas chercher à déchiffrer. Comme elle préfère ne pas prêter attention aux pensées absurdes qui circulent dans sa tête, tandis que par réflexe elle colle son nez contre le crâne du nourrisson, respire son odeur de lait caillé et de savon doux. Et si elle emportait ce bébé avec elle ? Comme s'il était le sien. Comme si on le lui avait rendu. Comme si la tempête l'avait ramené des tréfonds de la mer. Comme si elle l'avait recueilli hurlant et trempé sur le sable, parmi les débris et les posidonies, à quelques mètres seulement des flots calmés, vidés de tout ce qu'ils avaient à rendre. Dans le vent absent et l'eau troublée. Cet air immobile et ce silence engourdissant l'espace, amortissant les sons, les gestes, la pensée elle-même. Et que ferait-elle avec ce bébé qui lui aurait été rendu comme un miracle ? Où irait-elle une fois au volant de sa voiture ? Pas chez elle bien sûr. Le petit n'a plus faim, il rejette sa tétine,

tandis qu'elle les imagine roulant parmi les châ-
taigniers, empruntant des routes étroites et sus-
pendues, virant par-dessus des ravins arborés,
dominant le cours d'une rivière, des eaux
douces et translucides lissant les cailloux d'une
émeraude un peu sombre où passent des éclats
de rouille. Tandis qu'elle imagine une maison
de pierre, une fenêtre donnant sur un figuier,
en Ardèche. Elle le serre contre son ventre et
la bouche du petit aspire sa peau, baiser édenté
auquel il lui faut immédiatement se soustraire.
Elle range le biberon dans le sac, à côté du
paquet de couches, se lève et marche vers le
commissariat. Elle a l'impression soudain d'y
aller pour se rendre, se déclarer coupable.

8

Serge

C'est Marion qui l'a prévenu. Elle n'avait aucune information ou presque. Une fille de l'hôpital venait de l'appeler et lui avait dit :

— Antoine est ici. Il est dans un sale état.

— C'est grave ?

— Ses jours ne sont pas en danger.

C'est tout ce qu'elle avait pu en tirer. Une réplique de série télé. Plus ça va plus les gens parlent comme dans les films. C'est une chose qu'il a remarquée ces derniers temps. Le contraire serait plus logique mais enfin. Et puis qu'est-ce que cette femme en savait ? Elle fait juste le ménage, s'il a bien compris. Tout ce qu'elle avait su dire, c'est que quelqu'un, on ignorait qui, personne ne semblait l'avoir vu, avait déposé Antoine devant les urgences, le crâne défoncé et sans connaissance, et l'avait laissé là. Qui peut faire des trucs pareils ? Dans quel putain de monde on vit, bordel ? Depuis il est toujours inconscient. Il est sorti du coma pendant quelques minutes, il paraît, et est replongé dans quelque chose d'approchant. On le soigne. Et le voilà, couvert de bandages, le visage tuméfié, étendu sous ses yeux. Son fils.

Marion est là également. Elle a rappliqué aussi vite qu'elle a pu. Elle était chez une cliente quand elle a reçu l'appel. Une vieille femme qui vit seule là-haut dans une villa perchée au-dessus de la baie. Une écrivaine. Serge la connaît. A refait sa terrasse il y a deux ans. Elle voulait la surélever, parce que, assise à sa table quand elle travaillait, elle ne voyait plus la baie dans sa totalité. L'olivier qu'elle avait planté dans le coin du jardin en mangeait une partie. Vous croyez pas que ce serait plus simple de le ratiboiser cet olivier ? lui avait-il demandé.

Elle avait répondu que si, sans doute, mais qu'elle n'avait jamais été adepte de la simpli-cité, en quelque domaine que ce soit. Une intello, quoi. Marrante.

— Vous voulez que j'aille vous chercher un café ?

Serge la connaît depuis qu'elle est gamine mais Marion persiste à le vouvoyer. Elle sort de la pièce. Il devine qu'elle a surtout besoin d'air. Et de retrouver ses esprits. Elle est cho-quée, comme lui. Elle a beau l'avoir largué, il a beau l'avoir poussée à bout, elle l'aime tou-jours, son Antoine. Ce n'est pas difficile à devi-ner. Serge se doute bien qu'il lui a rendu la vie impossible. Comme il l'a fait à tout le monde. Mais elle est accrochée à lui. Et pas seulement parce que c'est le père de leur enfant. C'est un gars bien dans le fond, Antoine. Serge en est certain. Et il sait qu'on ne peut pas tout résu-mer à la mort de sa mère. Bien sûr qu'il a dévissé à ce moment-là. Et que Serge n'a pas été fichu de le rattraper quand il aurait fallu. Mais même avant ça on voyait qu'il était écorché vif ce gosse, qu'il était tout en nerfs et sans carapace. Avec sa mère ils s'inquiétaient toujours pour lui. Et aussi ils se demandaient d'où ça pouvait bien venir. S'ils avaient fait quelque chose de mal. S'il s'était passé quelque chose qu'ils ignoraient dans sa petite enfance. Un genre de traumatisme. On ne peut pas dire qu'il soit trop versé dans toutes ces histoires de psychologie, mais il y a des choses comme ça qui vous traversent l'esprit quand votre gamin vous file entre les doigts, que vous faites du mieux que vous pouvez mais que ça semble pas être encore assez. Qui dira ce que ça fait vraiment à des parents de voir leurs gosses souffrir, se débattre avec la mélancolie la maladie ou il ne sait pas comment appeler ça ? Serge le regarde inanimé devant lui la tête bandée, inconscient, et même si le médecin assure qu'il reste optimiste, que ça va s'arranger, à cet instant il donnerait tout pour être à la place de son fils, pour qu'il n'ait plus jamais mal, que plus rien jamais ne le heurte, qu'il se lève soudain, plein de vie et beau comme il l'a toujours été, que son sourire crâneur se fiche sur ses lèvres et que ce soit pour toujours. Il donnerait tout pour qu'il soit juste heureux ce gamin. Il le regarde comme endormi et les bleus sur son visage lui filent envie de vomir. Il le regarde et ça le mord à l'intérieur. Et il s'en veut. Même s'il n'y est pour rien. Mais tous les parents sont comme ça, il suppose. Même quand ils n'en disent rien. Ne montrent rien. Toujours à s'imaginer responsables des souffrances qu'éprouvent leurs gosses. Même quand le gosse en question a passé la trentaine. Même quand ils ont fait du mieux qu'ils ont pu avec les moyens du bord. Malgré les sales coups qu'il a fallu encaisser. Et il ne va pas mentir. Ou s'attribuer le beau rôle. Quand Solange est morte lui-même s'est effondré. S'est retrouvé dans le noir complet. Il ne voyait plus rien. Arrivait à peine à se lever le matin. Il aurait dû être plus costaud que ça. Il avait deux gamins. Qui avaient l'air déjà quasi adultes mais qui étaient des gamins malgré tout. Évidemment qu'à leur âge lui il travaillait. Il était déjà sur ses rails. Mais c'était une autre époque. Il a mis du temps à le comprendre. Le fossé qui se creuse entre deux générations. C'est un truc difficile à intégrer. À se figurer. Que les choses puissent changer à ce point en si peu de temps. Qu'au même âge on n'ait plus le même âge à vingt-cinq ans d'intervalle. Et que la vie elle-même ne soit plus la même vie. Le décor. Les mots. Les gestes. Les façons de se tenir. Les sentiments. Il regarde son fils, il pense à ses copains, à Marion qui vient de rentrer dans la chambre avec un café. Ils paraissent tous tellement fragiles, tellement instables, comme si le sol ne cessait de se dérober sous leurs pas, comme si rien n'était jamais sûr, comme si tout était précaire, sur le fil, sans avenir identifiable. Il n'a pas souvenir que les choses aient jamais été si floues et compliquées pour lui. Il lui semble que pour ceux de sa génération, les choses allaient de soi. Qu'ils savaient ce qu'ils faisaient là, quelle était leur place et comment la tenir. Lui a commencé à bosser comme apprenti à quinze ans. À dix-huit il était à son compte. À vingt il se mariait. Il a acheté une petite maison dans la foulée. Une bagnole. A fait deux enfants. C'était comme ça. Il bossait, s'occupait des gosses, faisait tout pour qu'ils soient heureux, pour qu'ils ne manquent de rien. De temps en temps la pêche avec les copains. Le week-end les barbecues en famille. Du bon temps, de la bière fraîche et des cacahuètes. Il n'a jamais demandé plus que cette vie-là. Elle lui allait comme un gant. Ils bossaient dur ne gagnaient pas des masses ne partaient pas en vacances mais quand tu vis ici de quelles vacances t'as besoin ? Le ciel bleu la mer les calanques c'est toute l'année. Il n'a jamais été tiraillé par l'envie d'ailleurs. D'une autre vie. La sienne lui convenait. La mer. Les enfants baignés de soleil. Les repas sur la terrasse. Les parties de foot et la balançoire dans le jardin. Les séances d'arrosage. Leurs visages radieux, tendus vers leur mère, et la gaieté qu'elle mettait en toute chose. Lui a toujours été taciturne. Ce n'est pas qu'il n'aime pas parler mais le plus souvent il n'a rien de spécial à dire. La vie se suffit à elle-même. Quand ils étaient ensemble tous les quatre, sur la plage, perchés sur les roches, dans le salon devant la télé avec la couverture qu'ils se partageaient, à table le samedi midi pour le steak frites rituel, ça lui suffisait. Il n'y avait rien à ajouter. Et puis Solange emplissait tout. Elle chantait tout le temps, riait pour un rien. Même quand le boulot la crevait rien ne paraissait l'entamer.

Elle rentrait, enlevait ses chaussures, se servait un verre, s'étendait au soleil une demi-heure et ça effaçait tout. Rédimée elle déboulait dans la cuisine ou dans la chambre, dans le salon ou dans le jardin, et elle les embarquait dans son sillage. Et quand Antoine faisait ses crises de nerfs, que déjà il semblait bouillonner en permanence, sur le point de rompre ou de partir en vrille, jamais elle ne perdait son sourire. Elle le prenait contre elle et le berçait jusqu'à ce qu'il se calme, tentait de le raisonner avec des mots d'une douceur inouïe, d'une tendresse bouleversante. Ça ne l'apaisait pas toujours. Mais elle disait que ça passerait. Qu'il n'y avait aucun remède au mal-être sinon l'attention des proches, leur tendresse, leur amour. Quand elle est morte il a eu l'impression que la vie entière se retirait. Comme une marée basse. Ne laissant à nu que la désolation des récifs, du sable. Pendant des mois il croit bien s'être retranché en lui-même. Il a continué à travailler. C'est même ça qui l'a sauvé. L'abrutissement des murs à monter, du ciment, de la chaux, la chaleur écrasante lui cuisaient le cerveau et c'était tout ce qu'il demandait : qu'on le lui brûle et le réduise en cendres. Au final c'est sans doute ce qui s'est passé. Des mois entiers abruti, anesthésié, absent. Et pour être franc il ne sait même plus trop comment les enfants se sont débrouillés pendant cette période. Antoine a toujours été inflammable. Alors évidemment il a pris feu. S'est mis à déconner à pleins tubes. À boire alors qu'il n'en avait pas l'âge. À fumer ses saloperies de joint qui lui embrouillaient la tête en permanence. À ne plus aller en cours. À multiplier les embrouilles à l'entraînement. Sa réputation le précédait partout. Ingérable. Violent. Sanguin. Nerveux. Son coach venait voir Serge et lui disait : Il est en train de tout foutre en l'air. Évidemment tout le monde voit qu'il a de l'or dans les pieds. Seulement tout le monde voit aussi qu'il pète un plomb à la moindre étincelle. Qu'il joue uniquement lorsqu'il en a envie. Qu'il mise tout sur les nerfs mais qu'il n'a pas de physique. Qu'il se crame en dix minutes. Qu'il n'a aucune constance. Tous les dimanches j'ai des recruteurs qui viennent. Tous les dimanches il les éblouit. Et dans le même temps il les dissuade de s'intéresser vraiment à lui. Serge l'écoutait mais ne voyait pas ce qu'il pouvait faire. Il avait surtout peur pour son fils. Parce qu'il se défonçait. Parce qu'il rentrait à pas d'heures complètement déchiré. Parce qu'il ne foutait rien au lycée. Parce qu'il fréquentait des types louches. Trempait certainement dans des trafics à la con. Tout ce qu'il a pu faire c'est le convaincre de bifurquer en CAP de mécanique. Tout ce qu'il a pu faire c'est convaincre le père Dumas de le prendre avec lui au garage. Il se disait, le boulot ça va lui mettre du plomb dans la cervelle. Il ne connaissait pas d'autre méthode. N'en connaît toujours pas. Et puis Louise était là bien sûr. Sa fille. Elle a pris la place de Solange auprès d'Antoine. Tant bien que mal. Il la revoit soigner ses cicatrices. Il la revoit attendre toute la nuit que son frère rentre. Partir à sa recherche. Le récupérer les tempes en feu et toujours écorché ou blessé. Il la revoit toujours inquiète. Pour son frère. Pour lui. Et ne se plaignant jamais de son sort à elle. Qui avait perdu sa mère comme Antoine et comme lui avait perdu la femme de sa vie. Louise toujours si solide, égale, présente. Il aimerait tellement pouvoir faire plus pour elle. Ça le bouffe de savoir qu'elle vit dans une caravane, à côté de ce chantier censé devenir un jour leur maison. Qu'est-ce qu'elle fabrique avec ce type ? Toujours barré dans son camion. Refusant son aide alors qu'il est tout bonnement incapable de monter un mur. Comme s'il avait quelque chose à prouver. À prouver à Louise. À lui prouver à lui. Serge lui a dit un jour, Vous n'avez rien à me prouver Franck. Et surtout pas que vous savez monter des murs. Parce que c'est mon métier et pas le vôtre. Et que je le ferai toujours mieux et plus vite que vous. La seule chose que je vous demande c'est de prendre soin de ma fille. Mieux que je n'ai réussi à le faire moi-même. De lui offrir une belle vie. D'être à la hauteur. D'être conscient de la chance que vous avez d'être auprès d'elle. Si vous voulez vraiment prouver quelque chose, montrez-moi que vous êtes digne d'elle. Que vous la méritez. Si Louise n'était pas rentrée du boulot à ce moment précis, Franck lui en aurait sûrement collé une. Malgré ses trente ans de plus. Malgré son vieux corps sec. Ce qui passait dans son regard alors, c'était de la haine et rien d'autre. Il ne sait pas ce qu'il lui reproche au juste. Ce que Louise a bien pu lui dire. À lui elle n'a jamais rien dit en tout cas. Ne s'est jamais plainte. Ne l'a jamais accusé de quoi que ce soit. Pas même de ne pas avoir été assez présent après la mort de sa mère. Pas même de s'être trop reposé sur elle. Pour Antoine. Pour la maison. La vie au jour le jour. Pas même de ne pas s'être soucié de son avenir, de sa vie. Elle avait l'air si solide. Si sûre d'elle. Quand elle s'est inscrite à cette formation d'infirmière en gériatrie il n'a pas su quoi lui dire. Elle arguait qu'elle voulait être utile même si c'était dur et qu'elle gagnerait mal sa vie. Et puis qu'elle aimait bien les vieux. En disant ça elle le regardait avec ce genre de tendresse moqueuse qu'elle avait hérité de sa mère, comme si ça le concernait, comme s'il avait l'âge requis pour se retrouver dans une maison de retraite.

La porte s'ouvre et tout un bataillon de blouses blanches prend possession des lieux. Leur demandent de sortir, avec cet air qui laisse supposer qu'ils les encombrent, cet air de toujours trouver la présence des visiteurs inutile ou superflue ou même injustifiée. Serge pose sa main sur le bras d'Antoine et il est raide comme du bois mort. Au fond il ne parvient pas à réaliser que c'est vraiment lui qui se tient étendu là. Il n'arrive pas à faire le lien entre ce corps endormi et son fils. Ils se retrouvent dans le couloir avec Marion, leurs cafés dégueulasses refroidis à la main. De nouveau il voit ses yeux se mouiller. Elle s'excuse et lui lance un pauvre sourire égaré.

— Il devait prendre Nino pour l'emmener à Marineland. Et après ils devaient passer voir

Louise... Qu'est-ce qui a pu se passer ? Qui lui a fait ça ? Dans quoi il est encore allé se fourrer ?

Elle fond en larmes et vient se réfugier dans ses bras, comme tant d'autres fois s'effondrant d'inquiétude parce qu'Antoine n'était pas rentré ou qu'il avait disparu en menaçant de mettre fin à ses jours pour la centième fois de l'année. Et lui la recueillant contre sa poitrine et lui disant de ne pas s'inquiéter, que tout allait rentrer dans l'ordre. Qu'il était comme ça Antoine. Qu'il avait besoin de péter les plombs de temps en temps. Comme une Cocotte-Minute qui finit par exploser. Pour évacuer la pression. Ou ce truc qui bout en lui sans qu'on sache d'où ça vient ni à quoi ça peut bien servir.

— Vous croyez que c'est à cause du match ?

— Comment ça ?

— Dans le journal ils disent qu'à la sortie des vestiaires des joueurs de l'autre équipe l'ont menacé.

Serge ne sait pas quoi répondre. Même s'il était là ce soir-là. Même s'il a vu Antoine se relever après le tacle. Rattraper le mec par le col et lui mettre un grand coup de tête. Même s'il a vu le type s'écrouler en se tenant le nez. L'arbitre brandir son carton rouge. Antoine sortir du terrain et regagner les vestiaires. L'autre joueur quitter le terrain à son tour en pissant le sang. Certains de ses coéquipiers l'attendre à la sortie du vestiaire. Et ils n'étaient pas seuls. Des supporters de l'équipe adverse étaient là aussi. Peut-être même des membres du staff. Serge a parfaitement entendu ce qu'ils ont dit à Antoine. Les menaces qu'ils ont formulées. Sur le coup il n'y a pas vraiment prêté attention. Il en avait vu d'autres. Ce n'était pas la première fois que des types venaient attendre son fils. C'était juste la vie habituelle des fins de matchs quand ça tournait mal. Mais ça n'allait jamais plus loin. Un autre match venait et on passait à autre chose. La porte de la chambre s'ouvre et Antoine en sort, immobile dans son lit que pousse un brancardier. Le médecin s'approche d'eux comme à contrecœur, comme si ça lui coûtait de seulement leur adresser la parole, de les informer de la suite, et les prévient qu'ils l'emmènent faire des examens complémentaires. Ils en ont pour une heure ou deux. À leur place il rentrerait se reposer. Ou faire ce qu'ils ont à faire. Ils peuvent appeler ce soir pour avoir des nouvelles. Mais même ça il le lâche comme s'il leur faisait une faveur, comme s'il cédait à un caprice. Serge n'a jamais pu les blairer ces médecins. Leurs grands airs. Leur condescendance. Leur brutalité. Au fond de lui il leur en veut toujours. Antoine voulait leur casser la gueule. Il avait quinze ans et voulait leur péter les dents. Comme si c'étaient eux qui avaient tué sa mère. Il en voulait à la terre entière. Il en veut toujours à la terre entière d'ailleurs.

Ils récupèrent leurs affaires dans la chambre vide et se dirigent vers la sortie, hébétés, impuissants, perdus comme on l'est toujours dans ce genre d'endroit, dans ce genre de circonstances. Marion lui demande s'il veut venir chez elle, elle dit que ce serait l'occasion de voir

Nino. Que ce serait bien que Serge soit là. Que ça rassurerait sûrement le gamin.

— Qu'est-ce que tu lui as dit ?

— Pas grand-chose. Ce que j'ai pu. Que son père était à l'hôpital. Qu'il était un peu malade mais qu'il serait sur pied bientôt.

— Et comment il a réagi ?

— Il a demandé s'il pourrait l'amener à Marineland mercredi.

Serge répond qu'il passera les voir demain, que si elle veut il ira prendre Nino après l'école et l'emmènera goûter quelque part. Qu'il a d'abord des trucs à régler à cause de la tempête. Des tonnes de clients qui l'appellent en urgence. Des fissures à combler, des murs à stabiliser, des dalles à refixer. C'est faux bien sûr. Ce n'est pas son style de se vanter mais ses murs, ses dallages, ses terrasses, il faudrait un tremblement de terre pour que ça bouge. Il la serre de nouveau contre lui et lui dit de ne pas s'inquiéter, qu'Antoine va s'en sortir, qu'il est solide, qu'il aime Nino comme un dingue et que rien que pour ça il va lutter. Il lui dit ça tout en ne sachant pas s'il croit à ces choses, à la force de l'esprit quand on s'est fait défoncer le crâne, à la résistance qu'on peut opposer à la maladie. Si Solange, avec toute la force qu'elle avait en elle, l'amour absolu qu'elle portait à ses enfants, qu'elle lui portait bien qu'il n'ait jamais vraiment compris pourquoi, en quoi il en était digne, n'a pas pu lutter alors c'est que tout ça c'est des conneries. Qu'il n'y a que la loi du corps. Le combat qui se livre à l'intérieur. De la mécanique pure et simple. Une guerre barbare. Sans psychologie.

Il se gare sous les arbres ou ce qu'il en reste. Des branches arrachées. Des troncs fendus. Des racines à l'air libre. Reprenant leurs droits sur les places de parking. Un petit chemin longé de barrières écroulées débouche sur la plage. Des milliers de morceaux de bois se mêlent au sable le long des eaux argentines. Le ciel s'est ouvert et un soleil blanc repeint tout d'acier. La Méditerranée comme une gigantesque plaque d'aluminium froissé. Il arrive au camping. Du moins à ce que la tempête en a laissé. Deux mobile homes ont glissé de leurs cales et semblent ramper vers la mer comme de vieilles tortues mourantes. Un troisième a basculé jusqu'à ce qu'un arbre le retienne. Un quatrième est carrément sur le flanc. À l'arrière, les toits qu'Antoine a posés la semaine dernière se sont tous envolés. Sa propre caravane est miraculeusement intacte. Serge siffle mais Chet ne vient pas. Il l'appelle, et toujours rien. Près de la porte sa gamelle est pleine de croquettes. Il sait que Marco est passé avec le gosse. Ils ont dû lui laisser à bouffer. Pourquoi ils ne l'ont pas pris avec eux, il n'en sait rien. Qui va s'occuper de cette pauvre bête ? Marco a sûrement eu peur que le clébard lui pourrisse ses beaux sièges de bagnole. Sans parler de l'appartement qu'il tient toujours nickel. Tellement en ordre qu'on a l'impression que personne n'y vit vraiment. À l'inverse chez Antoine c'est le bordel habituel. À quoi s'ajoutent les assiettes en mille morceaux, les verres brisés qui jonchent le sol. Les grains de riz échappés du paquet éventré. Des boîtes de conserve qui ont roulé sous la table. Une bouteille de whisky éclatée dont le liquide blond s'est réfugié dans un coin, diffusant son odeur d'alcool tout autour. Tout ça tombé des étagères sous la force du vent. Serge ressort et marche jusqu'à la paillote. L'air est parfaitement immobile. Tellement doux qu'on le sent qui vous enveloppe. Vous apaise comme un baume. Jeff a fermé les volets mais la porte est grande ouverte et on l'entend s'affairer à l'intérieur. Un des piliers de la terrasse a cédé et elle est complètement de traviole. Effondrée. Le bar d'extérieur n'est plus qu'un puzzle. Il entre et Jeff se retourne avec ce regard de dingue, de lapin pris dans les phares qu'il lui a toujours connu. Même à huit ans quand ils se sont liés à jamais en primaire avec Antoine il avait déjà ces yeux qui bougeaient en permanence et ces gestes qu'il ne paraissait pas en mesure de commander. Il n'y avait guère qu'au foot que ses membres semblaient comprendre pourquoi ils étaient faits, que les nerfs qui s'agitaient en lui semblaient trouver une destination. Ce pauvre gosse quand ils lui ont dit qu'il avait les chevilles pourries, qu'il ne pourrait jamais jouer à haut niveau, ça l'a mis en pièces. Déjà qu'il n'était pas bien solide. Il était tout le temps fourré chez eux. Solange s'occupait de lui comme de son fils. Et quand elle est morte c'est comme s'il avait perdu sa propre mère. Peut-être même que ça a été pire. Il n'avait plus d'endroit où aller. Plus

de refuge. Serge n'a pas eu la force de s'intéresser à lui. De s'en soucier. Il n'y arrivait déjà
pas avec les siens. Chez Jeff c'était l'enfer ou
pas loin. Il n'a jamais trop su. Le père avait
l'air d'une brute. Il le voyait de temps en temps
au volant de son taxi. Et la mère une femme
horrible qui voulait se donner l'allure de ce
qu'elle n'était pas. Avec ses fausses fourrures
ses cheveux teints et coiffés en choucroute sa
peau sous UV ses seins refaits sa gueule tirée
de poisson qui allait bien avec sa voix de pois-
sonnière. Il fallait la voir promener sa suffi-
sance vulgaire sur le front de mer, dans les rues
de la station. Jeff disait qu'ils n'allaient jamais
voir son frère. Qu'ils le laissaient moisir dans
son institution. Qu'ils avaient honte de lui.
Quand il en parlait ça lui faisait monter la rage
jusque dans les yeux. Il l'aimait son frère. Mon
frère mongol, il disait. Mais dans sa bouche ça
ne sonnait pas comme on aurait pu croire.
C'était presque tendre. Ça l'était carrément.
Plusieurs fois Solange l'a emmené le voir. Il
avait douze, treize, quatorze ans et le centre
était à cent bornes. Elle le prenait dans sa voiture et ils partaient pour l'après-midi. Elle en
revenait toujours bouleversée. Lui racontait les
gestes que Jeff avait pour son frère. La façon
qu'il avait de s'adresser à lui. Sa douceur. Son
amour débordant qui se révélait soudain, coulait de partout. Combien il était fissuré ce
môme. Perdu et assoiffé d'affection. Elle parlait
aussi de Vincent, de la lumière dans son regard,
malgré le corps informe et la bouche qui bavait,
de cette institution sordide où il vivait, de ses

compagnons d'infortune. De la honte qui la submergeait de savoir qu'on les laissait vivre comme ça. Survivre ou végéter. Elle ne trouvait pas les mots.

Jeff vient le saluer et Serge voit bien qu'il ne parvient pas à se maîtriser, à se calmer un peu. D'habitude en sa présence quelque chose en lui s'apaise. D'habitude le savoir dans les parages le rassure. Comme si Serge était quand même resté pour lui un bon souvenir, un protecteur. Un type sur qui compter en cas de besoin, qui ne le juge pas malgré toutes les conneries qu'il a pu faire. Malgré les paquets de fois où il les a ramassés au poste avec Antoine. Les paquets de fois où il les a retrouvés défoncés dans la maison en désordre. Les paquets de fois où il a fait semblant de ne pas s'apercevoir qu'il lui faisait les poches. Mais là ce que Serge voit devant lui c'est juste un type à bout, complètement paniqué. Clignant des yeux, se mordant les doigts et se passant sans arrêt les mains sur le visage. Comme s'il voulait se débarrasser de quelque chose. De l'angoisse ou de lui-même. Serge lui demande s'il est au courant pour Antoine. Jeff ne répond pas vraiment, bredouille que oui plus ou moins, que c'est horrible, qu'il a entendu qu'il avait eu de gros problèmes, qu'on l'avait salement amoché et qu'il était à l'hôpital. Il lui tourne le dos et continue de balayer pour chasser le sable à peine séché qui couvre toute la salle du restaurant, les cuisines, le couloir qui mène aux toilettes et à sa piaule à l'arrière.

— T'as entendu ça où ?

Jeff fouille dans un placard, en ressort un sac poubelle, fait mine de ne pas entendre. Enfin c'est ce que Serge se dit. De toute façon c'est impossible d'avoir une conversation posée avec Jeff. Son esprit ne se fixe jamais pour de bon, pas plus que son corps ou ses yeux. Serge fait le tour de la salle, déplace des tables et des chaises pour lui laisser le champ libre.

— Je vais aller le voir tout à l'heure.

— Pour l'instant ça sert à rien. Il est toujours sans connaissance. Il a ouvert les yeux deux minutes et il a replongé aussi sec. T'as aucune idée de ce qui a pu se passer ?

Jeff a l'air de plus en plus nerveux. Il transpire par litres entiers. Se gratte. Grimace. Retourne à la cuisine ranger ce qui peut l'être.

— Putain, c'est trop le boxon. Je sais même pas par où commencer. Le gros Perez m'a donné trois jours pour tout remettre en état mais vous avez vu ? La terrasse est totalement démontée. Il y a du sable partout. Il y a encore de l'eau plein les cuisines. Tous les plombs ont sauté, y a plus rien qui marche et j'arrive pas à mettre la main sur un putain d'électricien.

— Je vais t'aider Jeff. Je vais te filer un coup de main. Seulement j'ai besoin que tu me dises ce que tu sais. Marco est passé au camping. Sans doute pas longtemps après. Tout était en bordel, déjà. Et la tempête y était pour rien à son avis. T'as rien vu ? T'as rien entendu ?

— Je vous assure que non. Je vous le dirais sinon.

— Tu sais pas comment il a pu se retrouver à l'hôpital ? Il paraît qu'un type l'a déposé sur un banc devant l'entrée et s'est tiré sans rien dire. Faut bien que quelqu'un l'ait trouvé et ait décidé de l'emmener là-bas. Pourquoi il s'est tiré sans rien dire ? Parce qu'y a peu de chances que ce soient ceux qui l'ont défoncé qui l'aient emmené se faire soigner. Quel sens ça aurait ?

— J'en sais rien, moi. Mais si j'apprends quoi que ce soit je vous le dis. Juré.

Serge le voit trépigner et se manger la peau des doigts comme s'il était en manque. Il le regarde s'agiter et repense au gamin que c'était, au frère qu'il était pour Antoine, deux gosses jouant au foot jusqu'à ce que la nuit tombe, dans la rue devant la maison sur la plage, deux gosses toujours en nage et couverts de poussière, de bleus, les genoux écorchés et le nez sale. Deux gosses affairés dans leur chambre à monter des trucs extravagants avec leurs Lego. Deux gosses intrépides sautant toujours des plus hauts rochers, disparaissant sous l'eau en apnées interminables, passant leur temps à s'enfouir la tête sous la flotte, à se rouler dans le sable en faisant mine de se battre. Deux gosses toujours fourrés dans les collines, le maquis, menant une vie sauvage dont personne ne savait grand-chose. Une vie de plantes et de terre craquelée, de ruisseaux asséchés et d'animaux décampant parmi les arbustes, une vie griffée de ronces, d'écorces, de branches où se tenir et regarder autour de soi, l'infini du massif, pics vallées et canyons, s'arrêtant net en surplomb des eaux turquoise. L'orange des roches le vert des arbres et le bleu du ciel. Rien d'autre. Pas la moindre trace de civilisation.

Juste les grognements d'animaux invisibles. Deux gosses mal armés pour passer à la suite, qui n'ont jamais su quoi faire de toute cette énergie et de cette vie confuse et sauvage qui battait en eux, et que l'âge adulte n'en finirait plus de vouloir contraindre, raboter, apprivoiser. Solange disait toujours que ces deux-là ne pourraient jamais travailler dans un bureau. Qu'il leur faudrait vivre au milieu des arbres, les pieds dans la terre. Qu'est-ce qu'ils foutent maintenant dans leurs garages leurs boîtes de nuit leurs campings leurs entrepôts leurs supermarchés leurs hôpitaux leurs hôtels, tous ces gamins, Marion Antoine Sarah Louise Jeff et les autres ? Qu'est-ce qui a bien pu les mener là ? Dans cette vie trop petite pour eux. Malgré la mer qui s'étendait partout. Malgré les massifs qui les encerclaient de toutes parts. Des espadons dans une baignoire. Comme dit la chanson.

Il demande à Jeff où il planque ses outils et se met au boulot sur la terrasse. Lui non plus ne sait pas par où commencer. Et il n'est pas certain qu'ils puissent venir à bout de tout ça à deux. Surtout avec Jeff qui s'allume une clope dans son dos pendant qu'il déblaie les planches et lance un coup d'œil aux poutres censées soutenir le plancher. Il l'interroge au sujet du chien et là non plus il ne sait rien. Il dit qu'il n'a pas vu Chet depuis la veille. Mais Serge sent bien qu'il ment. Il n'est pas plus con qu'un autre. À force il le connaît. Et Jeff est comme Antoine. Incapable de cacher quoi que ce soit. Incapable de faire vraiment semblant. Toujours rattrapé par l'angoisse, l'impatience, la colère ou les émotions qui le submergent et qu'il est infoutu de contenir. Comme si ce n'était pas du sang qui coulait dans ses veines mais de l'électricité. Comme si à la naissance on avait oublié une couche, une carapace, et que ça le laissait entièrement à vif.

— Serge.

— Oui ?

— Faut que je vous demande une chose.

— Vas-y.

— Je veux dire, si un jour il m'arrive un truc. Si ça tourne mal pour moi, est-ce que vous pouvez me promettre que vous ou Antoine irez voir Vincent de temps en temps. Juste... pour qu'il se retrouve pas complètement tout seul...

Serge se retourne et ce qu'il lit dans le regard de Jeff à cet instant précis c'est de l'effroi et rien d'autre. Une peur qui le glace à l'intérieur et ressort en sueur froide sur son visage et sa nuque.

— Pourquoi tu veux qu'il t'arrive quelque chose ?

— Je sais pas Serge. Personne est à l'abri. Surtout un type comme moi. Regardez Antoine. Et même Solange...

Il repart dans le restaurant et Serge l'entend farfouiller dans sa piaule en jurant. Serge ne sait pas ce qu'il cherche mais il l'a tellement bien planqué qu'il a du mal à mettre la main dessus on dirait. Quand il revient il a une enveloppe à la main. Il la lui tend. Lui fait jurer de ne pas l'ouvrir. Il dit c'est pour le gosse, pour Nino. Si Antoine ne s'en sort pas.

— Et s'il s'en sort ?

— C'est quand même pour lui. Je peux pas vous expliquer. Juste quand il sera plus grand, vous lui filerez ça de ma part. De la part de parrain Jeff, vous lui dites. C'est tout.

Serge tâte l'enveloppe. Rien qu'au toucher il devine. C'est de l'argent. Il jette un œil à Jeff qui se mord les joues. Comme s'il essayait de lutter contre les larmes. Bat du pied comme un type qui ne tient plus en place, qui va exploser d'un moment à l'autre.

— Cherchez pas à comprendre, Serge. Faites juste ce que je vous dis. Et tirez-vous, putain. Je vais me débrouiller. Retournez vous occuper d'Antoine. C'est lui qui a besoin de vous. Cassez-vous, merde. Cassez-vous.

Serge fourre l'enveloppe dans sa poche. Jeff rentre dans le restaurant et referme la porte derrière lui. Il l'entend tourner les verrous. Et reste là abasourdi, parmi les ruines de la terrasse. Autour de lui tout s'est assombri. Le soleil a disparu derrière la presqu'île. Il n'y a aucun bruit. Même la mer semble absente. Il fait le tour de la paillote et à l'arrière Chet dort, roulé en boule, à deux doigts de ses écuelles, l'une remplie d'eau et l'autre de croquettes.

9

Anouck

Tout est calme et lumineux. D'ici rien ne semble avoir eu lieu. Aucune trace ne subsiste. La baie intacte déploie son croissant parfait, étendue scintillante sous le ciel lessivé. Elle boit son thé sur la terrasse, une vieille couverture sur les cuisses. Se balance du bout du pied. Depuis le petit jardin ressuscité par le soleil montent des parfums de résine et d'eau. Qui pourrait croire qu'hier ici soufflait une tempête ? Que la mer semblait un animal immense, une peau mouvante et nerveuse ? Qui pourrait croire que l'eau a happé tous ces gens, en a recraché d'autres ? On ne parle que de ça à la radio. Cet homme qui s'est noyé en voulant sauver son chien. Ce vieux couple emporté au large dont lui seul est revenu. Cette fille échouée muette et sans identité, comme rescapée d'un lointain naufrage. Plus loin sur la côte ces deux amoureux avalés et désormais introuvables. Et cet homme porté disparu, que tout le monde évoque en ville, magasinier au Brico, qui pourtant n'aimait pas la mer, ne s'attardait jamais à la contempler. Ryan quelque chose, si elle se souvient bien.

Et cet autre encore, un certain Javier, dont lui a parlé une voisine ce matin, qui travaillait de nuit dans les entrepôts en lisière et n'est jamais rentré chez lui. Toutes ces choses survenues tandis qu'ici même cette pauvre Marion recevait cet appel lui annonçant que le père de son enfant avait été laissé comme un chien devant l'hôpital, le crâne défoncé et sans connaissance. Tout cela dans le même instant d'une station si tranquille, retranchée, cachée du monde par la pointe, isolée du pays par les montagnes, presque insulaire. Leur retraite indienne, comme elles l'appelaient avec Lila. Leur refuge. Où elles venaient écrire dès que Paris les lassait. Et cela se produisait souvent. Au fil des années de plus en plus souvent la concernant. Il est vrai que Paris ne lui a jamais rien valu. Elle a juste mis un peu de temps à s'en apercevoir. C'est un long apprentissage parfois que de savoir rejoindre enfin la vie qui nous va. Qui nous attend. Elle croyait aimer la ville, sa tension, ses mélanges. Mais elle s'y sentait si fragile. Paris aiguisait ses nerfs. Et la dévorait. Ici elle est seule maintenant. Lila ne vient plus. Les choses se sont faites ainsi. Elle-même prenait le train de plus en plus fréquemment. Pour des séjours toujours plus longs. Lila la rejoignait de moins en moins souvent. Et pour des périodes toujours plus courtes. Elle s'ennuyait. Elle finissait toujours par s'ennuyer. La mer et le ciel ne lui suffisaient pas. Et Anouck non plus à vrai dire. Lila voulait voir des gens, des visages, sortir, parler, échanger. Toutes choses que cet endroit ne pouvait lui offrir. Au bout d'un moment elles se sont rendu compte qu'elles ne vivaient plus ensemble. Elle ici, installée en définitive. Et Lila à Paris, parmi ses amies, qui ont longtemps été les leurs, qui ne donnent plus de nouvelles, pas plus qu'elle n'en prend d'elles. Loin des yeux. Comme on dit. Anouck ne sait plus grand-chose de la vie de Lila, qui fut pourtant aussi la sienne. Les soirées interminables, les conversations échevelées, le tintement des verres, les bars qu'elles aimaient, les rayons des librairies, les engouements partagés pour tel ou tel roman, telle ou telle idée, les polémiques et les controverses. Elle ne sort plus guère de sa tanière. Même quand paraissent ses livres. Quelques journalistes daignent encore venir la voir. Elle prend parfois le train pour une émission de télévision, une autre de radio et repart aussitôt, revient ici où l'accueillent les arbres, les roches orange, la lumière et le silence. L'été des bribes de vie lui parviennent, étouffées, amorties, provenant des villas voisines. Voix assourdies jusque tard dans la nuit, clapotis des piscines, lambeaux de musique, rires d'enfants jouant sous le soleil cru. Le reste du temps ce ne sont qu'oiseaux, froissements d'arbres et sifflement du vent, nuits éteintes où ne persiste que le néon bleu de l'auberge, les phares filant le long de la mer dont la rumeur monte jusqu'ici et semble vouloir absorber le monde entier. Il y a quelques années encore, les allées et venues dans la maison voisine la distrayaient un peu de sa solitude. Hélène et Paul partageaient leur vie entre ici et la région parisienne. Mais ils ne viennent plus, n'en ont plus la force, n'ont plus même celle de seulement conduire. Ils se sont écrit pendant quelques mois. Puis de moins en moins. Et cela fait maintenant un an ou deux qu'elle n'a plus de nouvelles. Leur maison est fermée la plupart du temps. Elle y aperçoit parfois leurs enfants, leurs petits-enfants. Ils ne restent jamais longtemps. Quelques jours. Une semaine tout au plus. Il n'y a rien ici sinon la mer. La station n'a pas bougé depuis qu'elle y vient. Tout est demeuré en l'état. Et arbore désormais une apparence désuète, un peu décatie, dont la langueur et l'abandon lui conviennent et l'émeuvent. Mais elle comprend. Qu'à moins d'avoir son âge on préfère aller ailleurs. Plus loin sur la côte. Où ça vit. Où ça bouge. Si tant est qu'elle ait encore une idée de ce que ça peut vouloir dire. Léa, elle, a eu l'air de trouver ça à son goût. Elle est apparue il y a quinze jours. Un peu plus peut-être. Le temps coule sans accroc ici. Parfois des semaines entières passent sans qu'Anouck ne regarde le calendrier et elle s'égare. Ne sait plus quel jour on est, quelle semaine, quel mois même. Le soleil la renseigne. Les bourgeons. Les fleurs. La température de l'air. Léa est arrivée un jour de pluie, un sac sur l'épaule. Anouck l'a vue passer de sa fenêtre, sauter par-dessus le portail de la maison immédiatement voisine. Contourner la bâtisse avant de réapparaître sur la terrasse. Elle l'a regardée fouiller les lieux un moment.

Son visage ne lui disait rien. Ou pas grand-chose. Dans cette maison-ci pendant les vacances défilent des jeunes gens, ribambelle de cousins cousines armés chacun de leur bande, le plus souvent sous la tutelle d'un oncle, parfois livrés à eux-mêmes, laissant filtrer par les portes-fenêtres grandes ouvertes des musiques agitées qui ne lui déplaisent pas au final, faisant battre une énergie que le paysage environnant ne laisse pas soupçonner, réveillant soudain la baie tout entière, la dévoilant sous un autre jour, plus vif, plus nerveux, plus cru. Le reste du temps les propriétaires viennent de loin en loin. Mais contrairement à Paul et Hélène ils ne lui parlent qu'à peine. Le minimum. D'ailleurs il vaut mieux. Ce qui lui arrive de percevoir de leurs conversations sans grâce l'autorise à penser qu'ils ne trouveraient guère à s'entendre. Il y est le plus souvent question d'argent, d'impôts trop élevés, de placements, d'étrangers trop nombreux, des incuries supposées du gouvernement en place, encore trop de gauche à leurs yeux alors qu'il ne l'est plus que de nom, d'opinions grasses et de considérations communément racistes, homophobes et franchouillardes, tout ceci lui parvenant dans la fumée nauséabonde de leurs barbecues viandards. Léa a semblé tomber sur ce qu'elle cherchait, et qu'Anouck savait être les clés dissimulées sous un amas de tuiles. À force de départs et d'arrivées elle avait fini par tout apprendre des règles afférentes à l'utilisation de la maison, son ouverture et sa fermeture, le gaz et l'eau qu'il convenait de couper, les volets de clore, les meubles de jardin d'entreposer dans le salon et les clés de planquer dans un coin de la terrasse que protégeait un auvent. Elle-même les a utilisées un jour, elle doit bien l'avouer. S'est introduite dans cette villa bien plus grande et luxueuse que la sienne et dotée d'un plus grand terrain percé d'une piscine. A fait le tour des pièces, s'est scandalisée de la vulgarité qui présidait à leur décoration, s'est étonnée de l'absence totale de livres et de disques, de toute façon il n'y avait rien pour les passer, un téléviseur énorme et dénué de lecteur DVD trônait au centre du salon, constituant l'unique point de convergence. Les tiroirs ne s'ouvraient que sur des pochettes regorgeant de courriers administratifs, de documents financiers, de dépliants touristiques vantant les charmes de la région et les diverses activités dont on pouvait y jouir, ainsi que sur les archives conservées par monsieur, fiches de paie, coupures de presse le mentionnant dans tel ou tel imprimé consacré au business de la grande distribution où il semblait sévir. Elle avait fini par s'étendre dans un large fauteuil en cuir qu'elle avait tourné vers la baie afin de vérifier que la vue dont elle bénéficiait était la plus belle, bien que sa maison soit de loin la plus petite et la moins chère du voisinage. Léa est entrée dans la villa et y est restée quelque temps. N'en est repartie qu'il y a deux ou trois jours, peut-être plus, son départ a laissé un vide où elle demeure en suspens. Elle n'est plus habituée à avoir de la compagnie, aussi sporadique et furtive soit-elle. Sa vie est si solitaire, si linéaire, sans événement autre que la succession du jour et de la nuit, des averses et des longues plages de temps sans pluie, que le moindre fait prend des proportions extravagantes. Ce que Léa faisait là, toute seule, à son âge, en pleine année scolaire, Anouck ne l'a pas vraiment su au final. Je suis venue me reposer un peu, lui a-t-elle répondu. Ces derniers mois ont été difficiles. J'avais besoin d'air, de silence, de calme. Elle allait être servie, a pensé Anouck, songeant à celle qu'elle était à son âge, qu'elle a longtemps été, tenant le calme et le retrait, la nature, la campagne et les bords de mer en hiver comme des rivages de la mort elle-même. Ignorant alors qu'un jour elle réaliserait quelle était sa « vraie nature ». Quelle était la vie qu'il lui fallait mener. Celle qui lui convenait. Celle qui ne la heurtait pas. Qui ne la détruisait pas. Une vie de contemplation. Écrire. Lire. Sentir passer le temps. Respirer le parfum de l'air. Être attentive aux variations de la lumière. Se laisser absorber par l'infini de la mer. Son immobilité parfaite. Ses reflets. Ses couleurs. Ses mouvements. S'adosser à la roche. Toucher l'écorce des arbres. Effleurer le lichen. Guetter les moments où la lumière semble enrober chaque feuille, leur fournir un écrin translucide, les transpercer. Passer des heures sous le ciel en morceaux, lacéré de branches et d'aiguilles. Le vert des pins maritimes sous le bleu profond. L'apparition d'un oiseau. La beauté d'une fleur au milieu du maquis. Les racines rampant sur la terre caillouteuse. Les ocres. Les ravins, les pics, les vallées. La poussière des sentiers. Les parfums d'herbes sèches. L'air allant venant dans ses poumons. Son goût changeant au fil des heures du jour. Sa texture de nuit. Son épaisseur de pluie. Mais peut-être que tout ça, après tout, s'appelle seulement vieillir. Au fil des années elle a vu tant de gens basculer de la ville à la campagne, des fêtes à la culture de leur jardin, des boîtes de nuit au thé de cinq heures. Elle ne prétend pas échapper à la règle. Il suffit de voir le nombre de petites vieilles et de petits vieux qui se sont établis dans le coin à la retraite pour ôter toute signification particulière à sa décision de vivre ici. Peut-être y a-t-elle succombé un peu plus tôt, voilà tout. Lila n'a jamais manqué de le lui faire observer. Dans son esprit il s'agissait d'une sorte de démission. D'un enterrement volontaire. Qu'Anouck puisse aussi facilement se résoudre à se couper de toute cette vie culturelle et intellectuelle qui faisait leur quotidien lui était apparu comme une façon de baisser la garde. De rendre les armes. D'autant que cet endroit, c'est avec l'argent de ses ventes les plus importantes, générées par l'obtention d'un prix renommé, qu'Anouck se l'était payé. À l'époque déjà Lila aurait préféré qu'elle dépense cette somme pour améliorer leur confort au quotidien. Un appartement plus grand. Ou dans un quartier qui lui plaisait plus. Au final le jour où Anouck lui avait annoncé que cette fois elle ne rentrerait plus, qu'elle s'installait là définitivement, elle avait bien vu dans son regard cet air que Lila avait eu de la percer enfin à jour. Cet air de dire, alors voilà à quoi rimait tout cela, voilà ce que tu manigançais depuis tout ce temps, ah je me suis bien faite avoir, ah je n'ai rien vu venir.

Elle ignore pourquoi elle pense tant à Lila aujourd'hui. Sans doute parce que confusément, c'est à elle que lui a fait penser Léa quand elle s'est retrouvée devant elle, alors que l'électricité avait sauté dans tout le quartier et qu'elle avait fini par aller toquer à sa porte, se doutant que la jeune fille avait dû trouver la maison gelée et qu'en une heure elle n'avait pas eu le temps de la réchauffer. Elle l'a ramenée chez elle. A dû insister. Elle n'allait pas rester comme ça dans une maison glacée sans lumière, il faisait nuit noire, elle n'avait sans doute pas dîné, ses vacances commençaient bien mal, avait-elle tenté, et c'est là que Léa lui avait parlé de son année difficile, de son besoin d'air et de repos, de cette maison qui appartenait à ses grand-oncle et tante, où elle était déjà venue l'été passé et qu'on lui laissait occuper quelques jours, semaines, elle verrait bien. Sa brusquerie. La netteté de ses traits. Ses mots aigus. Sa voix tranchante. Son débit saccadé et l'économie de ses paroles. En tout cela il lui avait semblé voir réapparaître Lila, telle qu'elle l'avait rencontrée, ou du moins telle qu'elle laissait subsister en elle l'adolescente rageuse qu'elle avait été, qu'elle n'avait jamais vraiment réussi à dompter, et maintenant encore quand il lui arrive de l'entendre à la radio ou de l'apercevoir à la télévision, c'est ce qui la frappe chez elle : à son âge cette sauvagerie intacte, cet animal que personne n'était arrivé à apprivoiser.

Léa l'a suivie jusque chez elle et elles se sont retrouvées dans la pénombre que ne parvenait pas vraiment à contredire la dizaine de bougies allumées, le silence que remplissait plus que jamais la mer, comme si plongée dans le noir complet d'une station totalement éteinte celle-ci prenait ses aises, reprenait le dessus, installées près d'un feu qu'Anouck avait allumé, mais qui les réchauffait moins que les couvertures sous lesquelles elles s'étaient emmitouflées. Anouck lui a proposé un peu du repas qu'elle venait d'avaler, dont il restait une large part et qui n'avait pas tout à fait refroidi. Léa a refusé. Elle n'avait pas faim. Elle était maigre et son visage creusé, elle ne devait pas manger grand-chose, c'était une manie qu'elles avaient toutes à cet âge et dans cette génération. Il ne semblait n'y avoir de salut possible que dans une ressemblance avec Kate Moss ou tout sac d'os s'en approchant. C'est ce qu'Anouck a pensé en la regardant dans la lueur tremblante des flammes, mais elle s'est aussitôt reprise : que lui arrivait-il, pourquoi diable endossait-elle soudain les habits de la grand-mère qu'elle n'était pas ? Si ses souvenirs étaient bons elle était aussi maigre que Léa à son âge, et il lui importait si peu de se nourrir alors... Y prêter attention lui paraissait déjà une sorte de défaite, d'affaissement, d'embourgeoisement, ou que sais-je. Elle ne mangeait rien et croyait que cela la maintiendrait vive, aiguë, en alerte. Et elle n'avait pas tort. La pensée s'affaisse aussi bien que les chairs. Et l'esprit se grippe d'être repu. Il ne lui convient que d'être affamé. Léa est restée une petite heure auprès d'elle, silencieuse et rétive. Jusqu'à ce que la lumière revienne. Anouck ne l'a revue que deux jours plus tard, assise en boule dans un fauteuil de jardin, une cigarette aux lèvres, les yeux plissés face à la mer, les bras encerclant ses genoux. Elle se disait qu'elle devait s'ennuyer un peu, seule à longueur de temps dans cette station déserte. Elle ignore pourquoi elle pensait cela au fond. S'ennuyait-elle elle-même ? Non bien sûr. Alors pourquoi voulait-elle qu'il en soit autrement pour Léa ? Simplement son visage semblait soucieux, Anouck sentait bien qu'en venant ici Léa essayait de se remettre de quelque chose et elle se disait que sans doute la jeune fille avait besoin d'aide. Ou de parler. Ou de compagnie. Elle l'a invitée à la rejoindre pour le déjeuner. Ce qu'elle a accepté. À sa grande surprise. Pour autant elle n'a presque pas touché à son assiette. Sur la terrasse ensoleillée elle se tenait pareil, en boule sur sa chaise et fumant sa cigarette en fixant l'horizon noyé de bleu. Anouck a bien tenté quelques remarques d'usage, sur la beauté du paysage, la chance qu'elles avaient de pouvoir en plein hiver lézarder au soleil, la beauté de la lumière à cette saison, très supérieure à celle de l'été contrairement à ce que chacun avait l'air de croire. Léa n'y a prêté qu'une maigre attention. Pourtant elle est revenue le lendemain. Et les jours qui ont suivi. Elle restait plusieurs heures à chaque fois. Anouck la laissait choisir les disques. Léa avait une prédilection pour Barbara, ce qui, à son âge et de nos jours, ne lui disait rien de bon – et pourquoi craignait-elle chez les autres ce qui la définissait au même âge : cette mélancolie violente, ce goût pour les abîmes, cette rage douloureuse, cette susceptibilité exacerbée ? Léa fouillait aussi la bibliothèque. Elle ne risquait pas de tomber sur les livres d'Anouck. Aucun n'y figurait. Elle avait toujours trouvé suspecte cette manie qu'ont certains auteurs de ranger leurs propres livres dans leurs rayonnages. En revanche toute l'œuvre de Lila y était disponible. Et que, parmi tous les ouvrages qui se pressaient sur les étagères, Léa ait choisi l'un d'eux l'a troublée plus que de raison, elle doit bien l'avouer. Il y avait quelque chose d'à la fois bouleversant et légèrement surnaturel à voir Léa sur cette terrasse lire un livre de Lila, alors qu'elle lui ressemblait tant, qu'elle paraissait faite de la même matière. Leurs après-midi passaient ainsi. Anouck écrivait à son ordinateur. Léa lisait un peu plus loin, sur la chaise qu'elle avait avancée au-delà des dalles, plantée dans la terre semée de cailloux, tout près de l'olivier, afin de prendre un peu plus le soleil encore. Une ou deux fois Anouck lui a proposé une partie de cartes ou de Scrabble. Elle ignore même pourquoi. Sans doute se figurait-elle que c'était là ce qu'on attendait d'elle en de telles circonstances. Qu'il était en quelque sorte normal qu'accueillant chez elle une jeune fille qui avait l'âge d'être sa petite-fille elle joue à la grand-mère. Parties de Scrabble et théière fumante. Ennui léger et nostalgique pour l'une, plaisir coupable de se laisser chouchouter, de revêtir les habits de l'enfant qu'elle n'était plus, de se laisser un peu au vestiaire, de s'oublier, de déposer un instant les armes pour l'autre. Léa a accepté et ce ne fut pas si mal, finalement. Tout ce temps Anouck n'a pas tiré grand-chose d'elle. Elle avait cessé d'aller en cours il y a plusieurs mois déjà. Prenait des antidépresseurs. Elle avait perdu quelqu'un à la sortie de l'été. Son frère. Mais ce n'était pas son frère. Pas au sens où Anouck l'entendait, où chacun pouvait l'entendre. Elle le lui a signifié un autre jour, avec un geste d'agacement qui voulait dire quelque chose comme Putain mais tu comprends rien. Effectivement Anouck ne comprenait pour ainsi dire rien, ne parvenait à saisir que quelques bribes, que Léa lâchait dans un soupir, avant de se refermer sur elle-même ou de passer à autre chose. À ce qu'elle pensait de tel ou tel auteur, aux livres qu'elle projetait d'écrire tout en s'en sentant parfaitement incapable. Tout au plus Anouck a-t-elle pu saisir qu'elle ne portait guère ses parents dans son cœur et que leur incapacité à comprendre qu'elle n'était pas malade, qu'elle n'avait pas besoin d'être soignée, de surmonter quoi que ce soit, qu'elle avait perdu son *frère* et qu'elle aurait trouvé ça indécent de s'en remettre un jour, la révulsait. Anouck n'en demandait pas plus. Laissait Léa livrer ce qu'elle voulait bien et lui taire le reste. Quand elle semblait très loin à l'intérieur d'elle-même Anouck lui portait une tasse de thé et un morceau de chocolat. Elle était descendue en faire des provisions au Casino, elle qui n'en mangeait jamais. Au détour d'une conversation Léa lui avait confié qu'elle aimait ça, que ça, oui, elle en mangerait bien, alors qu'elle n'avait qu'entamé le plat qu'Anouck lui avait préparé.

La veille de son départ elles sont allées marcher dans les montagnes. Elles ont grimpé jusqu'à la grotte de Saint-Honorat, tapissée d'ex-voto. Au sol comme toujours s'étalaient des cahiers où chacun notait ses prières, où certains remerciaient d'avoir été exaucés. Léa y a inscrit quelque chose. Anouck n'a pas cherché à lire. Elles sont redescendues dans le soleil couchant qui embrasait tout. Autour d'elles les roches étaient tout à fait rouges. Et le ciel céruléen se lézardait en traînées violines. Le lendemain Léa n'est pas venue. Anouck avait cuisiné une daurade. Elle était bien trop grosse pour elle seule. Elle en a mangé encore le lendemain. Et le surlendemain.

Ce matin elle a croisé le propriétaire de la maison. Il venait de Lyon, où il résidait. Il avait fait tout ce trajet pour vérifier que tout allait bien, que la tempête n'avait rien abîmé. Anouck lui a dit de l'appeler la prochaine fois, de s'économiser cette peine : elle était là toute l'année, elle pouvait veiller sur leur maison. D'ailleurs elle avait rencontré leur petite-nièce. Le type l'a regardée d'un air interrogatif. De quelle petite-nièce parlait-elle ? Il n'avait pas de petite-nièce ni quoi que ce soit de ce genre. Sans doute avait-elle mal compris. Anouck a prononcé le nom de Léa. Ça n'a rien semblé éveiller en lui. Peut-être lui avait-elle menti sur son nom après tout. Anouck a retenté sa chance en évoquant une quelconque petite-fille. Il n'en avait pas non plus. Juste un petit-fils. Mais il était mort en septembre. Il avait mis fin à ses jours. Il a délivré cette information comme si elle ne le concernait qu'à peine. Mais sans doute Anouck s'est-elle fait des idées. Elle a toujours tendance à s'étonner de la froideur des gens, de leur réserve, de leur solidité, du peu d'affect qu'ils laissent transparaître. Au fond elle est comme Léa. Toujours surprise qu'on puisse se remettre de quoi que soit. Et un peu scandalisée aussi, parfois. Pourtant s'était-elle effondrée tout à fait un jour ? Ne s'était-elle pas elle-même remise de tout ? Gardant ici et là les cicatrices afférentes, mais se relevant malgré tout. De la mort de ses proches. De la fin de leur vie commune avec Lila. De n'avoir pas eu d'enfant parce qu'elle n'en voulait pas, qu'elle n'avait pas de place dans sa vie pour ça. L'homme est reparti visiblement contrarié. Qu'une inconnue ait pu s'introduire chez lui le laissait interdit. Si c'était comme ça qu'Anouck surveillait sa maison, il risquait de faire encore souvent cette route pour vérifier que tout allait bien après un coup de mer. Anouck aussi était un peu perturbée. Parce que Léa lui avait menti. Parce qu'elle n'avait aucune idée de qui elle pouvait bien être et de ce qu'elle faisait dans cette maison, dont elle avait trouvé les clés sans hésiter un instant, où elle disait avoir déjà séjourné. Une heure plus tard Anouck prenait la voiture et roulait jusqu'au départ du sentier. Refaisait le chemin qu'elles avaient fait ensemble. Alors elles s'étaient émerveillées de s'élever parmi les arbres, d'entendre le ruisseau dévaler les ravines, faisant rouler des cailloux transparents comme des perles entrechoquées. Dès les premiers lacets elle a manqué de souffle. Et ses jambes étaient lourdes. Tandis qu'avec Léa tout lui avait paru si facile. Elle s'était même étonnée de se trouver en si bonne forme, de monter si vite. Léa l'entraînait dans son sillage. Là, toute seule, tout était différent. Elle retrouvait son âge. Elle était de nouveau une vieille femme. Elle a repensé à l'étonnement de Léa quand elle fouillait parmi ses disques. Elle avait sorti le dernier album des Veronica Falls, extrait d'un rayon où s'alignaient Arcade Fire, Babyshambles, PJ Harvey, I am Kloot, Franz Ferdinand, Girls in Hawaii et Arctic Monkeys. Anouck avait haussé les épaules. Et alors ? Ça t'étonne qu'une vieille puisse écouter ce genre de trucs ? Elle ne lui avait pas avoué que ces disques lui avaient été envoyés par Lila pour Noël, que régulièrement celle-ci lui adressait une dizaine de CD de sa sélection parce qu'elle ne pouvait se résoudre à ce qu'Anouck n'écoute plus que Bach et Schubert, Couperin et Haydn, Purcell et Mozart. À ce qu'elle soit devenue cette vieille dame rattrapée par son âge. À sa décharge Lila avait sept ans de moins qu'elle. Une différence qui comptait quand elles s'étaient rencontrées. Qui s'était estompée au fil du temps. Et qui ressurgissait, lui semblait-il, depuis quelque temps. Quand exactement devient-on vieille ? Quand bascule-t-on ? Léa avait glissé la galette sur la platine et les guitares tranchantes, les refrains ingénus caractéristiques de la pop écossaise avaient empli l'air alentour. Repensant à cet épisode Anouck revoyait Léa sur la terrasse, une cigarette à la main, un plaid couvrant ses épaules, danser en chaussettes en regardant la mer. La grâce de ses gestes, sa tête battant en rythme, ses lèvres murmurant les paroles : *Cause you're a broken toy it's true, and I am broken too*, ces mots brisés sur une mélodie joyeuse. Comme une élégance ultime. Une politesse. Elle l'avait trouvée si belle à ce moment-là. Elle avait même senti son cœur s'affoler dans sa poitrine.

Elle est arrivée à la grotte. De là on dominait le massif et les collines à perte de vue, la mer au pied du cap en équerre, falaise gigantesque fondant dans les eaux d'un beau bleu glacé vu d'ici. Elle a pris le cahier où elle avait vu Léa griffonner. Elle l'a feuilleté. La dernière page, celle où elle s'était sans doute confiée, avait été arrachée.

Anouck a un peu froid. Elle débarrasse la table de jardin. L'ordinateur. Les trois livres empilés. La théière et la grande tasse. Elle ferme la porte-fenêtre derrière elle, allume un feu. À la radio, on diffuse une émission où souvent Lila vient parler. Disserter sur toutes sortes de sujets, livres récemment parus, dernières pièces montées à l'Odéon, à Nanterre ou à Aubervilliers. Avec toujours cette précision, cette pensée nette, cette érudition, ces avis tranchés qui ont toujours forcé son admiration. Anouck s'installe confortablement pour l'écouter. Lila assassine un roman. La plupart des arguments qu'elle déploie seraient de nature à invalider la totalité de ses livres à elle. Mais elle s'en fout. Elle écoute sa voix. Et repense à Léa. À la confusion dans laquelle ça l'a jetée d'écouter l'émission avec elle l'autre jour. Lila parlait de Joan Didion, de la vieillesse et du deuil, tandis qu'Anouck regardait Léa siroter son thé : sa réincarnation presque, son portrait craché quand elle avait fait irruption dans sa vie, venue l'interviewer pour le magazine auquel elle collaborait en attendant de publier son premier livre, et repartie le lendemain, habillée comme la veille.

10

Éric

Les gars étaient perturbés. Rien ne marchait vraiment. Des passes s'échouant dans le vide, des appels à contretemps, des tacles tardifs ou trop appuyés, des frappes approximatives. Le gardien avait la main molle. Et les attaquants deux pieds gauches. Il les a un peu engueulés pour la forme. Leur a seriné que contre Nantes dans huit jours ils allaient se faire ridiculiser s'ils jouaient comme ça. Mais leur esprit était ailleurs, il le voyait bien. Antoine était à l'hôpital et ça les tracassait. D'abord parce qu'il ne serait pas remis pour le match. Évidemment. Aux dernières nouvelles il n'avait toujours pas repris connaissance. Et les médecins ne comprenaient pas vraiment pourquoi. Mais surtout parce que le bruit courait que des joueurs de l'équipe adverse l'avaient menacé à la sortie des vestiaires. Ils en étaient certains. C'étaient ces enfoirés. N'importe qui. Un joueur. Le copain d'un joueur. Un supporter. Mais c'étaient eux. Qui lui avaient défoncé le crâne à coups de batte. Il a mis fin à la séance un peu plus tôt que d'habitude. De toute façon ils étaient crevés. C'est toujours pareil à cette époque de l'année. Le championnat plus la coupe, plus les entraînements deux soirs par semaine, le tout après leurs journées de travail, à la fin ils n'ont plus de jambes. Les joies du foot amateur. Un goal chauffeur de bus. Une défense de chômeurs, de manutentionnaires, d'ouvriers agricoles et d'employés chez Avis. Un milieu de maçons, de mécaniciens, de vigiles et de peintres en bâtiment. Une attaque au RSA sauf l'ailier droit bagagiste à l'aéroport. Un entraîneur ancien prof de sport au collège. Et puis Antoine. Ancien grand espoir du foot d'ici. Ancien mécanicien chez le père Dumas. Et déjà ancien homme à tout faire du camping de Perez. Suspendu jusqu'à nouvel ordre et perdu dans les limbes, inanimé sur son lit d'hôpital. Il est passé le voir hier. Son père était là. Et sa sœur Louise. Depuis des années il ne l'avait pas vue d'aussi près. Ça lui a fait quelque chose il ne peut pas mentir. Quelque chose comme un regret même si ça ne sert jamais à rien de repenser aux chemins qu'on n'a pas pris, aux occasions qu'on n'a pas saisies. Même si avec le recul ça paraît dingue qu'ils aient pu craindre à ce point la réaction d'Antoine, qu'ils aient pu à ce point redouter qu'il apprenne qu'il couchait avec sa sœur, alors qu'il était marié jusqu'au cou avec deux gosses. Au final ils ont lâché l'affaire, et sa vie a continué sur les rails où il l'avait placée seize ans plus tôt. Aline. Les gosses. Et c'est bien mieux ainsi. Parfois il repense à tout ça, à ce qu'il aurait fait subir aux mômes s'il avait sauté le pas. Rien que d'en parler ça lui serre la gorge. Il ne supporte pas l'idée de leur faire du mal. Qu'ils puissent souffrir d'une manière ou d'une autre. Être tristes ou anxieux ou ce que vous voudrez. Avec les années il a fini par comprendre que c'était juste impossible. Qu'on ne pouvait pas les préserver de tout. Que ça n'était même pas de notre ressort. Ils sont adolescents maintenant. Se faire du mal ils y arrivent très bien tout seuls.

Après l'entraînement il a déposé Kevin et Mehdi devant chez eux. Un petit carré d'immeubles bas HLM où vivait Antoine il y a encore quelques mois, du temps où il était avec Marion, avant que Dumas le mette dehors. Éric aimait mieux quand il bossait là-bas. Ça le stabilisait. L'obligeait à se lever le matin. À être à peu près d'équerre pour ne pas faire trop de conneries au boulot. Et ça se ressentait sur le terrain. Il a rappelé à son arrière droit et à son ailier gauche l'heure du rendez-vous pour le match de dimanche. De nouveau ils lui ont demandé s'il était sûr. S'il ne voulait vraiment pas qu'ils l'accompagnent. Éric a répondu non. Il valait mieux qu'il y aille seul. Redoutait que les choses ne dégénèrent, que les esprits ne s'échauffent. Ce n'était pas la peine d'en rajouter. Dans les vestiaires il avait surpris leurs conversations. Ils envisageaient d'y aller tous ensemble. De se pointer à l'entraînement des autres, de choper leur arrière gauche et de lui demander de s'expliquer. Il n'a pas réussi à les persuader tout à fait du manque de pertinence de la démarche. A juste obtenu d'y aller lui. Sans eux. Il leur a dit à dimanche et a roulé vers l'autoroute. À une époque il faisait ce trajet presque quotidiennement. Sa mère perdait des forces à chaque visite. Ne s'alimentait plus. N'avait plus envie de rien. Il lui tenait la main dans son sommeil. Regardait autour de lui et cette chambre, les couloirs qui y menaient, la salle commune où elle ne se rendait plus, tout dans cette maison de retraite paraissait conçu pour vous ôter le goût de vivre. De continuer. Il lui semblait que c'était bien le message qu'on vous envoyait quand vous débarquiez là. Ne vous accrochez pas. Vous voyez bien que ça n'en vaut pas la peine. C'est là qu'il avait rencontré Louise. Elle s'occupait de sa mère. Et de tous ces vieux en fin de vie qui perdaient la boule, crevaient de solitude et d'ennui. Louise le trouvait admirable. Elle disait, C'est rare vous savez, un fils qui vient voir sa mère si souvent. En général les gens ne viennent qu'une fois tous les quinze jours. Et encore c'est le grand maximum. La règle c'est plutôt une fois par mois. Pour ceux qu'on vient visiter. Certains, je n'ai même jamais vu qui que ce soit leur rendre visite. Leurs familles les mettent là et bon débarras. Rendez-vous à l'enterrement. Éric acquiesçait. Mais à l'intérieur il se sentait minable. Il avait l'impression d'avoir fait comme les autres. De s'être débarrassé de sa mère. De l'avoir abandonnée dans un putain de mouroir. De débourser chaque mois la somme qu'il fallait pour être quitte. Savoir que Louise était auprès d'elle ne suffisait pas à apaiser la morsure. Et au fond il ne pouvait pas s'empêcher d'en vouloir à Aline. Qui n'avait jamais voulu envisager l'autre solution. Qu'ils prennent sa mère avec eux. Bien sûr elle avait raison. Ils étaient déjà les uns sur les autres à la maison. Les gamins avaient poussé et tout semblait déjà trop petit. Et puis Aline n'avait jamais trop apprécié sa mère. C'était réciproque. Et au final qui devrait s'occuper d'elle ? Vu qu'un soir sur deux il avait les entraînements. Les matchs le week-end. Ça aurait été tout sauf une vie. Elle avait raison.

À force avec Louise ils se voyaient tous les jours et il sentait bien qu'il lui plaisait. Elle restait toujours un moment avec lui à bavarder dans la chambre. Ou dans les couloirs. Ou à la machine à café. Un soir il s'est lancé, lui a proposé de boire un verre. Ils ont pris chacun leur voiture et se sont suivis jusqu'à Nice. Elle a commandé un Martini. Lui un Ricard. Pourquoi se souvient-il de ce genre de détails ? Des fois il y a des choses comme ça sans importance qui restent gravées. Alors que d'autres s'effacent sans crier gare. Par exemple il n'est plus très sûr de bien se rappeler le visage de sa mère. De pouvoir se la figurer vraiment. Ils ont bavardé en regardant la mer, les galets dont la couleur gris fer contaminait l'eau. C'est là qu'il a compris qu'elle était la sœur d'Antoine. Sur le coup ça les a fait rire. Les hasards. Le monde dans un dé à coudre. La somme de coïncidences. En fait ce n'était pas si drôle. Il était marié. Il avait deux enfants. Il aimait Aline, mais il avait surtout une peur panique de perdre les enfants, de les blesser, de faillir à leurs yeux. Et Antoine était le frère de Louise. Ce qui sur le papier n'empêchait rien. Mais sur le papier seulement. Une semaine plus tard ils ont fait l'amour pour la première fois, dans la chambre d'un hôtel planqué dans les ruelles du Vieux-Nice, pas loin du marché aux fleurs. Sur le papier là encore ça aurait dû être glauque. Le couple illégitime dans la chambre au papier peint moisi, la pièce rudimentaire aux volets clos. Mais la vérité c'est que c'étaient des moments d'une tendresse, d'une douceur éblouissantes. Des moments inégalés. Où il se sentait étrangement libre et délesté. Avant de remonter dans sa voiture et que tout le rattrape. Sa mère qui allait bientôt mourir, faiblissait à vue d'œil, ne semblait même plus le reconnaître quand elle ouvrait les yeux et le découvrait à son chevet, Aline qui l'attendait seule avec les enfants, baignés nourris couchés. Son plat qui patientait sous sa cloche de plexi dans le four à micro-ondes. Et le regard d'Antoine le lendemain à l'entraînement, ses yeux qui semblaient vouloir lui dire quelque chose.

La nuit était tombée quand il est arrivé. Sous la lumière des projecteurs la pelouse du terrain était quasi phosphorescente, on aurait dit un genre de moquette, un revêtement synthétique. À leurs pieds les joueurs traînaient leurs ombres en étoile. Il a salué Jean-Marc. Ce dernier a eu l'air surpris de le voir. À son visage Éric a bien vu qu'il se disait : Et merde. De toute manière ils n'ont jamais trop pu s'encadrer tous les deux. Déjà pendant les stages pour le diplôme d'entraîneur ça ne collait pas. Éric trouvait que Jean-Marc avait la grosse tête. Et que d'avoir fait dix matchs de ligue 2 au sommet de sa carrière ne suffisait pas à complètement le justifier. Il faisait partie de ces types qui ne comprennent pas qu'on puisse devenir coach sans avoir jamais joué à très haut niveau. De ces types pour qui la notion de technicien n'existe pas en tant que telle. En tout cas pas tout à fait tant qu'elle n'avait pas été légitimée par des performances sur le terrain. C'était une façon de voir. Il y en avait d'autres. Au final il encaissait mal que l'équipe d'Éric joue un cran au-dessus de la sienne. Même si leur dernière confrontation s'était soldée par un match nul. Éric s'est avancé et lui a tendu la main. Jean-Marc l'a serrée sans vraiment le regarder, occupé à surveiller ses joueurs sur le terrain et à leur gueuler les instructions d'usage. Éric les a regardés à son tour et a tout de suite repéré l'arrière gauche. Il portait un genre de masque de protection qui lui couvrait la moitié du visage.

— Alors, que nous vaut cet honneur ? Tu recrutes ?

— Ouais. Des ramasseurs de balles. Y en a un ou deux qui pourraient faire l'affaire.

Jean-Marc a paru réfléchir un moment. Il cherchait une réplique en retour, mais rien n'est venu. Il a fini par siffler la fin de la partie. Les gars ont commencé à déblayer le terrain. Ranger les ballons dans les filets. Ramasser les plots. Le type au nez cassé lui jetait des coups d'œil inquiets. Éric s'est dirigé droit vers lui.

— Eh oh, a fait Jean-Marc. Je veux pas d'embrouilles ici.

Éric l'a laissé dire. A traversé le terrain et demandé au type s'il savait pourquoi il était là.

— Oui. Je crois. Mais vous vous trompez. Je n'ai rien à voir là-dedans. Ni personne ici d'ailleurs.

— T'as une idée de l'état dans lequel tes copains ont laissé mon gars ?

— Je vous dis que c'est pas moi. Ni aucun de mes copains comme vous dites.

Le type essayait de soutenir son regard mais il avait du mal. Ses yeux n'arrêtaient pas de cligner de part et d'autre du pansement qui lui couvrait le nez. D'autres joueurs se sont approchés. Éric les connaissait pour la plupart. Il en avait eu certains en pupilles, en benjamins ou même en juniors, avant qu'ils changent de club. Pour certains c'était lié à leur vie, à un déménagement, ou bien le club était plus près de leur boulot et c'était plus pratique les soirs d'entraînement. Mais pour d'autres les raisons étaient purement sportives, ils estimaient qu'ils n'avaient pas assez de temps de jeu, ou qu'Éric ne les faisait pas jouer au poste qui leur convenait vraiment, qui les valorisait individuellement, et puis d'autres encore le trouvaient trop dur, ils n'en pouvaient plus de ses cours de morale à deux balles, ils n'en pouvaient plus de l'entendre parler du collectif, de l'esprit, de la solidarité. Au final il leur faisait l'effet d'un type vieux jeu. D'un type surgi d'une autre époque. D'un genre d'idéaliste qui ne comprendrait jamais que le monde a changé. Ils l'ont encerclé. Du coin de l'œil Éric a vu leur coach se diriger vers les vestiaires. Le message semblait clair. Il ne voulait rien savoir de ce qui allait se passer maintenant.

— Y a un problème ? lui a lancé un type immense et bâti comme une armoire bretonne, un physique à brouiller les frontières entre le foot et le rugby.

Éric a essayé de garder son calme. De garder l'air naturel. De ne pas céder à leur petit jeu d'intimidation.

— Oui. Y en a un. J'ai un joueur dans le coma. À l'hosto. Quelqu'un a cru bon de lui défoncer la tête à coups de batte de base-ball. Et il se trouve que ce joueur, c'est celui qui a refait le nez de Monsieur. Et que ç'a pas eu l'air de vous plaire. Ce que je comprends. J'ai entendu dire que dimanche à la sortie des vestiaires certains d'entre vous l'ont menacé. Alors voilà. Je viens vous voir. Parce que j'aimerais être bien sûr que vous êtes pas mêlés à ça.

Au fur et à mesure qu'Éric parlait, il se demandait ce qu'il faisait là. Quel sens ça avait. Ce qui l'avait poussé à venir. Ce qu'il cherchait ainsi. Il scrutait leurs visages à la recherche d'un indice, d'une faille. De quelque chose qui les trahirait. Et après ? Pour quel putain de flic se prenait-il ? L'armoire à glace a fait un pas en avant et a collé son front contre le sien. Il soufflait comme un bœuf. Ses yeux étaient rouges.

— Si je comprends bien tu viens ici pour nous accuser d'avoir envoyé un de tes joueurs à l'hosto. C'est bien ça. Tu te pointes comme ça tout seul dans ton froc et tu viens nous chier dans les bottes.

Dans quel film il se croyait, Éric n'en savait rien. Il espérait juste que c'en était un qui ne se finissait pas trop mal pour les types dans son genre.

— Allez ça suffit maintenant. Je crois que mon collègue vous a dit ce qu'il avait à vous dire. Vous lui avez répondu. Le débat est clos. Maintenant tout le monde rentre chez soi et on se voit dimanche.

En entendant parler son coach le type a reculé d'un pas. Éric sentait encore la pression de son crâne contre le sien. Les joueurs se sont dispersés. Sauf le type au nez cassé, qui voulait lui redire que vraiment il n'avait rien à voir dans tout ça. Sur le coup c'est sûr, il lui aurait bien démonté la gueule à cet enfoiré d'Antoine, mais franchement, si chaque fois qu'il y avait du grabuge sur le terrain ça finissait à l'hôpital il y aurait plus assez de lits pour soigner tous les footballeux du coin. Éric l'a regardé s'éloigner et rejoindre les autres. À ses côtés, Jean-Marc le suivait des yeux lui aussi. Il a posé sa main sur son épaule.

— Je suis désolé pour Antoine. Sincèrement. J'espère qu'il va s'en sortir. Mais vraiment. Je ne pense pas que quiconque ici ait quoi que ce soit à voir avec tout ça. C'est des bons gars tu sais. Même le Buffle qui t'a chauffé un peu. C'est pas un mauvais bougre dans le fond.

Éric l'a remercié d'être intervenu et ils se sont serré la main. Il a regagné sa voiture en se demandant ce qui avait bien pu le pousser à venir calmer les esprits comme ça. Une sorte de solidarité entre entraîneurs. Un éclair de conscience professionnelle. Sur le cadran l'horloge indiquait vingt-deux heures passées. Le temps de rentrer Aline dormirait. Les enfants sans doute pas. Sous la porte de leurs chambres filtrerait la faible lueur d'un écran d'ordinateur. Le temps qu'ils peuvent passer là-dessus ça le dépasse. Toute la soirée sur leur Facebook, leurs messageries instantanées. À s'envoyer des textos. Comme si ça allait les tuer de perdre trois secondes le contact avec leurs potes. Comme si une fois à la maison ils étaient comme en prison, empêchés de vivre leur vraie vie. Il a pensé à ça et préféré ne pas trop se rappeler ce qu'ils étaient les uns pour les autres encore trois ans plus tôt. La soif qu'il lisait dans leurs regards. Le plaisir qu'ils avaient à le voir rentrer. Comme ils se jetaient dans ses bras. Le samedi tous ensemble sur la plage, à se balader sur les sentiers. Les pique-niques. Les parties de foot dans le sable. Les pizzas en terrasse à l'auberge. Et comme ça le tenait tout ça. Comme il aimait ça être un père. Il n'avait pas pensé que ça s'arrêterait comme ça d'un coup. Il n'avait jamais pensé que ça durerait si peu de temps. Évidemment, quand il se revoyait à leur âge il n'y avait pas beaucoup de différence. Une fois rentré à la maison il s'enfermait dans sa chambre et attendait que ça passe. Que le temps se vide avant de retrouver les potes. Il se postait à son bureau. Étalait ses devoirs devant lui, allumait la radio et regardait par la fenêtre. Rêvassait en suivant le commentaire des matchs. Ou en écoutant les chansons qui passaient. Les exercices n'avançaient pas d'un pouce. Sûr qu'à cette époque il les aurait bénis leurs profils, leurs SMS, leurs ordinateurs, leurs téléphones mobiles. Ils lui auraient permis de respirer un peu. Sûr qu'il se serait moins emmerdé toutes ces années. Mais les choses étaient différentes lui semble-t-il. Quand ils étaient à la maison avec son frère la seule chose qu'ils pouvaient espérer c'était de ne pas se faire engueuler plus de trois ou quatre fois par heure. Et de courir vite pour éviter les coups de pied au cul et les baffes sur l'arrière du crâne. Qu'ils l'aient mérité ou non. Leur comportement, même fautif, n'entrait pas vraiment en jeu là-dedans. Ce n'était même pas une variable. Non. Tout dépendait de l'humeur de leur père. Et elle était généralement massacrante. Alors il a tout fait pour ne pas être ce père-là avec ses enfants. Pour leur donner de l'amour, de la tendresse. Les inonder de gestes et de mots. Être à l'écoute, attentif. Les considérer. Il s'est armé de patience. A essayé de chasser toute trace de colère, de violence en lui. Il ne dit pas qu'il y est parvenu en permanence. Mais en définitive, il pense avoir été pour eux un parent présent et doux, aimant et compréhensif. Pour autant il ne les voit plus qu'en coup de vent. Sitôt rentrés ils montent dans leurs chambres. Passent leurs week-ends avec leurs potes. Ont toujours une bonne excuse pour refuser de faire quoi que soit avec lui. Un resto. Une balade. Un ciné. Regarder un match. Discuter un peu même. J'ai des devoirs en retard. J'ai un rendez-vous. Je vais courir. Faut que je bosse ma guitare.

Il est resté comme un con au volant de sa voiture en pensant à tout ça. Soudain les projecteurs du stade se sont éteints et c'est la nuit tout entière qui a semblé lui tomber dessus et le recouvrir. Il a démarré et la route qui s'est mise à défiler n'était pas celle qui allait le ramener chez lui il en avait conscience. Il roulait dans une mauvaise direction. Il le savait. Et aussi que c'était une connerie d'aller par là. Qu'il aurait au moins dû laisser un message à Aline pour ne pas qu'elle s'inquiète. Du genre je suis allé boire un verre avec un pote je rentrerai tard fais de beaux rêves. Un message qu'elle trouverait vers une heure du matin en se réveillant en sursaut et en se rendant compte qu'elle était toute seule dans le lit. Il l'imaginait se lever, enfiler sa robe de chambre et descendre au salon pour voir si des fois il n'y était pas, affalé sur le canapé à regarder Eurosport en espérant que ça l'endorme. Ça faisait des mois qu'il ne dormait plus bien. Et Aline lui répétait sans cesse que la télé n'était pas une solution. Qu'on croyait toujours que ça allait marcher, que ça allait vous aider à vous endormir mais c'était le contraire, à cause de la lumière, de l'attention que ça demande malgré tout. Sans même qu'on s'en rende compte. Allez viens te coucher. Il répondait Ok et la suivait jusqu'à la chambre. Il se couchait et l'écoutait s'endormir à côté de lui. Respirer profondément. Il regardait son corps endormi, la masse sombre que ça formait près de lui dans la pénombre. Et c'était pire que tout. Être près d'elle comme ça en prenant conscience qu'elle ne lui faisait plus rien. Qu'il l'aimait bien mais que l'amour le vrai, le vibrant l'électrique il ne le ressentait plus depuis des années. Ça l'empêchait vraiment de trouver le sommeil. Ça l'obsédait. Ce n'était pas une vraie douleur. Non. On ne peut pas dire qu'il en souffrait. Ni même que ça l'incommodait. Pour un peu il s'y serait presque résolu. C'est ce que font la plupart des gens, d'ailleurs. Regarder l'amour s'amenuiser et ne plus être qu'un vague souvenir. Et continuer malgré tout parce que ça va. Parce qu'on est de bons partenaires. Des colocataires agréables. De bons amis. De bons parents. Une bonne équipe. Mais au final peut-être qu'il n'arrive pas à s'y résoudre. Même si c'est un peu immature. Et qu'il découvre l'eau tiède.

Il a roulé un bon moment sans réfléchir. Faisant semblant de ne pas savoir où il allait. Semblant pour qui, il n'en sait rien. À qui aurait-il eu des comptes à rendre de ce qu'il faisait ? Qui le punirait ? Parfois on se demande jusqu'où vient se fourrer la mauvaise conscience. Et même où elle peut bien prendre sa source. Il s'est garé à cinq cents mètres de la maison, en contrebas de la route de terre. La lune était presque pleine et nimbait le maquis d'une lueur irréelle. Tout grouillait d'insectes et de bruissements animaux. Des eaux invisibles coulaient d'un peu partout, souvenirs des jours d'averse s'asséchant peu à peu. Des odeurs montaient, saturées de résine et de pluie ancienne. Il n'en percevait qu'une infime partie mais à des kilomètres de là s'étalait ce désert d'arbustes et d'écorces rousses, de feuilles épaisses et d'épines cramées, de roches et de caillasse. Il y avait souvent rôdé. S'approchant de la maison de Louise, de ce qui en fait office : des pans de murs inachevés, hérésie de béton parmi les chênes-lièges, les mimosas, les arbousiers. Des débuts de fondations. Des outils, des sacs de ciment. Au milieu des carcasses automobiles, des pneus, de l'amoncellement inutile de pièces détachées, d'objets irréparables, de ferraille rouillée. Il avait souvent patienté dans la voiture, planqué, hésitant à sortir et à s'approcher, se demandant ce qu'il foutait là, ce que ça pouvait bien signifier. Il avait souvent marché comme ce soir parmi les craquements de bois sec et le pépiement des oiseaux affolés par l'obscurité qui soudain recouvrait tout, et le silence de plomb. Souvent plissé les yeux pour tenter de discerner la forme du pick-up de Franck, cherchant à vérifier s'il était là avant de rebrousser chemin, ou s'il était sur les routes et l'avait laissée seule pour quelques jours, parfois une ou deux semaines. Souvent regardé Louise aller et venir dans l'éclairage des fenêtres allumées, rectangles pâles au front de la grande caravane où ce type la faisait vivre. Où elle restait éveillée des nuits entières tandis qu'il transportait des cargaisons vers le Nord, l'Allemagne, la Pologne. Jamais il ne s'était résolu à la rejoindre. N'y avait même jamais pensé. Il voulait juste s'assurer qu'elle était là, l'apercevoir. Juste ça. Ne pas oublier ses gestes, son visage. Il avait fait ça pendant quelques mois après qu'ils avaient arrêté de se voir. La coupure était trop nette, trop brutale. Il avait besoin de se déshabituer peu à peu. Besoin d'un sas. Et puis il avait fini par lâcher l'affaire. Fini par réintégrer sa propre vie. Refermer la parenthèse. La ligne de fuite. Effacer une de ses vies possibles.

Il est minuit passé et il la regarde, assis sur une souche fendue, les mains gelées. Il sait qu'elle n'éteindra pas. Qu'elle n'ira pas se coucher. Ce soir moins encore que les autres. Il devine à ses gestes l'inquiétude qui la ronge. Son impuissance. L'insupportable attente. Son frère à l'hôpital. Le coma dont il semble ne pas vouloir sortir. L'incompréhension des médecins. Il la regarde ouvrir la porte et s'allumer une cigarette, un livre à la main, entre les pages duquel elle a glissé un doigt pour ne pas perdre le fil. La regarde scruter la nuit. Autour d'eux tout vibre invisible. Massifs enfouis, sentiers déserts, animaux endormis, arbres frissonnant pour personne. Leur vie même. Celle qu'ils s'étaient égarés à rêver certains soirs, dans leur chambre d'hôtel. Qu'ils évoquaient tout en sachant tous les deux que jamais ils n'en prendraient le chemin, que ça resterait une simple hypothèse formulée pour rien. Des fois il lui disait, Tu sais j'y comprends pas grand-chose à tout ça mais j'ai lu dans un magazine que des scientifiques pensaient sérieusement que puisque le monde est infini, puisque toute chose existe simultanément sous différentes formes, différents états, il doit bien y avoir une réalité quelque part dans laquelle on laisse tout tomber toi et moi et on part ensemble. Une vie possible quelque part. Qui serait peut-être merveilleuse. Ou peut-être encore plus foirée que celle à laquelle on se tient. Le problème c'est qu'on ne pourra jamais savoir. Le problème c'est qu'il faudrait pouvoir tester toutes les hypothèses en simultanée. Elle finissait toujours par coller ses lèvres contre les siennes pour le river au silence, mettre fin à ses élucubrations stupides. Il sait ce qu'elle pensait. Qu'il mettait des grands mots sur une toute petite réalité. La lâcheté typique du mec qui hésite à plaquer ce qu'il connaît, même s'il doit avouer que ça ne le satisfait pas tout à fait, pour plonger dans l'inconnu. La mauvaise conscience du type qui trompe sa femme avec une fille plus jeune. Les jetons que ça te colle de foutre en l'air ton couple et de faire subir un divorce à tes enfants. Rien d'autre. Ou bien elle l'embrassait juste pour le faire taire, pour qu'il arrête de parler de ça. Parce que de son côté ce n'était même pas ce qu'elle aurait voulu. Pas une seconde elle ne songeait à quitter son mec pour partir avec lui. La situation lui convenait comme ça. Au fond c'est sûrement ainsi qu'elle voyait les choses. Ils auraient sans doute pu continuer longtemps. Même après la mort de sa mère. Même quand il n'avait plus l'excuse de l'hôpital pour la rejoindre et rentrer tard à la maison.

Il se lève et s'avance vers la caravane. Elle s'est allumé une deuxième cigarette. Il sort de l'ombre et elle lui sourit.

11

Alex

Des points blancs comme des boules de lumière. Au bout d'un moment, avec la fatigue, ça lui vient toujours. La sueur coule dans ses yeux, il est brûlant, ses muscles vont s'enflammer d'un instant à l'autre, à l'intérieur ce n'est plus du sang qui circule mais quelque chose comme de la lave. Il est bien. Dans le rythme. Toujours en mouvement. Léger sur ses appuis. Mobile. Rapide. Précis. En face l'autre boxe en force. Si lourd : une enclume le rive au ring. Balance des crochets et des directs d'haltérophile polonais. Alex esquive et réplique en coups secs qui fatiguent son adversaire, l'usent peu à peu. L'oblige à le suivre et entend son souffle raccourcir. Il est bien. Ne pense à rien. Juste un corps en mouvement, de la mécanique pure et dure. Il encaisse. Quand l'autre le touche il ne sent rien. Un point de chaleur supplémentaire, rien de plus. Quand le signal retentit le Polonais va se reposer dans son coin mais Alex reste debout à bouger et à frapper dans l'air, à sautiller pour ne pas perdre l'influx. Il ne veut pas que la chaleur s'en aille, même si les points sont de plus en plus gros dans ses yeux, des balles de ping-pong transparentes qui volent un peu partout. Il voit à peine les types tout autour qui sautent à la corde, martèlent les sacs, répètent leurs gestes contre les ombres. Et l'entraîneur qui lui adresse des gestes censés le guider pour la suite, améliorer son positionnement, mieux tenir sa garde, privilégier tel ou tel enchaînement. Ça sonne et ils repartent pour un dernier round. C'est juste de l'entraînement. Ils retiennent leurs coups, mais l'impact ils le cherchent quand même. Entiers dans le geste et la sensation. Rien d'autre n'existe. Des mouvements. Des chocs. Du souffle. Et la chaleur qui les enveloppe. Cette impression soudain d'habiter vraiment son corps. De le sentir. Vivant jusqu'à ses moindres extrémités. Bien huilé.

Quand c'est fini Patrick l'envoie aux sacs pour évacuer ce qui reste de pression, laisser sortir tout ce qu'il a retenu. Se vider tout à fait. Alex frappe un moment, par petites accélérations, comme des décharges qui achèvent de l'épuiser. Quand il arrête il se sent complètement fluide. Du métal en fusion. Tout coule. Tout est simple. Tout est réuni. Il salue les gars et va se doucher. Laisse l'eau lui brûler le visage. Il reste longtemps. Retarde au maximum l'instant où les pensées vont revenir, le corps refroidir, les muscles se retendre, la mécanique se gripper. Repousse au maximum l'instant de reprendre le cours des choses, d'être un type avec un boulot une copine des emmerdes une vie à mener. L'oubli dans lequel ça le plonge de boxer est indéfinissable. Cette façon que ça a de le sortir de lui. De le réconcilier. De le fondre dans l'air. De faire corps avec son corps. De le faire se sentir réuni et simplifié. Cette manière que ça a de le laver de tout. Après il quitte la salle et l'air est doux. Grimpe sur sa moto et roule le long de la mer et ça persiste un peu la griserie, les chairs délassées, l'esprit lessivé, le cœur net. Les lumières défilent et la mer paraît plus caressante et alanguie que jamais. Les néons bleus et roses de l'hôtel. Les palmiers éclairés par en dessous. L'auberge où d'habitude à cette heure il aperçoit Sarah en train de servir une assiette à un couple installé le long de la baie vitrée, son visage qui se relève et se tourne vers la route, le signe qu'elle lui lance, comme si quelque chose l'avait prévenue de son passage, un genre de sixième sens. Mais ce soir à l'auberge il n'y a personne à part le patron. Les ouvriers ont dû partir vers dix-sept heures et il continue tout seul à réparer ce qu'il peut, dans l'espoir de pouvoir rouvrir ce week-end pour le début des vacances, pas celles d'ici mais celles des Parisiens, qui se les caillent tellement là-haut, qui n'ont tellement pas vu la lumière depuis des mois que même l'hiver ici leur semble un répit, un printemps, une caresse. Souvent quand il passe et qu'il aperçoit Sarah comme ça dans la lumière du restaurant, que son corps est si liquide et son esprit tellement propre, il a l'impression que ce serait si simple d'être avec elle, de la tenir dans ses bras, de lui faire l'amour. Mais elle est au boulot et il doit aller au sien. Et quand il rentrera à l'aube elle dormira encore et il ne sera rien d'autre qu'une épave. Il ne trouvera pas le sommeil, alors il se jettera deux trois whiskies avant de s'écrouler. Se réveillera dans la pénombre de l'appartement tandis que dehors ce sera le plein jour. Tout sera silencieux. Sarah repartie pour son service. Il aura le crâne douloureux et les poumons pris dans un étau. Les nerfs passés au papier de verre sans savoir pourquoi. Et ça durera comme ça jusqu'à ce qu'il retourne à la salle. Et si ce n'est pas le jour il faudra qu'il prenne la moto et roule pour tuer le temps et les pensées qui s'entrechoquent et vrillent et ne mènent à rien. Juste un foutu paquet de trucs charbonneux et sans logique. Une espèce d'attente qui ne se résout jamais. Une impatience qui ne débouche sur rien. Un truc qui trépigne en lui. Et ne se satisfait pas. Qu'il faut assommer. En boxant. En roulant. En baisant Sarah quand ça arrive. Mais alors il est tellement tendu et plein de rage, qu'il y a quelque chose comme une violence qui passe entre eux. Et au final c'est plus morbide qu'autre chose leur histoire. D'ailleurs il se demande bien ce qu'elle fout avec lui. Ce qu'elle peut lui trouver.

Quand il arrive aux entrepôts il n'y a presque plus personne. Dans les bureaux il reste quelques fenêtres éclairées. Il est un peu en avance. Voudrait toucher deux mots au chef. Il grimpe les étages dans les odeurs de café et d'imprimante. Frappe à sa porte. On lui dit d'entrer et il le voit éteindre son ordinateur et enfiler sa veste pour regagner sa bagnole et rentrer chez lui, petite soirée en famille il imagine, le repas avec la femme et les enfants, la petite histoire pour endormir la plus jeune, un baiser sur le front, quelques heures devant la télé avant de se coucher. La vie. De tout le monde quoi qu'on en pense. Monotone, sans surprise, tranquille. Mais qu'est-ce qu'on peut vouloir d'autre ? Lui ça lui irait. Même s'il ne voit pas très bien par quel bout prendre les choses pour que ça advienne. Même si pour le moment il ne voit pas très bien le rapport avec ses rondes de nuit, ses jours à pioncer, ses après-midi sur sa moto et ses soirées à la salle. Et franchement il n'imagine pas trop Sarah dans le rôle non plus. Des fois il se demande pourquoi ils ne sont pas foutus de vivre une vie normale. Elle, lui. Les autres. Il passe sa vie à y songer. Et le peu de fois où il se pose dans quelque chose qui y ressemble il fait tout foirer. Comme s'il se sentait trop à l'étroit. Qu'il ne rentrait pas dedans. Souvent il se dit qu'il aurait dû s'engager dans l'armée. Que ça lui serait allé. L'Afghanistan. Le Mali. Chaque fois qu'il en parle tout le monde le regarde comme s'il était dingue.

— Vous aviez quelque chose à me dire ?

Alex hésite un instant parce qu'on peut penser de lui ce qu'on voudra mais il n'est pas une balance. Ça lui bouffe les dents de faire ça, mais sincèrement, les rondes tout seul c'est limite. L'endroit est trop grand. Et des nuits entières sans personne à qui parler. Sans compter que si des types se pointaient il aurait l'air malin tout seul avec son chien.

— Javier est pas là depuis quatre jours. Il vous a pas dit quand il revenait ? Parce que si ça dure encore faudrait peut-être prendre quelqu'un le temps qu'il se décide à ramener sa fraise.

— Comment ça Javier est pas là ?

— Ben, comme je vous le dis. Ça fait quatre nuits que je bosse tout seul.

— Et comment ça se fait ?

— J'en sais rien. J'ai appelé. Il répond pas.

— Et vous me le dites seulement maintenant ? Putain...

Alex le regarde fouiller dans ses papiers et décrocher son téléphone. Le fixer en secouant la tête pendant que de l'autre côté ça sonne. Visiblement on décroche. Mais ce n'est pas Javier. Ça parle un moment. De ce qu'il comprend c'est sa copine. Et elle est sans nouvelles de son mec depuis dimanche. Il devait aller boire un verre avec son pote Ryan et n'est jamais rentré. Ryan non plus du reste. Le chef raccroche après avoir dit qu'il était désolé, qu'il était sûr que ce n'était rien de grave, mais qu'est-ce qu'il en sait ?

— Bon, ben allez-y comme ça pour cette nuit encore. Je vais tâcher de trouver quelqu'un pour demain.

Il éteint la lumière de son bureau et Alex sort avec lui. Le suit dans les escaliers et jusqu'à sa bagnole.

— De toute façon, j'ai jamais trop compris pourquoi il fallait deux vigiles. Je veux dire : depuis combien de temps vous travaillez ici ?

— Un peu plus d'un an.

— Vous avez déjà dû intervenir ? Vous avez déjà rencontré un problème ? Vous avez déjà vu quelqu'un entrer ?

— Non. C'est sûr. À part des renards. Et deux ou trois fois des ados qui venaient juste pour déconner et se faire peur.

— Vous leur avez fait peur au moins ?

— Ça, avec Javier et les chiens, je peux vous dire qu'on leur a flanqué une sacrée frousse.

— Eh ben voilà. C'est ce que je veux dire : on vous paie pour distraire les jeunes qui se font chier ici. Point barre. Y aurait personne pour surveiller que ça ferait aucune différence. Allez, bonne nuit...

Il claque sa portière et démarre. Alex regarde sa C3 disparaître dans la nuit en repensant à ce qu'il vient de dire. Hésite un peu sur la manière de le prendre. Être payé à rien foutre, sur le papier il est comme tout le monde il signe. Mais au final, se dire qu'on sert à rien. Que se balader toute la nuit avec la torche, le chien à sa botte, la matraque, la bombe paralysante, le talkie, tout ça c'est du vent. Un bal costumé. Si on se dit ça on se retrouve complètement à vide. Il rejoint quand même le poste de surveillance et allume les écrans. Se prépare un café. Enfile son uniforme. Va donner à bouffer aux chiens. Ils sont comme des dingues quand ils le voient. Mais celui de Javier il sent bien qu'il y a un truc qui ne tourne pas rond. Il a beau l'emmener une fois sur deux pour ne pas qu'il se morfonde il a l'impression que pour lui ce n'est pas pareil que ça soit lui et pas Javier. Mais ça ne l'étonne pas vraiment. À force on développe un truc spécial avec sa bête. Un genre de lien affectif. Quand il s'est barré de son précédent job l'année dernière, le seul truc dur ça a été de dire adieu à son chien. Un berger allemand t'aurais vu ça. La puissance qu'il dégageait. Le respect qu'il t'imposait. Il filait droit. Alex avait juste à prononcer son nom pour qu'il obéisse. Farid, son ancien collègue là-bas, lui a dit que trois mois après ce clébard on le reconnaissait plus. Qu'il s'était mis à tourner dingue. Qu'il était devenu suragressif. Un vrai danger public.

— Chaque fois que j'allais le nourrir j'avais peur qu'il me bouffe. Une fois il m'a mordu le bras ce con. On l'a envoyé chez le véto.

— Et qu'est-ce qu'on lui a fait ?

— À ton avis ?

Alex finit son café. Sur les écrans tout est calme. Il sort s'en griller une et le chien trépigne. Il sait qu'il pourrait rester toute la nuit là à surveiller les écrans en matant la télévision ou en écoutant la radio. Personne ne s'en apercevrait. Comme a dit le chef, qu'il soit là ou pas, il ne se passe jamais rien. Mais il préfère sortir. Javier est du même avis. Sans ça les chiens deviennent mabouls. Et eux pareil. Il jette un œil aux bureaux où tout est éteint désormais. Ça se rallumera vers cinq heures quand Maria viendra nettoyer les locaux, vider les poubelles, récurer les chiottes. En général ils prennent un petit café ensemble quand elle arrive. Ils parlent un peu. Il lui offre une cigarette même si chaque fois elle dit qu'elle ne fume plus, que c'est la dernière, ou qu'une de temps en temps ce n'est pas ça qui va la tuer. Et puis elle enchaîne en disant, Avec la vie de chien qu'on a si on ne peut pas s'offrir ce genre de petit plaisir qu'est-ce qu'il nous reste ? Il acquiesce et ils fument sur ces bonnes paroles. Tous les matins c'est le même rituel. La même conversation. Certains jours elle s'attarde un peu. Il ne sait pas grand-chose d'elle. Si ce n'est qu'elle vit seule avec son fils et que ce gamin lui en fait voir de toutes les couleurs et qu'elle a une trouille terrible qu'il finisse en tôle un de ces quatre.

Tu devrais me l'amener, il lui a répondu une fois. Que je lui raconte comment c'est vraiment là-dedans. Ça lui passera l'envie de jouer au con tu peux me croire.

Elle a haussé les épaules avant d'enfiler sa blouse et de disparaître dans le cagibi où se planquaient son chariot, ses produits, ses balais, son aspirateur. Trois ou quatre fois ils ont baisé là-dedans. Ça se produisait toujours comme ça sans prévenir. Et le lendemain c'était comme s'il ne s'était rien passé. Merci, j'en avais besoin, elle disait chaque fois en conclusion, tandis qu'il remontait son jean et qu'elle ramassait tout ce qu'ils avaient renversé au passage. Est-ce que lui aussi en avait besoin ? Pas sûr. Il avait Sarah qui était juste mille fois plus belle et plus bandante. Il pouvait se faire à peu près n'importe quelle fille le samedi soir quand il sortait boire des coups avec les potes.

Maria avait la quarantaine bien tassée. Un visage triste. Mais il ne sait pas. De temps en temps ça les prenait. Il n'y a rien à expliquer. Il avait tiré sa nuit. Elle allait se taper le ménage. Il était crevé, usé jusqu'à la corde, dans cet entre-deux bizarre que procure l'insomnie. Elle sortait juste du sommeil. Il y avait la froideur des entrepôts, les blocs de tôle comme des ombres qui vous glaçaient le sang, le silence angoissant. Ils devaient avoir besoin de réconfort ou de quelque chose comme ça. Besoin de tendresse à cet instant précis et ils pouvaient se l'offrir mutuellement. Alors à quoi bon réfléchir ? La dernière fois qu'ils l'ont fait ils sont restés encore un bon moment à bavarder.

— Tu sais mon fils, c'est tout ce que j'ai. J'ai tout fait pour lui. Ce boulot de merde c'est pour lui. Quand je suis tombée enceinte, je savais très bien qu'il ne faudrait pas compter sur son père. Je l'ai quitté. Je lui ai dit que c'était fini et on ne s'est plus jamais revus. Il ne sait même pas qu'il a un fils. Le gamin me cuisine, je réponds toujours je ne sais pas qui est ton père. Ou alors ton père est mort avant ta naissance et je le connaissais à peine. Ou bien il s'est tiré quand il a su que j'étais enceinte. Ou bien c'était un type dans une soirée et je ne l'ai jamais revu. Je change à chaque fois. C'est dégueulasse, hein ? Mais de toute façon, son père, à part me baiser, qu'est-ce qu'il a fait ? Qu'est-ce qu'il pourrait bien signifier pour lui ? Il ne l'a pas élevé. Ne l'a même jamais vu. N'a jamais su qu'il existait. Et puis c'était un sale con. Dès qu'il était bourré il me mettait une raclée. La dernière fois qu'il a levé la main sur moi j'ai eu cette vision. Je l'ai imaginé en coller une au gosse qu'on aurait lui et moi. J'ai eu cette vision et je me suis dit jamais.

— N'empêche que s'il s'en était pris une ou deux, il filerait peut-être un peu plus droit.

Elle l'a regardé en secouant la tête comme s'il avait dit la plus grosse connerie de l'histoire de la connerie mondiale.

— Ton père, elle lui a demandé, il te foutait ta trempe ?

— Ben ouais. Comme tous les pères.

— Alors tu vois.

Il voyait. Il voyait très bien. Et s'il regardait au fond de lui il voyait parfaitement qu'une part de ce qui n'allait pas, une des raisons pour lesquelles il se sentait toujours comme un puzzle, complètement éparpillé en dedans, ça venait un peu de là. Pas tout mais quand même. Une part de sa colère et de son morcellement venait de là. Et avec Sarah, même s'il croit bien qu'elle n'a même jamais pensé à en vouloir, un gosse ça lui a toujours paru rayé d'avance. Avec elle ou n'importe qui. Parce qu'il aurait trop peur de se regarder dans la glace un jour et de voir le visage de son père. Un jour où le gamin l'aurait poussé à bout et où il lui aurait collé une tarte. Ou même gratuitement. Parce qu'il serait crevé et ne supporterait rien.

Il fait le tour des entrepôts. Avec la torche il vérifie les portes, les cadenas, les poignées. Pareil le long des clôtures. Il termine par le grand portail. Le chien renifle partout. Des fois il le lâche et le laisse un peu courir. Se demande depuis combien de temps cette bestiole n'a pas senti autre chose que du béton sous les pattes. Depuis combien de temps elle n'a pas vu autre chose que de la tôle et des grilles ? De temps en temps de l'autre côté des clôtures un lapin vient le narguer et ça le rend dingue, le chien, il se met à aboyer et à grogner comme si ça pouvait changer quelque chose, comme s'il croyait vraiment que la grille allait s'ouvrir ou qu'il allait pouvoir passer en dessous ou par-dessus pour lui régler son compte. Ils finissent par rentrer. Le froid est tombé et il se réchauffe les mains au radiateur. Normalement c'est le moment où ils parlent un peu avec Javier. De tout. De rien. Du foot. De leurs copines. Des autres filles. Des trucs à la télé. De la pêche. De la boxe. Parfois de l'actualité. Ce qui pour Javier revient à se plaindre qu'il y a trop d'Arabes. Alex lui dit :

— Attends t'es espagnol, t'es quasi arabe.

— Je ne suis pas espagnol, il répond. Je suis français. Né en France.

— Qu'est-ce qu'on s'en fout, c'est fini tout ça, lui dit Alex pour l'emmerder. C'est l'Europe, putain. C'est pareil.

Ça le met en boule. Il finit toujours par sortir qu'on verra bien quand Marine sera au pouvoir. Dans ces cas-là Alex préfère partir sur autre chose parce que Javier s'échauffe tout seul et qu'il n'aime pas trop l'entendre débiter ces trucs, surtout qu'en dehors de ça c'est un bon type et qu'ils s'entendent bien. Souvent Alex se demande ce qui cloche chez lui. Les Arabes l'obsèdent. Il ne sait pas ce qu'ils lui ont fait. Ni à qui que ce soit d'ailleurs.

— Je t'assure, eux et nous ça n'a rien à voir. Avec leur putain de religion, là. Je te jure chez eux c'est le Moyen Âge.

— Parce que tu te crois évolué, toi ? il lui balance, et après ça Javier fait la gueule et se lève d'un bond, sort de la cahute va chercher son chien et fait sa ronde.

Quand il revient tout est oublié. Il a son bon sourire aux lèvres parce qu'il vient de se rappeler une blague qu'Alex ne connaît sûrement pas et qui va le faire marrer. En général il a du mal à aller jusqu'au bout tellement il se marre à l'avance. De toute façon Alex ne comprend jamais rien aux blagues. Il a autant d'humour qu'une huître. C'est ce que Sarah lui dit tout le temps. Ça lui rappelle sa mère qui lui sortait toujours le même truc quand il ramenait ses notes à la maison : Mais c'est pas possible ce gamin. T'as un QI de bulot ma parole. Putain qu'est-ce qu'elles ont toutes avec les fruits de mer ?

Alex allume le poste de radio et il a beau changer de station il n'y a que de la musique. Ce n'est pas qu'il n'aime pas ça mais la nuit quand il est seul il aimerait qu'on lui parle. Quand il était plus jeune, la nuit il y avait des émissions avec des gens qui parlaient. Qui racontaient des trucs qui leur étaient arrivés. Il aimait bien. Il les écoutait raconter leur vie.

Essayait de s'imaginer à leur place. Ou bien il avait la sensation qu'un type ou une nana s'était assis à côté de lui au bar et qu'il se confiait. Ce qui l'agitait vraiment en dedans. L'empêchait de dormir la nuit. Son sentiment de solitude. Sa déchirure secrète. Mais ça n'existe plus. Plus personne ne parle. Juste des cons de chanteurs ou ces putains d'animateurs qui déblatèrent. Ou bien ces connards d'experts qui triturent pendant trois heures la moindre phrase du moindre crétin de politicien de mes deux.

Quand les types surgissent il est tellement saisi qu'il n'a aucun réflexe. Il reste assis et il ne comprend rien. Qu'est-ce qu'ils foutent là putain ? Et pourquoi le chien n'a pas gueulé ? Ils le tiennent en joue avec leurs flingues et lui hurlent de ne pas moufter. Il ne sait même pas s'il a peur. Il est complètement figé. Sidéré. Ils portent des genres de cagoules et l'un d'eux s'approche et lui couvre la tête de gros scotch. Il fait des tours, des dizaines. À croire qu'il a décidé de finir le rouleau. Lui laisse seulement le nez libre pour respirer. Et un bout de l'œil gauche plissé à peine ouvert. Alex a l'impression d'étouffer et il voit juste des ombres s'agiter et la lumière des écrans dans une forêt de cils. Ensuite ils le tirent en arrière pour le coller à sa chaise et lui lient les mains derrière le dossier. Puis ils s'attaquent aux pieds et ils l'abandonnent. L'un d'eux lui dit simplement qu'à sa place il ne s'agiterait pas trop s'il ne veut pas renverser la chaise et se retrouver sur le dos comme une tortue à la con. Il sait de quoi il cause. Ça lui est déjà arrivé. Alex entend la porte se refermer et toujours pas le moindre signe de vie du chien. Même celui de Javier dans sa cage, qui aboie pour un rien d'habitude, il ne l'entend pas grogner. À force d'ouvrir et de refermer son œil libre il arrive à entrevoir autre chose que ses cils. Sur les écrans les deux types armés de pieds-de-biche s'affairent sur la porte du hangar numéro 6. C'est bourré de matériel électronique flambant neuf là-dedans. Des ordinateurs, des écrans plats, des tablettes, des mobiles par centaines. Pendant au moins une heure il les regarde tout vider. Au bout d'un moment ils soulèvent le bas de leur cagoule et se grillent une cigarette ou peut-être même un joint. Puis ils se remettent au boulot comme après la pause syndicale. À l'aise. Il les voit tout fourrer dans un camion qui les attend près de la porte principale, grande ouverte. Ils sont entrés par là, se sont garés pépères, tranquilles comme des princes. Faut croire que l'un d'entre eux avait le code de nuit. Il a beau ne pas s'appeler Navarro, Alex se dit que Freddy, le mec qu'il a remplacé ici, n'était pas si con qu'il en avait l'air. Il a dû garder les codes. Les chiens l'avaient à la bonne. Javier lui a toujours dit ça. Que Freddy avait un genre de fluide. Un truc magique avec les bêtes. Et avec ces deux-là en particulier. Il pouvait en faire ce qu'il voulait. Alex se dit que si un type aussi limité que lui a compris la combine, alors ils ont intérêt à bien se planquer parce que les flics, en moins de deux, sauront dans quelle direction chercher. Ce n'est qu'un peu plus tard, alors qu'ils ont bien sagement refermé le hangar vide, qu'ils se sont tirés sans chichis, le portail clos dans leur dos comme si rien ne s'était passé, qu'il pense à Javier. À la coïncidence qui n'en est peut-être pas une. Son absence depuis cinq jours. Disparu dans la nature. Et comme ce n'est pas pour rien qu'on l'appelait Rantanplan au collège, ce n'est que vers trois heures du matin qu'il commence à se dire qu'il était peut-être avec eux. Deux heures de plus à ruminer ligoté sur sa chaise et la bouche et la moitié de la gueule scotchées c'est long comme une vie entière. Surtout quand par moments on a la sensation que le nez ne va jamais suffire, qu'on croit suffoquer, manquer d'air et que les poumons en deviennent douloureux. Surtout quand on finit par se pisser dessus. Vers cinq heures sur l'écran, il voit la Twingo de Maria ralentir aux abords de la grille. Elle se penche pour composer le code sur le petit boîtier. Entre et sort du moniteur. Réapparaît sur le parking en lisière des bureaux. Les lumières s'allument au front du bâtiment. Il l'imagine en train de l'attendre pour le café. Il se dit que ne le voyant pas venir elle va s'inquiéter et se pointer ici. Entrer et pousser un cri en le voyant. Il imagine qu'elle va le délivrer. Dix minutes plus tard elle arrive. Tout se déroule comme prévu. Il a mal partout. Le visage en feu à cause du scotch qu'elle a dû arracher. Mais qu'est-ce qui s'est passé qu'est-ce qui s'est passé ? elle répète tout le temps, complètement en panique. Il n'a pas de réponse à lui fournir. Lui-même est sous le choc. Tétanisé. Il en a vu d'autres

192

mais il ne va pas mentir, il se sent noyé et ridicule. Meurtri. Rongé. Humilié. Il va prendre une douche pour évacuer la sueur la pisse et la peur. Essaie de chasser toute cette merde de son esprit, même s'il sait très bien que ça ne marche pas comme ça. Que ça prendra des heures. Des semaines. Des mois. L'irruption de ces types. Leurs flingues collés contre sa tempe. Son corps entravé rivé à la chaise. L'infini des heures à attendre. Cette putain d'ironie du sort. Payé pour surveiller ces entrepôts à longueur d'année sans jamais rien avoir à foutre. Et incapable de rien le jour où des types se pointent. Dans son petit uniforme. Avec sa panoplie de carnaval. Un fichu Playmobil. Voilà comment il se sent. Il se rhabille et sort et tout est calme. Comme si rien n'avait eu lieu. Il fait le tour de sa cahute et trouve les chiens inertes, allongés chacun à un bout de leur cage. Il touche leur flanc pour vérifier qu'ils respirent. On a dû leur filer des trucs à bouffer bourrés de somnifères. Ou les piquer. Il prend son téléphone et compose le numéro de Sarah. Rappelle trois ou quatre fois parce qu'elle doit sûrement dormir. Il a besoin de lui parler. De lui raconter tout ça. Ce cauchemar les yeux ouverts. Oh comme il a besoin d'elle tout à coup. Elle finit par décrocher et c'est plus fort que lui, il fond en larmes.

12

Laure

Son regard s'égare dans le vide, s'évade par la fenêtre de la chambre et va se planter dans les lointains. Laure lui parle et il lui répond mais c'est comme s'il n'était pas là. Comme s'il avait disparu. Son esprit rapté. Capturé par les flots. Dérivant quelque part dans les tréfonds de la nuit où repose désormais sa femme. Il dit qu'il veut mourir. Que plus rien ne l'intéresse. Qu'il ne comprend pas pourquoi la mer l'a recraché lui et pas elle. Qu'il ne sait pas comment il a pu lâcher sa main. Comment il a pu regagner le rivage. Ce qui en lui l'a trahi, s'est mis à se débattre. C'est un vieil homme perdu, désemparé. Il n'a plus rien à faire à l'hôpital, sa fille doit venir le chercher, il devrait même être déjà dehors, mais Laure le garde encore un peu. Il est arrivé en hypothermie. Ils lui ont fait subir la batterie d'examens habituels, l'ont nourri pour qu'il reprenne des forces. Il dit que ça ne devait pas se passer ainsi. Qu'il n'aurait pas dû lui survivre. Qu'ils se sont enfoncés dans la tempête et auraient dû s'y perdre, tout laisser s'éteindre. Laure lui répond que quelque chose en lui a voulu survivre, continuer. Quelque chose en lui s'est révolté. Qu'il faut savoir entendre. Il est encore en bonne santé. Ses enfants, ses petits-enfants l'aiment sans doute, ont besoin de lui. Il hausse les épaules et replonge dans le vide. Laure le laisse à ses ruminations, lui dit : La psychologue va passer vous voir dans la journée, lui conseille de bien prendre ses cachets. Des anxiolytiques, un antidépresseur. Elle referme la porte, lui lance un dernier sourire et se dirige vers la chambre suivante. Elle croise Coralie dans le couloir. Avec son chariot rempli de détergents et de plateaux-repas, inachevés pour la plupart. Qui pourrait bouffer ces trucs jusqu'au bout ? À longueur d'année ils exhortent les patients à manger, à reprendre des forces, mais c'est peine perdue. Coralie la salue. Elle chantonne. Elle chantonne tout le temps. Elle a une jolie voix. Ça fait plusieurs fois que Laure se fait la réflexion.

— Vous avez l'air fatigué, lui dit-elle. Vous devriez peut-être faire une petite pause.

Laure fait un tour aux toilettes et dans le miroir elle est tellement pâle. Ses yeux si cernés. Elle n'a pas dormi plus de six heures ces trois derniers jours. Par moments le mot interne revêt toute sa signification. Ces jours de garde qui s'enchaînent avec juste quelques siestes quand tout paraît enfin calme : c'est comme si elle habitait à l'hôpital, que sa vie s'y limitait, s'y tenait tout entière. D'ailleurs c'est pratiquement la vérité. Si quelqu'un l'observait, la suivait dans tous les instants de son existence, il serait fondé à considérer qu'en dehors de l'hôpital sa vie se réduit à rien : son appartement presque vide, ses parents à qui elle téléphone une fois par mois, ses longues marches solitaires sur les sentiers côtiers ou à travers le massif. Pas grand-chose de plus il faut bien l'avouer. Elle a été affectée ici il y a six mois. Elle ne connaît personne, suppose que Marseille lui manque, les amis qu'elle y a laissés, sa vie elle-même, comme une peau ancienne. Elle a débarqué ici un jour d'automne mais c'était déjà comme un hiver. La ville était calme, tournait au ralenti. Les restaurants de plage démontés, la plupart des boutiques fermées, les gens recroquevillés sur leurs vies, inaccessibles. Le boulot, l'école, les courses, la maison, la promenade du dimanche. Quelques vieux arpentant le front de mer à petits pas les jours de soleil, s'arrêtant sur un banc. De jeunes mères et leurs enfants en bas âge, pelles seaux râteaux ballons, assis sur le sable aux heures tièdes de l'après-midi. Parfois elle s'endort à quelques mètres en retrait, le dos calé contre une roche où prend la chaleur. Elle somnole dans la grande lumière, le clapotis des vagues. Puis elle regagne le silence de l'appartement, sa cellule de moine.

Elle sort des toilettes, pousse la porte de la chambre voisine et elle est là, sur son lit, vêtue de son jean et de son tee-shirt. Ceux-là mêmes qu'elle portait quand la mer l'a recrachée elle aussi. Elle n'a toujours pas prononcé le moindre mot. On n'a toujours aucune idée de son identité. Quelqu'un l'a vue s'extraire des flots le jour de la tempête. Personne ne l'avait

197

vue y entrer. Une vague l'a ramenée sur le bord. Elle a rampé jusqu'au sable et s'est écroulée. Ils l'ont récupérée glacée jusqu'aux os. Elle n'avait rien sur elle. Et depuis elle est là, ne décroche pas un mot, ne répond à aucune de leurs questions. Pas même un geste. Chaque fois que Laure entre, elle la trouve ainsi, assise sur son lit, reliée à sa poche de glucose parce qu'elle n'a pas touché au moindre aliment, les yeux rivés au mur. Les infirmières lui mettent la télé de temps en temps mais personne ne l'a jamais vue y prêter la moindre attention. Quel âge peut-elle avoir ? Dix-sept, dix-huit ans. Peut-être vingt. Un avis va paraître demain dans le journal. Un type est venu la photographier et elle cachait sa figure avec ses mains. On a dû les lui tenir pour dégager son visage. Elle a gardé les yeux fermés, la bouche serrée en une grimace angoissante. Au final le cliché est atroce et Laure doute que qui que ce soit la reconnaisse. Elle la regarde et se dit que si elle aussi disparaissait, si elle s'évaporait et réapparaissait quelque part, sortant de l'eau, personne ne viendrait la chercher. Personne ne s'inquiéterait de son absence. Il n'y aurait aucun avis de recherche. Au chevet de la jeune fille, tout le monde s'est pressé. Les psychologues. Les différents spécialistes de l'établissement, venus vérifier que tout allait bien d'un point de vue physiologique, qu'elle entendait, qu'elle voyait, qu'aucune lésion de son cerveau, aucun accident neurologique n'expliquait son état. On a fini par considérer qu'elle s'en tenait au silence.

On a fini par s'entendre sur le mot « traumatisme » et par conclure à une tentative de suicide.

Dès que Laure a une minute de battement, c'est là qu'elle se rend, dans sa chambre. Elle s'installe dans le fauteuil à côté du lit, l'observe. On dirait qu'elle accepte sa présence. Elle n'y réagit pas plus qu'à celle des autres mais Laure sent qu'elle y consent. Elle aime venir en pleine nuit, la jeune fille ne dort pas, reste assise les yeux grands ouverts et fixés sur rien. Laure lui parle parfois, d'elle, de Nathan, qui était son frère et qui n'est plus rien. Des particules éparpillées dans l'air, une présence invisible qui partout l'accompagne. Elle ne sait pas ce qu'en diraient les psychologues mais quelque chose la pousse à lui parler de lui. Elle sent que ça résonne. Elle sent qu'elle reçoit. Elle sent qu'elles partagent quelque chose. C'est idiot. Mais depuis qu'il l'a quittée le monde lui paraît rempli de signes. Rempli de lui, comme s'il flottait partout, comme s'il l'accompagnait en permanence, jusqu'ici à l'hôpital, dans cette chambre où la jeune fille est assise et semble perdue, ne sachant plus qui elle est ni dans quel monde elle s'est trouvée projetée, recrachée de la mer, comme remontée des entrailles de l'outremonde. Laure passe de sa chambre à celle du vieil homme qui ne veut plus vivre. Puis à celle d'Antoine qui lui ressemble tant, qui est à la fois là et absent, étendu sans connaissance, veillé par son père, sa sœur Louise qui le couve d'un regard si plein de tendresse, d'amour protecteur. Quand Laure les voit tous les deux elle a l'impression de se reconnaître avec Nathan. Enfant Nathan jouait souvent à faire le mort. Il était très fort à ce jeu, ne réagissait à aucune de ses supplications, à aucune de ses tortures. Il demeurait tout à fait immobile. Et quand Laure se penchait pour sentir son souffle rien ne se produisait. Aucun air ne semblait entrer ni sortir de ses narines. Et jamais son ventre ni ses poumons ne se soulevaient. Elle finissait par tendre un petit miroir sous ses narines et attendait qu'un peu de buée le trouble. Alors il lui fallait conclure qu'il était tombé dans une sorte de coma. Et quand enfin, au bout d'un temps infini, il rouvrait les yeux on aurait dit qu'il revenait vraiment de quelque part, de très loin. Laure lui demandait : Tu faisais semblant ? Et toujours il répondait : Non je n'étais plus là. Je suis parti longtemps ? Au fond elle n'a jamais su s'il jouait, jamais su s'il faisait ça consciemment pour l'effrayer ou s'il tentait quelque chose, s'il avait appris à se retrancher, à disparaître, à s'extraire de son enveloppe corporelle et à flotter quelque part. S'il le faisait exprès ou s'il en était victime. Un jour il s'est absenté pour de bon. On l'a retrouvé mort, allongé par terre dans son appartement. Le visage paisible et les bras le long du corps. Ils étaient sans nouvelles depuis plusieurs jours. Il ne répondait à aucun de leurs messages. Mais c'était habituel chez lui. Ça rendait leur père complètement dingue. Je lui paie ses études, son appartement, je subviens à ses besoins, quand il sera autonome il pourra faire ce qu'il veut, mais pour le moment il dépend de nous.

Alors la moindre des choses ce serait de nous donner des nouvelles de temps en temps. Finalement ils avaient pris le train pour Paris. Débarqué dans le quartier de Belleville où il logeait, non loin des jardins en terrasses, dans un immeuble où ne vivaient que des Chinois. Il étudiait la langue et disait qu'à défaut de vivre à Pékin c'était l'environnement idéal. Depuis tout petit il était fasciné par la Chine. Personne n'a jamais su d'où ça venait. Son appartement était couvert de cartes, de plans de la Cité interdite, du palais d'Été, de photos de Suzhou, d'Hangzhou, de calligraphies, de peintures chinoises. Ses étagères couvertes de livres et d'essais idem. Il lisait chinois, mangeait chinois, pensait chinois. Au fil des années, de manière inexplicable, ses yeux s'étaient légèrement étirés, comme si son physique tentait de se mettre en conformité avec ses pensées, la matière même de son cerveau. Comme si avant même d'y partir pour de bon, ainsi qu'il l'annonçait depuis tant d'années, il se préparait « physiquement ». Longtemps Laure s'est dit qu'il était quelque part là-bas, que ce corps qui gisait là sur le plancher de son appartement n'était qu'une enveloppe abandonnée, une peau morte, le déchet d'une mue. Et que le vrai Nathan, neuf et tout à fait chinois, se promenait quelque part sur la colline du charbon, sous les galeries du palais d'Été où les gens jouent au mah-jong, aux dames, tricotent, dansent, font onduler des rubans, qu'il se nichait quelque part dans les ruelles des hutongs. Quand ils sont entrés dans son appartement, après avoir fait sauter le verrou au pied-de-biche, sous le regard des voisins indifférents, dont ils ne saisissaient pas un mot des commentaires, ils l'ont découvert et Laure a d'abord cru qu'il jouait au mort pour lui seul. Elle a pensé qu'une fois de plus il s'était absenté de son corps et qu'il n'allait pas tarder à revenir. Elle s'est penchée sur son torse pour vérifier qu'il respirait et elle n'a rien observé. Pas le moindre signe de vie. Mais ça ne signifiait rien. Tentant de discerner un souffle elle s'est dit : Cette fois il a réussi à partir très loin et très longtemps. Et qui sait quand il reviendra, qui sait à quel moment il finira par ouvrir les yeux et les découvrir penchés sur lui, qui sait quand il lui demandera : Je suis parti longtemps ? Pardon de t'avoir inquiétée. Elle a mis plusieurs minutes à réaliser qu'il était mort. Et une part de son esprit ne le voyait pas ainsi. Une part d'elle se disait qu'il était ailleurs. Qu'il s'était en quelque sorte dédoublé. Et qu'une autre version de lui-même vivait quelque part, sûrement en Chine, sûrement à Pékin. Elle se disait, Il est parti très longtemps, voilà tout. Il va revenir. Ou pas. Mais il est là-bas. Avec le temps elle a appris à penser autrement. Il lui semble qu'il s'est éparpillé. Et qu'il est un peu partout à la fois. Dans son dos ses parents étaient effondrés. Sa mère tenait le bas de son visage dans sa main. Elle ne pleurait pas. C'était au-delà des larmes. Une pure et simple décomposition de sa personne. Son père, lui, ruisselait. Ils ont appelé les secours. Ils n'y avaient pas songé un seul instant mais, à en juger par l'état du corps, par l'odeur qui flottait dans l'appartement, il n'était pas mort depuis longtemps. Ils s'angoissaient depuis des semaines. Décidaient enfin de venir le voir. Pour en avoir le cœur net. Et il était mort quelques heures plus tôt seulement. Ses parents n'ont jamais cessé de se rejeter la faute. S'accusant mutuellement d'avoir retardé le moment, d'avoir hésité, rechigné. Sa mère répétait, Si nous étions arrivés un jour plus tôt il ne serait pas mort. Elle le répète encore aujourd'hui. Le visage crispé. Les dents serrées. Le regard perdu et douloureux. Et son père porte cette culpabilité sur son visage. Elle irrigue chacun de ses traits. Le moindre de ses gestes. Le moindre de ses mots. Ils ont refusé qu'on pratique une autopsie. Tout le monde les a conjurés d'accepter. La famille. Les amis. La police. Mais ils ont tenu bon. Le médecin légiste n'avait trouvé aucune raison à son décès, aucune cause identifiable, aucune explication rationnelle. Pour aller plus loin il lui aurait fallu disposer du corps. Ils ne voulaient pas qu'on y touche. Laure en faisait des cauchemars. Elle se disait, S'il revient, il doit récupérer son corps intact. C'était stupide de croire qu'il reviendrait, mais aussi de croire que d'une manière ou d'une autre son corps puisse demeurer intact, ne pas pourrir, ne pas être mangé par les vers. Elle était pourtant bien placée pour le savoir. Elle étudiait la médecine. Et aujourd'hui encore elle ignore comment elle peut exercer un métier s'appuyant sur tant d'observations scientifiques, de causalités établies, de phénomènes biologiques dont les mécanismes sont connus, identifiés, explicités, et n'en tenir aucun compte quand il s'agit de Nathan. Comment un esprit si sensément rationnel que le sien peut-il aujourd'hui encore se prendre à croire que le cœur de Nathan a simplement cessé de battre, ses poumons de respirer, parce qu'il avait seulement quitté son corps, comme il l'avait fait des dizaines de fois pendant leur enfance, même si ce coup-ci c'était pour de bon ? Comment expliquer qu'elle reste persuadée qu'il est toujours là, quelque part, et partout à la fois ? Un jour elle ira à Pékin, elle ira le rejoindre. Elle imagine que si l'autopsie avait été pratiquée, si une cause formelle de sa mort avait été identifiée, si l'enquête avait donné quelque chose, ce genre de pensée ne se serait pas insinué si profondément en elle. Mais la fouille de son appartement n'a rien apporté. On n'y a découvert nulle trace de drogue ou d'instrument servant à en consommer. Nul médicament. Et dans son téléphone nul contact, nulle trace d'appel menant à un fournisseur quelconque. Les lieux étaient vierges de toute substance toxique. Et même d'alcool. Et dans ses papiers nulle ordonnance ni la moindre phrase dans ses carnets laissant entendre qu'il se savait malade ou qu'il avait l'intention d'en finir. Ou quoi que ce soit qui aurait pu ouvrir une piste, offrir un début d'explication. Ils n'ont pas voulu chercher plus loin. Ils ne voulaient pas savoir. Il était parti, peu importait la cause. C'était lui qu'il leur fallait pleurer, pas les raisons de son départ. En savoir plus c'était ouvrir la possibilité de lui en vouloir. La possibilité d'une rancune, d'une colère. Ils ne voulaient que la tristesse.

Elle reste un long moment dans cette chambre. Auprès de cette fille apparue comme Nathan était parti, sans explication. Comme toujours avant de la quitter elle lui dit que lorsqu'elle sera prête elle le sera aussi. Qu'elle est disposée à l'écouter. À tout recevoir et à tout comprendre. Qu'elle peut compter sur elle. Qu'elle est là pour l'aider. Quoi que ces mots puissent recouvrir. Avant de sortir une idée lui vient. Elle fouille dans sa poche et en sort son iPod. Elle s'approche d'elle, lui glisse l'appareil dans la main, fixe les écouteurs à ses oreilles. Lance la musique en mode aléatoire. Alela Diane. Elle jurerait voir se dessiner sur ses lèvres un mince sourire, à peine un rictus, une détente, une halte. Elle prend sa main, elle est gelée. La serre doucement. Ça va aller. Elle prononce ces mots quand la porte s'ouvre dans son dos. Deux infirmières surgissent et la pressent de venir, c'est urgent. Elle lâche la main de la jeune fille qui pour la première fois change de position, se cale contre l'oreiller, s'allonge presque, ferme les yeux, s'abandonne à la musique. Laure suit ses collègues dans les couloirs. C'est le patient de la 216 aux soins intensifs. Quand elle entre dans la chambre Louise est là, elle tient la main de son frère dont les yeux sont ouverts. Hagards ils semblent ne pas savoir où se poser et sa bouche tente une grimace pâteuse.

— Il a dit quelque chose ?

Louise se retourne et secoue la tête.

— Ses paupières se sont soulevées comme ça il y a peut-être cinq minutes. Et ça a été tout. Mais là, depuis quelques secondes ça bouge.

Laure s'approche d'Antoine. Soumet un stylo d'argent à son regard, le déplace latéralement, et il le suit. Elle lui demande s'il peut l'entendre, de cligner si c'est le cas. Ses yeux se referment lourdement puis, au bout de trente secondes, s'ouvrent de nouveau. Deux flaques d'encre, des yeux de nuit. Elle suppose qu'on peut appeler ça cligner. Louise lui serre le bras, elle est si heureuse. Elle a besoin de s'accrocher à quelque chose. Ça peut être elle, ça ne la dérange pas. Elle a tellement besoin de compter pour quelqu'un. Et elle voudrait tant pouvoir s'accrocher elle aussi. Se dérober au vertige qui la saisit devant cet Antoine qui revient d'entre les morts, qui ressemble tant à Nathan. Même visage fiévreux, mêmes yeux effrayants de noirceur, d'obscurité indéchiffrable et mate, de lune absente et d'étoiles effacées. Seule leur forme les différencie vraiment. Ceux de Nathan soustrayaient un peu d'ombre à son visage, l'adoucissaient d'une forêt de cils si longs qu'ils en devenaient féminins. Toujours Laure lui avait connu ce regard ourlé. Et petit il n'était pas rare qu'il se fasse prendre pour sa sœur. Et elle était quant à elle si androgyne, et l'est restée si longtemps, qu'un peu plus tard il leur était arrivé d'inverser les rôles, de se pré-senter à des inconnus comme frère et sœur en ordre inversé. Ils n'avaient pas dix ans. Et elle se dit qu'à cet âge ils aimaient décidément jouer à de bien drôles de jeux. Qu'est-ce qui clochait chez eux ? Leurs parents étaient gentils et attentifs, aimants, prévenants. Ils vivaient une vie banale, sans histoires, sans drames. Sans particularité aucune. Quand les choses avaient-elles dévié ? Quand Nathan avait-il pris ce chemin quasi parallèle, décalé d'un degré à peine, qui le mènerait si loin d'eux dix ans plus tard et qui la laisserait seule ici, dans cette ville à demi fantôme, comme nageant dans ses propres vêtements, exsangue, amaigrie, en attente de l'été qui seul la remplira et la fera battre à son juste rythme, dans cet hôpital où elle visite des spectres, des revenants, des survivants involontaires, des êtres égarés tout juste sortis des limbes, naviguant entre deux mondes, ici et ailleurs, vivants et morts à la fois ?

— Est-ce que vous pouvez me dire votre nom ?

Sa bouche tente quelque chose. Dans un effort qui paraît démesuré il parvient à en extraire une bouillie.

— An'oine.

— Et vous reconnaissez la personne qui est assise à côté de vous ?

Lentement il tourne son visage vers sa sœur. Elle agrippe sa main comme s'il pouvait repartir, disparaître, s'évaporer. Laure comprend ça. Elle sait que ça arrive. Il faut parfois retenir les vivants, les arrimer pour ne pas qu'ils s'en aillent. De nouveau sa bouche s'ouvre et se ferme.

— Ouise.

Louise a les yeux baignés de larmes. Le visage illuminé. Puis Antoine articule quelque chose comme Aha. Et ses yeux semblent désigner quelque chose dans leur dos. Laure se retourne et le père se tient là, stupéfait, un café dans chaque main. Ils se sourient. Il ressemble à son propre père. Après un certain âge tous les pères se ressemblent, quelque chose en eux s'attendrit, rend les armes, se dépouille de toute carapace. On repense à la frousse qu'ils nous flanquaient gamins quand ils élevaient la voix, nous menaçaient d'une fessée, nous enjoignaient de leur obéir, de ne pas les décevoir, faillir, trahir leur confiance, nous soustraire à leur autorité. Et les voir maintenant si désarmés nous émeut et donne l'impression de faire face à une autre personne, sans que parfois il soit vraiment possible d'établir un lien. Et là encore on cherche le moment où quelque chose a dévié, a mué, s'est transformé. Cela s'est-il passé d'un coup ? Y a-t-il eu un jour précis où les choses ont changé ? Ou tout ne s'est-il produit que par glissements successifs, imperceptibles ? Au fond c'est comme la maladie. Elle se révèle un jour, franche et massive, prenant toute la place. Et on se demande comment on ne l'a pas vue venir plus tôt, alors qu'elle rongeait peu à peu, gagnait du terrain.

— Est-ce que vous savez où vous êtes ?

— A'opi'al.

— Bien. C'est ça. Vous êtes à l'hôpital. Vous avez subi un grave accident. Vous êtes resté plusieurs jours sans connaissance. Vous pouvez me dire en quelle année nous sommes ?

— Eu'il'eize.

— Bien. Et le nom du président de la République ?

— Am'y.

Laure fronce les sourcils. Lui demande de répéter. Mais il semble épuisé. Elle se tourne vers Louise. Et dans un rire elle répète :

— Flamby. Il a dit : Flamby.

Antoine a refermé les yeux. Il se repose. Parler l'a épuisé. Laure sollicite de lui un dernier effort. Est-ce qu'il sait comment il est arrivé ici ?

Il secoue lentement la tête. C'est non. Évidemment, puisqu'il était sans connaissance. De nouveau il ouvre les yeux. La lumière l'agresse. Laure se lève pour éteindre les néons. Dehors la nuit tombe lentement. Tout flotte entre chien et loup. Et à elle aussi ça fait du bien. Dans l'épuisement où elle se tient cette lumière déjà faible, encore douce, est comme un baume sur ses nerfs, sa peau, ses yeux.

— Est-ce que vous savez ce qui vous est arrivé ?

Il se redresse difficilement. Produit de grands efforts pour articuler quelques mots à peine intelligibles. Il travaillait. Le chien a aboyé. Et tout s'est éteint.

— Et vous travaillez où ?

— Au'am'ine.

Laure se tourne vers Louise. Elle traduit :

— Au camping. Il travaille au camping. Il prépare les mobile homes pour la saison. C'est là qu'il loge en ce moment.

— Bien. On va vous faire quelques examens. Vous allez subir des tests. En attendant reposez-vous. Je reviens.

Laure salue Louise ainsi que son père. Leurs visages sont baignés de joie. Leurs yeux tremblent, leurs mâchoires s'agitent pour contenir les larmes qui montent. Louise attrape la main de son frère et l'embrasse, puis la passe sur son front, ses joues. De l'autre côté du lit son père s'approche lui aussi, touche l'épaule de son fils dans un geste timide, une étreinte pudique, à peine esquissée. Laure les laisse, quitte la pièce à regret, comme si elle réalisait seulement maintenant que cette scène ne la concerne que de loin, qu'elle n'est pas liée à ces gens, qu'elle ne fait pas partie de leur cercle. Qu'Antoine n'est pas son frère et que ce père n'est pas le sien. Juste avant de refermer la porte sur la pénombre où ils se serrent, elle les entend lui dire merci.

Elle répond qu'elle n'y est pour rien, et c'est la vérité. Antoine était parti très loin. Et il est revenu. Il a décidé de revenir. Elle n'a rien à voir là-dedans.

Laure gagne les bureaux et fait prévenir le chef de service, le neurologue, la psychologue. Puis elle entre dans la salle de repos, ôte sa blouse, s'allonge, met son réveil à sonner pour dans trois quarts d'heure, ferme les yeux et tombe aussitôt dans le sommeil, sombre très profond, dérive très loin. Jusqu'en Chine.

13

Clémence

Quand elle a ouvert les rideaux ce matin tout baignait dans une lumière rose. Tout était si parfait vu de la terrasse. La baie scintillait. Ne gardait pas la moindre cicatrice. Elle est arrivée dans la nuit et l'odeur qui l'a saisie en entrant dans la maison était si familière qu'un instant quelque chose en elle s'est délassé. Ouvert. Comme par réflexe. Comme chaque fois qu'elle débarque ici. Comme tant de fois depuis l'enfance. Comme si l'odeur de la maison, du jardin, avait envoyé un message à son cerveau, peu soucieux des circonstances. Le parfum éternel des vacances de toujours. La douceur des étés insouciants. Des hivers retranchés. Indiens. La lumière brûlante qui les enveloppait. L'air sucré. La langueur du temps sans emploi. L'enfance tapie là, dans chaque pièce, chaque mètre carré de terre, chaque pierre, chaque sentier. Elle a regardé la mer et qu'elle ait pu se lever quelques jours plus tôt paraissait tout simplement inconcevable. Qu'elle ait pu engloutir sa mère. Lui laisser son père. En dépit de sa faiblesse. De son âge qui semble s'être abattu sur lui jusqu'à le rendre méconnaissable.

L'ombre de lui-même. Que faisaient-ils ce jour-là ? Quelle folie les a pris de s'en aller à petits pas de vieillards dans la tempête ? Par quel miracle la mer ne l'a-t-elle pas emporté lui aussi ? Comment imaginer cela ? Tous les deux emportés par les vagues. Lui se débattant de tous ses vieux os, de son corps maigre et décharné, agrippant de toutes ses forces son corps à elle. Serrant sa main jusqu'à ce qu'elle lui échappe. Et comment ne pas lui en vouloir ? D'avoir eu la connerie d'envisager cette promenade. De n'avoir pas rebroussé chemin. D'avoir marché si près des vagues. De n'avoir su la retenir. La hisser jusqu'au rivage. De l'avoir laissé mourir. Et de lui survivre.

Sa mère était condamnée. Ils le savaient tous. Elle voulait venir ici une dernière fois, respirer ce parfum. Promener son regard sur ces paysages qui portaient en eux l'image même du bonheur. Ses frères trouvaient ça déraisonnable. Dans son état. Clémence était plus ou moins de leur avis. Mais elle ne voyait pas au nom de quoi ils se seraient opposés à cette dernière volonté. Son père s'est fait un peu tirer l'oreille lui aussi. Ces dernières années il ne voulait plus venir. Tout ici lui semblait trop saturé de passé. La nostalgie est pour lui comme une écharde dans le poumon, elle le sait. Il n'a jamais bien supporté que les choses puissent s'achever. Que le temps puisse passer. Que ses enfants puissent grandir. Que la vie coule toujours dans le même sens. Et que rien ne soit rattrapable. Toutes choses finissant, se fanant. Le goût du never more a toujours été dans sa bouche comme un acide. Clémence le regarde, parfaitement immobile dans le grand fauteuil en rotin, une couverture sur les genoux, les yeux fixant l'horizon parfait. Silencieux et hagard. Égaré. Perdu. Elle devine la profondeur de son chagrin. La perdre c'est comme perdre sa vie entière. Les deux pour lui se confondent. À jamais indissociables. Il le lui a toujours dit. Envisager la vie sans elle lui est tout bonnement impossible. Il n'a jamais su ce que c'était. Avant elle il n'était pas là. C'est ce qu'il dit souvent. Qu'elle l'a fait naître. La seule vie qu'il reconnaisse avoir connue est celle qu'il a partagée avec elle. À l'hôpital il attendait Clémence, assis sur son lit. Elle était passée à l'hôtel récupérer leurs affaires. Elle a vu l'interne. La psychologue. Ils lui ont présenté leurs condoléances. Lui ont expliqué la situation. Il est sous anxiolytiques et antidépresseurs. Il est sous le choc de la perte. Et croule sous le poids de la culpabilité. Il est rongé de colère. Contre lui-même. Il n'a plus envie de rien. Répète à qui veut l'entendre qu'il désire mourir à son tour. Qu'il faut le laisser la rejoindre. Vous devez le surveiller. Ne pas le lâcher une minute. L'aider à surmonter tout cela. Qu'il retrouve le goût de vivre. Pour vous ses enfants. Pour ses petits-enfants. Lui dire que vous avez besoin de lui. Quand elle est entrée dans la chambre ses yeux se sont levés vers elle et ils étaient sans expression. Elle l'a serré dans ses bras et elle a fondu en larmes. Parce que sa mère était morte. Parce qu'il était assez con pour être parti se promener alors que la mer grondait, que Météo France émettait des alertes depuis plusieurs jours, enjoignant les habitants de rester chez eux, d'éviter les plages. Parce qu'il n'avait pas su la sauver. Parce qu'une vague trop forte lui avait fait lâcher sa main. Parce que maintenant il disait vouloir mourir lui aussi. Et qu'elle se sentait tellement niée. Oh oui elle lui en voulait. Elle lui en veut. Le regardant ici près de l'olivier, ici où ils ont partagé tant de moments heureux, ici et tellement démuni sans sa mère, tellement démuni d'être en vie sans elle, elle a pitié de lui. Mais au fond d'elle elle lui en veut. De lui avoir soustrait les derniers mois de sa mère. De la lui avoir volée un peu. Même si rien de tout cela n'est sa faute. Même s'il ne l'a pas voulu. Même s'il n'a rien pu faire pour la sauver. Oui elle lui en veut d'avoir eu la force de s'en sortir, lui. Et pas celle de la sauver. Elle lui en veut surtout de vouloir la rejoindre désormais. De les compter à ce point pour quantité négligeable, elle et ses frères et leurs enfants. Elle lui en veut d'être si lointain, comme déjà mort, de laisser l'immensité de son chagrin à leur charge. Et moi ? a-t-elle envie de lui dire. Moi, qui s'occupe de moi ? Qui me console ? D'avoir perdu ma mère, de m'être fait voler ces derniers mois. Même si elle le sait bien, ces mois auraient été ceux de l'agonie. De l'horreur de la perdre alors qu'elle aurait été là, ses esprits la quittant, son corps s'effaçant peu à peu. Elle lui en veut et ça n'a aucun sens. Elle est en colère c'est tout. En deuil. C'est vieux comme le monde. Sidération, culpabilité, colère. La valse à trois temps. La danse de ceux qui restent.

Quand elle a desserré son étreinte il s'est levé. Et ils ont quitté la chambre. Il a salué les médecins, les infirmières. Les a remerciés avec cette élégante courtoisie qui est sa marque depuis toujours. Sa façon d'être avec les autres. Parfaitement maîtrisée et digne. Parce qu'avec eux bien sûr c'était autre chose. Le vernis craquait et c'était un homme à deux visages. Doux et colérique. Tendre et nerveux. Aimant et absent. Abattu et débordant de joie, d'enthousiasme. Avec lui on se sentait à la fois protégé et toujours en danger. Elle l'a aimé profondément. Trop peut-être. Il était dévorant, toxique. Il lui était indispensable. Elle ne faisait rien sans penser à ce qu'il en dirait. Se fiait à ses jugements. Voulait qu'il soit fier d'elle. Tout le temps. En toutes circonstances. Elle voulait être à ses yeux irréprochable. Elle a mis du temps à comprendre qu'elle ne pouvait continuer à vivre dans son regard. Qu'il lui fallait s'éloigner. Se détacher un peu. Avant de quitter l'hôpital il a voulu dire au revoir à une patiente. Quelques chambres plus loin. Une très jeune femme. Peut-être une adolescente. Elle se tenait assise sur son lit. Un casque dans les oreilles. Un iPod dans le creux de sa main. Il est entré et lui a dit : Voilà, je m'en vais. Elle a hoché la tête. Très lentement. Comme si elle n'était pas vraiment là. Comme si une partie d'elle était suspendue quelque part. Comme si elle était là sans y être. Puis son père a refermé la porte et ils ont gagné la sortie. Dans la voiture il n'a pas dit un mot. Au fur et à mesure qu'ils s'approchaient de la maison, qu'ils progressaient sur la route en lacets, bordée de bosquets d'arbres transpercés de soleil, de cactus énormes, de massifs de rhododendrons et de lauriers-roses, de mimosas et d'eucalyptus, de villas camouflées et de piscines que laissaient deviner ici et là un rectangle de lumière bleue, elle a senti son corps entier se tendre. Comme s'il se braquait. Tentait de ralentir. Elle s'est garée le long du muret. Il n'a pas bougé d'un millimètre.

— Papa, a-t-elle dit. On est arrivés. Il faut descendre.

Il a secoué la tête en signe de dénégation.

— Je préfère rentrer tout de suite. Prenons la route.

— Papa. On en a pour huit heures. Je suis crevée. Et je ne veux pas conduire de nuit.

— Je te relaierai.

— Tu rigoles ? Tu sors de l'hôpital. Et tu n'as pas conduit depuis des lustres. Et puis tu es bourré d'anxiolytiques.

— Comment tu le sais ?

— Ils me l'ont dit.

— Ils te l'ont dit ?

— Oui.

Il paraissait interloqué. Furieux. Comme si les médecins avaient trompé sa confiance.

— Et qu'est-ce qu'ils t'ont dit d'autre ?

— Qu'il ne fallait pas que je te laisse seul. Qu'il fallait qu'on s'occupe de toi.

Il a haussé les épaules comme si aucun de ces mots n'avait la moindre logique. La moindre raison d'être. La moindre pertinence.

— Le temps que les médicaments agissent, que tu te remettes.

— Parce que tu crois que je vais me remettre d'avoir perdu ta mère ? a-t-il grincé. Non je ne compte pas m'en remettre. Et je ne crois pas que ce soit seulement possible.

Son visage était un bloc de glace, un masque de mépris.

— Allez, viens.

Elle est sortie de la voiture et en a fait le tour pour lui ouvrir la porte. Lui a tendu la main. Il ne l'a pas prise. Il s'est levé à regret. Et l'a suivie. Ils sont entrés dans la maison. Elle a déposé son sac et les clés sur le plan de travail de la cuisine. Puis elle l'a rejoint au salon. Il se tenait immobile, les bras ballants, au milieu de la pièce, inchangée depuis toujours, fauteuils couverts d'un tissu orange à motifs années soixante-dix, tapis roux à poils longs, table campagnarde et chaises paillées, chaîne antique et tourne-disque, des lampes un peu partout, nuée de lumières tamisées parce qu'il détestait les plafonniers, la blancheur des ampoules sans abat-jour. Quand elle a posé sa main sur son épaule elle a senti que son corps tremblait. Découvrant son visage elle a constaté qu'il était baigné de larmes.

— Viens t'asseoir, lui a-t-elle dit.

Elle a ouvert la porte-fenêtre et l'a conduit sur la terrasse. L'a aidé à s'installer. Lui a apporté une couverture.

— Je reviens. Je vais préparer du thé.

Le soleil tombait doucement sur les collines. Et le ciel commençait à se lézarder de rose.

— Je ne devrais pas être ici. Ce n'était pas prévu comme ça.

— Qu'est-ce que tu dis ?

Il n'a pas répondu. Et n'a plus prononcé le moindre mot. Elle lui a apporté son thé. Il l'a bu en contemplant le ciel enflammé. Elle s'est assise sur une chaise en plastique vert. De l'autre côté de la table ronde. Elle a un peu froid. De la chaîne hi-fi leur provient le murmure de Chet Baker. Elle n'a pas mis le disque de Stéphane Grappelli qu'ils passent en boucle ici depuis toujours. Il lui semble qu'aux premières notes elle se serait effondrée. Que son corps serait tombé en poussière. Que trop d'images l'auraient submergée et réduite en sable. Le pavillon de Soisy, les samedis après-midi, et le salon où entrait le soleil, l'odeur du gâteau dans le four et le grand canapé de cuir, les meubles acajou les tapis, les chambres et ses frères, les promenades en forêt, les anniversaires et les veillées de Noël, les pivoines et les camélias du jardin, les films qu'aimait sa mère, Trintignant Montand Fanny Ardant, Woody Allen et Cary Grant, les vacances ici, étés surchauffés et sueurs salées en permanence, ses frères à demi nus dans la lumière blonde, les calanques et les eaux où ils glissaient sans fin, masques et tubas, genoux s'éraflant en grimpant aux roches des îlots, évitant les oursins, gagnant le sommet puis sautant dans le turquoise, automne hiver printemps à sillonner les sentiers, pique-niquer au flan des falaises piquées de pins à l'écorce rousse, longues heures de lecture à la chaleur de la pierre ou disséminés aux quatre coins de la maison, son père dans le petit salon, sa mère sur la terrasse, les deux frères sur la mezzanine allongés sur le ventre en appui sur les coudes. Elle sur la méridienne de la salle à manger, sous le grand miroir, surveillant en permanence l'état du ciel et de la mer, le passage des oiseaux, le visage de sa mère tendu vers le soleil, le frémissement de l'olivier, des mimosas fleuris, des souples eucalyptus se balançant à l'avant-plan de la baie, ses eaux suaves où s'effondraient les collines boisées, encore belles malgré la verrue du centre Pierre et Vacances dont la construction avait tant ému son père, l'avait mis dans une rage folle, un état d'abattement incompréhensible, comme si modifiant la vue qu'on avait de leur terrasse c'était à lui personnellement qu'on s'en prenait, et sa vie entière qu'on gâchait. Elle le revoit aussi le matin aux petites heures, penché vers elle pour la réveiller, elle était la seule à aimer le suivre ainsi dès l'aube, prendre à sa suite le sentier qui partait à l'arrière de la maison pour s'enfoncer dans les collines encore meurtries des derniers incendies, puis quelques kilomètres plus loin toujours intactes, arbousiers mimosas oliviers pins et chênes-lièges, ensemble ils grimpaient jusqu'aux plus hauts sommets, empruntant les escaliers étroits taillés à même la roche confite, sous leurs yeux s'étendait l'immensité du massif que le soleil avait fait virer du rose à l'orange sanguine au fil des heures. Ils rentraient au zénith, sous la grande chaleur qui les rinçait. Son père mettait le poisson à griller en poussant de grands cris sauvages, comme pour attirer l'attention sur lui, leur laisser entendre qu'il s'agissait là d'une tâche difficile, rien moins que de dompter le feu. Tandis que montait l'odeur de peau brûlée il inventait toujours les mêmes aventures, qu'elle accréditait. Il fallait tout le temps que leurs promenades se transforment en expéditions, en aventures dangereuses. Et elle confirmait quand il évoquait cette meute de sangliers lancés à leurs trousses, et le refuge qu'ils avaient trouvé aux plus hautes branches d'un arbre. Et elle opinait quand il faisait intervenir un ours, un rapace fondant sur leurs casse-croûte, une promeneuse au fond d'un ravin qu'il avait fallu secourir, une voiture ayant raté un virage et suspendue dans le vide, et son père la retenant de chuter par la seule force de ses bras. La force de ses bras. Il est là devant elle, et levant sa tasse de thé sa main tremble. La porter à ses lèvres lui demande un effort, qui lui dérobe un peu de souffle, lui occasionne une mince douleur. Il la repose et manque de la renverser. Puis il se lève en prenant appui sur le dossier de la chaise. Il a trop froid, dit-il. Il rentre. À petits pas. Et sans même en avoir conscience il s'accroche à son bras pour grimper la marche qui sépare la terrasse du salon. Il a encore vieilli depuis la dernière fois. Il a le même âge que le père d'Ethan, son mari, mais en paraît dix de plus. Comme devançant l'appel. Accusant le coup. Déposant les armes. Et là la mort d'Hélène, le choc, la noyade et l'hypothermie, l'hospitalisation, quelque chose en lui s'est encore affaibli. Il flotte dans ses vêtements. Et toute énergie, toute force semble l'avoir quitté, ne laissant de lui qu'une enveloppe à moitié vide, une écorce incertaine, molle, vaporeuse. Il s'installe dans le grand fauteuil. Elle lui demande s'il veut regarder la télévision mais il refuse. Elle change le disque sur la platine. Hésite longuement. Barbara, Brassens, le jazz New Orleans qu'ils écoutent toujours ici, Django et Grappelli, tout est si plein de sa mère, du passé, de tout ce qui s'est achevé et dont ne restent plus que des souvenirs nimbés de tristesse. Elle branche son iPod et se raccroche à sa propre vie, sa vie d'aujourd'hui, avec Ethan et les enfants, sa vie qui continuera malgré la mort de sa mère, qui continuera sans elle désormais, sa vie dont un pan entier s'est écroulé et disparaîtra avec la mort de son père, laquelle ne tardera pas sans doute, elle le sent déjà il va se laisser tomber, comme chez ces couples d'animaux dont le mâle se laisse mourir quand la femelle meurt, incapable de lui survivre. Elle enclenche le dernier disque d'Arthur H, que son père ne connaît sans doute pas, dont aucune note ne soulève le souvenir de sa mère, dont la voix la ramène à Séville où ils étaient en vacances avec Ethan et les enfants, où ils flânaient sans fin parmi les palais et les jardins, les rues bordées d'orangers, claquant du son des calèches, quand le téléphone a vibré, quand son cœur s'est serré dans sa poitrine, parce que sentant l'appareil frémir dans sa main elle a su, elle a su que c'était une mauvaise nouvelle, elle a su qu'il s'était passé quelque chose. Elle a décroché et la voix de son frère a retenti, il était à New York tandis qu'Arnaud était loin lui aussi, à Kyoto pour une dizaine de jours, ils étaient tous loin alors que leur mère se noyait, que leur père échouait à la tirer des vagues, qu'on l'emportait à l'hôpital pour le soigner et que leur mère reposait à la morgue, dans l'attente qu'ils reviennent tous, qu'ils prennent leurs dispositions leurs avions leurs responsabilités, dans l'attente que leur père se retape un peu et qu'on puisse envisager de procéder à l'enterrement dans le petit cimetière de Soisy. Ils avaient convenu que son frère ferait le nécessaire pendant qu'elle irait chercher leur père et le ramènerait avec elle. Pourquoi avait-il fallu qu'ils soient tous si loin ? Comme si leur mère avait attendu cela justement. Une manière de mourir dans leur dos. De mourir en cachette. De nimber sa mort d'une distance qui rendait tout irréel. Ses frères venaient d'arriver en France et leur chagrin se mêlait au jet-lag pour les plonger dans une ouate épaisse, presque indolore, qui les anesthésiait. Pour elle tout était allé très vite, Ethan et les enfants étaient encore à Séville et elle avait pris le premier avion. Débarquant à Roissy il neigeait et elle était vêtue d'une veste légère, on lui avait volé seize degrés en deux heures et elle a regagné Paris frigorifiée, est entrée hébétée dans l'appartement vide, où elle n'avait pas l'habitude d'être seule, où il y avait toujours un des enfants ou Ethan lui-même, ou encore Veronica qui s'occupait de la plus petite et faisait un peu de ménage. Elle était toujours la dernière à rentrer et elle aimait plus que tout contempler leurs fenêtres éclairées de la rue, elle aimait rentrer dans une maison où l'on s'agitait, où on l'attendait. Jamais autant qu'à ces instants-là elle avait la certitude de rentrer chez elle. De regagner sa propre vie. Une fois à l'intérieur, à la nuit tombée, il lui arrivait de ressortir au prétexte d'une course et de rester un long moment à fumer des cigarettes en observant les allées et venues d'Ethan et des enfants dans l'appartement. Étrangement elle avait l'impression de vérifier quelque chose. Elle ignorait d'où lui venait cette fascination pour les fenêtres éclairées au front des maisons, des immeubles. Ces lambeaux de décors, de gestes, de visages saisis, le front contre la vitre d'un train ou le nez en l'air en marchant dans les rues. Elle déambulait le long des avenues et elle avait l'impression que ces vies existaient plus fort qu'elle ne le ferait jamais. Elle avait parfois la tentation d'entrer dans une de ces maisons, un de ces appartements, et d'y suivre une vie qui n'était pas la sienne, comme si elle était chez elle. Mais une fois à l'intérieur, elle savait qu'à nouveau le trouble la saisirait et qu'il lui faudrait ressortir pour vérifier, dans la nuit survenue, que sa vie se jouait là, dans ces pièces, parmi ces objets, ces corps et ces visages. Seule dans cet appartement, le sien pourtant, elle n'a pas su comment l'occuper, quels gestes y accomplir. Rien n'avait plus d'évidence. Elle a allumé les lumières, monté le chauffage, mis de la musique. Elle s'est fait chauffer un sachet de nouilles japonaises. S'est même ouvert une bouteille de saint-chinian. Mais tout cela était comme vidé de sens. Alors elle s'est mise au lit, a pris un Xanax et tenté de trouver le sommeil. À l'aube elle était sur l'autoroute. Elle roulait vers le Sud. Vers son père désormais veuf. Sur les voies d'en face elle guettait des voitures sombres où elle imaginait le corps de sa mère qu'on rapatriait au funérarium de Juvisy. Ses frères allaient s'occuper d'elle. Traiter avec les pompes funèbres. Organiser l'enterrement. Imprimer les faire-part. Les envoyer aux amis, à la famille, aux connaissances. Rédiger un avis pour *Le Monde*. Elle roulait mécaniquement, et au fur et à mesure que s'approchait le terme du voyage, tout remontait à la surface, tout s'éclairait crûment, la réalité de la mort de sa mère affleurait peu à peu. Comme une mâchoire resserrant son étreinte, une morsure d'abord imperceptible puis légèrement douloureuse, et soudain insupportable. Elle a dû faire une halte un peu avant Aix. Elle était en colère et perdue. En colère contre son père et orpheline de sa mère. Dans les toilettes de la station-service elle a vomi une bile acide. Elle a fondu en larmes assise sur la cuvette, dans l'odeur d'urine et de nettoyant industriel, fixant dans le trouble des larmes les inscriptions salaces, les rendez-vous improbables.

Elle fouille dans les placards de la cuisine. Il n'y a pas grand-chose. L'habituel d'une maison de vacances. Du riz, des pâtes, des boîtes de sauce tomate, de sardines à l'huile, de thon au naturel. Des sachets de soupe. Elle n'a pas très faim de toute façon. Elle imagine que son père non plus mais le médecin a bien insisté : il faut qu'il se nourrisse convenablement. En écoutant tous ces gens, l'interne le psy le chef de service, elle a eu du mal à vraiment réaliser qu'ils parlaient de son père. Ils faisaient le portrait d'un homme si désemparé, si fragile, si vulnérable. Comme s'il était mourant. Comme s'ils étaient entrés dans son jeu à leur tour. Accréditaient la thèse de la vieillesse. De sa faiblesse. Son père a toujours été tellement obsédé par la vieillesse qu'il a plongé dedans. Il l'a tellement redoutée, tenue pour une déchéance absolue, la fin de la vie elle-même en quelque sorte. Il en a tellement exagéré la perspective, noirci la réalité, qu'une fois qu'il a considéré que ce temps qu'il exécrait d'avance, qu'il ne supportait pas d'envisager, dont chaque signe avant-coureur l'horrifiait – des cheveux blancs, un trou de mémoire, se faire battre à la course par ses fils et bientôt sa fille, être essoufflé durant l'ascension du cap Roux derrière la maison, entendre le mot vieux dans la bouche de sa petite-fille, la propre fille de Clémence, ce qui lui a valu d'ailleurs la seule fessée de sa vie, et ils s'étaient violemment heurtés à ce propos, son père considérant ce geste justifié et sans conséquence, elle le tenant en horreur absolue – l'avait rattrapé, tout a été foutu, terminé. Plus rien n'avait de sens ni de goût pour lui puisqu'il était diminué. Du moins se sentait-il ainsi. Il a commencé par ne plus vouloir venir ici. Si c'était pour ne plus pouvoir partir à l'aube marcher durant des heures dans le massif. Si c'était pour ne plus nager aussi longtemps qu'avant. Ne plus plonger d'aussi haut dans les calanques. Puis il n'a plus voulu mettre les pieds dehors. Ni conduire. Ni faire quoi que ce soit au fond, à part rester à Soisy avec Hélène, qui tentait tout de même de l'entraîner, de le sortir de ce qu'elle nommait sa dépression. Ton père fait une dépression parce qu'il ne supporte pas de vieillir. Il ne supporte pas la retraite. Il ne supporte pas d'être mis sur la touche. De n'être plus le meilleur. Celui qui court le plus vite, qui marche le plus longtemps, qui saute le plus haut, qui travaille le plus, qui pisse le plus loin, disait-elle. Ça ne sert à rien de l'emmener voir un médecin. Aucun médicament ne soigne ça. L'orgueil blessé des mâles vieillissants. Le crépuscule des grands fauves. Elle clignait de l'œil et s'approchait de lui, lui caressait la tête un instant. En guise de grand fauve il faisait un bien vieux chat d'appartement leur père. Puis sa mère est tombée malade. Son père a dû se reprendre. Cesser sa comédie. Si la vieillesse frappait vraiment quelqu'un c'était elle, et de la plus violente des manières. Elle repense à ce qu'ont dit les médecins. Qu'il fallait le surveiller. Lui redonner goût à la vie. Qu'il prétendait ne pas vouloir survivre à sa femme. Elle repense aux mots qu'il a prononcés dans la voiture : Si tu crois que j'ai l'intention de m'en remettre. Elle se sert un whisky et il se pourrait bien que ce soit là son seul repas. Dans la casserole frémit un peu de bouillon où flottent des vermicelles de blé. Un vrai plat de convalescence. Serait-elle, elle, capable de survivre à Ethan s'il venait à s'éteindre le premier ? Elle suppose que oui. Il lui arrive si souvent d'envisager de vivre sans lui. D'imaginer ce que pourrait être sa vie si elle le quittait. Bien sûr elle imagine qu'on peut dire qu'ils s'aiment. Même si pour prononcer une telle phrase il faut s'accommoder de ce que devient irrémédiablement un couple au fil des années. Elle est comme tout le monde. Parfois ce feu un peu éteint, cette tiédeur quotidienne, cette union solide et raisonnable, dépassionnée, est aussi confortable qu'un bain à température idéale. Une délicieuse paresse. Et à d'autres moments cela l'irrite, l'engonce. Et elle se sent comme un animal domestiqué, anesthésié, tenu par une laisse que pourtant personne ne serre dans sa main. À part peut-être elle-même. Et puis il y a les enfants. À eux, à leur disparition elle serait incapable de survivre elle le sait. Depuis toujours leur possible disparition la terrifie. Et il n'est pas une nuit sans que cette idée la réveille. La terreur d'un accident. D'une maladie. D'un coup du sort. Elle n'y survivrait pas. Qui pourrait le faire ? La plupart des gens il faut croire. Elle a lu tant de livres, tant de récits, sur ces choses. Ces hommes et ces femmes frappés par la pire injustice, privés de leur enfant emporté par la maladie. Tous y survivent. Tous envisagent de mourir à leur tour mais tous y survivent. Et il n'y a alors d'autre mot que celui-là : survivre. Car ils ne sont plus, et à jamais, que les fantômes d'eux-mêmes.

Leur propre ombre. Des spectres errant dans une nuit sans fin. Une vie glaciaire. Elle verse le bouillon dans un bol et rejoint le salon. Son père ronfle, la tête en arrière, un peu de bave au coin des lèvres. Elle sait qu'il devrait l'émouvoir mais quelque chose en lui l'irrite. Les mots qu'il a prononcés. Sa responsabilité dans ce qui est arrivé. Sa manière d'y ajouter la menace de sa démission. De son effondrement. L'absence totale de mots de réconfort qu'il a eue pour elle. Pourquoi faudrait-il que sa peine à lui soit plus profonde, plus légitime ? Pourquoi faudrait-il qu'il soit la seule personne à protéger vraiment, à réconforter, à soutenir ? Pourquoi refuse-t-il l'idée même de s'en remettre alors qu'ils sont là, eux ses enfants, ses petits-enfants ? N'est-ce pas aux parents de veiller sur leurs enfants et non le contraire ? N'est-ce pas là le pacte ? Le contrat ? Être là aussi longtemps qu'il sera possible ? Et offrir l'abri inconditionnel de leur regard ? Leur inquiétude parfois envahissante, étouffante, mais inquestionnable ? Elle pose le bol sur la table, fouille dans l'armoire acajou et en tire une vieille couverture en patchwork orange et violine qu'elle étend sur son père, la coinçant derrière ses épaules. Il serait mieux dans un lit. Mais elle n'ose pas le réveiller. Elle sort sur la terrasse. Se laisse envahir par le parfum qui monte de la terre, les buissons de romarin, les citronniers. Il a beaucoup plu cet hiver. Des herbes envahissent le terrain. Dans le massif l'eau doit ruisseler un peu partout, l'étang déborder, tandis qu'à l'été il sera tout à fait sec, une étendue de terre craquelée légèrement boueuse par endroits. Ethan n'aime pas marcher. À peine daigne-t-il faire un tour en voiture, une fois à chacun de leurs séjours ici. Ils se garent sur le bord de la route, font quelques pas et se postent au pied d'un rocher, déballent le pique-nique pendant que les enfants escaladent la roche sans relâche. Alors souvent elle part à l'aube, comme elle le faisait avec son père, et elle marche seule dans la chaleur de juillet, sueur et résine, insectes et arbres desséchés. Une simple étincelle et tout s'enflammerait. Elle pourrait marcher sans fin, se perdre aux confins des montagnes, s'enfoncer dans les pinèdes. Ses mains caressent l'écorce, la roche brûlante, le lichen. Ses muscles sont du bois sec, son sang de la sève sucrée. Dans ses poumons vibre un été parfait.

Elle a dormi sur la méridienne, sous le grand miroir. Couchée sur le côté elle a longtemps contemplé la baie noire de nuit. Myriades de points lumineux au loin, signalant une route, des nuées d'habitations, et au-delà de la pointe, fermant une autre baie encore, d'autres villes pareilles, somnolant en bordure des eaux satinées. Son père ronflait. Le vent faisait bouger légèrement les volets. Toujours le même claquement mat du bois cognant sur le crépi épais et rose. L'air s'engouffrant par paquets sourds dans la cheminée. Le bruit des nuits d'ici. Avant que les cigales ne signalent l'été. Elle a dormi là comme si souvent. Quittant la chambre où Ethan ronflait un peu. Lisant un moment au salon. Berçant ses insomnies des respirations des enfants étendus là-haut sur la mezzanine, draps rejetés à leurs pieds, tee-shirts relevés, fronts brûlants et cheveux collés. Leur odeur de sommeil. De fruits trop mûrs.

Quand elle s'est réveillée la lumière était si douce. Elle passait toute la maison au pinceau. Les murs en devenaient rosés. Elle a mis un temps fou à réaliser que son père n'était plus là. Elle s'est levée, le dos un peu endolori. D'abord c'est la mort de sa mère qui s'est abattue sur elle. Tout à coup elle s'est sentie peser des tonnes. Dans la cuisine elle s'est préparé un café. Elle ignore même ce qu'elle a bien pu penser. Qu'il avait regagné son lit durant la nuit. La porte de la chambre était fermée. Elle n'a pas eu besoin de l'ouvrir. Elle a tout de suite senti qu'il n'était pas là. Ni ailleurs dans la maison. Elle a enfilé ses vêtements de la veille et elle est sortie. Le soleil inondait les villas, faisait miroiter le bleu des piscines. L'air avait une douceur de printemps. Les roches tiraient vers le rouge au-dessus des dernières maisons. Elle a pris le sentier et s'est enfoncée dans les profondeurs des massifs. La pente était si raide qu'il lui paraissait impossible que son père ait pu y faire le moindre pas. Lui qui avait dû s'accrocher à son bras pour franchir la marche de la terrasse. Au pied de la Sainte-Baume la fontaine éclaboussait et laissait la terre boueuse, nourrie des pluies de l'hiver, des neiges encore récentes. Elle a repensé à ces rares hivers enneigés, où ils prenaient le sentier, découvrant les pins couverts d'une couche blanche épaisse, batailles de boules dans le silence cotonneux, leur père les poursuivant en hurlant, et ce temps qu'il leur consacrait alors, ces grands jeux bruyants étaient une bénédiction, ils n'en perdaient pas une miette. Le sentier s'étrécissait en pente raide, escaliers creusés dans la roche. Parfois si étroits qu'une corde avait été posée à laquelle s'accrocher. On montait vers le ciel et les arbres peinaient encore à s'agripper, laissant l'espace entier à la roche. Puis soudain tout débouchait sur l'horizon. Entre deux collines se déployait la mer semée d'îles très vertes et aplaties. Il n'y avait plus de chemin. Comment son père avait-il pu gagner ces endroits ? Elle était pourtant certaine qu'il était là. De l'autre côté de la porte de brique à demi effondrée, ouvrant sur l'escalier menant à la grotte. Arrivée là, en surplomb de la petite esplanade, près de la voûte creusée que fermait parfois une grille de fer peinte en vert, elle l'a cherché du regard. Elle est descendue et elle est entrée dans la grotte. Tout était intact. Les plaques votives, les photos, les lettres de remerciement, les peintures représentant le Christ, les statues de la Vierge et de saint Honorat. Le cahier où les promeneurs laissaient une prière, adressaient un vœu. Elle a tout de suite reconnu son écriture. Et son nom à elle, inscrit en tête de son court message. « Clémence, ça n'était pas prévu ainsi. Je devais partir avec elle. Je vais la rejoindre. Embrasse tes frères. Embrasse tes beaux enfants. Je te souhaite une belle vie. Je t'aime ma fille. » Elle est ressortie et la lumière l'a aveuglée. Autour d'elle tout était silencieux mais tout bruissait.

Un vent léger faisait frissonner la végétation, des vagues parcouraient les branchages, les feuilles serties de soleil. Les roches elles-mêmes semblaient battre comme un poumon. Quelque part au milieu des arbres reposait son père. Elle a fait quelques pas. Il n'en restait qu'une poignée de possibles. Soudain la roche se tenait à l'équerre. S'ouvrait sur un désert de rocaille. Son père y faisait une tache sombre. Une forme disloquée.

14

Léa

La nuit tout est si calme. Dans les chambres elle entrevoit des corps endormis. La douleur elle-même semble assoupie. Au bout du couloir dans le bureau des infirmières les lumières sont allumées. Elle s'approche un peu. Aime sentir l'odeur de café, surprendre les conversations à voix basse. Dans la chambre d'à côté le lit est vide. La fille est venue chercher son père cet après-midi. Il ne fermait pas l'œil de la nuit et elle s'asseyait près de lui dans le grand fauteuil. L'écoutait parler. L'envie qu'il avait d'en finir. Le mépris qu'il avait pour lui-même. Qui avait lâché sa main. Et pire encore avait trouvé la force de regagner le rivage. Presque malgré lui. Cet instinct de survie, cette peur animale, c'est ce qui le dégoûtait le plus. Il disait, Je me sens comme un poulet sans tête. Et c'est vrai qu'il avait l'allure d'un poulet avec son crâne déplumé son visage maigre son nez aigu. Elle voit très bien de quoi il voulait parler. Personne n'était mieux placé qu'elle pour comprendre. Et il le savait. Lui comme elle la mer les avait recrachés. N'avait pas voulu d'eux. C'est ce qu'ils essayaient de se dire en tout cas. Parce que penser que c'étaient eux qui n'avaient pas voulu d'elle leur était insupportable. Ou simplement incompréhensible. Qu'est-ce qui avait bien pu se débattre en eux ? Et pourquoi ? À part le poulet sans tête qui sommeille en chacun de nous. L'espèce de chien assoiffé de vie débile. C'est ce que disait toujours Abel. Que ça le dégoûtait. À quoi l'humain est prêt à se réduire pour vivre encore un peu. Ce qu'on est foutu d'endurer. D'accepter. C'est ce qui nous rend faibles et méprisables, il disait. La peur panique de disparaître. Ce qu'on est prêt à accepter pour éviter ça. Une vie de caniche.

De l'autre côté c'est Antoine. Léa l'a veillé tandis qu'il était sans connaissance. Là c'est elle qui parlait. Elle se demande d'ailleurs ce qu'elle a bien pu lui dire. Elle ne sait pas. C'étaient des mots qui sortaient, elle ne sait même pas d'où. Avec lui, et seulement lui, elle y arrivait. Peut-être parce qu'il s'en foutait. Peut-être parce qu'il ne pouvait pas entendre. Elle a juste peur de s'être trompée. Peur qu'il ait perçu quelque chose dans son genre de sommeil. Et qu'il finisse par lâcher le morceau à l'interne ou au psy. Et que tout le monde pense qu'elle fait juste la maline. Qu'elle se fout de leur gueule. Elle n'a pas envie qu'on la vire même si elle sait qu'il va bien falloir partir avant qu'il soit trop tard. Quand Antoine s'est réveillé cette nuit – sa première nuit depuis qu'il a retrouvé ses esprits – il n'a pas paru surpris de la trouver là. Il ne se souvient de rien. Ni du temps qu'il a passé dans les limbes – un grand blanc, des étendues neigeuses, un long

sommeil sans rêve. Ni de ce qui l'y a plongé.
Il peignait. Son chien a aboyé. Il croit se souvenir d'un cri. D'un choc contre son crâne. Et
il s'est réveillé là, sous les yeux de sa sœur. Tout
ce qu'il sait c'est que celui qui lui a fait ça a
intérêt à bien se planquer. Quand il dit ça c'est
tout son corps qui se tend. Et son visage se
crispe sous les bandages. Elle s'approche de lui
et pose sa main à plat sur son front. Il sem-
blerait que ça l'apaise.

Elle croise l'interne qui ne lui pose aucune
question. La raccompagne juste à sa chambre.
La borde. Lui sert un verre d'eau. Comme ferait
une mère avec une gamine qui se réveille dans
la nuit et l'appelle en errant à moitié assoupie
dans le couloir qui distribue les chambres de
la maison. Une fois encore l'interne lui
demande si elle ne veut vraiment pas lui parler.
Lui dire ne serait-ce qu'un mot, là, maintenant.
Léa ne réagit pas. N'essaie même pas. Elle sent
que c'est bloqué. Que c'est au-dessus de ses
forces. L'interne lui sourit et la réconforte. C'est
pas grave. Ça va venir. Elle lui a prêté de quoi
écouter de la musique. Parfois Léa a l'impression qu'elle lit dans ses pensées. Qu'elle sait
mieux qu'elle ce qui bourdonne dans son cerveau. Obstrue sa langue. La prive de mots. Elle
ne devrait peut-être pas mais elle a confiance
en elle. Tant qu'elle est dans les parages, Léa
se sent en paix. En sécurité. Alors elle reste là
même si elle ne devrait sans doute pas. Par
peur de sortir sans doute. De se retrouver livrée
à elle-même. De se retrouver à découvert. Ici,
elle a l'impression de se terrer. De se protéger.

Comme si entre ces murs la douleur n'avait plus de prise. Que l'étau se desserrait. Tout est calme et très lent. Seulement rythmé par les repas. Les visites des médecins. Pour le reste on l'abandonne au silence. C'est un peu comme la clinique où elle était avant, en moins pressant. Ici elle n'est pas entourée de gens au moins aussi dingues qu'elle. Et à part la psy qui lui rend visite chaque matin, tout le monde n'est pas constamment en train de lui parler de ça. De ce qu'elle fout ici. De ce qui est bloqué. De ce qui l'a menée là. Et du travail qu'il faut entreprendre sur elle pour en sortir. Ici on la laisse tranquille. On lui laisse le temps. Et son cas semble tellement incongru qu'elle croit bien qu'ils n'ont aucune idée de ce qu'ils sont censés faire d'elle. En fait on dirait qu'ils attendent. Qu'on vienne la chercher. Qu'on la prenne en charge. Pour le moment ils la laissent dans sa chambre. À son silence. Avec un peu de musique.

Elle aimait aussi être là-haut dans la maison. Et le temps qu'elle passait avec Anouck. Ses livres et ses disques. Ses boîtes de thé, ses coussins, ses couvertures. Les mots qu'elle prononçait. Les livres qu'elle a lus là-bas. Elle aurait aimé rester plus longtemps. Mais le téléphone s'est mis à sonner. Elle a pensé qu'Anouck avait parlé. Qu'elle avait décidé de prévenir les proprios de sa présence. Qu'ils n'allaient pas tarder à se radiner. Histoire de voir qui avait bien pu violer leur jolie propriété. Qui pouvait bien squatter leur salon cossu, leur terrasse avec vue. Ils auraient fini par se pointer. Et par appeler les flics. Il fallait qu'elle s'en aille. Tout vibrait dans la maison. Le vent faisait claquer les volets, s'engouffrait par paquets dans la cheminée, faisait vibrer les fenêtres. Elle regardait la mer en bas, la baie striée de veines blanches, on aurait dit qu'elle faisait jouer ses muscles, se contractait puis se détendait. On aurait dit qu'elle se débattait avec elle-même. On aurait dit qu'elle avait faim. On aurait dit qu'elle l'attendait. Elle a fermé bien sagement la maison. A tout rangé à sa place, essayant de se souvenir de la manière dont tout était disposé le jour où elle avait débarqué. Elle a pensé un moment à laisser un mot de remerciement. Mais elle s'est abstenue. Et elle est partie. Elle a plongé droit vers la mer. De toute façon c'était trop douloureux. Il était partout. Il ne la lâchait pas d'une semelle. Elle était venue pour ça. Le retrouver. Ressentir sa présence. Parce que son absence la rendait folle. Qu'il lui fallait le traquer partout où ils avaient partagé quelque chose. Et ici plus qu'ailleurs. Même s'ils n'étaient venus qu'une fois. Mais elle croit pouvoir dire que ce furent les meilleurs moments. Les plus beaux. Les plus doux. Quelque chose en lui semblait s'apaiser. Se réguler. Se détendre. Enfin. Ils avaient quitté Paris sans un mot à personne. Abel lui avait dit, Allez on se casse. Où ça ? Dans le Sud. J'en ai marre de cette nuit permanente. J'ai besoin de lumière. Ils avaient pris le train et débarqué ici et tout baignait dans l'azur et l'or. L'air était saturé de parfums sucrés. On est où ? lui avait-elle demandé tandis qu'il faisait le tour de la maison, fouillait dans un coin de la terrasse et sortait un trousseau de clés de sous un amas de tuiles. T'inquiète.

Il avait mis son doigt sur sa bouche et ses yeux brillaient comme elle aimait. Ils étaient restés deux ou trois semaines. C'était la fin du printemps et pas un seul nuage n'était venu troubler le ciel. Ils se baignaient dans le bleu. Les nuits criblées d'étoiles. Personne ne savait qu'ils étaient là. Personne ne les cherchait. Son année était foutue. Elle savait qu'elle ne se présenterait pas aux examens. Elle dirait juste aux parents qu'elle avait tout foiré. Ils pousseraient une gueulante et ça s'arrêterait là. Une année de plus ou de moins à lui payer sa chambre sous les toits, qu'est-ce qu'ils en auraient à faire. Au pire elle irait bosser au McDo. Abel rayonnait. Littéralement. Elle aimait le voir sortir du lit et s'étirer sur la terrasse. Dès le réveil il descendait un ou deux verres mais il disait, T'inquiète, je contrôle, c'est juste pour me mettre à niveau. Il ne tremblait pas comme à Paris. C'était comme si le soleil l'asséchait. Que son visage dégonflait, regagnait les os sans rien sous la peau. Et ses yeux étaient limpides. Putain ce qu'il était beau. Et calme. Étale pour une fois. Ils partaient se balader dans la montagne. Se planquaient dans les calanques. Nageaient dans l'eau à moitié gelée, d'une transparence totale. Ne bouffaient rien et ça leur allait. La lumière leur suffisait. Abel dévorait des bouquins à la file, toujours ces mêmes trucs américains avec des types défoncés du soir au matin qui essayaient de décrocher et de terminer leurs romans, voyaient tout le monde autour d'eux se flinguer ou crouler sous les emmerdes, tentaient de placer leurs scénarios à Hollywood, se shootaient et se retrouvaient mêlés à on ne sait quels trafics, noyaient dans le whisky leur enfance saccagée et tombaient raides dingues amoureux d'une serveuse qu'ils emmenaient dans leur appartement minuscule où la nuit on entendait gronder les rouleaux du Pacifique. Le soir Abel s'installait sur la terrasse avec une bouteille et son ordinateur et Léa le voyait taper là-dessus comme un forcené, le regard possédé, complètement inaccessible. Elle s'endormait tandis qu'il y était encore. Et au milieu de la nuit elle sentait son corps brûlant se coller contre elle, sa queue dure comme du bois se frotter contre son cul. D'autres fois elle le trouvait debout face à la mer à boxer dans le vide. La salle lui manquait. Il faisait des pompes sur les dalles blondes, les muscles tellement secs qu'on aurait dit du verre. Tous les deux ou trois jours ils prenaient la voiture garée devant la maison, dont il avait découvert les clés au fond d'un carafon bleu sur le buffet, et ils roulaient vers Saint-Tropez. Ou bien ils poussaient jusqu'à Cannes et prenaient un bateau pour les îles. Ou encore ils allaient passer la journée à Nice. Buvaient des cafés dans les restos de plage, avec les transats payants et les bourges à la peau tirée qui se prélassaient sur leurs grandes serviettes de marque. Se baladaient dans la vieille ville et se croyaient en Italie. De temps en temps Abel la laissait en plan et lui disait,

Je reviens. Elle le retrouvait une heure plus tard. Ne lui posait pas de question. Elle se doutait bien de ce qu'il cherchait mais ne lui posait pas de question. C'étaient les seuls moments où il lui semblait un peu fébrile, sur les nerfs. Ils reprenaient la bagnole et rentraient par la côte. Le soleil enflammait tout et la mer se chargeait d'une encre bleu Waterman. Abel conduisait d'une main. Dans l'autre il tenait une bière qu'il buvait au goulot. Ils mettaient la musique à fond. Il disait qu'ils pourraient vivre là. Que pour le boulot de toute façon ici ce serait comme ailleurs. Qu'il se débrouillerait. Il connaissait des types dans la sécurité. Léa lui répondait, Attends, qu'est-ce que tu vas faire ? Videur de boîte ? Gardien de nuit ? Il répondait qu'ici il y avait des tas de gens tellement friqués, des Russes, des Américains, des acteurs, des mecs du cinéma, des affaires, qui avaient besoin de protection quand ils descendaient dans leurs palaces, dans leurs putains de villas. Qu'il y avait plein de pognon à se faire pour un type qui savait se battre et porter le costume. Parfois il lui donnait l'impression de vivre dans un des romans qu'il s'enfilait. Qu'il confondait la Côte d'Azur et la Californie. Mais ça lui allait bien. Elle pensait il est fait pour ici. À Paris il crève à petit feu. Il tourne comme un lion en cage. Et elle se mettait à rêver elle aussi. Même si au fil des jours elle voyait bien les tremblements qui le reprenaient. Et ses tempes toujours mouillées. Même si au fil des jours il buvait de plus en plus, faisait plus de pompes et passait plus de temps à boxer dans le vide qu'à son ordinateur. Même si quand elle allait se coucher elle le laissait à cran, pestant contre son texte, fouillant dans les placards pour flinguer les réserves de rhum et de whisky des proprios qui que ça puisse être. Même s'il la baisait avec une sorte de rage froide qui la heurtait. Même si la nuit elle regardait ses bras et qu'elle voyait bien les traces de piqûres et la rougeur encore persistante à l'endroit où il avait dû serrer sa ceinture. Même si la dernière fois qu'ils étaient descendus à Nice et qu'il l'avait laissée sur la plage il était revenu avec l'arcade recousue.

— Qu'est-ce qui t'est arrivé ?

— Rien, un type qui cherchait les embrouilles. Voulait me tirer mon portefeuille.

Elle faisait semblant de ne rien voir. Ne lui disait même pas à quel point ça la foutait en l'air qu'il puisse se battre pour un portefeuille. Ou même qu'il puisse croire que ça lui irait un mensonge pareil, celui-là la dégoûtait déjà alors elle n'osait même pas imaginer ce qu'il pouvait recouvrir en vrai. De retour de leur dernière virée, au moment de se garer, elle l'avait vu blê-mir. Merde et merde et putain de merde. Ses dents grinçaient. Devant la maison une Audi argent brillait comme si son conducteur venait de passer des heures à la lustrer. Le pare-brise avait l'air de sortir d'un lave-vaisselle dans une publicité pour dosettes Sun lavage.

— Y'a un problème ?

— Ouais. Je crois qu'on va devoir dégager.

Ils étaient entrés et un type en chemise blanche et pantalon beige se tenait debout dans le salon comme s'il les attendait. Il leur avait demandé ce qu'ils foutaient là. Sur le coup elle n'avait pas compris qu'Abel le connaissait. Que c'était son grand-père. Le type était tellement froid et plein de mépris. Il leur avait demandé de ramasser leurs affaires et de déguerpir. Toutes les deux phrases il crachait qu'Abel n'était décidément qu'un petit connard. Plusieurs fois Abel s'était collé contre lui et elle avait cru qu'il allait le frapper. Mais quelque chose le retenait. Le type lui faisait la leçon. Disait qu'ils étaient vraiment des porcs en regardant le bordel tout autour, les cadavres des bouteilles qu'ils avaient prises dans ses réserves. Des whiskies seize ans d'âge, du vieux rhum, des vins classés. Ils avaient rassemblé leurs affaires comme ils avaient pu et s'étaient tirés. Avant ça le grand-père avait demandé à Abel son portefeuille. Avait fouillé dedans. Sorti les billets, qu'il avait fourrés dans sa poche.

— C'est pour les consommations. J'enverrai la note pour la location à ta mère.

Ils étaient descendus à pied par le sentier qui serpentait entre les villas et menait au front de mer. S'étaient retrouvés sous un Abribus. N'avaient pas un rond. Abel avait bien tenté de faire un retrait mais avec tout ce qu'il avait pris pour se payer sa came il n'avait plus rien. Alors il s'était posté sur le bord de la route et avait levé son pouce. Il bouillait littéralement. Léa voyait la sueur lui dégouliner de partout. Quand ils avaient fini par arriver à la gare le dernier train était déjà parti. Ils avaient passé la nuit sur le quai. Abel marmonnait. Entre ses dents il n'arrêtait pas d'insulter son grand-père. Il n'avait jamais pu le saquer. Et c'était réciproque. Jamais le vieux n'avait encaissé que sa fille se fasse engrosser par un Arabe. Un type qu'elle avait rencontré un soir dans un bar et qui s'était enfui avant son réveil en lui laissant payer l'hôtel. Elle avait dû abandonner ses études pour élever son fils. Léa connaissait l'histoire. Il la lui avait racontée cent fois. Et aussi les séjours que sa mère avait passés en HP. Ses crises de manie. L'argent qu'elle claquait alors qu'elle n'en avait pas. Les villes où elle l'avait trimballé parce que cette fois c'était sûr c'était le bon. Le bon mec. Le bon plan. La bonne étoile. Les mois entiers où elle sombrait. Picolait du soir au matin. Ne sortait plus de l'appartement ne se levait plus de son lit même pour prendre une douche ou un repas. Se nourrissait de café et de nicotine. Chaque fois qu'il rentrait de l'école il avait peur de la retrouver morte. Pendue ou dans son bain les veines tranchées. Et il n'encaissait pas non plus qu'elle doive gagner sa vie en faisant des ménages ou ce genre de trucs dans les périodes où elle se reprenait. Comme ils crevaient la dalle à longueur d'année et n'avaient jamais d'argent pour rien. Alors que le vieux était plein aux as. Qu'il avait cette maison où il venait trois fois par an. Et des appartements un peu partout qu'il louait pour s'en mettre plein les pognes sans rien branler.

Ils avaient pris le premier train. Sans billets ni rien. La trouille qu'on les contrôle avant Lyon et qu'on les foute dehors. Abel tournait en boucle. Ne cessait de vérifier dans ses poches s'il ne lui restait pas quatre ou cinq euros. Répétait, Putain j'ai besoin d'une bière. Et aussi qu'il voulait retourner là-bas et buter le vieux. Pendant quelques mois avec sa mère celui-ci les avait laissés vivre dans cette maison. Il avait dix ans. Il était allé à l'école de la station. C'était la plus belle période de sa vie. Les week-ends sur la plage avec les copains. Et sa mère qui semblait aller tellement mieux. Elle bossait au Casino. C'est le vieux qui lui avait trouvé ça. Je te laisse une dernière chance, il lui avait dit. T'as pas intérêt à merder. Quand sa mère s'était fait virer il avait agi pareil. Il les avait mis dehors et ils avaient dû remonter en région parisienne. Ils avaient logé dans une chambre d'hôtel pourrie pendant quelques semaines avec l'argent qu'elle avait de côté. Le patron du Casino l'avait accusée de prendre dans la caisse. Des années plus tard elle lui avait dit qu'il n'avait pas supporté qu'elle refuse de coucher avec lui. Que c'était pour ça qu'il l'avait foutue dehors. Parce qu'elle le rendait dingue et que dans sa tête ça faisait partie du contrat. Après ça elle avait rechuté. Elle qui avait tout arrêté, l'alcool les médicaments la défonce, elle avait replongé aussi sec, et depuis c'était un combat sans fin, une succession de rémissions et de rechutes, de cures de désintox qui faisaient leur effet cinq ou six mois, jusqu'au jour où elle entrait dans un bar. Jusqu'au jour où elle tombait sur un mec qui haussait les épaules, lui disait un petit verre un petit joint un petit rail qu'est-ce que ça peut faire après tout. Ces dernières années elle allait mieux. Elle disait qu'elle avait rencontré Dieu. Que Jésus l'avait sauvée. Que cette vie-là c'était derrière elle. Abel ruminait tout ça et plus ils s'approchaient de Paris plus il tremblait et s'échauffait. Il lui faisait peur.

— Tu sais que l'année où on a vécu là-bas le vieux demandait un loyer. À sa fille. Les bons comptes font les bons amis, il disait. C'est symbolique. Une manière de montrer qu'on passe un contrat toi et moi. Je t'aide mais tu te prends en main. Une manière de montrer que ma fille ne sera jamais un de ces assistés qui vivent sur le dos du pays pendant que les autres se crèvent la paillasse. Pour un mec qui a pris sa retraite à cinquante-cinq ans et qui depuis regarde monter ses actions à chaque fois qu'on délocalise une usine, tu parles d'un monument de rigueur morale et de sens du travail...

De retour à Paris la vie avait repris. Léa avait renoncé à aller en cours. De toute façon elle n'avait rien foutu de l'année. Abel allait de plan en plan. Voiturier dans un grand hôtel, ouvreur à l'UGC Montparnasse, magasinier dans un Brico Dépôt en banlieue. Un coup de main sur un chantier. Placoplatre, peinture, un peu de plomberie basique. Et le reste du temps il devenait dingue avec son roman. Tout ce qu'il avait écrit dans le Sud était merdique. Là-bas dans la lumière trompeuse et le bonheur de ces jours parfaits il avait eu l'impression d'attraper quelque chose mais non, c'était complètement merdique, ça manquait de nerf, de force, à côté des écrivains qu'il lisait à la chaîne il était que dalle, de toute façon en France tu pouvais pas viser bien haut, à part rejoindre la cohorte des intellos prétentieux et bien chic de leur personne tout était trop vieux trop policé trop cérébral. Aucun de ces mecs qui paradaient sur les plateaux de télé n'avait jamais rien fait de ses mains, mis ne serait-ce qu'un doigt de pied dans la vraie merde de la vraie vie. Il parlait de partir à Los Angeles, d'aller se frotter à ce qui se passait là-bas, ce qu'il entrevoyait dans ces bouquins et qui lui semblait d'une intensité supérieure. Plus dense. Plus compact. Plus physique. Elle voyait bien qu'il pétait un plomb. Qu'il se défonçait du matin au soir. Mais dans sa tête il n'y avait que lui. Chacune de ses pensées était tournée vers lui. Chacun de ses battements de cœur lui était destiné. Chaque millimètre de sa peau l'appelait. Comme un aimant. Comme disait sa grand-mère elle l'avait dans la peau.

Au milieu de l'été elle était descendue voir ses parents. Convoquée pour un « conseil de famille ». Sans plaisanter. C'est le mot qu'ils avaient employé. Ils voulaient qu'elle s'explique sur son année perdue. S'étaient renseignés auprès de l'université. Avaient appris qu'elle ne s'était pas rendue aux examens. N'avait plus mis les pieds en TD après Pâques. C'est normal après tout. C'est nous qui payons. Et finalement est-ce qu'on a eu raison de te faire confiance ? C'est vrai ça. Comment faire confiance à une fille comme elle. Une terminale abandonnée en plein milieu d'année, des mois restés dans sa chambre à pleurer sur on ne sait quel malheur. Comme si le fait de n'avoir pas connu de traumatisme majeur dans sa vie rangeait sa dépression au rang d'une comédie, d'une complaisance. Comme s'ils en savaient quelque chose. Comme s'ils avaient ne serait-ce qu'un début d'idée de qui elle était, de ce qui se tramait dans sa tête. De la vie qu'elle menait à l'abri de leurs regards. De tous les regards. Dans son cerveau déréglé. En miettes sans qu'elle sache pourquoi. Cette putain de douleur qui la clouait parfois. La mettait à terre. La vidait d'elle-même. La laissait pour morte. Elle avait passé une soirée chez eux. Le lendemain elle reprenait le train. Et elle n'est jamais retournée là-bas. Et elle n'y retournera jamais. Elle sait que c'est con mais d'une certaine façon tout est de leur faute. Ce conseil de famille de merde. La manière qu'ils ont eue de la traiter comme une gamine. Leurs cours de morale bidon. Les mots qu'ils ont employés. Responsabilité. Confiance. Travail. Mon cul. L'air était comme toujours irrespirable. Tout était confit dans l'ennui, la frilosité, la petitesse. Dans le train pour Paris elle avait l'impression de s'enfuir. De courir vers l'horizon. De sentir ses poumons s'ouvrir. Elle allait retrouver Abel. Elle était loin d'eux. C'est tout ce qui importait. Les études on verrait. Le loyer on verrait. Gare d'Austerlitz elle avait couru jusqu'au métro. Il lui semblait qu'il n'irait jamais assez vite pour elle. Dans les rues aussi elle avait couru. Et elle avait monté les escaliers quatre à quatre, six étages sans s'arrêter un seul instant. Elle avait sonné et personne n'avait répondu. Glissé la clé dans la serrure. L'appartement était plongé dans la pénombre. Rideaux tirés et lumières éteintes. Y flottait l'habituel parfum d'encens, auquel se mêlait une odeur de cire. Abel aimait allumer des bougies. Parfois le salon finissait par ressembler à une église. Un sanctuaire. Elle avait posé son sac dans l'entrée. Sur la table basse traînaient trois canettes de bière. Et une assiette sale. Du plat de pâtes ne subsistait qu'un peu de sauce orange. Elle avait poussé la porte de la chambre. Quelque chose résistait. Poussé encore. Abel gisait sur le plancher. Les yeux grands ouverts. Elle avait vu la seringue. La ceinture qu'il avait serrée autour de son bras. Elle s'était penchée sur lui. Aucun souffle ne sortait de sa bouche, de ses narines. Elle avait collé son oreille contre sa poitrine. Pris sa main, cherché son pouls. Ses membres étaient raides et gelés. Elle avait quitté l'appartement. Redescendu les escaliers quatre à quatre, débouché dans la rue et plus rien n'avait de sens, tout allait trop vite ou trop lentement, elle était totalement paniquée. Elle se souvient d'avoir appelé le Samu. Elle se souvient d'avoir marché pendant des heures, des jours entiers, hagarde et perdue, noyée de larmes, hurlant en silence. Elle se souvient d'un hôpital. Elle se souvient d'avoir hurlé quand elle avait ouvert les yeux et vu le visage de ses parents et de ses frères. Elle se souvient de leur avoir gueulé de sortir et de les avoir vus obéir. Elle se souvient de jours blancs. D'un parc gelé. D'un arbre. D'une pièce d'eau. De silence. De pilules. Elle se souvient avoir débarqué ici. Dans la lumière si franche qu'elle lui brûlait les yeux. Elle se souvient de la paix qui l'avait d'abord envahie, grimpant le sentier parmi les villas, trouvant la clé sous les tuiles, contemplant la baie depuis la terrasse.

Elle regagne sa chambre. Antoine dort et elle n'a pas cherché à le réveiller. Son visage n'est pas le même dans le sommeil que dans le coma. Une différence imperceptible. Même assoupi on le sent profondément présent. Alors qu'inconscient il lui paraissait si loin. Par les vitres elle voit le jour se lever. Le ciel perdre son épaisseur. Dans moins d'une heure quelqu'un va entrer. Prendre sa tension. Lui administrer des médicaments. Elle entend des pas dans le couloir. Entrouvre la porte et aperçoit l'interne. Qui semble épuisée. C'est sa troisième nuit de garde d'affilée. Elle parle avec une infirmière.

— La petite part aujourd'hui. Ses parents vont venir la chercher. Ils vont l'emmener ailleurs. Dans un établissement spécialisé.

L'infirmière enregistre l'information et l'interne s'éloigne, gagne le fond du couloir, pénètre dans la salle de repos. Avec un peu de chance, si personne ne l'appelle, elle pourra dormir une heure ou deux. Sans doute pas beaucoup plus. Léa enfile son jean. Son tee-shirt. Elle n'a rien d'autre ici. Pas de pull. Pas de veste. Pas de sac. Pas de passé. Pas de futur. Pas de nom. De comptes à rendre. De mots. Plus de bouche. Plus de sentiment. Plus de cœur. Plus de sang. Elle sort de la chambre.

Se dirige vers la sortie. Elle prend un ascenseur. Traverse le hall. Personne ne lui demande rien. Personne ne la regarde. Personne ne la voit. C'est comme si elle n'existait plus. Elle sort. Il fait jour. Le ciel est d'un beau bleu liquide. Elle a un peu froid. Elle marche vers le soleil.

15

Florian

Florian remercie le médecin et sort de son
bureau avec un beau bandage tout neuf.
D'après lui il en a encore pour dix ou quinze
jours. Et il ne faut pas qu'il se fasse d'illusions :
à la fin il aura le nez un peu de traviole qu'il
le veuille ou non. Un instant il hésite à s'arrêter
à l'accueil et à demander la chambre d'Antoine
Da Costa. Mais il se ravise. À quoi ça servirait ?
Il l'a croisé deux fois dans sa vie, match aller
et match retour. La deuxième il l'a taclé un peu
fort dans la surface et l'autre lui a mis un coup
de boule. Son entraîneur est venu le voir l'autre
fois. Florian sait bien qu'ils pensent tous qu'il
a envoyé des types lui régler son compte.
Qu'il y est peut-être allé lui-même. Putain.
Dans quel monde vivent tous ces gens ? Dans
quel film ? Bon. Il ne dit pas que sur le
moment, quand il a senti son nez se tordre et
se faire la malle il n'a pas eu envie de lui
démonter la gueule. Mais ça c'était juste sur le
moment. À cause de la douleur et de l'adréna-
line. On l'a soigné et il est rentré tranquillement
chez lui. Le lendemain il a repris le boulot et
c'était oublié. Il y repense juste à chaque fois

qu'il sent monter l'envie de se gratter le nez alors que le bandage l'en empêche. Et aussi quand son chef lui dit pour la millième fois que ce n'est pas possible de continuer comme ça, qu'il effraie les clients avec sa gueule tuméfiée. C'est vrai que certains le regardent de travers, d'autres avec une lueur de terreur, mais qu'est-ce qu'il y peut ? De toute façon ils ont peur de tout à cet âge-là, de tout ce qu'ils imaginent qui pourrait leur arriver alors que rien ne se produit jamais. Il ignore pourquoi mais ils se figurent toujours que le monde est bourré de dangers, qu'ils vont se faire agresser à chaque coin de rue. Où vont-ils choper ces conneries ? Sûrement à la télé, vu que c'est face à elle qu'ils passent le plus clair de leur temps. Que c'est dans le poste qu'ils regardent à quoi ressemble le monde sans même se demander si des fois on ne leur raconterait pas des cracks à longueur de journée, sans même comparer ce qu'ils voient là avec ce qui se trame dans leur propre vie ou celle de leurs voisins, histoire de vérifier que non, ça n'a aucun rapport quoi qu'on en dise.

Florian roule jusqu'à la cuisine. C'est là qu'ils préparent les repas. Personnellement il faudrait le payer pour avaler une quelconque de ces barquettes mais visiblement la mairie pense que c'est très bien pour les petits vieux qui demandent à bénéficier des repas à domicile. C'est peu ou prou aussi dégueu qu'à l'hôpital ou à la cantine des gamins. De toute façon ses petits vieux ont des appétits de moineau. Pour la plupart ils touchent à peine à leur entrée et à leur plat, se contentent du pain du vin et du dessert. Florian ne sait plus qui lui a raconté qu'avec l'âge on devenait presque insensible au goût. Hormis le sucré. Que c'est pour ça qu'on voit toujours des petits vieux s'acheter des pâtisseries dans les boulangeries. Il attend un peu que Samira termine d'emballer les plateaux-repas, fait mine de consulter la feuille de service. Au bout de la liste il voit un nom barré. De temps en temps il y en a un qui finit par trouver ça tellement immonde qu'il résilie son abonnement. Se trouve une voisine sympa qui lui mitonne des plats pour quelques euros ou même pour rien, une mère de famille qui prépare des lasagnes pour six et en garde une petite part pour le pépé d'à côté. Ou qui finit par se contenter d'un steak haché le midi et de tartines trempées dans le café jusqu'à ce que le pain soit tout à fait mou le soir. Mais en général ça signifie tout simplement que la personne est à l'hosto. Quand tout est prêt il fourre les plateaux dans des caisses isothermes et les installe à l'arrière de la camionnette. Il commence sa tournée par les terres et l'achève par le bord de mer. Je garde le meilleur pour la fin. Paraît qu'il disait ça à tout bout de champ quand il était môme. Qu'il mangeait, travaillait, conduisait sa vie entière en suivant ce mantra. Tu ferais mieux de changer de devise avant qu'il soit trop tard, lui disait son père. Parce qu'il y a un moment où t'es si près de la fin que le meilleur, t'as même plus la force d'y penser. Il racontait que toute sa vie il s'était dit que d'accord il en bavait mais qu'il y aurait une récompense au bout du compte. Un peu de repos. Du bon temps. Tu parles. Quarante ans à bosser à la conserverie, et à la fin il était tellement rincé qu'il avait plus le goût à rien. Même pas à profiter du paysage. Rien que de voir la mer ça me fout la gerbe. C'est comme si tu me mettais une énorme flaque de soupe de poisson sous les yeux. Et je peux te dire qu'au bout de quarante ans, ça te fait plus vraiment envie... Maintenant il végète dans son appartement en ruminant le temps d'avant. Le temps d'avant quoi Florian l'ignore. Sans doute qu'il parle surtout de sa jeunesse. Des premiers temps avec sa femme, avant qu'ils se mettent à se foutre sur la gueule et à plus supporter de simplement se croiser dans l'appartement, comme ça arrive à la plupart des gens au bout de vingt ou trente ans à vivre ensemble. Même si pour ce qui est de se croiser, leur divorce n'y a pas changé grand-chose vu que sa mère s'est installée dans l'appartement d'à côté et qu'ils ont même fini par percer une porte pour que leurs deux logements communiquent. Quand Florian va chez l'un il est toujours sûr d'y trouver l'autre. Peut-être aussi qu'il parle de quand ils étaient gamins son frangin et lui. Qu'il les emmenait se balader à vélo ou jouer au foot et qu'ils le considéraient comme un dieu vivant, pour rien, juste parce que c'était leur père et qu'alors ils le regardaient d'en bas avec cette admiration sans condition dont les enfants sont capables. Dans sa tête tout est destiné à flétrir, à faner, à se décolorer. C'est la leçon qu'il garde de sa vie. De son divorce avec leur mère. De la dégradation de sa santé et de son moral au fil des années. De l'inévitable distance qui s'est creusée entre lui et ses enfants. Profites-en, ça durera pas, il lui répète à chaque fois qu'il le voit avec Anaïs, qu'il les regarde s'embrasser ou se tenir par le bras, qu'il observe son ventre qui ne cesse de s'arrondir. À moins même qu'il ne parle du temps d'avant qu'il se marie. Les premières paies. Les filles. La drague sur la plage. Les sauts dans les calanques. Les courses cyclistes quand il rêvait de passer pro. Il était vif et léger comme un grimpeur colombien mais il manquait de puissance. Et son cœur battait trop vite. Tu sais à combien il battait celui d'Indurain au repos ? Vingt-huit pulsations minute. Tu imagines ? Quand Florian a commencé à jouer au foot, que les recruteurs des centres de formation se sont mis à lui tourner autour il sait qu'il y a cru là encore. Et aussi qu'il l'a déçu. Il sait que quelque part dans son crâne reste fourrée cette idée que Florian n'a pas bossé assez, qu'il ne s'entraînait pas assez sérieusement. Qu'il ne s'exerçait pas assez sans la balle au pied. C'est vrai que la course, le vélo, la muscu, tout ça n'a jamais été son truc. C'est vrai aussi qu'il a toujours pris le foot comme un jeu et rien de plus. Quant à son frère il ne fallait pas compter sur lui pour prendre la relève et accomplir le vieux rêve paternel. Le sport ce n'est pas son genre. Il a pris ça en grippe très tôt. Une sorte de rejet. Mais ça se comprend au fond, quand tu grandis dans une famille où il n'y a que ça qui compte. Soit tu y adhères, soit tu le vomis.

Lui il était plutôt dans les bouquins. Il est prof aujourd'hui. Et ni Florian ni les parents ne l'ont vu depuis des années. Il ne sait même pas comment ça a démarré. Personne ne se souvient des motifs de la brouille. De l'engueulade définitive. Sûrement une conversation politique qui a mal tourné. Parce que faut avouer, le père, il est comme tous les vieux d'ici. Toujours à râler sur les Arabes. Et l'État. Et les impôts. Et les politiques en général. Le vrai facho de comptoir basique comme on en ramasse à la pelle. La vérité c'est que Monsieur nous méprise, il disait. On n'est pas assez bien pour lui. Je me suis crevé pour qu'il fasse des études et il se croit supérieur, il veut plus rien avoir à faire avec nous. Le plus beau c'est que ça se dit de gauche avec la main sur le cœur et le cœur sur la main. Alors que ça reproche à ses parents de ne pas être nés dans la soie. Voilà la vérité. Selon Florian la vérité elle est ailleurs mais quand le vieux part comme ça il préfère ne pas répondre. Il acquiesce. Mais il ne peut pas s'empêcher de lui en vouloir. Parce que si le vieux a perdu son fils, lui il a perdu son frère. Comme ça sans même savoir pourquoi. Par une sorte de solidarité, de devoir filial qu'il ne s'explique même pas à lui-même. Son frangin maintenant il vit à Paris. Il a deux enfants qu'il n'a jamais vus et les parents non plus. Il sait le mal que ça fait à sa mère de ne pas les connaître. Et même si elle le saoule la plupart du temps il est heureux de réparer ça à sa manière. En restant près d'elle. En lui offrant bientôt un petit-fils. Même s'il ne réalise pas vraiment ce que ça peut bien signifier. Il a beau voir s'arrondir le ventre d'Anaïs, la voir se lever chaque matin avec des nausées terribles, il ne réalise pas vraiment. Mais ça lui va. Il a toujours vu la vie comme ça. Devenir père, ça ne le tracasse pas réellement. Ça lui a toujours semblé dans l'ordre des choses.

Avant de livrer son premier repas il passe un coup de fil à Anaïs. Depuis que l'autre lui a pété le nez elle est à fleur de peau. Elle dit qu'il faut qu'il arrête ses conneries mais il ne voit pas très bien lesquelles. Les conneries ça fait longtemps que c'est derrière lui. Depuis qu'il l'a rencontrée en fait. Depuis la mort de Ben aussi. Même si tous les deux ils n'étaient pas dans le même délire, même si Florian se contentait de trucs pépères, qu'il n'a jamais touché à l'héro, ça lui a foutu un coup et il n'a plus rien pris ou presque depuis. Il ne dit pas qu'il ne se murge pas de temps en temps comme tout le monde, mais ça s'arrête là. Pour l'essentiel il est clean. S'entraîne sérieusement deux soirs par semaine. Sort avec les potes après les matchs le samedi. Ceux du club et c'est à peu près tout. Ceux d'avant il ne les croise que rarement. Ils ont toujours la tête en plein dedans. Mènent les vies qui vont avec. Physio ou barman en haute saison. Certains sont dans la sécurité à Cannes ou à Nice. Protègent des types du cinéma ou des Russes pétés de thune, avec yachts immenses putes et saladiers de coke, du pognon qui coule de partout sans qu'on sache d'où il vient, sans que jamais on voie quiconque ayant l'air de bosser. L'argent travaille pour eux à ce qu'il paraît. Quand on sait s'y prendre c'est comme ça que ça marche. Il suffit d'une mise de départ et après ça tourne tout seul. À côté d'eux Florian fait figure de type modèle. Il a ce job à la mairie, il rend gentiment visite à ses parents tous les week-ends et il va bientôt être papa. Certains se fichent de sa gueule mais ils n'arriveront jamais à comprendre qu'il n'a jamais rien voulu d'autre. Une vie tranquille. De l'affection. Des balades dans les collines. Des après-midi sur la plage. Des soirées peinardes avec sa douce, un bon repas une série américaine et s'endormir enlacés. Un resto ici ou là. Un ciné si ça les tente. Un peu de sport. Le bricolage le week-end. Quel mal il y a à ça ?

Il se gare au pied de l'immeuble. Quatre ou cinq types se la jouent racaille et chaque jour c'est pareil, ils viennent lui dire que vraiment, sur leur mère, ils le respectent, qu'il a bien fait de lui démolir la gueule à ce bâtard, qu'il a l'air d'un putain de boxeur avec son nez. Florian ne répond rien. Il passe devant eux et grimpe les escaliers jusqu'à l'appartement de Mme Ramuz. Il frappe vingt fois à la porte parce qu'elle est sourde comme un pot. Quand elle finit par ouvrir c'est avec la chaîne et il ne sait jamais si elle va le reconnaître. Une fois elle a appelé les flics pour leur signaler qu'un type essayait de s'introduire chez elle pour la cambrioler.

— C'est moi madame Ramuz. Je vous apporte votre repas.

Elle défait la chaînette et le regarde de travers.

— Je comprends pas pourquoi ils nous envoient des voyous dans votre genre à la mairie.

— Madame Ramuz, je vous ai déjà dit dix fois que je me suis fait ça au foot.

— Ouais ben de mon temps, on jouait pas comme ça au foot. On se contentait de taper dans un ballon. Alors qu'est-ce qu'on a de bon aujourd'hui ?

— Gratin de courgettes.

Elle fait une moue dégoûtée comme d'habitude. Florian ne sait même pas si elle touche à son plat de temps en temps. À part à l'éclair au café quand c'est le dessert du jour parce que c'est ce qu'elle préfère. Parfois il lui en achète un à la boulangerie et le met à la place du cake aux fruits confits qu'elle déteste comme tout le monde. Qui peut vraiment aimer ça ? Florian a croisé sa fille une fois et il a bien vu qu'elle s'inquiétait de voir sa mère si maigre. Des bras en fil de fer. Des jambes réduites à l'os. Un vieux moineau. Florian lui a dit qu'à son avis elle mangeait que dalle, que ça servait sûrement à rien de continuer à lui payer des plateaux comme ça tous les midis. Mais elle veut quand même continuer. Elle dit qu'on ne pourra pas lui reprocher de mal s'occuper de sa mère. Qu'au moins comme ça elle a bonne conscience. N'empêche que selon lui tout ça file direct à la poubelle. Alors il se dit qu'au moins avec son éclair, elle aura pris une petite dose de sucre dans la semaine.

Après les livraisons dans le quartier de la gare il se dirige vers le bord de mer. Il commence par le père Sarazin. Un fana de foot. Il ne vit plus que pour ça on dirait. Se lamente qu'il perd la vue. Que quand il verra plus le ballon sur l'écran géant qui occupe la moitié de son salon ce sera la fin, que plus rien ne vaudra la peine.

— Et vos enfants ? Vos petits-enfants ?

Il hausse les épaules. Visiblement à côté de l'OM ils ne font pas le poids. Florian essaie de ne pas trop s'attarder parce que quand il commence à l'entreprendre sur la ligue 1 ça peut durer des plombes et il arrive en retard chez les autres. Et on peut être sûr que si à midi passé il y en a un qui n'est pas livré il appelle le service aussi sec et lui, il se prend un savon. Pourtant on les serine toute l'année sur le thème : Vous n'êtes pas seulement des livreurs, vous faites aussi du lien social. La causette, les sourires, tout ça c'est encore plus important que la nourriture. Et dans le même temps s'il s'attarde trop chez un petit vieux on l'engueule. La vérité c'est que pour bien faire il faudrait qu'ils soient trois ou quatre à faire ce boulot et qu'il est seul. Il paraît que la ville manque d'argent. Difficile à croire quand on voit tout ce qu'elle jette par les fenêtres pour des conneries mais c'est comme ça. Sarazin est inconsolable aujourd'hui. Hier Marseille s'est encore pris une branlée. Il râle un coup sur ce nouveau défenseur qui a coûté une blinde et qui ne sert à rien, à part à casser des chevilles. Il regarde Florian en biais en lui disant ça parce qu'il lit la presse locale et qu'il sait que dans le genre défenseur il a sa réputation de bûcheron. Ce qui ne lui plaît pas plus qu'à Florian. Lui aussi aurait rêvé d'être un joueur technique, élégant, tout en vitesse. Il s'est longtemps accroché à ça, jusqu'à ce qu'un coach lui dise les yeux dans les yeux que ce n'était pas ça son truc, que son style c'était le genre Domenech. Tant pis pour Platini Zidane ou Messi. Et l'autre jour on a vu ce que ça a donné. Antoine c'est pas après ce tacle-là qu'il en avait, mais après tout ce qui avait précédé. Une mi-temps et demie à lui astiquer les chevilles, à lui poncer les tibias, à lui faire de l'épaule au milieu de ses passements de jambes. Du reste Florian ne peut pas dire qu'Antoine ne l'avait pas prévenu. Au prochain coup comme ça je t'éclate. Florian lui avait répondu qu'il pouvait aller se faire sucer par sa sœur. Des fois les conneries qu'il sort pendant un match ou à la sortie des vestiaires même lui n'en revient pas. C'est comme s'il devenait quelqu'un d'autre dès qu'il entre sur ce foutu terrain. Docteur Jekyll et son fucking Hyde.

Après ça il passe voir le vieux Sorin, qui ne peut pas l'encaisser. Un jour sur deux il a la chiasse et il est persuadé que c'est de sa faute. Que Florian met des trucs dans sa bouffe pour le faire crever et piller sa maison. Il menace de prévenir les services sociaux, les flics ou même le maire. Florian sait que c'est du vent alors il fait avec. Il le laisse radoter, pose le plateau sur la table du salon lui souhaite une bonne journée et sort sous les insultes. Quand il arrive le vieux a déjà éclusé une bouteille de mauvais vin blanc. Un genre de jus de raisin pas mûr. Tu m'étonnes qu'il ait le bide en vrac à force de s'enfiler cette merde. Il frappe à sa porte et l'autre demande qui c'est, comme chaque fois, comme si à cette heure-là il recevait d'autres visites que la sienne. Tous ces vieux ne voient personne pendant des jours entiers. Florian a l'impression que certains n'ont que lui. Qu'il est leur seul contact avec le réel. Avec l'extérieur. À part leur télé qui reste allumée du matin au soir. Et la radio par-dessus. RMC ou Sud Radio. Ça dépend à quel point ils sont fachos. Vu qu'ils le sont presque tous. Plus ou moins. Sans même s'en rendre compte. Comme ses parents. Comme ses oncles et ses tantes. Comme une bonne partie de ses cousins. Parce qu'en dehors des vieux communistes, des derniers syndicalistes, c'est la norme ici. En tout cas c'est ce que disait son frère. Qu'il n'en pouvait plus de cette atmosphère. Les scores du FN à deux chiffres. La Droite populaire. Au fond, Florian ne sait pas pourquoi ça lui importait à ce point. Lui à la longue il ne fait même plus gaffe. D'une certaine manière ça ne le regarde pas. Les gens pensent ce qu'ils veulent. Et lui il ne pense pas grand-chose. Il veut juste être tranquille et qu'on ne vienne pas l'emmerder. Il pose le plateau de Sorin sur la table pendant que ce dernier lui annonce qu'hier c'était pire que tout, qu'il s'est vidé. Florian lui dit qu'il devrait appeler un médecin et l'autre lui répond que ce n'est pas d'un toubib qu'il a besoin mais d'un flic qui foute

Florian là où il devrait moisir, c'est-à-dire en taule avec les bicots et les délinquants dans son genre. D'après lui s'il a la gueule en vrac c'est qu'il a dû se bastonner pour de la drogue ou un coup qu'a mal tourné. Florian le laisse déblatérer et se casse. Il enchaîne avec Hernandez, Ropert, Vergeaux et les autres, des petits vieux très seuls et très doux qui ne feraient pas de mal à une mouche et essaient de le retenir par tous les moyens dans leur appartement en lui proposant du café chaussette ou des biscuits tout mous qu'ils sortent de boîtes en fer où ça doit moisir depuis des années. Florian leur parle du temps qu'il fait, les encourage à sortir, à faire quelques pas sur la promenade, à se foutre au soleil sur un banc et à regarder un peu la mer. Même s'il sait que ça ne sert à rien. Que pour la plupart ils n'en ont pas la force. Et surtout pas l'envie.

Il finit sa tournée par madame Suzy. C'est comme ça qu'elle veut que Florian l'appelle. Et sans le madame si possible. Elle vit dans une petite maison de pêcheur au bord de l'eau. Cinquante mètres carrés caressés par les vagues, murs bouffés par le sel, volets à moitié pourris. Une terrasse minuscule d'où l'on voit se déployer la baie. Un emplacement tellement dingue qu'on se demande comment les promoteurs du coin n'ont pas encore trouvé le moyen de raser tout ça pour bâtir une de leurs putains de villas. En général elle est dehors, attablée devant la mer. Elle l'attend, lui fait signe de déposer le plateau-repas et de s'asseoir. Le café est prêt. La radio crachote de vieilles chansons françaises. Elle vit seule depuis la mort de son mari. Sa vie, elle l'a passée comme une femme de pêcheur. Attendre le retour du bateau, débarquer les poissons et partir les vendre sur les marchés. Réparer les filets. Préparer les lignes. Levée tôt pour faire le café et le casse-croûte. Couchée tôt avec le soleil. La peau cuite par le sel. Son mari c'était le genre taiseux. Droit. Courageux. Et tendre à sa manière. Avec cette façon de faire briller ses yeux et de se ficher un demi-sourire bienveillant en travers de la bouche. Ils n'ont pas eu d'enfants. Elle ne pouvait pas. Ou bien lui. Ils n'ont jamais su. Que ça lui ait manqué, que ça demeure en elle comme une béance, un regret immense, elle n'en fait pas mystère. Elle ne fait mystère de rien. Elle dit les choses comme elles sont. Avec des mots simples, directs, sans fard. Elle lui pose des questions sur le même ton. Et comment dire, elle le fait tellement sans jugement ni malice, elle va tellement à l'essentiel qu'il y répond. À personne il ne parle comme à elle. Parfois il reste des heures entières. Sur la terrasse à bavarder pendant que le poste diffuse *L'Âme des poètes* ou *L'Amant de Saint-Jean*. Le soleil parcourt le ciel d'un bord à l'autre de la baie, repeint tout par petites touches successives. Du plus acide au doré. Florian lui parle d'Anaïs, de l'amour qu'il lui porte, de sa douceur, de sa patience. De l'enfant à venir. De la confiance avec laquelle il l'attend. Cette sorte d'évidence. De cette impression étrange que s'annonce une vie nouvelle, une peau tout à fait neuve, un monde refait. L'impression qu'une fois l'enfant venu la vie commencera pour de bon. À qui pourrait-il parler de ça ? De son impatience. Est-ce que les hommes parlent de ces choses-là ? Elle rit quand il dit ça. Elle a raison. Les hommes sont risibles, elle ajoute. Dans leurs poses. Dans ce qu'ils cachent. Dans leur façon de se débattre avec leur virilité. Leur pudeur. C'est pour ça qu'ils sont si touchants. Et comiques. Il faut beaucoup les aimer pour les aimer, dit-elle. Il aime voir ses yeux briller quand elle parle comme ça. Sa malice et sa sagesse.

Quand il arrive elle n'est pas là. La terrasse est déserte alors que le soleil inonde la baie. La table est nue sans toile cirée, d'un blanc javellisé. Pas de cafetière ni de tasse. Pas de haricots étendus sur du papier journal. Certains épluchés dans un saladier. D'autres en vrac dans un sac plastique. La radio allumée en permanence a disparu. Les chaises sont sagement empilées sous l'auvent. Les dalles renvoient un blond qu'il ne leur a jamais connu, passées au jet quelques heures plus tôt sans doute. On croirait une maison de vacances avant l'arrivée des locataires. Il fait le tour de la bicoque et frappe à la porte d'entrée. Il ne passe jamais par là. Entre toujours par la terrasse, la porte-fenêtre du salon salle à manger cuisine débarras toujours ouverte sur la mer, même en hiver, même quand la pluie noie les collines et résume le paysage à de grandes étendues liquides, vases communicants de fluides, du ciel à la mer en aller-retour permanent, si bien qu'on ne sait même plus si la pluie monte ou descend.

Mais bizarrement elle est fermée. Il pénètre dans le couloir d'habitude encombré de bottes en plastique hors d'âge, matériel de pêche, outils rouillés, empilements de boîtes et de cartons remplis à ras bord d'objets usés ou inutiles pour la plupart. Mais aujourd'hui rien de tout ça. Tout a disparu. Sans doute à la cave. Ou derrière la porte d'une armoire. La pièce principale est inhabituellement rangée elle aussi. Tout à fait nette. Vaisselle cachée dans le buffet. Papiers journaux enveloppes disparus des tables et du buffet. Cuisine impeccable et vide d'aliments. Chaises poussées sous la table, carrelage récemment lessivé. Il ouvre la porte de la chambre. Étendue sur le lit, matelas seulement recouvert d'un drap blanc, couvertures édredon traversin oreillers absents, habillée comme pour sortir, les mains croisées sur son ventre, elle semble dormir. Sur la table de nuit, son sac à main fermé est posé en évidence. C'est le seul objet visible. Aucun vêtement sur le valet de pied. Fauteuil laissant à nu son velours usé. Comme si juste avant de quitter les lieux, vidés de sa présence, elle s'était accordé un petit somme. Florian ressort et compose le numéro des pompiers. Il les attend assis sur la terrasse. Le soleil lui cuit la peau du visage. Il enlève son blouson. Pour un peu on croirait que le printemps est là. Dans les jardins les mimosas s'alourdissent de fleurs jaunes, la baie a quitté ses teintes d'hiver, comme si sur les roches, à la surface de l'eau, on avait poussé d'un cran l'intensité des couleurs. Il pense à Anaïs. À son ventre rond. À l'enfant qui viendra. Il pense à madame Suzy. Qui gît dans la pièce d'à côté. Qui a senti venir le jour du grand départ. A tout laissé en ordre. Effacé la moindre trace. S'est vêtue pour la circonstance. A sans doute préparé ce qui doit l'être. Le strict nécessaire enfermé dans le cuir râpé de son vieux sac. Il aurait tellement aimé lui amener le gamin un de ces jours.

16

Louise

Quand Éric est parti ce matin il semblait perdu. Égaré dans sa propre vie. Assis sur le lit, habillé comme la veille, chiffonné jusqu'au visage, il fixait l'écran de son téléphone. Les messages d'Aline, les textos en rafale. Tout devait lui sauter à la gorge maintenant. Comme on dessaoule. Comme on sent se refermer les mâchoires d'un piège où on a posé le pied, alors qu'il était là devant nous, bien visible, menaçant, irrémédiable. La veille comme l'avant-veille et les jours d'avant il s'était garé à l'entrée du chemin, avait marché dans la poussière et l'obscurité, à tâtons, ne devinant des roches et des arbres du maquis que les ombres et les bruissements nocturnes. Puis il avait gratté à la porte de la caravane. Et Louise était apparue, rayonnante, comme rajeunie, lavée de toute fatigue. Il n'a pas su si c'était de le voir, de savoir que de nouveau il était là, au mépris de toute raison, sans excuse valable à fournir à sa femme pour son retard quand il s'enfoncerait dans le lit conjugal au milieu de la nuit, épuisé et heureux. Ou si cette lumière dans le regard, c'était à Antoine qu'il la devait. À son réveil après cette longue nuit hagarde, perdu dans les limbes, à la fois présent et inaccessible, comme disparu sous leurs yeux. À moins que ce ne soit un mélange des deux. Elle l'avait attrapé par la bouche et ils s'étaient retrouvés sur le lit, glissant l'un dans l'autre comme une soie, une évidence qui les laissait pantelants et délivrés, insouciants et remplis d'eux-mêmes. Faisant corps une nouvelle fois. Entiers et sans accrocs. Ils avaient bu, fumé, s'étaient souri avec une tendresse sans fond puis de nouveau coulés l'un dans l'autre. Et il s'était endormi là. Louise avait bien esquissé un geste mais il n'en avait tenu aucun compte. Et elle n'avait pas insisté. L'avait regardé dormir, étrangement apaisée, et pourtant n'ignorant rien de ce qu'il y avait là d'irréparable. Pour lui comme pour elle. Elle savait parfaitement que le laisser s'endormir à ses côtés cette nuit-là l'engageait elle aussi, qu'il n'y aurait pas moyen de faire machine arrière, qu'elle entérinait quelque chose. Et curieusement rien de tout ce qui se profilait ne lui faisait peur. Tout lui paraissait simple même. Franck allait rentrer deux jours plus tard et elle lui dirait que voilà c'était fini, elle le laisserait là dans sa caravane parmi les ruines de leur maison à peine commencée, les fondations de leur couple en lambeaux, ces prémices interrompues comme par manque de conviction, prescience. Un avertissement, un augure. Un symbole de ce qu'ils étaient devenus au fil des années. Une esquisse découragée. De son côté Éric quitterait le foyer. Et ensemble ils chercheraient un petit appartement dans le

Vieux-Nice. Suffisamment grand malgré tout pour que les enfants d'Éric puissent y venir de temps en temps, s'y sentir chez eux. Et qui sait. Elle entrevoyait même la possibilité de vivre avec eux s'il en obtenait la garde. Cela ne l'effrayait pas, au contraire. C'était la vie. Et cette nuit-là la vie ne lui faisait pas peur. C'était même tout ce qu'elle désirait.

Au réveil elle avait bien vu l'angoisse figer le visage d'Éric mais elle l'avait couvert de baisers et tout avait fini par s'effacer. Je suis là. Je suis avec toi. Nous sommes ensemble. Tout va bien se passer. Elle n'avait pas prononcé un mot mais c'est ce que ses lèvres lui avaient signifié en se collant à chaque millimètre de sa peau. Il lui avait donné rendez-vous trois jours plus tard, il partait le jour même pour la Bretagne, menant son équipe à l'échafaud il en était persuadé, sans Antoine ils allaient prendre une raclée il en était sûr mais c'était le sport, les matchs perdus d'avance il fallait les jouer comme les autres, et personne n'était à l'abri d'un miracle. Elle lui avait souhaité bonne chance. Il avait répondu que oui, de la chance, il lui en faudrait, puis il s'était éloigné dans la lumière rosée du matin et elle était restée seule un moment dans ce décor, cette décharge où elle vivait au milieu de rien, un désert de roches et de chênes-lièges, d'arbousiers et de pins, de ravines et de terre craquelée. Puis elle était rentrée et s'était habillée pour filer à l'hôpital.

Antoine lui sourit. Et ce n'est plus la grimace incertaine des premiers jours. C'est de nouveau ce sourire effronté, cet air sûr de lui qu'elle lui a toujours connu, qui dit qu'elle sera toujours là pour lui et qu'il le sait, qu'elle lui passera tout comme elle lui a déjà tout passé, parce qu'elle est sa grande sœur et sa petite maman. Leur père est sorti boire un café et ils sont tous les deux dans cette chambre d'hôpital aux murs bleu pâle, flottant dans l'éther des retrouvailles. Elle a bien cru le perdre cette fois. Et bien qu'il ne se souvienne de rien, que rien ne lui vienne quand il pense à ce jour-là, si ce n'est que c'était un dimanche et qu'Éric l'avait privé de banc, qu'il ruminait sa colère de banni et qu'il avait prévu de travailler finalement, de prendre de l'avance pour pouvoir emmener le gosse à Marineland, il ne s'en sort pas si mal. Et elle le regarde comme un miraculé. Un funambule qui a failli chuter mais s'est fait rattraper par la manche. Et qui garde cette lueur bravache au fond des yeux. Elle le regarde et elle sait que rien de tout cela ne l'a assagi. Que toujours elle se fera du souci pour lui. Que toujours elle sera cette grande sœur qui attend dans la nuit qu'il rentre à la maison, qui part à sa recherche au petit matin, dans les rues, sur les sentiers, les plages, aux portes des bars, des boîtes de nuit, dans les fossés, les ravins, le long des routes, des voies ferrées. Qui finissait toujours par le retrouver quelque part, à moitié évanoui, écorché de partout, du sang séché coulant de la tempe, suant d'alcool et débitant des paroles en puzzle, riant ou pleurant on ne savait pas très bien. Qui finissait toujours par le ramener avant que le vieux se réveille. Par le mettre au lit après lui avoir nettoyé le visage, avoir pansé ses plaies, soigné ses écorchures, désinfecté ses genoux. Qui toujours quand il annonçait je vais faire un tour, le regard comme allumé et la démarche dansante, s'inquiétait de l'état dans lequel il allait revenir, des mauvais coups dans lesquels il serait allé se fourrer. Craignait d'entendre la police chaque fois qu'elle décrochait le téléphone. Quand ce n'étaient pas les pompiers, l'hôpital, un inconnu. Lorsque Marion était entrée dans sa vie elle avait cru passer le relais. Même si c'était encore elle qui à l'autre bout du téléphone devait rassurer, parfois participer aux recherches, apaiser, soigner, comprendre, faire comprendre ce qu'elle ne comprenait pas elle-même. Antoine et son goût pour les coins sombres, les embrouilles, la blessure. Antoine et son goût du saccage, du gâchis. Cette force noire à l'intérieur. Sa matière inflammable. Cette plaie à vif. Depuis la mort de leur mère, dit-elle parfois à qui veut l'entendre, non pas pour donner une excuse mais pour se raccrocher à une cause identifiable, un moment clé où tout s'était mis à déraper. Mais la vérité c'est que son père le sait comme elle, tout cela date de bien avant. Et seule sa mère savait contenir cette colère, apaiser cette tristesse, cautériser cette déchirure qu'il avait au cœur. Elle déployait des trésors de patience, de joie, de lumière. Elle était la force et la tendresse. Louise sent sa gorge se nouer, comme chaque fois qu'elle pense à elle, chaque fois que sa présence continue qui l'enveloppe et la protège devient trop pressante, envahissante. Sa mère est un voile permanent posé sur toutes choses, une caresse légère et douce. Mais parfois le chagrin recouvre tout, fulgurant, toujours aussi vivace, résistant à tout. Aux années, à la raison, à l'ordre des choses. Antoine se lève et fait quelques pas. Encore chancelants. Il l'interroge du regard. A-t-elle des nouvelles de l'enquête ? Quand il demande ça il a cette lueur dans les yeux qui ne lui dit rien de bon. Elle sent qu'il bouillonne à l'intérieur. Que s'il se creuse le cerveau à la recherche du moindre souvenir c'est moins pour le réconfort de retrouver la mémoire, de savoir ce qui s'est passé, que pour réunir les pièces manquantes. Savoir qui l'a déposé à l'hôpital et pourquoi il a fui. Savoir qui lui a fracassé le crâne. Et pourquoi. Retrouver ce type. Et lui rendre la monnaie de sa pièce. Pour le moment tout ça demeure flou. Jeff a déclaré n'avoir rien vu, rien entendu. Marco, le mec de Marion, a décrit l'état dans lequel il avait trouvé le camping, les pots de peinture abandonnés, tout ça laissé en plan, mais le coup de mer a tout effacé et la police n'a rien trouvé. Si ce n'est ce fusil découvert sur la plage qu'un petit vieux leur a rapporté. Mais aucun coup de feu ne semble avoir été tiré, aucune douille ne traînait. Et Antoine n'a pas été blessé par balle. Alors on en reste à l'hypothèse première. Des types ont décidé de venger leur défenseur. Des joueurs peut-être. Des supporteurs sans doute. Ou des gens du staff d'en face. Et puis les flics ont mis la main sur les braqueurs des entrepôts de la semaine dernière. Un des anciens vigiles, Freddy quelque chose, et un pote à lui, un certain Lucas, au casier pas franchement virginal. Tous les deux régulièrement au stade. Et bossant ici et là pour le propriétaire du club adverse. Rien ne dit que les deux affaires soient liées mais enfin. La police dit qu'elle travaille là-dessus. Tout cela paraît bien nébuleux. Pourquoi Grindel, le type en charge du dossier, veut absolument relier tout ça, ça lui échappe. Sans doute parce que ça le dépasse. Louise dit :

— Qui est assez con pour aller défoncer le crâne d'un type pour une simple histoire de football deux jours avant un casse.

— Quel vigile est assez con pour braquer ses anciens entrepôts en composant bien sagement le code d'entrée et en maîtrisant les chiens pour qu'ils n'aboient pas et croire qu'on ne pensera pas immédiatement à lui ?

— Tu sais que Marion s'est fait virer de l'hôtel ?

— Je l'ai appris. Je sais pas comment elle va faire.

— T'inquiète pas pour elle. Son mec doit bien gagner. Et puis il lui reste son deuxième job.

— Ouais. Son mec. Elle t'a dit quelque chose à toi ? Je veux dire : pourquoi ils l'ont virée ?

— Rien. Juste le motif officiel. Réorganisation. Ils se sont aperçus qu'ils n'avaient pas besoin de deux personnes le matin. Et puis aussi, ils lui ont dit qu'elle arrivait trop souvent en retard.

Antoine grimace, ouvre la porte et jette un œil dans le couloir où passent deux aides-soignantes et une femme de ménage poussant son chariot. Un type s'éloigne en faisant rouler son porte-perfusion.

— Tu veux faire un tour dehors ? propose Louise. Il y a du soleil.

Il hausse les épaules.

— Ça te ferait du bien.

— Ce qui me ferait du bien ce serait de sortir pour de bon.

— Allez. Plus que quelques jours. Ils veulent juste être sûrs que tout va bien.

Louise n'ajoute pas que pour sa part elle aime autant le savoir là, à l'abri. À l'abri de lui-même. Va savoir ce qu'il est capable de faire une fois dehors. Aller traîner du côté du club adverse. Se remettre à courir pour revenir plus vite à l'entraînement. Et puis où vivra-t-il ? Au camping ils ont dû continuer sans lui. Lui trouver un remplaçant. Refiler sa caravane à un autre type dans son genre. Sans doute qu'il logera chez leur père. En attendant de se refaire. Au moins Nino pourra passer du temps avec lui. Et le vieux sera là pour surveiller un peu tout ça. Mais elle n'est pas sûre qu'Antoine accepte. Quand il s'est fait virer de l'appartement et avant de s'installer au camping il a refusé d'y mettre les pieds. Elle comprend. L'humiliation que c'est de retourner vivre chez ses parents à cet âge-là. Mais elle ne voit pas sinon où il pourrait se poser pour le moment. Peut-être chez Jeff à la paillote. Peut-être ailleurs. Un peu ici un peu là. T'inquiète. Je m'arrangerai. Je m'arrange toujours. C'est tout ce qu'il lui avait dit alors, avec son sourire de voyou. Ils franchissent la porte vitrée et c'est

276

comme si la lumière l'aveuglait tout à coup. Et le vidait de ses forces. Il s'accroche à elle, se traîne comme un petit vieux jusqu'au banc.

— T'as pas une clope ?

Elle secoue la tête en signe de dénégation. Elle a arrêté depuis longtemps. Même si depuis qu'Éric est revenu dans les parages elle passe ses nuits à tirer sur des cigarettes en regardant le plafond de la caravane.

— Pourquoi tu souris ?

— Hein ?

— Tu souris.

— Parce que je suis heureuse que tu sois là avec moi, en bonne santé.

Elle ment et elle ne ment pas. Tout se mêle dans sa tête. Les deux raisons de sa joie. Bien qu'elle redoute l'instant où les deux entreront en collision. Ce n'est pas le moment de toute façon. C'est ce qu'elle se dit. Et aussi, dans un coin de sa tête, que ça ne le sera jamais vraiment. Mais c'est sa vie après tout. Antoine n'a rien à dire. Il l'a assez emmerdée avec Franck. Son routier. Comme il disait toujours. Alors comment ça va avec ton routier ? Il continue à te faire vivre dans une caravane ton routier ? Toujours avec ce rictus un peu moqueur. Et le peu de fois où ils se croisaient elle avait tout le temps peur que ça dérape. Antoine était tendu comme un arc, comme s'il en voulait à Franck. De n'être pas à la hauteur. Ou d'autre chose. Elle avait constamment la sensation qu'il était sur le point de se jeter sur lui et de lui en coller une.

— Tu sais, là-bas, je l'ai vue.

Là-bas. C'est comme ça qu'il appelle le coma. Pourtant il n'est pas parti. Il était bien là. Sous ses yeux. Immobile, inaccessible. Mais il était là.

— De qui tu parles ?

— De maman. Je l'ai vue. Elle était là. Elle m'a pris dans ses bras. Elle était un peu fâchée. Dans quel état tu t'es mis encore. C'est ce qu'elle m'a dit en premier. Elle avait l'air bien. Elle m'a demandé des nouvelles de toi. De papa. Elle a été là tout le temps, avec moi.

— Mais où ça ?

— Là où j'étais.

— Et c'était comment ?

— Très blanc.

Il se lève et tente de regarder le ciel. Ses yeux s'embuent et Louise ignore si c'est de lui avoir parlé de ça ou si c'est la lumière qui l'agresse après des jours d'obscurité, de nuit totale puis d'éclairage artificiel dans la chambre un peu sombre, dont il refuse qu'on allume le plafonnier, l'immonde lueur glacée du néon grésillant. Il marche vers le parc, ou ce qui en tient lieu, une pelouse plantée d'un gros olivier ventru, laidement taillé, bizarrement factice, comme échappé d'un pot Jardiland. Louise se lève et lui emboîte le pas comme elle peut, saisie de vertige, les jambes soudain sans force, se dérobant sous son poids, ne la portant plus, ébranlée par ce qu'Antoine vient de lui dire. Ces paroles étranges qui le sont plus encore dans sa bouche. Qu'elle n'aurait jamais pensé l'entendre énoncer un jour. Parce qu'il ne parle jamais de leur mère. Jamais. Jamais depuis sa mort. Parce qu'elle l'a toujours vu lever les sourcils en signe d'agacement à la moindre parole ésotérique. Parce que prononçant ces mots il semblait tellement loin. Irradié d'un calme qu'elle ne lui a jamais connu. Apaisé. Parce que ces mots il les a prononcés avec tant de calme et d'évidence, comme s'ils tombaient sous le sens, comme si ce qu'ils recouvraient était inquestionnable, comme s'il ne doutait pas un instant d'avoir séjourné quelque part en compagnie de leur mère. Comme s'il ne doutait pas un instant qu'il ait pu s'agir d'autre chose. Une sorte de rêve. Un délire. Une longue hallucination.

Ils s'assoient dans l'herbe. Et très vite il pose sa tête sur ses genoux. Elle effleure ses cheveux, son crâne tuméfié, l'épaisse cicatrice. Il se love contre ses cuisses, tel un enfant cherchant le sommeil. Dans l'air doux flotte un parfum de sel. Au loin par-dessus les immeubles le massif vibre comme sous la lumière d'un projecteur. À cette heure il est d'un orange tirant vers le rose. Antoine ne bouge plus. Sa respiration est lente et régulière. On dirait qu'il dort. On dirait deux amoureux convalescents. Avec cet air de famille qu'ont parfois les couples en prenant de l'âge, cette façon de converger, de fusionner physiquement. On dirait un frère et une sœur. On dirait une mère et son fils. On les croirait comme autrefois planqués dans les calanques, accrochés l'un à l'autre, orphelins et inconsolables, laissant au soleil et à l'eau de mer le soin de les guérir. Il y aurait Jeff un peu plus loin. Ses yeux de chien fou et ses combats contre des ombres, boxant dans le vide ou serrant les dents, marmonnant, menaçant, toujours sur le point d'exploser ou de partir en vrille. Et d'autres encore au milieu des cadavres de bouteille, la musique jouant fort depuis le ghetto blaster au son aigre. Le chamboulement des galets à chaque vague. Le bruit mat des plongeons du haut du grand îlot, corps grillés s'enfonçant dans l'étroit trou d'eau turquoise, enserré parmi les hauts fonds où l'on pourrait se fracasser mille fois par jour. Ils pourraient avoir quinze ans. Elle un peu plus et alors elle n'aurait pas renoncé à l'amener vers le bleu. Elle tenterait de veiller sur lui en se disant, Ça passera cette rage qu'il met en toutes choses, à s'abîmer et à se cogner aux autres. Elle tenterait de poser sur lui le même regard que leur mère, à la fois confiant et inquiet, paisible et aux aguets.

Elle somnole les yeux clos mais elle sent qu'une ombre s'étend sur elle. Une présence. Ou même deux. Elle ouvre les yeux. Leur père se tient là, dans l'aveuglement du soleil diagonal. Au bout de son bras, droit comme un I et le visage grave, Nino se colle contre sa jambe. Elle n'a rien dit à Antoine. N'a même pas essayé de le raisonner. Il ne voulait pas que le gosse le voie comme ça. Avec ses bleus et ses cicatrices, son visage déformé par la douleur. Son corps encore meurtri. Il ne voulait pas mais il en crevait de ne pas le voir. C'était la première chose qu'il avait demandée en reprenant ses esprits. Où était Nino. Ce qu'il faisait. S'il ne lui faisait pas la tête de ne pas être allé à

Marineland. De sorte que sitôt sortie de l'hôpital, le cœur battant d'une joie indicible parce qu'Antoine était revenu, Louise s'était précipitée chez Marion pour annoncer la nouvelle au gosse. Elle l'avait trouvé comme toujours depuis le coma d'Antoine, le regard perdu, faisant mine de fixer la télé où Spider-Man sautait de building en building. Guindé, raide, silencieux, se mordant continuellement les joues, craignant que le moindre geste n'ait une conséquence désastreuse. Depuis le début le gosse semblait en suspension, entre parenthèses. Et Marion comme Marco étaient aussi de cet avis. Il avait pour ainsi dire cessé de vivre, s'était mis en retrait, retenait son souffle jusqu'à ce qu'Antoine ouvre un œil. Louise s'était avancée vers lui et, ça lui revient maintenant, c'étaient ces mots-là qu'elle avait prononcés et qui faisaient un drôle d'écho à ce que lui avait livré Antoine : Il est revenu. Le petit avait immédiatement changé de visage. Comme si le sang s'était soudain remis à circuler dans ses veines. Comme s'il était rendu à la vie. Sans un mot il s'était engouffré dans le placard à vêtements et en avait tiré ses chaussures et son manteau. Louise avait dû le décevoir. Elle ignorait encore pourtant qu'Antoine refuserait qu'il vienne les jours suivants, même après que les médecins auraient levé l'interdiction de visite pour les enfants. L'expression qui avait traversé le petit alors, ça lui avait mis le cœur en charpie. Mais aussitôt il s'était repris. Un grand sourire avait illuminé son visage. Et il s'était lancé dans une de ces danses de dingue dont il avait le secret.

Papa est revenu. Papa est revenu. Il chantait ça à tue-tête dans l'appartement où la lumière se déversait par litres.

Elle secoue doucement l'épaule d'Antoine. Il se redresse, ouvre les yeux, la lumière l'agresse. On dirait que de nouveau il se réveille d'un long sommeil, qu'il ressort de l'ombre, revient de si loin. Nino est immobile. Il n'ose faire un geste. Comme s'il n'y croyait pas vraiment. Ou qu'il craignait quelque chose. Que son père s'évapore sous ses yeux. Ou qu'il ait changé. Qu'il ne veuille toujours pas le voir. Qu'il ne soit pas heureux de le découvrir ici face à lui. Il s'accroche à la main de son grand-père. Et soudain il n'y tient plus. Il n'attend pas qu'Antoine lui fasse signe, il se jette sur lui tandis que Louise et le vieux lui disent d'y aller doucement, de faire attention. Mais c'est trop tard, déjà il est dans les bras d'Antoine et ils roulent dans l'herbe, dans un mélange de bagarre et d'étreinte. Louise se lève, secoue un peu ses vêtements où sont collés quelques brins d'herbe sèche. Elle resterait bien là encore des heures, à regarder ces deux-là se chamailler tendrement. Exactement comme elle le faisait avec Antoine quand ils étaient petits. Et pareillement sous le regard de leur père. Les contemplant elle ne peut s'empêcher de penser qu'elle n'a pas sous les yeux un père et son fils mais deux frères, deux gamins, dont la différence d'âge réelle n'a pas vraiment de signification. Elle a l'impression d'être leur sœur à tous les deux, que le vieux est leur père. Et que tous deux ont pour mission de veiller sur eux, ces deux gamins qu'il faut protéger de la vie et d'eux-mêmes. Elle embrasse son père.

— Je te les laisse, lui dit-elle.

Avant de s'éloigner elle les regarde une dernière fois. Le père et le fils. Antoine et Nino. Antonino. Petit Antoine. Elle pense à Éric, à leur appartement. À la place qu'ils feront au gamin. Quand il voudra. Autant qu'il voudra. Elle a envie de lui dire, Tu sais, je vais changer de maison et je serai encore plus près de Marineland. Quand tu viendras on pourra aller voir les dauphins, on pourra y aller chaque fois que tu en auras envie. Même si ça me coûte la peau du cul. Mais elle n'en fait rien. Elle embrasse Nino sur le crâne, lui dit de bien profiter de son père. De le surveiller. De ne pas le lâcher d'une semelle.

— T'inquiète pas, répond le petit. Je le surveille. Sinon il fait que des bêtises.

Antoine rigole. Malgré les cicatrices et le bandage. Malgré les bleus qui maintenant sont d'un jaune sale mêlé d'un peu de violet, elle le retrouve enfin. Comme s'il avait fallu ça. Son fils. C'est le gamin qui le tient. Elle le sait depuis le début. Elle avait pensé qu'il le tiendrait même un peu plus. Que ça le lesterait pour de bon. Qu'il se calmerait. Quand il lui avait dit Marion est enceinte elle n'avait pas fait partie de ceux qui avaient levé les yeux au ciel, qui s'étaient écriés pauvre gosse, qui l'avaient cru incapable d'assumer. Elle lui avait fait confiance. Elle avait fait confiance au gosse. À l'amour fou qu'Antoine lui porterait. Parce qu'il était comme ça. Démesuré en tout. Et qu'il suffisait de voir cette lueur de fierté dans ses yeux pour savoir que cet enfant, ce serait tout pour lui. Elle avait pensé qu'il serait un père exemplaire et qu'après tout suivrait. Et puis peu à peu elle avait compris combien cette idée était ridicule. Antoine serait père à sa façon. Imprévisible. Tendre et nerveux. Assoiffé et inconséquent. Mais tout de même. Elle les regarde et de nouveau elle a confiance. S'il est revenu c'est pour lui et personne d'autre. Elle en est certaine. Et aussi : c'est sans doute ce que lui a dit leur mère là-bas. Qu'il devait revenir. Pour le petit. Que Nino avait besoin de lui. Qu'ils avaient besoin l'un de l'autre. Elle s'éloigne et se remémore le nombre de fois où Antoine a menacé d'en finir. Avant Nino. Et toujours elle y croyait. Elle découvrait les lettres qu'il laissait sur la table. Les chiffonnait et les jetait avant que leur père ne tombe dessus. Et elle partait à sa recherche, affolée. Et quand il l'appelait du bord d'un ravin pour soi-disant lui dire adieu elle répondait attends j'arrive et elle arrivait toutes affaires cessantes. Et il était là à l'attendre. Et elle le serrait dans ses bras. Et jamais elle n'a pensé qu'il la faisait marcher. Qu'il voulait attirer l'attention, tirer la couverture à lui. Qu'il quémandait des preuves. Non. Elle le prenait au sérieux. Bien qu'il n'ait jamais été au bout. Qu'elle soit toujours arrivée assez tôt. Puis Nino était né, et même au creux de ses pires crises, de ses plus violents accès de détresse, elle n'y avait plus cru. Elle n'avait plus été prise par cette peur panique de le perdre. Elle pensait : maintenant quelque chose l'attache. S'il lui arrive quelque chose il ne l'aura pas voulu. Ce ne sera pas de son propre chef. Bien sûr il aurait toujours le chic de se fourrer dans de mauvais draps, bien sûr il marcherait toujours sur le fil, bien sûr il boirait toujours trop, se défoncerait jusqu'à ne plus savoir où il habite ni qui il est, et elle le trouverait un jour au fond d'un ravin à cause d'un virage mal négocié, ou le crâne défoncé par des types à qui il devait de l'argent, qu'il aurait arnaqués, ou parce qu'il avait refait la figure d'un défenseur trop pressant, mais pour le reste c'était derrière. Nino était là et ils tenaient l'un à l'autre. Nino le tenait en vie.

Elle roule vers la maison de retraite. Passe au large de chez elle. Ce qu'il en reste. Elle pense à Éric. Essaie de l'imaginer rentrant chez lui. Aline partie au travail. Les enfants à l'école. Le mauvais sang qu'ils se sont fait. Quelles traces ça peut laisser. Des cigarettes dans le cendrier. Une couverture sur le canapé où l'on a veillé jusqu'à l'aube en attendant son retour. Il fait le tour des pièces. S'attarde dans la chambre de ses gamins, le cœur serré. La gorge nouée. Il ne va pas les perdre. Il ne les trahit pas. Il va juste vivre ce que la vie lui demande de vivre. C'est tout. C'est ce qu'il se répète. C'est la vie. C'est forcément compliqué. Si on veut la vivre vraiment. Elle se dit voilà ce qu'il se répète. Elle l'espère. Serre les doigts sur son volant. Prie pour qu'il ne flanche pas. Qu'il ne se laisse pas engloutir par la maison. Qui forcément tente de se refermer sur lui. De le tenir attaché. À coups d'objets, de souvenirs, d'habitudes. Accumulés sur des années. Jusqu'à effacer l'idée même qu'il puisse exister autre chose. Elle se gare sur le parking. Elle se retient de l'appeler. Regarde l'heure. Il doit être reparti de toute façon. Ses vêtements de rechange dans son sac de sport. Un mot sur la table pour dire qu'il revient dans trois jours, qu'il est repassé, qu'il appellera dans la soirée, une fois là-bas. Retrouvant ses gars à l'entrée du stade où patiente le bus. Répondant à deux trois journalistes locaux avant d'embarquer. Dix heures de route durant lesquelles il les laissera tranquilles. Casque sur les oreilles pour la plupart. Certains jouant aux cartes. Se chambrant d'un rang à l'autre. D'autres sur leur console de jeux. Peut-être un lisant un bouquin sans se soucier des moqueries des autres. La place d'Antoine restée libre. Personne n'osant la prendre. À un moment donné il leur fera un petit discours. Un truc censé les motiver, leur rappeler l'enjeu, les exhorter à être à la hauteur parce qu'ils ne rejoueront pas deux fois un match pareil, face à des types de ce niveau. Le match de votre vie. Tout le monde fera semblant d'y croire. Concentrés seulement sur les efforts qu'il faudra consentir pour ne pas s'en prendre trop. Onze en défense. Sans personne pour organiser le jeu. Créer du mouvement. Aller de l'avant.

Elle traverse le hall. Salue les réceptionnistes et les quelques visiteurs. Croise deux de ses patientes en fauteuil roulant, comment ça va ce matin, écoute leurs plaintes, leurs doléances, les douleurs, le médicament qu'elles ne supportent pas, le médecin qui n'est pas passé comme prévu, l'autre infirmière qui leur a fait mal lors de la prise de sang, l'aide-soignant qui est trop brusque pour la toilette, la bouffe dégueulasse – et là elle ne peut pas leur donner tort. Elle ne leur donne jamais tort de toute façon. Presque tous les patients sont seuls, quasi abandonnés. Ils souffrent. Vont mourir dans quelques mois, semaines, jours, heures. Elle est là pour les soigner. Les écouter. Les accompagner. C'est son rôle. Sa place. Et d'une certaine manière elle mesure sa chance. Elle sait quel est son rôle. Où est sa place.

17

Perez

C'est son domaine. Ici tout lui appartient ou presque. La plupart des hôtels. Et maintenant celui aussi où il a dormi l'autre jour pour mieux évaluer les lieux. Ça a été rapide. Tout est à refaire. Le personnel à virer. À commencer par la petite chieuse qui a failli lui brûler la gueule avec son détergent et lui a quand même flingué un costard à deux mille balles. Ça lui coûtera un peu d'argent mais vu l'emplacement il verra vite le retour sur investissement. Enfin il l'espère. Parce que les affaires marchent mal ces temps-ci. La crise. Putain de crise. Partout on dit qu'elle ne touche que les pauvres. Que les riches s'en sortent même mieux qu'avant. Mais pour lui ce n'est pas vraiment ça. Pourtant tout lui appartient ici. Le camping. Les boîtes. Les restos. La paillote. Les entrepôts. Et jusqu'au club de foot. Même si ça, c'était juste pour dépanner le maire, histoire qu'il le laisse tranquille, vienne pas trop mettre le nez dans son business. Et aussi blanchir ce qui doit l'être. Certains ici lui prêtent des « ambitions ». La mairie. Quels cons. Qu'est-ce qu'il en a à foutre ? Qu'est-ce que tu possèdes quand t'es maire ? Rien. Rien n'est à toi. T'as aucun pouvoir. Juste des emmerdes et un salaire de chiotte. Alors merci bien. Pas besoin d'électeurs. Le vrai patron ici c'est lui. Mais c'est trop petit. Une niche. Il est coincé. Impossible de s'étendre. À l'ouest tout appartient aux Marseillais, aux Corses. Et chez eux ça ne plaisante pas. Rien que cette année ils se sont flingués les uns les autres une bonne douzaine de fois. À l'est il a bien tenté quelque chose mais les Russes sont arrivés il y a une grosse dizaine d'années. Et bon Dieu, il ne sait pas d'où ils tirent tout ce fric mais il ne peut pas rivaliser. Alors il reste là et il gère sa petite affaire, pépère. C'est déjà ça. Il ne s'en sort pas si mal. Grosse villa. Gros yacht. Il joue tous les matins sur son propre terrain de golf. Il dit partout que le divorce l'a mis sur la paille, que cette salope lui a tout pris mais c'est surtout parce qu'il s'est senti trahi, volé. Cette poufiasse s'est toujours tourné les pouces et putain, elle part avec la moitié du magot. Au nom de quoi ? Il s'est bien fait avoir. Il savait qu'elle se tapait dans son dos tous les petits mecs qui passaient mais il s'en fichait. Il faisait pareil de son côté. Il pensait que ça lui allait. Le pognon. La belle vie. Pignon sur rue. Tout à elle. Domaine réservé. Meilleures tables. Meilleures chambres. Tout le monde aux petits soins. Qu'est-ce qu'elle voulait de plus ? De l'amour ? Il se marre rien qu'en prononçant intérieurement ce mot. La bonne blague. Un gosse ? Qu'est-ce qu'elle aurait fait d'un marmot ? Plus de pognon encore ? Sans doute. Alors elle est partie avec un genre de milliardaire, la moitié de tout ce qui lui appartient à lui sous le bras, juste pour le faire chier parce que vu les yachts où il la voit se pavaner maintenant elle n'en avait sûrement pas besoin merci.

Il range ses clubs dans le coffre de sa Porsche. La bleu nuit. Son domaine. Petit domaine si on regarde bien. Petit domaine, petites combines, petites emmerdes. Il en a marre de voir petit. Mais il ne peut pas faire autrement. Ou alors il faudrait qu'il s'acoquine. Mais il se ferait bouffer. De toute manière c'est ce qui arrivera. Par l'ouest ou par l'est. Il ne sait pas ce qu'il préfère. Les Russes ou les Marseillais. En attendant il amasse tout ce qu'il peut. Pas de petit profit. Rogner sur tout. Il est bien placé pour le savoir. Il a commencé avec rien. Et il en est fier. Il le répète tout le temps. J'ai commencé avec rien. Rien mon pote. Un camion à pizza. Puis la pizzeria. Et le bar d'à côté. La boîte sur la plage. Et ainsi de suite. Sur une centaine de kilomètres de littoral. Entre les Russes et les Marseillais. Il ferme le coffre et s'installe au volant. Un de ses employés le salue avec déférence. Il ne connaît même pas son nom. C'est peut-être même la première fois qu'il le voit. Ou bien il a oublié. Il n'a jamais eu la mémoire des visages. Ni des noms. Ni de rien d'ailleurs. Et il s'en félicite. Ça ne sert à rien de s'encombrer. De ressasser. Il n'y a que le présent, le passé c'est comme un poids mort qui te ralentit. Pareil pour l'avenir. L'avenir c'est ici et maintenant. Il a lu ça quelque part. Un truc zen ou une connerie de ce genre. Et aujourd'hui son problème c'est Jeff. Il a laissé passer un peu de temps avant de mettre les pieds là-bas. Par sécurité. Il a envoyé deux de ses gars. Vérifier qu'au camping il n'y avait rien. Que Jeff avait tout remis en état. Ils s'en sont tenus là. Je m'occupe du reste, leur avait-il dit. Il sait que dès que ça devient un peu délicat il ne faut rien demander à personne. Il se demande même comment il a pu confier une tâche pareille à Jeff. Lui filer le pognon. Le laisser organiser la chose. D'où il sort d'abord ce type ? Qui l'a trouvé ? Et où ? Il sait que c'est sa faute au fond. Qu'il n'aurait jamais dû perdre la main sur le recrutement. Mais est-ce qu'il aurait fait mieux ? Chris fait avec ce qu'il y a. Les types du coin. Les filles des stations d'à côté. Mais ça ne peut pas voler très haut. C'est ça le problème. Il n'a personne sur qui compter vraiment. Dans les hôtels, les boîtes, les restos, au golf. Tous des bras cassés. Des petits branleurs. Des cagoles branchées sur MTV ou NRJ12. Des vieux incapables. Putain Jeff. Lui confier le resto. Et ce genre de mission. Où ils ont la tête ? Et qui a eu la fine idée de prendre cet Antoine pour le camping ? Pour la discrétion c'est réussi. Le Zidane de Prisunic de la ville. Sanguin. Incontrôlable. Et adoré de ces dames et de ces messieurs les journalistes.

Il met le contact, roule vers la grande plage. Compte bien débrouiller ce merdier avec Jeff. Vérifier que tout est sous contrôle. Que les flics ne viennent pas trop fouiner. Qu'il tient bon. Et lui tirer les vers du nez. Qui a emmené

Antoine à l'hosto ? Sûrement lui. Où sont passés les deux types ? Où est le pognon ?

Putain. Ce n'était pourtant pas compliqué. Et qu'est-ce qu'il va faire du camping maintenant ? Combien il va perdre dans l'affaire ? Sans parler du manque à gagner. Il a mis ses juristes sur le coup. Ils ont tout vérifié. Pas moyen de contourner. Rien n'est aux normes. Au prochain contrôle ils vont prononcer la fermeture. Nouveau préfet. Le genre zélé. Monsieur Propre. Et leurs indemnités dans des circonstances pareilles, c'est juste tellement dérisoire. Avec quoi ils croient qu'on vit ces types, putain. Alors pour noyer le poisson il a fait mine de mettre en branle des travaux qui lui ont coûté un bras. A demandé à Jeff de trouver deux types pour mettre le feu à tout ça sans laisser de traces, histoire de toucher l'assurance. Des mecs pas trop chargés. Plutôt liés aux Marseillais pour accréditer la thèse du règlement de comptes, de la guerre sauvage entre clans, de la grande bataille pour la manne colossale du littoral. Casinos, dope, putes, tout l'arsenal. Perez, lui, se vante d'avoir les mains propres. Pas trop de putes. Rien de voyant. Pas trop de dope. Juste ce qu'il faut pour rentabiliser les boîtes. C'est comme au foot. Il faut jouer juste. Épuré. Pas besoin d'en faire des caisses. Solide en défense. Efficace en attaque. Point barre. De la cohésion. De la cohérence. Et avec ça la plupart du temps dans ce pays, les équipes de taille moyenne finissent par damer le pion aux cadors blindés de pognon. Ça lui fait penser qu'une fois les histoires de Jeff réglées il va devoir filer à l'aéroport. Qu'est-ce qu'il va faire en Bretagne, putain ? Tout ça pour un match où ils vont se prendre une branlée. Et par sa faute si on regarde bien. Ou celle de Jeff plutôt. Qui a tout foiré. Lui a planté une épine dans le pied. Son joueur vedette mis hors jeu à cause de ses conneries. Dommage collatéral qui va se solder par une sacrée raclée. Enfin. Arriver là c'était déjà inespéré. Et puis rien ne dit que si Antoine était passé en conseil de discipline après ses conneries de l'autre jour on l'aurait autorisé à jouer le petit prodige dont personne ne veut. Quand il a repris le club on lui a dit attention, t'as un diamant brut au milieu du charbon. Perez l'avait regardé jouer et effectivement, le type était tranchant et bourré de talent. Il ne tenait pas la longueur, manquait de physique, perdait vite ses nerfs, il était inconstant mais oui, il avait des pieds en or. Il avait fait le tour des clubs du dessus, avait invité les coachs, les directeurs sportifs, leur avait fait des propositions pour leur vendre sa merveille mais personne n'en avait voulu. Partout la réputation de tête brûlée d'Antoine l'avait précédé. Et maintenant voilà. Il avait fallu qu'il soit au camping ce jour-là. Il avait fallu que ce soit lui qu'il avait embauché sans le savoir. Il avait fallu qu'il n'aille pas au match à cause d'un coup de sang. Tout ça lié et tournant en boucle. Et qui était dans la merde ? Perez. Encore Perez. Toujours Perez. Tandis qu'il roule il confirme un rendez-vous pour cette nuit à Nantes. Une escort qu'on lui a recommandée. Une dans chaque port c'est sa règle. Son hygiène. Certains décompressent avec le yoga, un bon film, un bon bouquin. Lui c'est une bonne pipe. Qu'est-ce qu'il y peut ? Il n'a jamais été un intellectuel. Plutôt un type physique. Instinctif. Un animal. Vous allez penser qu'en termes d'animalité un golfeur ça le fait pas vraiment. Que tout ça n'est pas très cohérent. Mais pensez ce que vous voulez. Il s'en branle. Le golf ça fait partie de la panoplie. Comme la Porsche. La Rolex. Et les cigares. Les gens aiment les clichés. Les dénoncent mais au fond n'aiment que ça. Ça leur en impose. Ça les rassure. C'est identifiable. Et au final ça donne confiance. Ils ont l'impression de savoir qui vous êtes. Comment vous fonctionnez. Ce qui vous meut. Mais bien sûr ils en savent que dalle. Ils ne voient de vous que ce que vous voulez bien leur donner à voir. Et au fond il faut bien savoir une chose. Les gens aiment la vulgarité. La vulgarité liée au pognon. Les gros bijoux. Les grosses bagnoles. Ils font mine de s'offusquer mais ça leur en impose. Ça leur fait envie. Et dans la vie Perez n'a qu'un credo. Mieux vaut faire envie. Lui-même a trop crevé d'envie dans le passé pour ne pas savoir ce que ça agite ou frustre en vous. Que ça vous fasse bouger ou ruminer votre colère, la seule vérité c'est que ça vous gouverne. Vous pousse au cul ou vous enterre. Après c'est une question de caractère. De talent. Soit tu moisis dans ton trou. Soit tu tires ton épingle du jeu et tu passes de l'autre côté de la barrière. Tu changes de camp. À sa connaissance y en a que deux. Les envieux et les enviés.

Perez longe la corniche. Fenêtres ouvertes. Le ciel est d'un bleu profond. La lumière est une coulée d'or pur incendiant les roches. Il lève la tête, et le cap le surplombe de toute sa hauteur, imposant et rouge, un vrai décor de western. Il roule et il est bien. Malgré les emmerdes. Le camping et Jeff, le match, la procédure de divorce, son père qui crève à petit feu dans cette maison médicalisée de luxe, vue sur mer dans chaque chambre, parc fleuri de rhododendrons mimosas lauriers-roses, cactus monstrueux, écureuils passant d'arbre en arbre. Le vieux dit qu'il n'aime pas cet endroit. Ni les gens qui ne font qu'y passer. Quelques mois. Une année ou deux. Avant de se retrouver entre quatre planches. Jamais content. Déjà quand Perez l'a installé dans cette petite villa sur la colline ça ne lui avait pas plu. Il regrettait son appart miteux. Au moins là-bas il était chez lui. Et puis il ne lui avait rien demandé. Il ne voulait pas de l'argent de son fils. Ça ne pouvait pas marcher dans ce sens-là. Les parents aidaient les enfants comme ils pouvaient. À la mesure de leurs possibilités. Ça ne pouvait pas être le contraire. Il trouvait ça humiliant. Perez n'arrivait pas à comprendre ça. Ne voyait pas ce qui le gênait là-dedans. Son fils avait réussi et lui payait une belle baraque tout confort au-dessus de la baie. Une voiture neuve. Qu'est-ce qui clochait chez lui bon Dieu ? Profite, merde. La vérité de toute façon c'est qu'il n'avait pas vraiment eu le temps de profiter de quoi que ce soit. Il était tombé malade et il avait dû abandonner la villa. Il venait à peine d'y mettre les pieds. Juste le temps de se plaindre des voisins. De l'éloignement des commerces, du petit centre-ville, du bistro pourri où il avait ses habitudes. Perez roule. Le paysage défile, sauvage, spectaculaire. L'air est doux pour la saison. La musique le berce. Il est bien. Fondu dans le paysage. Il a toujours rêvé de ça. Rouler dans une voiture de luxe vitre baissée sur cette corniche, rouler tout en sachant son compte en banque bien garni, rouler tout en possédant la plus belle villa des environs, un yacht qui en jette, une Rolex au poignet, des clubs de golf dans le coffre. Rouler. Et c'est exactement ce qu'il fait aujourd'hui. Ce qu'il est devenu. Peu à peu quelques villas se plantent le long de l'eau. Les calanques se font moins profondes. En surplomb le massif s'affaisse un peu, s'arrondit. Puis la côte égraine ses bouquets de villas crépies de rose, couronnées de tuiles idem dans le plus pur style provençal. Il passe devant l'auberge et n'en finit plus de maudire ce connard, son emplacement parfait, en plein centre, les pieds dans le sable et les baies vitrées tombant dans la mer, quand tu bouffes à l'intérieur t'as l'impression d'être sur un bateau. Jamais réussi à le faire plier ce con. Qui ne tire pas le quart du potentiel d'un endroit pareil. Avec sa déco à deux balles. Sa bouffe pour touristes à moitié réchauffée. Son refus de jouer le jeu de la plage privée. Ici ça a toujours été un endroit pour tout le monde. Je fais aussi bien les sardines à sept euros que la langouste. C'est comme ça que mon père voyait l'endroit. Qu'il contente tout le monde et tous les goûts. Les pauvres comme les riches. Les gens d'ici comme les touristes. Et tant que je vivrai ça ne changera pas. Des fois Perez a envie de le prendre au mot. De payer un type pour le buter et de racheter direct derrière, de faire cracher tout son jus à ce putain de restaurant. Mais d'une certaine manière il respecte ça. Chez le père (paix à son âme) comme chez le fils. Cette fidélité. Cette loyauté même. Ça doit lui rappeler son vieux. Ses leçons de morale. Son puritanisme d'ouvrier. Son mépris du fric. Des signes extérieurs. Au fond ce n'était pas tant d'en profiter, de cette villa vue sur mer et de sa voiture neuve, qui devait le gêner le vieux. Mais plutôt l'image que ça donnait de lui. De celui qu'il était. L'image d'un traître. D'un parvenu. Perez peut comprendre ça. Même s'il n'en partage rien. Même si ça le fait sourire en coin. Quel con. Voilà ce qu'il pense. Il considère son père comme un type névrosé, incapable de jouir des bonnes choses tant qu'il en est encore temps. Un empêché. Un empêché social. Chacun ses blocages. Psychologiques. Sociaux. Une névrose reste une névrose et à la fin ça t'empêche juste de vivre. C'est comme les remords. Les regrets. Les souvenirs. Ça t'empêche juste d'avancer. Perez longe la plage principale, les deux hôtels qui lui appartiennent à présent. La mairie. Qui est à lui en un certain sens. Où s'agite un pantin proche de la Droite populaire. De toute façon ici tout est biaisé. Difficile de se dire qu'ailleurs en France il y a quelque chose qui s'appelle la gauche. Difficile même de penser qu'elle gouverne le pays. Que son pouvoir s'étend ici aussi. Où tout est déplacé. L'échiquier complètement déporté. Ici la gauche c'est les modérés de l'UMP. Le centre c'est les gens de la Droite forte ou populaire. Partout ailleurs ils seraient au Front national. Du reste il n'y a aucune différence, mais ici c'est ici. Et ici ces gens-là sont perçus comme des centristes. Et la droite c'est Marine et ses sbires. Perez s'en fout bien de tout ça. Ça l'arrange plutôt. Tous ces types ont l'avantage de n'avoir rien contre l'argent. De ne pas être trop regardants sur les règles dès lors qu'il s'agit de pognon, de commerce. Eux-mêmes trempent là-dedans jusqu'au cou. Il est bien placé pour le savoir. Pots-de-vin. Marchés arrangés. Intermédiaires. Rien qui ne s'obtienne sans un petit graissage de patte. Une commission. Une enveloppe. Un service rendu en retour. La loi ici c'est juste des feuilles de papier. Quelque chose comme la Bible. Tu y crois vaguement mais au jour le jour, dans ta vie, tu n'appliques pas vraiment ce qu'il y a dedans. T'es même libre de t'en branler tout à fait. À la sortie de la ville Perez accélère. La route longe les villas masquant la mer, à même la roche entre deux petites anses de sable. Tout ça a été construit dans les années soixante-dix, quatre-vingt. Il ne reste plus un millimètre de libre. Une autre époque. On bâtissait partout où c'était possible. On bétonnait à l'aise, sans même se dire que c'était un problème. Les bords de mer appartenaient à ceux qui pouvaient se les payer. Et personne ne se souciait de la sauvegarde du littoral. Perez s'est servi comme les autres. Le camping qu'il vient de laisser dans son dos. La résidence de vacances quelques maisons plus loin. Le restaurant les pieds dans l'eau juste avant le cap qui ferme la baie, la sépare de la grande plage où sont posés la paillote dont s'occupe Jeff, sorte de grande cabane en bois peinte en blanc affublée d'une terrasse sur pilotis léchée par les vagues, et le campement de mobile homes en lisière, tout ça lui appartient, tout ça a été créé, bâti par ses soins. Parfois en toute légalité. Parfois sans véritable autorisation en s'arrangeant avec la mairie. Mais les temps changent. Certains deviennent plus pointilleux. Et puis l'espace se fait rare. La compétition devient rude. Tous les coups sont bons. Pour sauver son affaire. Faire capoter celles de la concurrence. Il résiste comme il peut mais il sait bien que de ce côté du cap, à terme, il risque de perdre la partie. Le camping comme le resto. L'urgence c'était le camping. Ça l'est toujours d'ailleurs. Mais un durcissement des règles concernant l'ouverture de restaurants de plage, de paillotes, d'espaces privatifs avec location de transats et matelas est aussi à prévoir. Et il faut jouer serré. Anticiper. Avoir toujours un coup d'avance. Sans pour autant se saborder pour rien. Il se gare sur le parking au bout du chemin de sable sous les pins. Gagne le camping. Il a demandé à Jeff de tout nettoyer et de surveiller les lieux. N'a encore embauché personne pour remplacer Antoine. Il temporise. À quoi bon payer un type pour ripoliner ces baraques à présent. Maintenant que l'incident de parcours a attiré l'attention sur lui. Et s'il ne trouve pas d'autres solutions, s'il doit se résigner à faire finir le boulot et à exploiter l'endroit jusqu'à ce qu'on lui ordonne de fermer, s'il n'a pas d'autres choix que de perdre tout ce pognon à cause de ce crétin de Jeff et des connards qu'il a embauchés, alors autant que la paie aille dans la poche d'Antoine. Ce sera comme un dédommagement. Il lui doit bien ça. Enfin il ne sait pas. Il ne doit rien à personne. Et Antoine s'est foutu tout seul dans la merde. Et l'a foutu lui doublement dans la merde. Concernant le camping. Et l'équipe. Perez inspecte les lieux, vérifie que tout est en ordre, et il rumine tout ça, essaie de se calmer même si ça bouillonne, même si en regardant ces toits à demi fixés, ces mobile homes à demi peints, tout à coup il a la rage contre Antoine et se prend à penser qu'en plus ce type est une menace, que si par hasard la mémoire lui revient il finira bien par mentionner deux types avec des bidons d'essence, par donner leur signalement et que même si Grindel est aussi doué qu'une enclume ce con de flic pourrait être fichu de leur mettre la main dessus, après tout il a bien identifié les deux branlots qui ont braqué les entrepôts, ce Lucas et le fameux Freddy, encore un type pas fiable qui avait bossé pour lui un temps. Putain le recrutement, il faut absolument qu'il resserre les boulons à ce niveau. C'est vraiment le nerf de la guerre. Parce que là, ça prend l'eau de tous les côtés. Perez quitte le camping et il sue. C'est la colère. La panique. Sa connerie qui lui saute au visage et l'étouffe. Quel con. Il aurait dû se débarrasser d'Antoine. Ce n'était pas compliqué. Il connaît des gens à l'hôpital. Seulement il n'est jamais allé jusque-là. Et il ne sait pas s'il aurait eu les couilles pour ça si seulement il y avait pensé avant. Incendier un camping, vandaliser un restaurant, foutre les jetons à des types qui auraient envie de causer, ça ne lui a jamais posé aucun problème. Mais se débarrasser de quelqu'un. Ça c'est un autre monde. Une autre division. Il se précipite dans le restaurant. C'est jour de fermeture mais Jeff doit y être. Il vit là la plupart du temps. Comme d'habitude rien n'est fermé au prétexte qu'il est là, dans sa piaule ou à traîner sur la plage. Quoi qu'il en soit pour ce que Perez peut en juger tout a été remis en l'état. La terrasse est comme neuve. Il n'y connaît pas grand-chose mais ça paraît être du sacré bon travail. Pas un truc de bricolo. Du travail de pro. Ça l'étonne de la part d'un branleur comme Jeff. Il entre dans la salle et Jeff est là, derrière le comptoir à ranger des bouteilles ou un truc comme ça. Quand il se rend compte de sa présence il a un mouvement de recul. La peur qui se lit dans ses yeux en dit long.

— Ben alors Jeff, je t'ai fait peur ?

Jeff balbutie. Perez le félicite pour son boulot sur la terrasse, lui demande s'il a fait ça tout seul mais n'écoute qu'à peine la réponse, il s'en fout complètement, il s'assied dans un gros fauteuil d'extérieur, se cale dans les gros coussins blancs de l'assise et du dossier et fait signe à Jeff de le rejoindre. Ce dernier s'exécute. Essaie de se contrôler mais n'y parvient pas. Putain, se dit Perez. Ça a dû être beau à voir avec Grindel. Dire que tellement de choses dépendent de ce type. Ce n'est pas possible d'avoir affaire à des gens pareils.

— Jeff, faut qu'on parle de deux ou trois choses toi et moi. Je veux que tout soit bien clair entre nous.

— Pas de problème.

— Ouais. Pas de problème. Si c'est comme ça que tu vois les choses. D'abord, t'en es où avec Grindel ?

— Comme je vous ai dit au téléphone. Il est venu une fois. Il m'a demandé si j'avais vu quelque chose. J'ai dit que non. Que j'étais occupé au resto à cause du coup de mer qui se préparait. Que d'ici déjà par temps calme on entend rien qui vient du camping. Qu'on le voit même pas. Et voilà. Après je sais qu'ils ont fouillé le camping mais ils ont rien trouvé et c'est tout.

— Ok. Bien. Deuxième chose. Ces types. Où ils sont passés ? T'as des infos ?

— Aucune. Ils ont disparu. Leurs copines disent qu'elles ont pas de nouvelles. C'est tout ce que je sais. Personne n'a la moindre trace.

— Faut remettre la main sur eux, Jeff.

— Je sais.

— On peut pas les laisser dans la nature. Ils vont nous balancer direct. Tu le sais ça, Jeff.

Jeff hoche la tête. Il essaie de se contrôler même si parler de ces deux types le fait suer à grosses gouttes. Même si Perez le terrifie. Mais moins qu'eux.

— Dernière chose : le pognon.

— Quel pognon ?

— Celui que tu leur aurais donné s'ils avaient pas merdé. Celui que je t'ai confié.

— Je l'ai plus.

— Comment ça, tu l'as plus ?

— Non. Je l'ai plus. Ils l'ont pris. Quand ils ont vu Antoine ils lui ont balancé un coup de batte mais après ça je sais pas ils ont paniqué, ils ont dû se dire que c'était la merde alors ils ont tout laissé en plan et ils sont venus me voir. Ils étaient armés. Ils sont partis avec le fric.

— Tu leur as donné le fric ?

— Oui.

— Putain.

Putain, se répète Perez. Ce n'est pas tant le pognon le problème. C'est l'étendue de la nullité du type qu'il a en face de lui. L'ampleur de sa méprise. Comment a-t-il pu faire confiance à un branque pareil ? Comment peut-il encore aujourd'hui lui confier une quelconque tâche ? Perez réfléchit un moment. S'allume un cigare parce que ça l'aide à se détendre et à s'éclaircir les idées. Les types ont piqué le pognon et ont disparu avec. Vu la somme en jeu ça lui paraît débile. De prendre de tels risques. De disparaître complètement. D'autant que, étant donné la provenance de l'argent et les raisons pour lesquelles il leur était initialement destiné, il y a peu de chances que qui ce soit leur en demande la restitution. Ni qu'ils encourent de graves dangers pour si peu. Ou alors ils regardent trop la télé ces crétins. Perez n'arrive pas à décider. Si leur disparition l'arrange ou non. D'un côté, paradoxalement, une disparition, ça attire l'attention. De l'autre, ça évite qu'on mette la main sur ces types, qu'ils se croient obligés de parler de ci ou de ça. Et pendant ce temps Grindel pense avoir fait coup double avec Lucas et Freddy, les gars de l'entrepôt. Bon. Il décidera plus tard. Un dernier truc le chiffonne : Antoine. Qui l'a emmené à l'hôpital ? Jeff lui a déjà répondu au téléphone qu'il n'en savait rien, que ce n'était pas lui en tout cas mais quand même, il imagine la scène, les types viennent le voir, l'engueulent parce que les choses ne se sont pas passées comme prévu, qu'il y avait un type au camping et que ça a mal tourné, qu'il est peut-être mort, que vu les risques qu'ils ont pris ils veulent le pognon, et que de toute façon ils ne lui demandent pas son avis, s'il ne veut pas finir comme son copain le crâne défoncé il a intérêt à leur aligner l'argent. Alors Jeff s'exécute. Pourquoi il ne prend pas le fusil qu'il a sous son pieu, juste à côté du sac où il planque les billets que Perez lui a donnés, ça déjà c'est un mystère. D'ailleurs comment ce putain de flingue s'est retrouvé à l'eau ça c'en est encore un autre. Quand Perez a lu cet article dans le journal sur le petit vieux qui l'a découvert dix kilomètres plus loin après le coup de mer et l'a rapporté bien sagement aux flics il n'a pas eu besoin qu'on lui fasse un dessin ni de vérifier quoi que ce soit, il a appelé Jeff en lui disant : Ils ont retrouvé ton flingue, et Jeff n'a rien répondu. Si ce n'est qu'il était au courant mais qu'il ne fallait pas que Perez s'inquiète. Personne ne pouvait savoir qu'il en avait un. Ouais, avait fulminé Perez. Personne à part moi, deux ou trois de tes potes, une de tes poufs que tu dragues à la fermeture et que tu te tapes dans mon resto... Personne effectivement. Bref. Perez reprend son raisonnement. Donc les types partent avec l'argent et Jeff sait que son pote Antoine est à moitié mort dans le camping. Qu'est-ce qu'il fait ? Normalement il va le chercher et l'embarque à l'hôpital. Et comme il est en panique il le laisse devant comme une vieille merde et se barre en priant pour que personne l'ait vu et qu'une infirmière sorte vite fumer une cigarette et s'aperçoive qu'il y a un type à moitié mort sur le banc. Voilà ce qu'il fait. S'il est un type normalement constitué. Même Perez aurait fait pareil. Du moins c'est ce qu'il se dit. Alors de deux choses l'une : soit Jeff ne l'a pas fait et alors c'est vraiment un putain d'enfoiré de première. Soit il ment et alors ce qu'il faudrait savoir c'est pourquoi il se croit obligé de lui mentir. Ce que ça peut bien cacher.

— T'es sûr que t'as pas un truc à me dire ?

— Oui, monsieur. Je suis sûr.

— Bon. Et l'adresse que je t'avais demandée, tu l'as ?

— Oui, monsieur.

Jeff se lève et Perez l'imite. Attend que Jeff ait fini de fouiller dans son iPhone et lui ait recopié. Il a hâte d'en finir. Hâte de se tirer d'ici. Hâte de rentrer chez lui. C'est ce qu'il ferait s'il n'y avait pas ce putain de match. Ouais c'est ça qu'il ferait. Perez quitte le restaurant et, marchant dans le sable vers sa voiture, longeant ce putain de camping qui lui vrille le bide rien qu'à le regarder, c'est à ça qu'il essaie de penser, à la soirée qu'il aurait eue en temps normal. La maison baignée des derniers rayons de soleil où il serait entré. La cuisine où il se serait servi un triple Islay. Le jacuzzi face à la baie qu'il aurait allumé. Le Blu-Ray qu'il aurait lancé sur l'écran mural placé en biais de manière à ce que son regard puisse passer tranquillement du film au paysage qui s'étend au bout de sa terrasse, pardelà le rectangle bleu de la piscine à débordement déployant ses eaux marines en surplomb exact du turquoise de la mer. Perez monte dans sa voiture et tandis qu'il démarre il passe en revue les filles qu'il aurait pu appeler. Se les fait défiler mentalement. Leurs visages. Leurs bouches. Leurs culs. Leurs seins. Leurs petites chattes épilées. Liste les avantages et les inconvénients de chacune. Leurs points faibles. Leurs points forts. Rien que d'y penser ça lui en colle une demi-molle. Il démarre. Content de sentir sa queue raidir un peu sous le volant. Ça ne lui arrive plus si souvent. Et à part quand une de ces petites salopes le suce bien à fond il va rarement au-delà. Il a appris à se contenter de peu. Une demi-molle en rêvassant à une de ces putes ça lui va déjà comme un gant. Il commence à rouler et regrette juste de ne rien pouvoir en faire, là, tout de suite. Se remémore la dernière fois qu'il a bandé vraiment. Lui-même n'en était pas revenu. Et il avait fallu que cette garce de femme de chambre fasse sa mijaurée. Plus il y repense plus il se dit qu'il a bien fait de la licencier celle-là. Elle ne l'a pas volé. Il continue à rêvasser à tout ça. Maudit de nouveau ce foutu match. Regrette que la soirée ne puisse vraiment pas se passer comme il vient de se la faire défiler. Parce que c'est bien ça dont il aurait eu besoin. Penser à autre chose. Se vider l'esprit. Et les burnes en passant. C'est comme ça qu'il règle les choses habituellement. En pensant à autre chose. En se vidant l'esprit. Ne surtout pas penser au problème. Ni se triturer les méninges. Ni conjecturer. Le plus souvent c'est le plus sûr moyen de s'embrouiller, de compliquer ce qui est simple, de se laisser aller à la panique, à la paranoïa, de voir des problèmes là où il n'y en a pas, de brouiller la hiérarchie des emmerdes. Il ne connaît pas de meilleure méthode. Penser à autre chose. Et soudain hop tout apparaît clairement. Les problèmes. Les solutions. Les problèmes s'effaçant aussitôt derrière leurs solutions. Lumineuses. Évidentes. Rassurantes. C'est ainsi qu'il a toujours procédé. Il n'y a pas de problèmes. Il n'y a que des solutions. Encore un de ces proverbes personnels qui ne veulent rien dire mais auxquels il se raccroche. Et pour le moment, rien n'est jamais venu contredire cette maxime à deux balles. Alors il continue à s'y fier.

Arrivé au croisement il regarde l'heure. Il a encore un peu de temps avant de devoir filer à l'aéroport. Il fouille dans sa poche. Déplie le papier que lui a tendu Jeff tout à l'heure. Regarde le nom. L'adresse. Mélanie quelque chose. C'est mal écrit. Il voit très bien où c'est. Une des HLM à l'arrière de la ville. Il connaît par cœur. C'est là que son père habitait. C'est là qu'il a grandi. Il hésite un moment. Puis met le clignotant à droite et roule vers la petite cité. Mélanie, grince-t-il entre ses dents, en chantonnant presque. Ah Mélanie Mélanie Mélanie. Tu vas me dire où est ton mec. Ton petit Ryan de mes deux. Et mon pognon... Ah oui, ça tu vas me le dire... Il quitte le bord de mer et se dirige vers la gare. Les quartiers cachés qu'aucun touriste ne verra jamais. Là où les gens d'ici vivent pour de vrai. Il pense à cette Mélanie. Sûrement une pauvre gamine maquée à une petite frappe comme il y en a tant par ici. Un pauvre loser qui se croit plus malin que les autres. Il sait qu'elle n'y est pas pour grand-chose et qu'il va lui faire peur. Mais il a besoin d'éclaircir la situation. De l'évaluer. Et le meilleur moyen de savoir s'il a vraiment un problème ou s'il s'en fait pour rien c'est d'avoir toutes les cartes en main. Tous les éléments. Et puis il y a autre chose. C'est pas pour la somme en jeu. Mais s'il y a un truc qui le fout en rogne c'est qu'on le prenne pour un con. Et ce Ryan et son pote Javier lui ont pris son pognon. Ces types ont cru pouvoir le pigeonner. Et ça il n'arrive pas à l'encaisser. Il s'est fait pigeonner et il ne supporte pas ça. On ne pigeonne pas Perez. Perez n'est pas un pigeon. Perez est le chasseur.

18

Mélanie

Le bébé est si calme maintenant qu'elle a presque peur. Qu'est-ce que cette folle a bien pu lui faire ? Ça faisait des jours qu'il pleurait du matin au soir. Mélanie a fini par se dire que c'était à cause de l'absence de Ryan. De son angoisse à elle. De sa nervosité. Et du manque que le petit avait de son père. La veille, quand Delphine est passée, c'était juste l'enfer. Elle voulait lui parler de son CV, préparer le prochain entretien, lui présenter d'autres pistes et écrire les lettres de motivation mais elles n'ont rien fait. Le petit hurlait tout ce qu'il pouvait et même Delphine avec tout ce qu'elle est censée savoir sur la bonne manière d'éduquer des gosses, alors qu'elle n'en a même pas, n'est arrivée à rien. Mais à dire vrai, d'habitude Delphine s'en sort mieux qu'elle. Sa façon de prendre le petit dans ses bras, de lui parler, de deviner ce qui cloche, comme si le bébé lui parlait, qu'elle déchiffrait ses pleurs, que c'était un langage, une langue qu'elle avait apprise, tel pleur pour j'ai faim, tel autre pour je suis fatigué, celui-là pour j'ai fait dans ma couche, celui-ci pour j'ai mal au ventre. Mais là : rien.

Delphine a juste fini par dire : Faut que tu l'emmènes chez le médecin. Mélanie a grimacé. Elle ne va jamais chez le docteur, elle les déteste, ne lui demandez pas pourquoi. Finalement Delphine l'a convaincue de retourner voir les flics. Pour leur mettre la pression. Qu'ils comprennent à quel point elle est inquiète. À quel point elle panique. Tu devrais emmener le bébé. Qu'ils voient dans quel état vous êtes. Qu'ils mesurent un peu la situation. Que Ryan n'est pas juste un ancien délinquant qui a disparu dans la nature après je ne sais quel coup tordu mais un mec bien, qui s'est rangé, qui a une gentille petite femme et un bébé. Qu'ils prennent la chose au sérieux, qu'ils se disent que merde, oui, il a dû lui arriver quelque chose. Delphine lui a dit, Tu devrais y aller avec Coralie. La femme de Javier, son pote avec qui il avait rendez-vous et qui est introuvable depuis lui aussi. Pour ça, Mélanie n'était pas vraiment chaude. Javier travaillait aux entrepôts qui ont été dévalisés. Un des mecs qui s'est fait attraper avait longtemps bossé avec lui. Un certain Freddy. Gardien de nuit idem. À ce qu'elle a compris, avant que Freddy change de boulot ils étaient comme cul et chemise Javier et lui. Mélanie n'imagine pas une seconde que Javier puisse être mêlé à tout ça. Et Ryan encore moins. Mais elle se méfie des flics. De leurs conclusions hâtives. De leur façon de te ficher une fois pour toutes. Avec eux t'as jamais totalement purgé ta peine. Alors elle y est allée avec le bébé. Ce n'est pas Grindel qui l'a reçue parce qu'il n'était pas là. Il est sur le terrain, lui a-t-on dit, mais sa collègue peut vous recevoir. Elle suit l'enquête elle aussi. Mélanie a failli rebrousser chemin mais l'adjointe en personne est sortie de son bureau et lui a fait signe de la suivre. Avec son enfant qui hurlait dans ses bras. Le visage cramoisi et recouvert de larmes, de morve, des traces de vomi séché sur son pyjama parce que quand il braille comme ça il rend tout ce qu'il avale. L'adjointe avait un sourire engageant. De la bonté dans le regard. Mélanie n'aurait jamais cru qu'elle se dirait ça un jour d'une flic. Elle l'a suivie dans son bureau et la femme l'a écoutée. Avec attention. Avec patience. Elle n'avait rien de neuf à lui apprendre. Ryan et Javier avaient bien été vus dans ce bar près de la gare ce jour-là. Et depuis pas la moindre trace. Bien sûr il y avait cette histoire aux entrepôts, les liens qu'entretenaient Javier et Freddy, mais elle-même disait ne pas trop y croire. Elle n'avait aucune preuve, mais elle se fiait à son intuition. Elle avait beaucoup d'intuition et se trompait rarement. C'est ce qu'elle a dit. Et c'est là que Mélanie a commencé à la trouver franchement bizarre, un peu illuminée dans son genre. Mais le plus étrange est venu juste après. La femme s'est levée et lui a demandé l'autorisation de prendre le petit dans ses bras. Et soudain Mélanie a eu l'impression d'être chez le médecin. La femme la bombardait de questions, depuis quand il pleurait comme ça, à quel rythme il mangeait, faisait, dormait, ses antécédents. Mélanie a répondu comme elle pouvait tandis que le gosse hurlait de plus belle. Elle a même avancé que c'était peut-être lié à l'absence de son père mais la femme n'a pas paru convaincue et lui a demandé si elle pouvait examiner l'enfant. Sans attendre sa réponse elle s'est mise à le toucher un peu partout en fermant les yeux, surtout le crâne, les chevilles, le bas du dos, juste au-dessus des fesses, puis la mâchoire, le ventre. Au bout d'un moment elle lui a retiré son body. Le petit se débattait dans sa couche. Elle a posé longuement ses mains sur lui. Et il a fini par se calmer. Puis il s'est endormi. Et depuis il est parfaitement calme, souriant, silencieux, zen, comme shooté. Mélanie n'a pas su quoi dire. Elle dévisageait la femme, complètement interloquée, qui venait de lui rendre son bébé en lui disant, comme une de ces pédiatres à la PMI :

— Je vous laisse le rhabiller.

Puis, devant le regard interdit de Mélanie, elle lui a raconté qu'elle suivait des études d'ostéopathie. Depuis quatre ans. Qu'elle en avait encore pour un an et qu'ensuite elle pourrait pratiquer légalement, quitter la police, ouvrir un cabinet.

— J'ai un magnétisme, vous savez. C'est comme ça. Un don du ciel. Tout le monde l'a mais chez moi c'est particulièrement développé. Ma grand-mère soignait le feu. Elle posait ses mains sur les brûlures et les guérissait. Et j'en ai hérité. Enfin pas de ce don-là exactement. Mais j'ai hérité de quelque chose du même ordre. Votre bébé, là, j'ai identifié quelque chose. Ce serait trop long à vous expliquer. Ce n'est pas grand-chose mais ça le gêne. Lui provoque des douleurs au ventre. Mais normalement maintenant c'est fini. Peut-être faudra-t-il revenir me voir dans une semaine ou deux pour consolider mais je crois que ça va aller.

Mélanie a serré son petit dans ses bras. S'est levée et a quitté le bureau précipitamment. Elle nageait en plein rêve. Dans un cauchemar bizarre. Elle allait se réveiller. Elle est sortie et a marché tout droit, s'est retrouvée sur le front de mer. Le vent soufflait et striait la mer de nervures blanchâtres. Elle avait froid. Le bébé dormait paisiblement dans ses bras. Le vent ne semblait pas le gêner. Elle a pris peur. Putain c'était qui cette sorcière ? Qu'est-ce qu'elle avait fait à son gosse ? Elle s'est précipitée dans le premier cabinet de généraliste. Un vieux bonhomme froid comme une lame, distant, méprisant. Comme elle se les figurait tous. Il a soupiré en l'écoutant lui parler des cris de son enfant, des larmes et des hurlements jour et nuit. Elle n'a pas osé lui parler de la sorcière. Elle voulait juste que le type l'examine et vérifie que tout allait bien.

— Il paraît en pleine forme ce petit.

— Oui. Là tout de suite mais je vous assure, ça fait des jours qu'il hurle. Qu'il vomit tout ce qu'il mange. Je ne sais plus quoi faire.

Le médecin a fini par consentir à faire son boulot. Lui a demandé de déshabiller l'enfant et de l'allonger sur la table. Il le touchait du bout des doigts. Il a écouté son cœur, ses poumons, scruté son nez, sa gorge, ses oreilles, palpé son ventre. Le petit se laissait faire, calme et ouvrant de grands yeux sur cet inconnu. Il souriait même. Le type a conclu que tout allait bien et lui a demandé vingt-trois euros. Mélanie a sorti sa carte de CMU. Le médecin a pris un air révulsé.

— Je ne prends pas ce genre de choses, a-t-il articulé froidement.

Mélanie a fouillé un moment dans son sac. En a extrait un billet de dix euros. C'est tout ce qu'elle avait.

— Vous ne pouvez pas faire un retrait ? Il y a un distributeur à côté.

Mélanie a répondu par la négative.

— Un chèque alors ?

— Je n'ai pas de chéquier.

— Allez, sortez. Je ne veux plus vous voir.

— Je suis désolée.

— Ah oui ? Eh bien moi aussi, mademoiselle. Croyez bien que je suis désolé. Allez, veuillez sortir maintenant.

Mélanie est sortie du cabinet, a dévalé les marches de l'escalier et de nouveau elle était sur le front de mer. Son bébé dans les bras. Elle a fondu en larmes. Son bébé lui souriait, la mangeait d'un regard amoureux et elle, elle pleurait. Des gens passaient en lui lançant un œil noir. Comme si elle faisait tache dans ce décor. Comme si elle dérangeait leur promenade. Le bon temps qu'ils prenaient sur la plage, à la terrasse des cafés, contemplant la mer d'un bleu intense sous la lumière éblouissante. Mélanie avait envie de hurler. Mais elle n'en a rien fait. Elle a marché jusqu'au premier arrêt de bus. N'a pas pris de ticket. A prié pour que le chauffeur ne lui demande rien. Pour qu'aucun contrôleur ne monte durant le trajet. Et elle est rentrée chez elle et n'en est pas ressortie depuis, observe son fils d'un œil, regarde Nabila agiter ses seins de l'autre, tourne en rond dans l'appartement, décroche son téléphone, compose pour la dix millième fois le numéro de Ryan, tombe direct sur sa messagerie. Une fois sur deux le maudit et l'insulte, l'autre se laisse trouer par la peur, l'angoisse, se surprend même à prier. Prier qui, elle n'en sait rien, mais dans sa tête ce sont toujours les mêmes mots qui reviennent, je vous en supplie je vous en supplie, aidez-moi. Elle voudrait appeler quelqu'un à l'aide. Mais il n'y a personne, à part Delphine, mais c'est juste son boulot. Personne d'autre. Elle est seule, seule au monde et perdue. Elle n'a que Ryan. Ryan et le petit. Autant dire personne. Si Ryan ne revient pas elle ignore ce qu'elle fera. Elle ne tiendra pas le coup. Elle n'y arrivera pas. Elle en est certaine. Elle pense à mourir et quand elle se voit mourir elle voit son enfant mourir avec elle. Elle en est là quand on frappe à sa porte. Deux coups secs, puissants, qui la font sursauter. D'instinct elle reste immobile, met sa main sur la bouche de son fils qui pourtant ne dit rien, se contente de jouer avec ses doigts, de passer la langue entre ses phalanges, d'en sucer la peau comme s'il s'agissait d'une tétine. De nouveau les coups retentissent, puis une voix grave.

— Ouvrez s'il vous plaît.

Mélanie se lève, pose le bébé dans son parc et lui fait signe d'être sage. Le petit ne lui prête aucune attention. Suçote un de ces jouets en plastique que lui a encore apporté Delphine hier, chaque fois qu'elle vient elle en apporte un, elle ne peut pas s'en empêcher.

— C'est pour quoi ?

— C'est au sujet de Ryan.

L'effet que lui fait cette phrase. Son cœur directement projeté dans sa bouche, ses tempes, ses doigts qui tournent le verrou, tremblent sur la poignée de la porte. Elle ouvre. C'est un type massif en costume. Il lui rappelle quelqu'un mais qui ? Elle hésite à refermer aussitôt mais c'est trop tard, il est déjà dans l'appartement, l'occupe tout entier, jetant des regards vides autour de lui. La cuisine, le canapé-lit, le lit du bébé, le gamin dans son parc. Il n'a pas ouvert la bouche, la passe au scanner. Elle sait qui il est maintenant. Ça lui chatouille le bout de la langue. Perez. Tout lui appartient dans cette ville. Pas mal de gens autour d'elle, autour de Ryan surtout, bossent ou ont bossé pour lui. Certains en direct, d'autres sans jamais l'avoir croisé. Il souffle comme un bœuf, jette un œil à l'enfant, aux meubles, à la télé, au lecteur DVD.

— J'aurais pas cru.

— Vous auriez pas cru quoi ?

— Je sais pas. Que vous ayez un gosse tous les deux. Je dis ça je dis rien. Mais quand on se fourre là-dedans normalement on songe à se ranger. On se lance pas dans ce genre de plan foireux.

Mélanie le regarde sans comprendre un traître mot de ce qu'il raconte. Quel plan foireux ? Elle se dit qu'elle devrait peut-être s'asseoir, lui dire de faire de même, parce que là debout face à face, face à sa présence à lui qui remplit la pièce et la menace de son corps, elle sent bien que quelque chose cloche. Qu'il n'est pas là pour lui donner des nouvelles de Ryan. Ou alors pas des bonnes.

— Il aurait dû vous emmener avec lui. C'est pas bien malin de laisser comme ça sa femme et son enfant sans protection. Et si faciles à trouver.

Mélanie perçoit bien la menace que recouvrent ces mots. Elle ne veut pas trop y croire. Elle se dit qu'elle est parano. Qu'elle est en panique. Il se dirige vers l'évier et se sert un verre d'eau sans même demander la permission. D'instinct elle sort le petit du parc. Le serre contre sa poitrine. Il est toujours aussi calme et souriant. Ça la rassure un instant. Delphine n'arrête pas de dire que les bébés sentent tout. Si cet homme était vraiment dangereux il pleurerait.

— Bien beau bébé que vous avez là. C'est quand même malheureux.

— Écoutez, je ne comprends rien à ce que vous dites. Est-ce que vous savez où est Ryan ?

L'homme part d'un grand éclat de rire forcé.

— Ah elle est bonne celle-là ! Si je sais où est Ryan.

Puis son visage se fige. Masque dur. Regard d'acier. Mâchoires serrées. Du grand art. Un grand acteur. Elle ne sait pas à quoi ni pour qui il joue, mais il joue. Fait son numéro.

— C'est amusant, n'est-ce pas. Parce que c'est précisément la question que je suis venu vous poser. Où est-il ?

— Je sais pas. Je n'ai aucune nouvelle. L'autre soir il est pas rentré et depuis : rien. Quand j'appelle je tombe sur sa messagerie.

— Vous foutez pas de moi. Dites-moi juste où il est et on en parle plus. Je vais le voir. Je reprends ce qu'il me doit. Et c'est tout. Je lui ferai aucun mal. C'est pas mon genre. Tout le monde fait des conneries. On a tous nos moments de flottement. Alors vous allez l'appeler. Lui dire qu'il a joué mais qu'il a perdu. Qu'il faut être raisonnable. Qu'il doit me rendre le pognon et que dans ma grande mansuétude je suis disposé à tout lui pardonner. Bon, bien sûr, après ça je ne veux plus entendre parler de lui. Et qu'il sache bien que le Brico c'est fini. Et que dans le coin, y a pas un type qui acceptera de lui donner du boulot. Mais il n'y aura pas de représailles. Je ne veux plus le voir. Juste récupérer mon pognon. Compris.

Il s'avance vers elle et lui empoigne les joues. Les serre jusqu'à ce qu'elles se touchent à l'intérieur. Elle essaie de se dégager mais il serre fort et le bébé l'encombre. Elle voudrait hurler. Ou pleurer. Ou exploser. Elle ne comprend rien. Elle a peur. Elle sent la sueur dégouliner de ses aisselles. Il finit par la lâcher. La laisse endolorie. S'écroulant dans le canapé. Serrant son bébé contre elle.

— Bon. Je vous laisse jusqu'à demain. Vous l'appelez. Vous lui dites de venir me voir. Et tout ira bien.

Il la regarde de la tête aux pieds. Comme certains hommes sont capables de regarder les femmes, les jaugeant, tentant de les imaginer à poil, essayant de se figurer ce qu'elles donneraient dans un lit, la sensation que ce serait de les prendre en levrette ou de sentir leur bouche se refermer sur leur queue.

— En même temps je le comprends. Quand on a une petite salope sexy comme ça sous la main, on a envie de la sortir de ce trou fissa. Et de lui offrir la belle vie. Je comprends. On en fait des conneries pour une fille comme vous. Moi j'en ferais en tout cas.

Il s'assied tout près d'elle. Il est ce genre de type. Qui lui pose la main sur la cuisse alors qu'il la menace et qu'elle tient son enfant dans ses bras. Elle se lève d'un bond et le supplie de la laisser tranquille, lui dit qu'elle ne sait pas où est Ryan, elle jure.

— Allez-vous-en maintenant. Laissez-moi tranquille.

Puis dans un éclair de lucidité elle lui dit :

— Je suis allée voir les flics, je comprends rien à votre histoire mais vous pensez que si je croyais qu'il se planquait après vous avoir piqué du fric je serais allée signaler sa disparition aux flics ?

Elle lève les yeux vers lui et elle voit qu'elle a touché juste, que ses mots ont porté, qu'ils changent la donne. Il semble interloqué. Il réfléchit.

— Vous êtes allée voir les flics ?

Il se marre. N'en revient pas. L'observe en secouant la tête. Comme s'il hésitait entre la trouver trop maligne pour lui ou tout simplement stupide. Il se lève, se retourne une dernière fois :

— On est bien d'accord. Il a jusqu'à lundi même heure pour venir me voir et me rendre l'argent.

Il claque la porte et le silence de l'appartement envahit tout. Elle ne se souvient pas de l'avoir éteint mais l'écran du téléviseur est noir. Et la radio ne marche plus. Dans ses bras le petit dort. Même sa respiration est imperceptible. Elle voudrait réfléchir mais le silence l'en empêche. Elle rallume la télé. Les ch'tis s'engueulent à Ibiza ou ailleurs. S'insultent au bord d'une piscine, exhibant leurs corps bronzés à peine recouverts. Elle aimerait tellement être parmi eux, là tout de suite, à boire de la tequila, écouter de la musique, dire des conneries, danser, loin de cet appartement dont elle n'ose pas sortir. Et pour aller où ? Elle prend son téléphone par réflexe. Qui appeler, à part Delphine ? Mais elle sait déjà ce qu'elle lui dira. D'aller voir les flics et de tout leur raconter. Évidemment c'est ça qu'elle lui conseillera de faire. D'aller revoir l'autre sorcière ou Grindel qui avait l'air complètement dépassé l'autre jour quand elle était venue signaler la disparition de Ryan. Et d'une certaine manière Delphine aurait raison, sur le papier. Ils iraient trouver Perez et il la laisserait peut-être tranquille, et puis il serait contraint de leur donner des explications qui les mèneraient jusqu'à Ryan. Bien sûr. Sur le papier. Mais ce n'est pas comme ça que ça se passe dans la vraie vie. Dans la vraie vie

Perez a tous les pouvoirs. Parce que c'est comme ça. Les mecs dans son genre ont tous les pouvoirs. Les flics leur mangent dans la main. Les politiques font où il leur dit de faire. Et les filles comme elle se contentent de le laisser les baiser ou de disparaître. Elle se dirige vers son placard, en sort un sac, le remplit de vêtements pour elle et pour le petit. Dans la cuisine elle prend le lait et deux biberons, un ou deux jouets, quelques couches, attrape son porte-monnaie, son sac à main, prend le petit dans ses bras et claque la porte. En bas de l'immeuble elle jette un œil alentour, vérifie qu'il n'est plus là, que personne ne la surveille planqué dans une voiture ou n'importe où ailleurs. Elle court, elle n'a aucune idée de vers où elle va. Si Ryan réapparaît un jour il l'appellera forcément. Elle lui expliquera et lui dira de la rejoindre là où elle sera. Quelque part. À Nice, en Auvergne, n'importe où. À Ibiza s'il le faut.

19

L'équipe

À mi-chemin le coach s'est levé, leur a demandé d'ôter leurs écouteurs, d'être attentifs. Yannis s'est réveillé en sursaut. Son voisin le secouait par l'épaule. Il s'était endormi dès les premiers kilomètres. Complètement crevé. Bien sûr il avait déconné. S'en mettre une sévère à moins de quarante-huit heures du match, on pouvait difficilement faire pire. Pourtant il s'était juré de ne pas tomber là-dedans. Mais de dernier verre en dernier verre, il était rentré à quatre heures du mat' avec ses trois grammes. Du grand classique. Quand le réveil avait sonné c'était comme si trois éléphants le maintenaient cloué au lit. Un essaim de guêpes voletait derrière ses yeux. Il avait quand même réussi à se traîner jusqu'à l'entrée du stade où patientait le bus. Le coach était déjà là. En le voyant il avait secoué la tête. Lâché un putain qui résumait son désespoir de devoir entraîner un tel ramassis d'incapables. Yannis était monté dans le bus, avait pris un siège près de la vitre pour pouvoir y coller sa tête. Le moteur avait démarré et à peine sorti de la ville il avait sombré.

Yannis s'est redressé un peu, a vérifié l'identité de son voisin. C'était bien Gaël. La plupart du temps ils faisaient le trajet côte à côte. Ne se disaient pas grand-chose. Gaël jouait arrière droit et bossait sinon pour une boîte de location de voitures. Deux enfants. Ils se croisaient parfois sur la plage le dimanche, improvisaient une partie de foot avec les gosses. Ceux de Gaël. Les siens, dont il se disait toujours qu'il devrait s'en occuper plus. Être plus présent, ne pas tout laisser à sa femme, sortir un peu moins le soir, rentrer moins tard, leur consacrer un peu plus que le dimanche après-midi. La balade après le repas. Escalade dans les rochers et plage. Foot et goûter. Baignade aux beaux jours. Des fois il se demande ce qu'ils garderont de lui plus tard. Un père absent ? Ou au contraire le type du dimanche, qui les fait jouer, chahute avec eux, les écoute raconter leurs histoires ? L'autre jour sa mère lui a dit ça, que c'était elle qui s'occupait d'eux tout le temps, et pas seulement les repas le linge et les trajets pour l'école mais aussi les jeux, les diverses activités, les sorties. Et que leur père ne les prenait vraiment en charge qu'une heure ou deux le samedi. Souvent au mauvais moment. Du genre grande bagarre avant de dormir pour bien les énerver à l'instant où enfin elle avait réussi à les calmer et à les mettre au lit. Il leur racontait des histoires qui n'en finissaient pas et qu'il inventait de bout en bout, improvisant au fur et à mesure. Les emmenait se balader à vélo. Ou sauter des plus hauts rochers. Ça le prenait comme ça. Il entrait dans leurs chambres et leur disait : On y va. Et ils y allaient, les yeux brillants d'excitation. Il s'en souvient parfaitement. Il ne se souvient que de ça à vrai dire. Et si on lui posait la question il répondrait que c'était leur père qui s'occupait « vraiment » d'eux. Qui leur avait tout appris. Leur mère ? Elle faisait les repas, lavait le linge, nettoyait la maison et râlait. C'est ça dont il se souvient, lui. C'est marrant la mémoire. Et la famille. Sa sœur, elle, dit qu'elle a toujours eu peur de leur père. Qu'il était brutal, violent. Pas en gestes. Mais en humeur. Elle raconte d'autres choses encore. Que lui ne se rappelle pas. Ou pas comme ça. Bien sûr son père gueulait. Comme tous les pères. Mais c'est tout. Des fois il se dit qu'elle invente, pour faire son intéressante. Elle parle de fessées et il ne s'en souvient pas. Elle parle des règles à la maison et il ne s'en souvient pas. Elle dit, Il n'était jamais là et ne s'occupait jamais de nous, et il ne s'en souvient pas. Elle dit, Maman a beaucoup souffert de sa dureté de son machisme et il ne s'en souvient pas. En tout cas il espère ne pas être pour ses enfants le père dont sa sœur se souvient. Mais au pire celui que lui a gardé en mémoire. Le père du samedi. Lui serait celui du dimanche.

Le coach commence son discours tandis qu'il se demande si ses enfants le trouvent dur avec eux. Il n'a jamais levé la main sur eux, il en fait une affaire de principe, et c'est d'ailleurs un sujet d'embrouilles dans la famille où tout le monde, et même sa femme, tient pour acquis qu'une petite fessée de temps en temps ne peut pas faire de mal. Mais c'est vrai que lui aussi est un peu soupe au lait, qu'il gueule facilement. Parce que les gosses sont un peu lents à se radiner à table, parce qu'ils tardent à se préparer, parce qu'ils laissent leurs chambres en bordel. Ce genre de choses. Parfois dans les yeux de sa fille il sent passer une petite lueur de peur. Mais peut-être qu'il se fait des idées. Souvent le matin quand il se regarde dans le miroir il croit voir le visage de son propre père. Est-ce vraiment ce qu'il devient ? Avec juste un jour de décalage. Du samedi au dimanche. Juste un échelon dans la hiérarchie. Son père chef, lui second. Mais il a encore le temps. Même si son père hausse les épaules, lui dit qu'il n'a pas la technique, la rigueur, l'autorité qu'il faut. Yannis lui rétorque qu'il a des idées. Qu'il est inventif. Que les gens aiment ça. Et son père conclut toujours avec ces mots : les gens aiment la bonne cuisine. Point barre. Les bons produits. La bonne cuisson. Le juste assaisonnement. Et l'huile, rajoute Yannis pour se foutre de sa gueule. Parce qu'il trouve que son père cuisine trop gras. Trop lourd. Trop puissant. De la cuisine de vieux quoi. Sans finesse. Sans peps. Conflit de générations classique. Son père se contente de hausser les épaules devant ses assiettes de poisson cru. Yuzu, gingembre, épices lointaines, légumes à peine saisis. Tout ça en petites portions. Un attrape-nigaud, dit-il. Sa femme lui répète qu'il devrait participer à *Top Chef*. Et là ton père verrait que tu as du talent, que tu sais faire, que tu vas devenir quelqu'un, que t'es aussi fort que lui.

Même plus. Mais Yannis se dit que ça ne servirait à rien. Son père tient la télé pour une boîte à cons. Et ne sait même pas qui est Thierry Marx.

Des nouvelles d'Antoine. C'est par ça qu'il commence. Elles sont bonnes. Il va sortir de l'hôpital dans quelques jours. Il a failli y passer mais par miracle il n'y a pas de séquelles. Il n'est cependant pas près de reprendre l'entraînement mais bientôt il sera là, parmi eux, vu les circonstances la suspension va être annulée et il se pourrait tout à fait que le camp d'en face se prenne de grosses pénalités, qu'on leur retire des points ou même qu'on les descende d'une division, rien n'est fait, rien n'est prouvé mais enfin plus ça va plus il semble que ce sont eux ou un de leurs supporters qui ont fait ça à Antoine. Une petite expédition de lâches au camping. Yannis écoute ça et regarde autour de lui. Le visage de ses coéquipiers. Concernés, émus, touchés. Pourtant, Antoine, ils ne l'aiment pas tous autant qu'ils veulent bien le dire, ne sont pas tous persuadés que son jeu est aussi flamboyant qu'on l'écrit un peu partout. Sûr qu'il a des éclairs de génie, des inspirations. Mais la vérité c'est que les trois quarts du match tu ne le vois pas. Et tout d'un coup il chope le bon ballon et le fout au fond des cages. Personne ne sait si c'est de la chance, du flair, ou s'il joue que quand il le veut bien. Et puis c'est un type à embrouilles. Mais au fond, Yannis l'a toujours admiré. Un peu comme quand on est gosse et qu'on envie en secret le charisme de ce type dans la cour du collège, du lycée, tellement plus beau, tellement plus cool, tellement plus à l'aise, tellement plus là. On voudrait tellement être lui, rayonner comme ça, posséder cette vibration, cet éclat, cet impact. Mais non. On ressemble juste à notre père. Et on essaie d'être à sa hauteur. De lui prouver que oui, dans notre genre, on peut faire aussi bien que lui.

— Ne croyez pas un mot de ce qu'on vous dit à longueur de journée. De ce qu'écrivent ces petits journaleux de merde. Notre équipe n'est pas l'équipe d'un seul homme. Vous êtes onze sur le terrain. Une équipe c'est onze joueurs. C'est jouer ensemble. Les uns pour les autres. C'est jouer juste. À sa place. À sa tâche. La bonne passe. Au bon moment. Le pressing serré. La vigilance. La circulation. Les espaces. Tout ça, ça se fait à onze. Vous n'êtes pas l'équipe d'Antoine. Antoine est juste un joueur de l'équipe. Vous êtes onze. Onze pièces indispensables. Onze rouages d'un même organisme. Chacun son rôle. Chacun sa place. Tout le monde est indispensable. Mais personne n'est irremplaçable. Antoine n'est pas irremplaçable. Et d'ailleurs vous ne serez pas dix demain mais bien onze. Hein. Tony va remplacer Antoine. Je sais qu'il va faire le job. Et que vous allez l'aider. Lui filer des ballons au bon moment. Répondre à ses appels. Et il va vous aider. Va se replier. Va venir chercher les ballons. Vous allez vous aider. Pas de longues passes vers l'avant. Antoine sera pas là pour les récupérer. Je ne veux voir personne jouer à ce petit jeu. Non. Je sais que vous avez peur. Je sais qu'en face c'est du lourd. Vous avez vu les vidéos comme moi. Ils sont physiques, agressifs. Ils jouent vite, défendent dur, attaquent au tranchant. Eh bien vous allez montrer que vous n'êtes pas là par hasard, que vous avez votre place en quarts de finale de la coupe de France. Que vous ne l'avez pas volée. Et que vous pouvez prétendre aux demi. Vous n'êtes pas là grâce à Antoine. Vous êtes onze. C'est votre équipe qui a gagné tous ses matchs. C'est le match de votre vie. Les jeunes : vous savez qu'il y aura du monde en tribunes. Que des types seront là pour vous observer. Qu'ils ont des gros chéquiers. Et les passeports pour Rennes, Marseille ou Paris. Alors je vais vous dire une chose : n'essayez pas de briller par vous-même. Parce que même si vous faites de beaux gestes, un petit exploit personnel ici et là, si l'équipe perd, y aura personne pour vous attendre à la sortie du vestiaire. Jouez à votre place. Concentrés sur votre tâche. Jouez sobre. Efficace. Et jouez au ballon. Je sais que c'est pas évident. Que face à une équipe pareille la plupart des coachs vous diraient : onze en défense, on attend la fin de l'orage, on fait le dos rond et qui sait, sur un malentendu, une erreur de défense, une passe chanceuse, une connerie du gardien, une faute dans la surface ça peut le faire. Mais nous on va pas la jouer comme ça c'est compris ? Vous allez jouer au ballon. Faire du jeu. Allez vers l'avant. Gardez le ballon. Jouez ensemble. Resserrés. Tous dans le même mouvement. Solidaires. Voilà. Vous êtes onze. Vous êtes toujours la même équipe. Y a pas de raison de pas reproduire ce que vous avez déjà réussi par le passé. Antoine n'est pas là mais vous lui devez de vous battre. Ce match vous allez le jouer aussi pour lui. Qu'il soit fier de vous. Fier d'appartenir à cette équipe. Et puis ces enculés qui sont venus lui fracasser le crâne à coups de batte, vous allez leur montrer qu'on ne vous abat pas comme ça. Et qu'ils peuvent toujours se brosser pour monter cette année. C'est nous qui allons monter en Nationale. Et eux qui vont croupir en CFA. Et peut-être même redescendre en CFA2. C'est nous qui jouons les quarts de finale. Et qui allons jouer les demi. Et la finale. C'est l'histoire de la coupe de France. L'histoire du Petit Poucet. Calais. Quevilly. Eh bien le Petit Poucet c'est nous. On n'a pas peur des ogres. On est onze et on va les bouffer. Tony : tu dois pas te laisser manger. Les autres sont là pour t'aider. Ils vont tous jouer pour toi et tu vas jouer pour eux. Tu te plains de pas avoir assez de temps de jeu depuis le début de l'année. Je sais que c'est pas facile à ton poste. Qu'Antoine prend de la place. Tu as des choses à prouver ? À me prouver ? À te prouver ? Tu veux qu'on t'attende à la sortie de vestiaire ? Alors c'est ton moment mon pote. Profite. Amuse-toi. T'es titulaire. En quarts de finale de la coupe de France. Face à Nantes. Nantes, les mecs. Vous êtes tous plus jeunes que moi, pour vous ça veut pas dire grand-chose, pour vous c'est juste : OM OL PSG. Mais pour un type comme moi, Nantes ça veut dire quelque chose : l'esprit même du jeu. Le panache. L'offensive. Une touche de balle. Alors ce soir, vous allez jouer comme ça.

Au panache. À l'offensive. En vitesse. Une touche de balle. Vous allez baiser Nantes à la nantaise.

Il se rassoit. Tout le monde applaudit. Siffle. Et puis ça passe. On reprend les parties de cartes. On remet les écouteurs. Certains se lèvent et viennent filer une tape à Tony, un petit coup sur l'épaule qu'il prend comme un encouragement. Mais aussi parfois un avertissement. Tony fait partie des plus jeunes. Il n'a pas fait son parcours ici comme les autres. Eux se connaissent tous depuis des années. Ont été benjamins ensemble, minimes, juniors. Pas tous en même temps mais par étages, par petits groupes. Lui s'est pointé sur le tard. Parce que son père venait d'emménager par ici. C'était il y a deux ans. Il passait son CAP. Maintenant il bosse pour une entreprise de menuiserie. Il fait surtout de la découpe. On l'emmène parfois sur les chantiers pour un coup de main. Des fois il y croise le père d'Antoine. Rarement il a vu un type imposer un tel respect autour de lui. Rarement il a vu un type porter à ce point sur son visage sa droiture, son sérieux. Il ne sait pas pourquoi il pense à ça. Sûrement parce que son père à lui a toujours les yeux vitreux. Qu'on ne sait jamais trop ce qu'il fricote dans les restaurants ou les boîtes qu'on lui demande de gérer, qu'il se donne des airs d'on ne sait pas quoi avec ses costumes clairs et ses cheveux lissés en arrière. Ses bracelets, ses gourmettes. Sa façon de se promener avec son bras autour du cou des filles, de leur tapoter le cul au passage. Son haleine suant constamment la vodka. Jamais massivement.

Juste un flux continu. Un halo. Sans doute aussi parce que depuis qu'on l'a intégré dans l'équipe il n'a jamais été que le remplaçant d'Antoine. Sa doublure. Et que jusqu'à maintenant il n'a pas eu l'occasion de montrer grand-chose. Dix minutes par-ci. Un quart d'heure par-là. Toujours à la fin des matchs une fois l'affaire pliée. Quand avec deux buts d'avance l'équipe se contente de défendre et de faire tourner la balle. Ou en désespoir de cause quand, menés au score et Antoine en panne d'inspiration ou encore un peu trop bourré de la veille – mais ça personne ne le dira jamais franchement –, on l'envoie sur le terrain au moment où les autres, en panique, jouant le tout pour le tout, vont chercher le ballon avec les dents dans les pieds de l'équipe adverse et se disent qu'ils n'ont plus le temps de construire, alors balancent de grands ballons à la con vers l'avant, à l'anglaise, mais sans aucune maîtrise, sans personne possédant le jeu de tête adéquat, sans personne d'assez inspiré et précis pour envoyer la balle là où personne ne l'attend, sans personne d'assez rapide et tranchant pour prendre les espaces et être au bout, l'avoir dans les pieds à l'entrée de la surface et tenter sa chance. Tony remet ses écouteurs. Pas trop fort parce qu'il a toujours peur que les autres entendent ce qu'il écoute et se foutent de sa gueule. Au début pour les déplacements il prenait un bouquin ou deux mais ça il a arrêté. Il n'est déjà pas vraiment intégré. Alors là, pour certains c'était juste comme une provocation. Qu'est-ce que tu lis ? Ben un roman. Un roman de quoi ? Je sais pas, un roman, quoi. Non mais quel genre : policier, espionnage, SF ? Ben non. Un roman tout court. Ah monsieur lit des romans d'amour... Rires gras. Il haussait les épaules. Si ça les amusait. Et se replongeait dans ses Fante, London, Bukowski, Carver, Brautigan, Kerouac, ou des trucs plus récents que lui conseillait le libraire près de la plage, ah si vous aimez ce genre de choses, lisez ça. Larry Brown. Donald Ray Pollock. Craig Davidson. Brady Udall. Cormac McCarthy. Et des tas d'autres dont il ne retenait pas toujours les noms. Il vient de finir un truc qui s'appelle *Famille modèle* et qui l'a totalement accroché. Et dans son sac l'attend un bouquin d'un certain Pete Fromm. Un truc sur un frère et sa sœur maniaco-dépressive qui veut faire de lui le plus grand joueur de base-ball de tous les temps. Elle le faisait lancer jusqu'à ce qu'il ait les doigts en sang. Il lui faudrait attendre de rentrer chez lui pour connaître la suite. En attendant il écoute de la musique. Du folk. Des mecs barbus qui se retirent un an dans des cabanes en bois au fin fond du Canada, qui vivent comme des ours, font des feux de bois et ressortent avec des disques où tout flambe, s'ouvre sur des paysages immenses, une solitude à vous déchirer le cœur. Une fois Gaël lui a pris ses écouteurs et il s'est mis à hurler de rire. Putain le truc. L'autre mendiant avec sa guitare en bois... Il l'a regardé comme s'il venait de Mars. Et bien sûr rien de tout ça n'a aidé. Ni pendant les matchs ni à l'entraînement. Des ballons on ne lui en adresse qu'en dernière extrémité. Quand vraiment ça crève les yeux qu'il est seul au point de penalty, une passe bien dosée et il n'a plus qu'à mettre la balle au fond. Mais il fait avec. Il se dit que ça finira par tourner. Qu'il finira par avoir sa chance et que là il pourra montrer ce dont il est capable. S'il ne craque pas cette fois. S'il ne cède pas à la pression. Combien de fois au cours de toutes ces années il a eu un match au bout de ses pieds. Un match décisif. Pour la première place. Ou pour échapper à la relégation. Et combien de fois il a foiré, inexplicablement. Alors que le reste du temps tout lui était si facile. Son ancien coach lui disait qu'il avait rarement vu un type au jeu si fluide. Mais tout ça c'était avant. Ailleurs. Ici il est arrivé vierge. Neuf. N'a pas trouvé mieux que de se payer d'entrée la honte avec ses bouquins et ses chanteurs barbus à guitare en bois. Et pour le moment on en est là. Et l'heure est venue. Évidemment il y a mieux pour vous mettre en confiance qu'affronter Nantes quand on évolue en CFA. Évidemment il y a plus facile comme position que d'être un joueur dont personne ne sait réellement ce qu'il vaut et de remplacer le type que tout le monde prend pour Ronaldo. Mais on ne choisit pas l'heure où on doit briller. Ni l'adversaire. Et puis au fond tout ça n'a pas tant d'importance. Ce n'est que du foot après tout. Juste un jeu. Vingt-deux types qui jouent au ballon. Qu'on leur en donne un à chacun et qu'on en parle plus. C'est ce que disait toujours sa mère quand il était gamin.

Le bus est garé devant l'Ibis. Ils sont juste entrés poser leurs affaires. Tony est avec

Cédric, le goal. Le plus vieux joueur de l'équipe.
Trente-cinq ans. Des gosses déjà grands. Un
divorce dans les pattes. C'est sans doute sa dernière saison dans l'équipe A. Le gamin qui le
remplace quand il ne peut pas être là est de
plus en plus solide. Les choses vont ainsi. Bientôt le coach le prendra à part pour lui dire que
le temps est venu, que le gamin a besoin de
confiance et de matchs. Que c'est lui désormais
le titulaire. Cédric fera peut-être une saison sur
le banc. Quelques matchs pour laisser respirer
le nouveau. Une année de transition. Et puis
pour le reste il verra. Il raccrochera et se
contentera de parties sur la plage. Ou alors il
rejoindra les vieux de l'équipe vétérans. Ils ont
l'air de bien se marrer. Pour eux le foot est surtout un prétexte pour être ailleurs que chez eux
deux fois par semaine et pour boire des coups
entre potes. Des matchs comme celui de
demain il n'en a jamais joué et n'en rejouera
jamais. Il y aura des caméras, des journalistes,
ce stade immense, les types d'en face qui ont
la vie dont il n'a pu que rêver. Parce qu'il n'a
jamais eu le niveau. Ou jamais assez de chance.
On ne saura jamais. Il se souviendra toujours
du jour où enfant, l'autre goal de l'équipe est
parti en centre de formation à Nice. Dans son
esprit c'était lui le plus fort. D'ailleurs c'était
lui qui jouait le plus souvent. Le jour où les
recruteurs sont venus il était blessé. Il s'était
coupé le doigt. Une entaille profonde. On lui
avait fait des points. Aujourd'hui l'autre est
deuxième remplaçant à Sochaux. Même sans
jouer un match de l'année il doit toucher dix

fois son salaire mensuel. Et quand il raccrochera on lui trouvera une place d'entraîneur au centre de formation. Ou chez les poussins. Pendant que lui conduira toujours son bus. Liaisons quotidiennes entre la gare et Cannes. Parfois les scolaires. Souvent le port et le reste de la ville. Les vieux qui ne conduisent plus et vont tuer le temps dans le centre-ville parce qu'ils s'ennuient dans leurs petites villas vue sur mer, leurs appartements planqués parmi les lauriers-roses et les eucalyptus. Ils ressortent de l'hôtel. Le stade n'est pas loin. Ils y vont à pied. Regardent à peine autour. Les lisières d'une ville comme partout ailleurs. Il pleut. Nantes, quoi. Ils viennent juste fouler la pelouse. Voir l'impression que ça fait. Repérer les vestiaires. Après ça ils dîneront à l'hôtel. Le président Perez les rejoindra et leur fera un petit discours à la con. Et ils iront se coucher. Demain matin footing. Puis entraînement léger. Repas. Aprèsmidi repos. Et à dix-huit heures ils reviendront au stade. Échauffement. Retour aux vestiaires. Dernier point avec le coach. Et ce sera le moment. Le moment de quoi il l'ignore. D'être solide sans doute. De réaliser l'exploit. Les autres semblent y croire. Y être vraiment. Lui regarde tout ça avec plus de distance. C'est sans doute l'âge. Une forme de lassitude. Peut-être que tout cela vient trop tard. Parce que sa vie est ailleurs. Que le foot y tient la place d'une vieille habitude. D'une hygiène. Rester en forme. Garder quelque chose qui donne un but à chaque année. Se maintenir. Monter d'une division. Aller le plus loin possible en coupe.

Chaque année la même chose mais chaque année un nouveau départ. C'est pareil avec les enfants. Toujours les mêmes et toujours une autre étape. Marcher. Devenir propre. Apprendre à lire, à écrire. Entrer en primaire. Au collège. Une vie en mutation perpétuelle. Dans quelques années tout cela sera fini. Plus de foot. Ou plus de la même façon. Et les enfants feront leur vie. Il restera juste le cours ordinaire des jours. Son couple. Forcément un peu rouillé par l'habitude. Usé par le quotidien. Tout ce qui s'émousse doucement. S'affaisse. Le travail. Les week-ends. Quel sera le moteur alors ? L'enjeu caché de chaque année ? L'étape nouvelle ? Sans la saison de foot. Sans les entrées en CAP, en bac pro, les examens des gamins ? Ses gamins il les a eus jeune. Et au foot on devient vite un vieux. Comment expliquer qu'à même pas trente-cinq ans il sente les choses déjà se refermer sur lui. D'ici un ou deux ans ça arrivera. Trois tout au plus. Ce sera quoi l'horizon alors ? Ils arrivent au stade et c'est une arène immense. Traversent des couloirs et les vestiaires visiteurs sont grands comme leurs tribunes à eux. Cédric regarde tout ça sans tout à fait réaliser que demain ils seront là à se préparer, à écouter le coach délivrer ses dernières instructions. Les autres ont l'air déjà d'y être. Surexcités. Une bande de gamins.

— Bon on y va, fait le coach. Finalement on pourra pas tester la pelouse. Ils s'entraînent encore. C'est un vieux truc. Pour vous intimider. Vous laissez pas avoir. Dès qu'ils vont vous voir débarquer ils vont se mettre à jouer à cent à l'heure. Mais vous vous en branlez. C'est juste de l'intimidation.

Ils sortent des vestiaires. Les projecteurs pleins feux les éblouissent. Tout semble artificiel. Toutes les couleurs semblent inventées. Comme sorties d'un jeu vidéo. Les tribunes sont vides et tout résonne. Chaque impact, chaque râle, chaque respiration, chaque rebond du ballon. Ils se tiennent au bord du terrain. Regardent leurs adversaires. Comme l'avait prévu le coach dès que ceux-ci les ont vus ils se sont mis à jouer à fond. Vus d'ici ils ont l'air de courir dix fois plus vite qu'aucun d'eux ne pourra jamais le faire. Chacune de leurs passes a la densité d'un tir au but. Leurs pieds sont comme des aimants qui attirent les ballons. Leurs contrôles sont d'une perfection irréelle. Ils paraissent tous deux fois plus grands, deux fois plus épais que chacun d'eux. Cédric regarde les autres autour de lui. L'excitation est retombée d'un coup. Les mots du coach n'ont servi à rien. Ils regardent médusés. Les jambes coupées. Ces types qui sont payés pour jouer, qui gagnent des centaines de milliers d'euros. Et tout à coup ils comprennent pourquoi ils ne sont pas à leur place. Ils les regardent comme ils regardaient les joueurs à la télé gamins, comme ils les fixaient sur les posters punaisés aux murs de leurs chambres. Comme l'incarnation de ce qu'ils ont rêvé d'être et qu'ils ont échoué à devenir. Des champions, des athlètes. Cédric n'est pas dupe. Il y a l'immensité du stade. Les lumières. Les sons décuplés. Les ombres immenses qui semblent allonger chaque joueur, le grandir, le muer en une sorte de créature surnaturelle. Il y a la démonstration crâneuse. Les phases de jeu mille fois répétées, maîtrisées au millimètre. Et puis ils jouent tout seuls. Quand une des équipes a le ballon l'autre la laisse faire. Pas de pressing, pas de défense, pas d'obstacles, pas d'accidents. Juste la circulation parfaite du ballon. Une démonstration de jeu vidéo. Le tout sur quoi, dix, quinze minutes. Ils ne joueront pas à ce rythme plus longtemps. Personne ne le peut. Le foot est un sport d'endurance. De sprint et d'endurance. Le foot est un sport de combat. Cédric jette un œil au coach, d'une grimace essaie de lui faire passer le message : ils en ont assez vu. Les plus jeunes sont en train de se faire enfumer. C'est le signal.

— Allez, on rentre.

Tous prennent la direction du vestiaire. Tous jettent un dernier regard. Effrayés. Battus d'avance. Devant le couloir se dressent quatre ou cinq journalistes. Une caméra. Des micros. Ils fondent sur le coach. Cédric et la plupart rentrent au vestiaire. D'autres s'attardent, fascinés, comme attendant l'aubaine. Qu'un de ces types s'approche, les interroge. Qu'on les filme. Des jeunes surtout. L'ailier droit. Le milieu défensif. Le libéro. Ceux qui croient encore que leur vie va changer. Que leur destin les attend. Qu'avec ce match, et ceux qui suivront s'ils en sortent vainqueurs, on les remarquera. Un entraîneur de ligue 2, de ligue 1. Un contrat. Évidemment ça ne se passe jamais de cette façon mais ils ont tous la même chose dans un coin de la tête. Qu'ils ont ça dans le sang, dans les jambes, mais que personne n'est venu les voir au bon moment ou qu'on en a choisi d'autres qui pourtant n'étaient pas meilleurs. À quoi tout cela a-t-il bien pu tenir ils se le demandent encore. Et bien sûr maintenant même s'ils s'entraînent dur ils sont conscients d'avoir pris du retard sur les autres, dans les centres de formation, qui s'entraînent du matin au soir, sept jours sur sept. Et bien sûr maintenant ils sont prisonniers de l'équipe. Du niveau de jeu général. De la discipline de groupe. Impossible de se montrer en tant qu'individualité. Impossible de briller quand tes coéquipiers te tirent vers le bas. Alors ils continuent de rêver. Qu'on les repérera et qu'on les emmènera, qu'on les arrachera à leur vie et qu'ils brilleront chaque samedi soir sous un maillot de prestige, filmés par les caméras de Canal Plus. À eux la belle maison, la Porsche. La grande vie. Les matchs au sommet. Ils rêvent de ça comme d'une revanche. Pour certains. Pour d'autres ce ne serait que justice. C'est ainsi qu'ils y pensent. Une réparation. Un réaiguillage. Alors ils s'attardent, et enfin un journaliste vient vers Samuel. Ailier gauche. Dix-huit ans. Rapide, technique. Trop individualiste, dit le coach. Toujours à s'empêtrer dans ses dribbles et à oublier ses coéquipiers. Toujours à choisir la voie du soliste alors qu'au deuxième poteau Greg attend démarqué. Mais non il va s'enfoncer, éliminer trois joueurs et finir par s'empaler sur le dernier défenseur ou le goal lui-même, sorti dans les pieds. Mais ce qu'oublie le coach, c'est que certaines fois il va au bout. Que d'autres, la défense le repousse mais le repousse mal et qu'Antoine n'a plus qu'à envoyer le ballon au fond des filets. Et aussi qu'il a toujours dit qu'il n'était pas fait pour jouer à gauche mais à droite, mais ça le coach n'a jamais voulu l'entendre. Le type lui demande s'il veut bien répondre à deux trois questions et Samuel accepte. On lui demande ce que ça fait de se retrouver en quarts de finale de la coupe face à Nantes. S'il y croit. S'il n'est pas trop impressionné. Il bafouille un peu. S'ils sont là c'est qu'ils ont le niveau pour, qu'ils ont battu les autres équipes. Bien sûr sur le papier Nantes est plus fort mais qui sait, sur un match tout est possible. Ils vont donner tout ce qu'ils ont. Quand le type lui parle de l'absence d'Antoine il ne se démonte pas, répète les mots du coach, on n'est pas l'équipe d'un joueur, Antoine n'est qu'un des joueurs de l'équipe. Ils devront être plus solidaires encore que d'habitude, c'est tout. Puis le type lui pose des questions sur sa vie. On sent qu'il a évacué les premières pour en venir là. On voit très bien qu'au montage il ne gardera que ça. Vu de la télé c'est tellement pittoresque. Vous faites quoi dans la vie, en vrai ? Ouvrier agricole. Ah comme c'est intéressant. Le gars aux champs. Les entraînements après le boulot usant. Et le voilà sous le feu des caméras, dans un des temples nationaux du football, celui d'une équipe dont le nom reste une légende, la définition même d'une certaine idée du jeu. Voilà. Il ne s'agit plus de football. Mais de téléréalité. La minute de célébrité. L'anonyme qui passe à la télé. La gloire de l'ouvrier agricole. Et alors vous cultivez quoi ? Pêches, abricots, nectarines, melons. Ah comme c'est profond, réel, authentique... Bien sûr le Sud, les bons fruits, le soleil. Ah ça doit être quelque chose, la vie au grand air, la vie de peu. Et puis tout à coup la télé, les stars du football, le rêve inaccessible, mais qu'on a la chance unique d'effleurer. Samuel acquiesce, sent bien qu'on le piège, qu'on le rabaisse, qu'on ne le prend pas au sérieux, qu'on ne s'intéresse pas à ses jambes, à ses dribbles, à ses accélérations, qu'il est juste un personnage. L'ouvrier agricole propulsé pour un soir dans l'univers du foot business. Le type conclut en lui demandant si quel que soit le résultat ils feront la fête après le match, profiteront à fond de ce moment inoubliable. Samuel ne voit pas de quoi il parle, il dit oui et c'est fini. Le type le remercie et va interroger un autre joueur. Samuel rejoint ses coéquipiers à l'entrée du stade. Il patiente quelques minutes, le temps que le coach les rejoigne, et ils retournent à l'hôtel. Remontent dans leurs chambres. Il partage la sienne avec Mehdi. Arrière gauche. Vingt-deux ans. Bosse à la station-service avant la sortie pour La Napoule. Vit avec ses trois sœurs et sa mère. Depuis la mort du père rapporte l'argent du foyer. À peine arrivé il s'étend sur son lit et appelle chez lui puis met ses écouteurs, attrape sa console et commence à jouer. Samuel ressort. Erre dans les couloirs de l'hôtel, jette un œil au bar. Retrouve quatre coéquipiers qui jouent aux cartes. Dans un coin le coach cause avec un type qui prend des notes. Sûrement une interview pour un canard local. Toujours les mêmes questions. Il quitte l'hôtel. La nuit est tombée. Ça crachine. Il se met à courir. Le coach leur a dit de se reposer mais il ne tient pas en place. Il a besoin de bouger. D'occuper son corps, son temps, son esprit. D'oublier un peu le match de demain, le stade immense, les ombres géantes et les projecteurs, les types qui jouent à cent à l'heure et leurs bagnoles de luxe garées à l'entrée du stade sur un parking réservé surveillé par un vigile. Oublier un peu le boulot et son patron qui le traite comme une merde, lui gueule dessus à longueur de journée, lui reproche d'être lent, de faire des pauses trop longues, de traîner les pieds. Oublier son vieux. Qui n'a jamais digéré qu'il n'aille pas plus haut, qu'il reste planté comme ça en CFA, alors qu'il avait tout misé là-dessus, rien foutu à l'école au nom du foot et parce que tout le monde, et lui le premier, avait dans l'idée qu'on ferait de lui le prochain Nasri. Le vieux au volant de son taxi qui peste la journée entière contre l'État les impôts les Arabes et l'insécurité. Sa mère qui habite à Lyon et passe sa vie à mal choisir les mecs avec qui elle vit, les fiche dehors ou met les voiles et le regrette aussitôt, je suis incapable de vivre seule, elle dit, et d'ailleurs elle ne travaille pas et n'a pas vraiment de chez elle. La grand-mère à la maison parce que le vieux ne veut pas payer la maison de retraite. Elle est aussi bien ici, il dit. La vieille qui reste à baver dans son fauteuil devant la télévision.

À se pisser dessus. Ça empeste jusqu'à ce que l'infirmière vienne pour la toilette, les soins, la changer. La vieille aux yeux vitreux dont on se demande toujours si elle regarde réellement l'écran ou si elle dort les yeux grands ouverts, et qui dans ses rares phases d'éveil le prend pour son propre fils. Oublier toute cette merde et courir dans la nuit, les rues luisantes comme une peau de phoque sous la lueur des lampadaires, les immeubles bas en lisière de la zone commerciale, le bourdon de la voie rapide. Il court, cherche la vitesse et la brûlure, pense au lendemain, pas aux adversaires pas au contexte, juste au jeu, aux gestes, au ballon, au tempo, aux enchaînements. À demain comme à la chance de sa vie.

Quand il rentre les autres sont à table et il monte se changer. Les rejoint au restaurant. Le coach le prend à part et l'engueule un peu pour la forme.

— Qu'est-ce que j'avais dit ? Pas de fatigue inutile.

— Je sais mais j'avais besoin de me défouler. De décompresser.

Le coach hoche la tête. Samuel l'aime bien. Il est franc. C'est quelqu'un à qui on peut parler. À qui on peut se fier. Et autour de lui des gens comme ça il n'en connaît pas des masses. Le coach lui dit de s'asseoir et fait signe au serveur :

— On a un retardataire, si vous pouvez lui apporter son entrée et son plat.

Eux en sont au dessert. Ça se chambre un peu d'une table à l'autre, ça chahute gentiment,

Manuel et Karim parlent moto, les jeunes d'un truc à la télé avec une fille complètement conne qui a des seins comme ça, les vieux de maison bricolage gamins bagnoles. Tony est livide dans son coin. Pas sûr qu'il encaisse bien la pression. Le coach le couve du regard. Lui tape dans le dos. Perez se pointe au café et tout le monde se redresse. Tout le monde se tait. Ils ne le voient pas souvent. De temps en temps après une victoire il se radine dans les vestiaires, débouche le champagne et après ça les invite dans une de ses boîtes pour fêter ça. Avant les matchs importants il leur déblatère trois platitudes sur le fait qu'ils représentent la ville, qu'ils peuvent aller loin. En général il s'adresse à eux comme à une bande de demeurés. Et abuse d'expressions élégantes, du style il va falloir vous sortir les doigts du cul, parce qu'il doit s'imaginer qu'ils parlent comme ça entre eux. Samuel ne peut pas l'encadrer. Et il sait parfaitement que ce type n'en a rien à carrer du foot. Il a entendu son père le dire un peu partout, expliquer à qui veut l'entendre que ce mec qui possède la moitié de la ville et de la côte environnante est un genre de mafieux de Prisunic, que le club c'est juste une lessiveuse, une machine à blanchir le pognon, que le maire et tous les politiques sont à sa botte parce qu'il les arrose et les invite partout, qu'il les tient tous par les couilles et que c'est comme ça qu'il a obtenu tous ces permis de construire en zones non constructibles, qu'il peut mener tranquillement ses petits trafics sans que personne l'emmerde. C'est pas vraiment que ça le choque, Samuel. C'est juste que par instinct il ne peut pas supporter ce genre de mecs. Leur morgue. Leur brutalité. Leur cynisme. L'épaisseur veule que leur confère le fric qu'ils brassent à longueur de journée. Il sait bien que ce genre de mecs, et leurs confrères blindés de thune à peine moins voyous, tous ces types qui se pavanent sur leurs yachts, qui hantent les parcours de golf, tous ces types qui possèdent des portefeuilles d'actions, des stock-options, des entreprises, des comptes offshore, tous ces types ce sont eux qui tiennent les rênes et leur maintiennent à tous la gueule dans la merde. Samuel sent bien, confusément mais quand même, que son père se goure. Que l'ennemi ce n'est pas l'État, les impôts, la gauche, les politiques, les immigrés ou n'importe, mais bien ces types-là. Perez ne reste pas longtemps. Il leur débite trois conneries sur la chance historique qui se présente à eux. Leur parle de profiter de tout ça. Du moment de gloire. De l'exposition. De se frotter au grand monde du foot. Et puis il se tire. Sûrement pour aller retrouver d'autres mecs qui brassent du pognon comme lui par ici, avant d'aller se coucher avec trois putes dans sa chambre cinq étoiles au centre-ville. Dès qu'il a décampé le coach décrète le couvre-feu et tout le monde regagne sa chambre. Le silence des pièces isolées. La lumière crue des halogènes. La télé qu'on allume pour faire défiler les chaînes. Histoire d'occuper l'espace. Le temps. Chacun sait qu'il n'est pas près de s'endormir. Parce qu'il est tôt. Parce que tout semble fait pour que l'angoisse, le stress ou n'importe quoi vous emporte loin du sommeil dans ces hôtels. Parce que demain est un jour pas comme les autres. Pour la plupart. Presque tous. La dernière chance. Le sommet de quelque chose. Avant que la pente les emporte dans l'autre sens. Vers le bas de toute façon. La vie normale. La fin d'une ère. Le dernier tour de vis. Ils savent qu'ils vont perdre. Que leur vie va reprendre. Sur les mêmes rails après cette petite fantaisie d'aiguillage. Qui leur a fait entrevoir ce qu'ils auraient pu être. Ce qu'ils ont échoué à devenir. Qui leur aura fait miroiter la possibilité de prendre un autre train, de rattraper celui qu'ils croyaient être le leur mais qui ne les a jamais attendus. Qu'ils ont raté parce qu'ils étaient en retard. Qu'ils n'avaient pas le bon billet. Ou les moyens de se le payer.

20

Cécile

Ils sont perdus. Dans la ville en effervescence. Depuis combien de jours sont-ils là, maintenant, à attendre, errer, incertains, désœuvrés, une boule dans le ventre et dans la gorge ? Autour d'eux tout s'agite. Il y a des équipes de journalistes qui filment les rues, le front de mer, interrogent les passants. Tous les bars, tous les cafés, tous les restaurants ont branché un téléviseur. Tout le monde est déjà installé. Ça boit, ça s'apostrophe. Et eux, dans leur coin, dînant le plus loin possible de l'écran, regardant autour d'eux, se demandant comment repousser encore un peu l'heure de rentrer à l'hôtel, se sentent plus déplacés encore. Ils sirotent un apéritif, les yeux tournés vers la mer. La promenade plantée de platanes dont l'écorce semble peler comme la peau en été qui a trop cuit au soleil. Le manège bâché. Les baraques des glaciers barricadées. C'est le coup d'envoi. Une rumeur monte de la ville entière, s'ajoutant au bruissement feutré de la mer. Dans la salle de restaurant on siffle, on encourage. C'est la première fois qu'ils viennent dans cette région. Dans cette station balnéaire. Ou cette ville de bord de mer, on ne sait pas très bien. Un peu les deux sans doute. Ils ignoraient qu'ici il y avait une équipe de foot qui déclenche tant de ferveur, d'enthousiasme. Ils ont posé la question à l'hôtel. On leur a expliqué : la coupe de France, le Petit Poucet, le joueur vedette à l'hôpital. Ils ont hoché la tête. Ça ne voulait pas dire grand-chose pour eux. Ça a juste ajouté un peu d'irréalité à l'irréalité de leur situation.

C'est la police qui les a appelés. On a retrouvé votre fille. Ici. À l'autre bout de la France. Là où quelques mois plus tôt déjà elle s'était enfuie avec Abel. Comment n'y avaient-ils pas songé ? Comment avaient-ils pu se contenter d'attendre dans leur salon, ou bien à leur bureau, suspendus à la sonnerie du téléphone, aux rendez-vous au commissariat. Elle lui en veut. Son mari. Si inerte. Défaitiste. Immobile. On ne peut rien faire de plus. Ça ne sert à rien. Ils ont lancé un avis de recherche. Ouvert une enquête. Ils font leur travail. D'ailleurs c'est bien la preuve. Ils ont repêché cette jeune femme sans identité qui n'ouvrait pas la bouche. Ils ont fait des recherches. Et ont fini par tomber sur le cas de Léa. Par recouper les événements. Les photos. Les dates. Il y avait cette écrivaine qui l'avait accueillie un temps chez elle, à qui elle s'était présentée sous son nom, la seule personne ici à qui elle avait adressé la parole. Et puis la maison du grand-père d'Abel. Ce n'était pas bien sorcier. Enfin si. À leur mesure sans doute que si. Ils ont tout laissé en plan et sont venus immédiatement. On leur a dit l'hôpital est prévenu, ils vous attendent. Elle a essayé d'en savoir plus mais c'étaient toujours les mêmes mots depuis si longtemps maintenant : leur fille était choquée, elle avait besoin de temps, de repos, d'aide, de soutien, d'antidépresseurs. D'une thérapie. Est-ce qu'ils en sortiraient un jour ? Quand tout cela avait-il commencé à dérailler ? Comment n'avaient-ils rien vu venir ? Quelles erreurs avaient-ils commises ? Elle était si brillante. Jolie. Posée. Promise à un bel avenir. Programmée pour en quelque sorte. Elle avait grandi dans un milieu aisé. De l'argent en quantité suffisante pour que ce ne soit jamais un problème. Des valeurs. Des livres. Une certaine droiture morale, pensaient-ils. Le sens des responsabilités. De l'effort. Elle avait reçu une bonne éducation. La musique. L'équitation. Une bonne école. Le tout dans le cocon de leur maison. Protégée. Au cœur d'une ville protégée elle aussi. Loin des excès de Paris. Des banlieues troublées. Bien sûr il y avait cette année où elle avait paru sombrer. Il avait fallu la soigner. Elle avait perdu un an sans que personne sache vraiment ce qui avait bien pu se passer. Mais les choses étaient vite rentrées dans l'ordre. Du moins s'en étaient-ils persuadés. Tout cela était derrière eux. Une crise d'adolescence, ou quelque chose d'approchant. Alors quand après son bac elle avait été reçue dans cette école à Paris ils n'avaient rien imaginé de tout ça, lui avaient loué un studio dans le sixième arrondissement, pas loin de chez sa tante, qui ne demandait que ça, chaperonner sa nièce et la guider du quartier Latin à Saint-Germain-des-Prés. Elle rentrait un week-end sur deux. Et les vacances. Elle la trouvait changée. C'était difficile à expliquer. Lui comme d'habitude ne voyait rien. Tu te fais des idées, disait-il. Ce qu'il pouvait l'insupporter parfois. Ne décollant jamais le nez de ses dossiers ni de ses parties de golf. Incapable de mener la moindre conversation un tant soit peu personnelle. Inapte à la moindre réflexion d'ordre psychologique. Rétif dès lors qu'il s'agissait d'aborder le domaine des sentiments. Un homme de la vieille école. Et puis il y avait eu cet Abel. Où avait-elle bien pu le rencontrer ? Qu'est-ce qui avait pu la séduire chez lui, au point de l'envoûter et de l'emporter dans sa spirale morbide. Jacques lui mettait tout sur le dos. Un jeune instable. Un drogué. Un voyou. Qui avait cassé sa fille. Et ça on pouvait en être certain, il ne le pleurait pas. Pour Léa c'était une épreuve terrible. Mais une épreuve qu'elle finirait par surmonter, pensait-il. Il y avait cru fermement. Même quand il avait fallu amener Léa à l'hôpital et l'y laisser. Des semaines. Des mois. Même quand elle les avait insultés. Leur avait craché au visage. Leur en voulant d'une chose pour laquelle ils ne pouvaient être tenus responsables. Cécile avait tenté de rassurer Jacques en lui disant c'est inévitable. Elle est en colère. Triste et en colère. Contre le destin. Contre la vie. Elle cherche des responsables. C'est humain. Léa les considérait comme coupables, s'ils ne l'avaient pas convoquée après avoir découvert qu'elle n'allait plus en cours depuis des mois, Abel ne serait pas mort. C'est ce que Léa répétait en boucle. Mais qu'auraient-ils dû faire alors ? La laisser foutre en l'air ses études ? Sa vie ? Pour une passade ? Avec ce drogué sans avenir ? Tout cela avait été si terriblement douloureux à encaisser. Mais finalement, ce qui la troublait le plus, c'était cette question qu'elle ne cessait de ruminer : il avait bien fallu qu'il s'engouffre quelque part en elle ce type. Une faille. Dont ils avaient pourtant entrevu les contours. Et quand Léa avait sombré après la mort d'Abel, Cécile avait commencé à se dire que cette faille était là en elle depuis longtemps, qu'elle ne s'était jamais vraiment refermée et ne demandait qu'à s'ouvrir et à se muer en gouffre. Qu'Abel n'en avait été que le prétexte. Le déclencheur. L'étincelle. Il y avait ce reproche permanent qu'elle lisait dans ses yeux mais autre chose aussi : la manière dont elle les regardait depuis bien avant. Cécile l'avait senti. Jacques non, bien sûr. Tu te fais des idées, ma chérie. Quelque chose comme du mépris. Un rejet. Et après la mort d'Abel les mots et les regards de Léa avaient confirmé cette intuition. Que leur reprochait-elle au juste ? Cécile ne savait pas. Elle ne comprenait même pas de quoi Léa parlait. Leur supposé conformisme. L'ennui de leur vie. Leur pondération. Leur paternalisme *(sic)*. Leur étroitesse d'esprit *(re sic)* et elle en passe. Que pouvait-elle répondre à cela ?

On sert les entrées. Mais personne ne semble s'en soucier. Ni elle ni son mari ni les autres clients ni les serveurs eux-mêmes. Jacques consulte ses mails sur son BlackBerry (elle préfère nettement l'iPhone mais Jacques trouve que tout ça c'est du marketing, un truc pour les gobos, un néologisme dont il est très fier, contraction des mots gogo et bobo). Et le reste de la clientèle est tournée vers l'écran, éructant et se bourrant de bière à la gloire de onze pauvres gamins qui tentent de faire croire qu'en sport comme en toute autre chose les dés ne sont pas pipés, qu'il reste une place pour la vaillance, la solidarité, le panache, et que ça peut faire une différence face à l'argent et au professionnalisme. Elle se ressert un verre. Dehors la nuit enrobe la mer, tout n'est qu'une superposition de noirs plus ou moins brillants, plus ou moins opaques, plus ou moins mouvants, plus ou moins immobiles. Son téléphone se met à sonner au moment même où tout le restaurant paraît s'affaisser. En dépit de leur engagement, hurle le commentateur, de leur solidarité en défense, la logique a payé, Nantes mène 1-0. Elle jette un œil sur son écran. C'est son fils. Il vient aux nouvelles. Comme chaque soir. Elle ne décroche pas, n'est pas sûre de vouloir l'entendre, n'a rien de nouveau à lui apprendre, redoute de fondre encore en larmes et de le mettre mal à l'aise à l'autre bout du fil. Il était présent ce jour-là. Quand Jacques avait cru bon de convoquer un conseil de famille. La benjamine était présente elle aussi mais elle semblait si perdue, si désemparée, si sentimentale qu'elle n'a pas vraiment eu voix au chapitre. Ses Mais enfin elle l'aime, Mais enfin ils s'aiment, exaspérant tout le monde. Et qu'avait-il trouvé à dire ce jour-là et les jours qui avaient suivi ? Elle s'écoute. Sa sœur crevait dans un hôpital psychiatrique, on la bourrait de chimie, elle souffrait d'avoir vu mourir l'homme qu'elle aimait et selon lui elle en rajoutait. Elle aurait voulu lui filer des claques mais ça aurait été alors avouer l'inavouable : son fils l'agaçait depuis quelque temps avec sa froideur rationnelle, sa retenue, son manque de compassion et de tendresse, alors que Léa, malgré ses frasques, Léa était toute sa vie. Oui, elle était de son côté. Si elle regardait au fond d'elle, elle était de son côté mais n'avait jamais su comment lui dire, comment le lui faire sentir. Elle regarde Jacques engouffrer sa langouste et soudain il l'horripile lui aussi. Mon Dieu comme il l'horripile parfois. De temps en temps. Toujours. Mais au bout de tant d'années, sans doute est-ce inévitable. Une clameur envahit la salle, Vas-y vas-y, hurlent trois types rivés au téléviseur. Suit un long soupir de déception. Un silence que remplissent les commentateurs. Eh bien ce jeune Tony Verger en a sous le pied. Si c'est ça la doublure de cet Antoine Da Costa dont tout le monde parle ici, on a hâte de voir l'original... Elle aussi. L'interne lui a dit qu'elle pourrait peut-être le rencontrer demain. S'il accepte. D'après elle il se peut que Léa lui ait parlé. Si elle a parlé à quelqu'un c'est à lui, a-t-elle affirmé sans rien vouloir préciser. Une intuition, a-t-elle éludé. Mon Dieu. Qu'est-ce que l'intuition peut bien avoir à faire avec tout ça ?

— Tu as un peu de mayonnaise au coin de la bouche, Jacques.

Il lui sourit, s'essuie avec sa serviette, se ressert un verre de vin. Il est si raide, si inflexible. Dressé sur ses grandes valeurs qui ne veulent rien dire. Borné. Plein d'œillères. Si étroit d'esprit. Léa a été faible, répète-t-il à tout bout de champ. Et cela semble tout résumer. La disqualifier. Que veux-tu, Léa est faible... Comme s'il s'agissait d'un vieux cheval qu'on va laisser de côté. Pourquoi ne dit-il pas « fragile » ? « Hypersensible » ? Pourquoi faudrait-il que Léa s'excuse d'être fragile ? Quelle honte y aurait-il à cela ? Parce que c'est bien de cela qu'il s'agit, devine-t-elle. D'une forme de honte. D'un affront qu'elle lui a fait. Qu'elle leur a fait. En déviant. En trébuchant. En sombrant. C'est cela qu'il n'arrive pas à accepter. Elle le regarde et s'étonne de tenir intérieurement ce genre de discours. Comment en est-elle venue à penser de telles choses ? Comment les mots de sa fille sont-ils parvenus en quelques mois à s'insinuer ainsi dans sa propre bouche ? Ces reproches. Pourquoi les fait-elle siens à présent ? Et par quel miracle croit-elle pouvoir s'en dédouaner ? Car ils la visaient elle aussi, non ? Mais elle ne confond pas, elle, les causes et les symptômes. Léa a dévissé. A trahi leur confiance. Les a rejetés. Accusés. Mais accusés de quoi ? D'avoir voulu son bien ? De s'être inquiétés d'elle ? De ne pas tout lui passer ? D'avoir réagi alors qu'elle perdait le contrôle, faisait n'importe quoi, se laissait embarquer ? Elle se ressert un verre. Elle a déjà trop bu. Ou bien ce sont les médicaments. En face, Jacques ne dit rien. Jette un œil au match. Mâchonne un morceau de pain. Dehors la nuit est si profonde que dîner ici ou ailleurs ne fait aucune différence. La mer est invisible. De toute façon ça ne ressemble pas vraiment à la mer. Juste une étendue plate. Sans mouvements. Sans marées. Sans variation émeraude. Sans ciel changeant. Elle n'a jamais trop aimé la Méditerranée. La chaleur en été. Ces plages bondées ces néons ces palmiers. Même l'accent la dérange. Quelque chose dans l'air, le paysage. De lascif. De trouble. Elle regarde autour d'elle. Un mot lui vient qu'elle n'ose même s'avouer. La vulgarité. Cette décoration. Ces gens. Leur façon d'être de se vêtir. Et leurs regards fascinés par ce match de foot. Cette odeur de bière. De pastis. De rosé bas de gamme. Tout ça la dégoûte. Qu'est-ce qu'elle fait là ? Qu'est-ce que Léa faisait là ? Toutes ces semaines avec Abel. Et puis maintenant ? Disparaissant alors qu'elle paraissait aller mieux. Qu'on s'occupait d'elle. Qu'on la veillait. Les médicaments la laissaient dans une sorte de torpeur, de mollesse, de brouillard. Elle était, comment dire, moins vivante. Épuisée en permanence. Le visage figé en un masque triste. Ostensiblement en deuil. Ce qu'elle pouvait l'agacer alors cette mine. Bon Dieu, avait-elle envie de lui dire. Tu as vingt ans. Tu t'en remettras. Mais elle avait honte de penser ce genre de choses. Abel était mort. Dans des circonstances affreuses. Et qui était-elle pour dénier à Léa le droit de l'aimer ? Qui était-elle pour croire fermement qu'au fond un tel sentiment n'existait pas, qu'il s'agissait juste d'un fantasme, d'un mirage ? Fallait-il qu'elle soit devenue sèche. Dure. Fallait-il qu'elle ait perdu le peu d'illusions qu'elle avait jamais eues. Fallait-il qu'elle refuse aux autres le droit de sentir, penser, construire leur vie autrement qu'elle-même l'avait fait. Elle qui n'avait jamais aimé comme ça. Comme dans les livres. Les films. Comme sa fille semblait avoir aimé. Jamais elle n'avait été transportée. Raptée. Chavirée. Elle avait épousé Jacques parce que c'était un homme qu'elle croyait fiable, solide. Parce qu'il avait une belle situation. Tout semblait tracé, écrit, inquestionnable. La vie des gens raisonnables. Qui épargnent, investissent, bâtissent. Enfin. À quoi bon penser à tout cela. C'est trop tard. Léa est quelque part dans la nature. Il faut se rendre à l'évidence. Quand enfin on l'avait retrouvée ça avait été une telle joie, un tel soulagement, la fin d'un cauchemar mais ça n'avait duré que quelques heures. Ils avaient sauté dans leur voiture et quand ils étaient arrivés ici elle n'était plus là. Des semaines d'angoisse insoutenable, à imaginer tout et son contraire. Le pire le plus souvent. Et puis l'éclaircie, l'espoir fou. Et rien. De nouveau. Disparue. Évaporée. Comme si rien ne s'était passé. À part qu'elle est en vie, bien sûr. Ce dont elle n'a jamais vraiment douté. S'interdisant de seulement penser le contraire. Tout au long de ces longues semaines. Des semaines désarmées, hébétées, absurdes. Elle restait seule à la maison à regarder son téléphone. Jacques, lui, était à son bureau, cherchant à se laisser absorber, et de toute façon harassé de travail, s'y réfugiant volontairement, croit-elle deviner. D'ailleurs il ne va pas pouvoir rester ici à attendre, fera des allers-retours, le temps de régler ce qu'il aura à régler. Quoi qu'il en soit il a la sensation de ne servir à rien ici. La police fait le nécessaire pour la retrouver. Elle n'ira pas bien loin, disent-ils. Sans argent, sans rien. Jacques rentrera sans doute dans quelques jours. Quant à elle, c'est hors de question. Partir même un instant lui semble une faute. Une manière de se résigner. Un abandon. Qu'il puisse ne serait-ce que l'envisager la met en colère. Même s'il répète qu'il ne peut pas faire autrement, qu'il ne peut s'absenter aussi longuement. Il commande un dessert. Autour d'eux tout est soudain électrique. De nouveau tout le monde se lève, tremble, hurle. Et c'est une explosion de joie. Ils ont égalisé. C'est à peine croyable. Le commentateur en fait des caisses, surscénarise, parle de ce gamin apprenti menuisier, remplaçant, tombé dans ce match presque par hasard, et qui vient de mystifier tous ces pros sur un service parfait du vétéran de l'équipe, chauffeur de bus de son état, goal dont la sortie avait d'abord paru hasardeuse, qui s'est pourtant aventuré dans l'autre camp comme un joueur de surface. Suit un jeu de mots foireux, un truc sur le talent qu'il faut pour conduire une action, puis une équipe vers la victoire. Jacques lève la main et le serveur vient le voir sans décoller les yeux de l'écran.

— J'avais commandé un dessert.

— Ah oui, désolé, ça arrive. Mais vous savez ce que c'est, avec le match, c'est un peu la folie.

Jacques acquiesce froidement. Regarde sa montre. Comme si quoi que ce soit les attendait. Les sommait de se presser. Cécile, au contraire, prie pour que tout traîne. Elle n'aime pas cet endroit ni les gens ni cette ambiance de match mais enfin au moins il y a de la vie, et rien en cet instant ne l'effraie plus que le silence de leur chambre d'hôtel que ne viendra pas remplir la rumeur de la mer. Parce qu'il fait trop froid pour ouvrir les fenêtres et qu'elles sont doublement vitrées. Tout sauf cette nuit qui n'en finira pas. Où elle ne pourra s'endormir malgré les somnifères, fixant son téléphone comme si ça pouvait le faire sonner. Tout sauf les ronflements de Jacques et son corps trop large dans le même lit. Elle n'a plus l'habitude. Dieu merci la maison est si grande. Elle y a sa chambre. Depuis tellement d'années qu'elle ne se souvient même plus que les choses aient pu être autrement. Qu'ils aient pu faire lit commun. Faire l'amour. Qu'elle ait même pu y prendre un peu de plaisir certains soirs, après quelques coupes de champagne, avant qu'il ne laisse pousser son ventre, alors qu'elle, surprenant son propre reflet dans un miroir après la douche, se trouvait encore belle. Les desserts arrivent et sur l'écran défilent des publicités. Le restaurant s'est vidé pour quelques minutes. Certains sont dehors devant les baies vitrées à tirer sur leurs cigarettes en se frottant les mains pour les réchauffer. Devant l'entrée des toilettes patientent une dizaine de personnes. Elle doit bien convenir qu'en dépit de tout ces gens semblent heureux ce soir. Ou du moins parfaitement à leur place et contents d'y être. À boire des bières entre amis en s'enthousiasmant pour les exploits de leur équipe.

Quand le match reprend ils en sont au café. Jacques a demandé l'addition et Cécile, comme pour retarder l'inéluctable, lui suggère un petit digestif. Un bon whisky ou autre chose. Elle s'étonne elle-même de le tenter ainsi, lui que ses plus récents examens ont contraint à surveiller son alimentation. À réduire les graisses. L'excès de sucre. L'alcool. Et en particulier l'alcool fort. Il était plus drôle quand il buvait, se dit-elle. Au moins il se détendait un peu. Devenait loquace. Tentait quelques blagues. Certes un peu lourdes, un peu grasses. Mais enfin cela mettait un peu de joie. Il boit son café et sort de sa veste son étui à cigares.

— Prends quelque chose si tu veux. Je vais fumer sur la plage.

— Ça ne te dérange pas ?

Il répond à peine, se lève et quitte la salle, où soudain règne une ambiance de mort. Nantes a repris l'avantage. Et depuis la reprise leur équipe ne touche plus le ballon. Elle commande une coupe de champagne. Le serveur fait une drôle de tête. Comme s'il faisait le lien entre cette commande et le but de Nantes.

— Vous êtes pas bretonne au moins ?

Sur le coup elle ne comprend pas la question. Se contente de nier. Comme si cette question pouvait recouvrir la moindre menace. Et puis de toute façon bretonne elle ne l'est que de loin. Des vacances d'été quand elle était petite, chez sa grand-mère à Saint-Coulomb. Ils vivaient à Paris, dans le quatorzième arrondissement. Elle aimait ces longs étés. Les plages sauvages nichées entre les pointes d'ajonc et de bruyère. La maison de Colette sur la plage de Roz Ven, le chemin de sable qui y menait, couronné de pins et longeant des champs et qu'on appelait « le blé en herbe ». De l'autre côté se déployait une anse au bout de laquelle une petite île abritait la maison où Léo Ferré avait vécu un temps, avec sa guenon Pépée. Ce type lui faisait toujours un peu peur quand elle le voyait à la télévision. Elle se souvient de son angoisse à l'idée de le croiser là-bas. Mais cela ne s'était jamais produit. C'étaient surtout ça ses souvenirs de Bretagne. Les cousins les cousines. Les après-midi à la plage. L'eau glacée. La pêche aux crevettes à marée basse. Puis ce fut autre chose. Les étés à Dinard. La maison secondaire. Les petites tentes bleu et blanc sur la plage. Les sorties à la voile. Les restaurants sur la promenade du Clair de lune. Le golfe entre Saint-Lunaire et Saint-Briac. Les soirées où Jacques croisait une bonne partie de ses clients, relations parisiennes. On ne savait jamais s'il était au travail, en pleine opération de relations publiques ou en vacances. Ce n'était pas désagréable. On nageait dans cette élégance un peu surannée qu'elle avait appris à aimer, qui était devenue la teinte même de sa vie. Dans leur maison du Berry. Sur la Côte d'Émeraude. Mais quelque chose en elle regrettait les étés sauvages de

Saint-Coulomb. Alors que ce n'était qu'à une vingtaine de kilomètres à peine. Si peu de distance. Et tant à la fois. Tant d'années. Une autre vie. Dans la salle on pousse un ouf de soulagement. Le gardien a détourné un coup franc qui prenait la direction de la lucarne, un exploit à ce qu'en dit le commentateur, une parade de classe internationale, sans quoi c'en était fini des minces espoirs que pouvait encore nourrir le club. Il reste vingt-cinq minutes à jouer et Nantes semble légèrement marquer le pas. Elle jette un œil au match. Porte la coupe à ses lèvres. Elle est vide. Elle n'y comprend rien. Ne sait pas qui joue en jaune et qui en rouge. Ne sait même pas dans quel sens ça fonctionne. Qui doit marquer où ?

— On y va ?

Elle se retourne. Jacques est là. Il vient de poser un billet sur la table en guise de pourboire.

— On n'attend pas la fin du match ? se surprend-elle à dire.

Il n'a pas entendu. Ou fait mine de ne pas. De toute façon il agit toujours ainsi. Ne prend jamais vraiment en compte ses questions, ses suggestions. Ils s'en vont quand il décide qu'il en est temps. Elle enfile son manteau et ils sortent. Soudain la ville explose. Des voix surgissent de toutes parts. Des bars, des restaurants, des maisons. Une clameur unanime. Pourtant la station lui avait paru vide. À tel point qu'elle s'était demandé en arrivant si des gens habitaient bien là. Hormis quelques vieux dans leurs villas, leurs luxueuses maisons de retraite.

Et de rares touristes hantant les hôtels, les restaurants du front de mer.

— Ils ont dû égaliser.

Jacques hausse les épaules. Ils se dirigent vers l'hôtel dont le néon bleu se reflète dans l'eau comme dans un miroir. Un glacis noir, du satin, où bave un peu de turquoise englouti. Elle pense à demain. Au rendez-vous au commissariat. Le point quotidien. Avec ce long type aux yeux cernés qui semble tout à fait dépassé, parfaitement incompétent. Jacques pousse la porte de l'hôtel. Ne vérifie même pas qu'elle est dans ses pas. Elle reste de l'autre côté de la porte vitrée, le voit prendre la clé, s'engouffrer dans l'ascenseur, se tourner vers la porte et s'apercevoir de son absence. Il a juste un geste du menton qui signifie Ben alors, qu'est-ce que tu fais. Avec deux doigts elle lui répond qu'elle va marcher un peu.

Elle a un peu froid. Elle regarde sa montre. Il doit rester cinq minutes à jouer et on n'entend plus que la mer, son chuintement. Quelques clapotis paresseux. Non décidément ce n'est pas la mer ici. Ça ne paraît pas vraiment vivant. Une enveloppe un peu molle, dépouillée de ses muscles, de ses nerfs. Mais ce n'est pas désagréable. Il y a là-dedans beaucoup de douceur. D'abandon. Et c'est ce dont elle a besoin maintenant. Et personne n'est là pour ça. Il y a si longtemps que personne n'est là pour ça. La consoler. La rassurer. La prendre dans ses bras. La bercer. Elle est en train de perdre sa fille. Elle ne sait même pas où elle est. Ni même si elle est encore en vie. Si elle la reverra un jour. Qu'a-t-elle fait pour cela ? Que n'a-t-elle pas fait ? Elle a toujours été là. Elle l'a toujours aimée. Passionnément. Inconditionnellement. Comme on aime ses enfants. Elle ne le lui a jamais réellement montré. Encore moins dit. Mais enfin il y a des preuves. Et elles devraient suffire, non ? Elle n'a jamais été douée pour les démonstrations, les effusions, les mots doux. Elle a longtemps trouvé cela ridicule, puéril, infantile, inconvenant. À présent elle n'en est plus si certaine. Sans doute aurait-il fallu parler vraiment. L'écouter. Sonder son cœur. Son cerveau. Essayer de savoir de comprendre. Ce qui battait en elle. La matière même de son cerveau. Les sentiments dont elle était la proie. Sans doute. Mais enfin. Elle n'est pas ainsi. Et à son âge on ne se change pas en un coup de baguette... Et puis Jacques aurait réprouvé de telles relations. Nous sommes ses parents pas ses copains. La tendresse, les mots « je t'aime », tout cela est si risible. Une faiblesse. Et il ne hait rien tant que la faiblesse. L'attendrissement. Les sentiments baveux, ostentatoires. Elle fait quelques pas encore, hésite à retirer ses chaussures. S'y résout. Glisse ses pieds dans l'eau. Pas si froide qu'elle l'aurait cru. D'une douceur inattendue. Elle sent ses chevilles se délasser, ses mollets s'alléger. Elle marche un peu dans la nuit parfaite, ses chaussures à la main. Et soudain tout explose de nouveau. On crie, on applaudit. Et ça n'en finit pas. Il ne doit rester que quelques minutes et ils ont marqué. Jusqu'au coup de sifflet final ça ne va pas s'arrêter. Cette clameur hystérique. Elle continue de marcher. Et ce sont des cris de joie.

Des chants. Et maintenant la demi-finale, hurle quelqu'un. Et tout le monde applaudit. On est en demi, on est en demi ! Sur cet air que tout le monde connaît. Cet air qu'on entendait partout en 1998, puis en 2006. Zidane et sa bande. Dont elle se fichait bien à l'époque. Ce déferlement partout dans la ville. Cette joie gueularde, tout ça pour des types qui jouaient au ballon. Mais ici maintenant, longeant la mer, cette joie, cette clameur lui font du bien. Elle veut y voir un signe. Une promesse.

21

Grindel

Est-ce qu'un jour on s'habitue ? Frapper à la porte de la maison où on vivait deux ans plus tôt. Voir un type ouvrir. Lui confier ses enfants. Apercevoir la femme qu'on a aimée, pour qui on aurait donné sa vie, là-bas au fond dans la cuisine. L'entendre dire : Salut François. T'as bien pensé à ramener leurs cartables ? Au mieux la voir s'approcher et vous claquer deux bises. Repartir et sentir soudain le poids de toute chose vous lester les épaules, vous river au sol. Est-ce qu'un jour on en a fini avec ça ? Est-ce qu'un jour on cesse de s'apitoyer sur son sort ? Est-ce que quelqu'un croit sérieusement qu'on reste vraiment le père de ses enfants quand on les a un week-end sur deux et la moitié des vacances ?

Il rentre chez lui et c'est dimanche soir. Hier il n'était même pas ici. Il a emmené les gosses à Marineland pour la mille neuf cent douzième fois. Puis ils sont allés manger une pizza dans le Vieux-Nice. Et il leur a fait la surprise de les emmener dormir à l'hôtel. Dingue comme les enfants aiment ça. Douze mètres carrés. Un grand lit donnant sur la télé. Le bruit des autres

chambres. Ils étaient complètement excités.
Même la vue sur la mer ça leur a paru dément.
Alors qu'ils la voient tous les jours, qu'ils y
prennent leurs goûters, y font leurs devoirs, y
passent leurs samedis, leurs dimanches. Au
moins il aura été capable de leur offrir ça. Quitter la banlieue de Lyon et les faire grandir ici.
Parfois il se demande comment il a réussi son
coup, par quel miracle. Cette affectation c'était
presque trop beau pour être vrai. Au moins
jusqu'à ces dernières semaines. À son arrivée
son prédécesseur, un type qui partait à la
retraite et parlait avec un accent si fort qu'on
aurait dit qu'il forçait le trait, imitait Galabru
dans *Le Gendarme de Saint-Tropez*, lui avait
dressé rapidement le tableau. D'un côté il y
avait tout ce qui se passait autour des boîtes,
des restaurants, des entreprises de surveillance.
Magouilles à tous les étages. Trafics de toutes
sortes. Mais ce n'était rien comparé à ce qui
se passait de chaque côté de la baie. Alors s'il
voulait un conseil, s'il voulait avoir une vie peinarde et profiter pleinement de la chance qu'il
avait d'être là, qu'il laisse ça de côté. Pour le
reste, c'était la routine. Les gamins qui roulaient bourrés, une baston ici et là, des cambriolages. Voitures volées, villas visitées. Des
conneries. Pas de quoi fouetter un âne. Il l'avait
écouté. Perez l'invitait à dîner une fois tous les
deux mois pour lui montrer qui était le patron.
Le maire lui répétait tous les deux jours de laisser tomber ceci, cela, de ne pas faire de vagues.
Au début il avait eu un doute. Comme un pincement. Là où résidait ce qu'il avait encore de

principes. Et puis Audrey avait rencontré ce type. Un vendeur de bagnoles à l'entrée de la station qui faisait dans l'automobile de luxe. Villa avec piscine. Hors-bord. Un peu plus âgé qu'elle mais genre vieux beau. Il n'avait pas fait le poids. Ou bien il faut croire que si. Puisqu'elle avait fini par le laisser tomber. Mais lui, ça lui avait filé un coup. Fait souffrir comme pas permis. Et puis elle en a rencontré un autre. Un prof. Qui enseignait dans le même établissement qu'elle, à quinze kilomètres de là. Sympa. Gentil. Du genre équilibré. Pas rongé par l'angoisse comme lui. Fallait vraiment qu'elle ait envie d'autre chose pour mordre comme ça au premier hameçon qui se présentait. Maintenant ce type vivait chez lui, baisait Audrey, sûrement mieux qu'il ne l'avait jamais fait, élevait ses gosses. Au moins ils étaient entre de bonnes mains. Pour ça il n'avait pas à s'en faire. Au final il n'y avait que lui qui perdait au change dans cette histoire. Alors franchement, pourquoi n'aurait-il pas eu le droit de s'apitoyer sur son sort ? Et puis c'était sa nature. Il voyait toujours tout en noir. Une sorte de déformation professionnelle sans doute. Bref hier soir il n'était pas là. De toute façon il n'aurait pas misé un centime sur l'équipe. Surtout sans Antoine. Dieu merci il ne s'était rien passé. Rien de sérieux. Rien que son équipe ne puisse gérer. La soirée s'était achevée au petit matin. Des jeunes s'étaient mis en tête de faire un grand feu sur la plage malgré l'inter-diction. Comme toujours dans ces cas-là ça fumait dans tous les coins. Ça picolait sec. Ça a fini par partir en vrille. Cinq ou six mecs se sont retrouvés à l'hôpital. Comme s'ils avaient besoin de ça en ce moment. Mais en gros ça allait. Personne ne lui avait reproché son absence. Personne n'avait même tenté de le joindre. Il avait laissé des instructions claires. Si par miracle ils gagnent et que ça s'excite un peu trop laissez pisser. Ce n'est pas tous les jours qu'ils ont l'occasion de se défouler un peu ces braves gens. Faudra juste gérer les vieux qui vont râler. Trop de bruit. Des types éméchés dans leurs piscines. Violation de propriété. Des trucs de gamins. Rien de grave. Surtout vu ce que la ville vient de traverser. Quand il y pense c'est à peine croyable. En si peu de temps. Tout ce qui est tombé sur son bureau. Et il s'est laissé déborder, il est perdu. Et son équipe avec lui. Personne ne les a préparés à ça. Même si en théorie c'est pour ça qu'ils sont là. Sur le papier ils sont là pour gérer les choses quand elles ont lieu. Mais la plupart du temps il ne se passe rien. Et quand quelque chose survient personne ne sait comment faire. On gère à vue. On tâtonne. On avance dans le noir.

Il a toujours détesté le silence. Avec les gosses il était servi. Mais la solitude de l'appartement sans bruit, il n'y arrive pas. Il allume la chaîne hi-fi. Bruce Springsteen. Se sert un whisky. Les deux font le même effet. Vont dans le même sens. C'est un peu fort mais ça réchauffe. Pas de la grande musique. Pas du grand whisky. Des sons familiers. Un goût habituel. Qui se fondent dans la vie telle qu'elle va. Sans vous regarder de haut. Sans prétendre à quoi que ce soit. Comme un type qui vous serre dans ses bras quand ça va mal et vous tape dans le dos avant de vous offrir une bière. Il jette un œil par la fenêtre. Le petit centre commercial. Pas grand-chose. Une maison de la presse, une boulangerie. Un poissonnier qui se la joue Saint-Trop'. Le Spar. La pizzeria grill. Un peu en retrait les tennis éclairés. Une dizaine de personnes dînent en terrasse, le visage tendu vers les chauffages d'extérieur, leurs manteaux sur les épaules. Il reconnaît le couple qui tient la supérette. Il s'est toujours demandé comment un type comme lui s'arrangeait pour garder une fille pareille dans ses filets. Mais après tout c'est un homme sympathique. Plutôt marrant. Pas chiant pour un sou. Faut croire que parfois c'est suffisant. Faut croire qu'il n'a jamais compris comment on pouvait devenir ce genre d'homme. Fiable, régulier, simple. De bonne composition. Lui n'a jamais été de bonne composition. Sans doute que ses parents n'ont pas mis le bon dosage, les bons ingrédients, qu'ils se sont gourés quelque part. Son père a toujours été de ceux qui lisent les modes d'emploi en diagonale et s'étonnent après que leurs appareils ne fonctionnent pas comme ils voudraient. Quant à sa mère, les dosages ça n'a jamais été son truc, et il ne se rappelle pas qu'un plat ait un jour eu le goût, la texture ou le niveau de cuisson prévus.

C'est dingue comme le temps est élastique. Comme il s'étire. Surtout quand il est planté comme ça à sa fenêtre à boire un whisky en écoutant de la musique. Il regarde l'heure toutes les trois secondes comme si ça pouvait la faire passer plus vite. Mais on dirait que ça ne suffit pas. En même temps il n'a pas vraiment hâte d'être demain. Toute cette merde va lui retomber dessus et il n'est pas plus avancé qu'il l'était avant le week-end. Mais c'est comme ça. Le lundi tout le monde rapplique. Tout le monde veut faire un point. Sur l'enquête. L'enquête... Comme si quoi que ce soit dans ce bordel ressemblait à une enquête. Comme si quoi que ce soit là-dedans ressemblait à une affaire. Plutôt une putain de conjonction de hasards. La loi des séries. Rien n'arrive pendant des années. Au pire un type trop bourré en met une à sa femme et les voisins appellent et quand ils débarquent elle dit qu'il ne s'est rien passé et le type a les yeux révulsés de sang mais il s'est calmé. Elle refuse de porter plainte ou même de faire une déposition alors ça en reste là jusqu'à la prochaine. Pour la millième fois il tente de reprendre les choses dans l'ordre. En se concentrant sur ce qui est de son ressort. Plus loin sur la côte les recherches continuent. Il y a encore deux personnes portées disparues et qu'on ne retrouvera sûrement jamais, dont les corps doivent se décomposer au fond de l'eau et se faire bouffer par toutes les bestioles qui traînent là-dedans mais ce n'est pas son problème. Il a déjà assez à faire comme ça. D'abord les petits vieux. Elle qui s'est noyée. Lui qui s'est viandé quelques jours plus tard dans un ravin du massif, sous la grotte de Saint-Honorat. Du moins c'est ce qu'a raconté sa fille. Qu'est-ce qu'il foutait là-bas ? À son âge et dans son état alors qu'il sortait tout juste de l'hôpital. Une petite randonnée comme ça pour le plaisir, tu parles. Mais il a choisi de clore ce chapitre. De s'en tenir là. Même si le vieux s'est suicidé ce n'est pas ses oignons. Et même si d'une certaine manière il n'a pas pu sauver sa femme dans le coup de mer, ou si, comme lui a raconté l'interne, il laissait entendre qu'ils y étaient allés exprès à la flotte, que son projet c'était de mourir avec son épouse, même si on peut ranger ça au rang des homicides volontaires, ou de la non-assistance à personne en danger, ça ne sert à rien de remuer tout ça. Ils sont morts tous les deux. La fille est rentrée à Paris. Fin de l'histoire. Après on a quoi ? Cette gamine repêchée qui ne décroche pas un mot et dont personne ne sait d'où elle vient. Et quand enfin on remet la main sur ses parents, grâce à la vieille lesbienne lettrée qui a fini par faire le rapprochement (entre parenthèses elle ne doit pas écrire de polars celle-là parce qu'il lui en a fallu du temps...), et qu'ils se pointent pour la récupérer elle disparaît de nouveau dans la nature. Et les parents sont là. Rongés d'inquiétude. Demandent des résultats, des éléments qu'il n'a pas. Leur fille est introuvable pour le moment. Aucun signalement. Rien. Évaporée disparue. Pfuit. Et puis elle est majeure. Du point de vue de la procédure il ne peut pas faire grand-chose. À part signaler sa disparition et espérer qu'un de ces jours des collègues la ramassent sur un banc, sur une plage, dans un squat. À part prier pour qu'on ne la retrouve pas violée et sans connaissance dans un ravin, un bois, en plein milieu du maquis. Demain les parents viendront le voir. Il n'aura rien à leur apprendre. Ils diront on revient demain. Il n'aura même pas envie de parler des quatre mabouls qui ont téléphoné après avoir vu la photo dans le journal. Comme d'habitude. Toujours les mêmes. Il les connaît par cœur. Ils appellent tout le temps pour signaler n'importe quoi. Un truc bizarre dans le ciel. Une odeur étrange. Des types louches dans le voisinage.

La pizzeria ferme ses portes. Les courts de tennis sont éteints. Sur la mer la nuit anthracite prend une légère teinte nacrée. Les lampadaires forment un croissant de lumière qui s'enfuit vers la pointe. Sinon plus rien ne bouge. Quelques voitures circulent et troublent le silence. Il n'y a pas un gramme de vent. Même la mer s'éteint. Comme pour le laisser réfléchir. Faire du monde un tableau noir où disposer des noms, des événements, tracer des flèches, des points d'interrogation, des nuées de points d'interrogation. Quoi d'autre ? Hormis des pistes qui ne mènent à rien. Des disparitions inexpliquées. D'abord ce type. Ryan. Et sa copine flanquée de son gosse qui braille tout le temps qui vient au poste complètement en panique. Elle en chiale. On lui parle du coup de mer, des autres portés disparus sur la côte, des recherches qui battent leur plein. Des hélicoptères. Des bateaux. Des plongeurs. Mais elle ne veut rien entendre. Il est arrivé quelque chose à son mec. Mais pas ça. Et il y avait aussi son pote. Son pote Javier qui bosse comme vigile aux entrepôts. Évaporé idem dans la nature. Putain. Comment font les gens pour disparaître comme ça d'un coup ? Qu'est-ce qu'ils ont tous ? Là les choses se compliquent. Parce qu'elles ont l'air reliées mais que rien n'est solide. Des flèches qui ne mènent nulle part. Avec un putain d'essaim de points d'interrogation. Parce qu'elle a pris la tangente elle aussi. Avec son gosse. Hop. Plus personne dans l'appart. La fille qui s'occupe d'elle à l'assoce de réinsertion n'a plus de nouvelles. Alors quoi il est réapparu ? Ils se sont barrés comme ça juste après ? Bon. Là il y a quelque chose qui se dessine. Lui et son pote de l'entrepôt. Le braquage. Ils se font oublier un peu. Il vient la chercher et ils filent ailleurs avec le magot. Ouais, pourquoi pas, ça tient la route. Sauf que. L'autre vigile, Alex, celui qui était là ce soir-là, qui s'est fait ligoter, qui a signalé l'histoire des chiens. Il n'a parlé que de deux types. Et on les a pris. Le fameux Freddy (fameux pourquoi il n'en sait rien. Tout le monde dit « le fameux Freddy », sans que personne sache d'où ça vient). Et son pote Lucas. Ils ont avoué. Et ils sont en taule. Et continuent à dire qu'ils n'étaient que deux. Évidemment on ne peut pas leur accorder la moindre confiance. Certes. Mais bon. Quel intérêt auraient-ils à couvrir leurs copains qui se seraient tirés avec le magot ? Et puis quel magot ? Ils ont presque tout récupéré. Ils avaient tout stocké dans des box, n'ont pas eu le temps d'écouler grand-chose. Et puis sur les caméras de surveillance on ne voit que deux personnes. Alors non. Rien ne tient là-dedans. Il va falloir s'y résigner. Trouver autre chose. Ou laisser tomber. De toute façon la gamine avec son gosse n'est plus là pour les relancer. Reste juste la femme du vigile. Celui qui a disparu. Javier. À chaque fois qu'elle vient elle chouine. Une grosse bonne femme qui fait des ménages. Avec un genre d'accent portugais ou espagnol. Où il est mon mari ? Où il est mon mari ? Elle répète ça sans arrêt en chialant. Et franchement à part : on n'en sait rien. On n'en sait rien et on ne comprend rien à cette histoire, que pourrait-il répondre ? Au fond de l'eau ma bonne dame. Sortis faire la fête toute la nuit avec son pote, ont échoué sur la plage complètement bourrés au petit matin et là le truc bête. Le coup de mer. La vague de trop. Emportés. Et transformés en boustifaille pour les poissons et les crabes. Ok. Mais pourquoi alors la petite Mélanie s'est évaporée à son tour ? Putain. Je vous en pose des questions. Il ferme la baie vitrée. Remet un disque. Hésite un instant et puis réenclenche ce bon vieux Bruce. Son pote. C'est con à dire mais ce type l'aide à vivre. Ce type est un ami. Un vrai. Des fois il aimerait l'avoir en face de lui. Et lui dire combien il encaisse mal pour Audrey. Les enfants. Combien il est dépassé. Combien il ne croit plus à son boulot. Et depuis combien de temps. Comme il se sent vieux parfois, et usé. Et complètement de traviole. Sans raison valable. Sans drame sérieux à son actif. Juste un type de quarante balais largué par sa femme et qui ne voit ses mômes qu'un week-end sur deux. Un type qui passe ses soirées seul à écouter Springsteen en buvant un coup. Un type qui fantasme sur la fille du Spar. Putain. Et c'est à lui qu'on a confié la sécurité d'une ville ? Un type comme lui. Qui se laisse abattre par le premier coup du sort. Le plus commun. Juste un putain de divorce, merde. Quelle plaie il peut être. Quelle putain de plainte vivante. Ouin-Ouin. C'est comme ça que son père l'appelait gamin. Parce qu'il chialait pour un rien il paraît. Ouin-Ouin au pays du divorce. Ouin-Ouin joue à la police. Voilà. C'est lui. Parfois il se sent pire qu'une merde. Parfois il voudrait disparaître.

Il se déshabille. Se met au lit. Avale deux lexos. Sans illusion. Sans croire un instant que ça va suffire à attirer le sommeil dans ses draps. Il met la main dans son caleçon. Certains disent que ça aide à s'endormir. Il ferme les yeux et tente de se représenter la fille du Spar en maillot de bain. Telle qu'il la voit aux beaux jours. Sur la petite plage un peu planquée juste en bas du centre commercial. Mais ça ne sert à rien. Sa queue reste molle comme une grosse limace inerte.

Il reste un moment comme ça à ne penser à rien les yeux au plafond. Le papier se décolle. Les types qui ont fait les travaux lui avaient dit, C'est mieux que repeindre. Du papier. Et un coup de blanc dessus. Sauf que ça se décolle. Dans les coins ça se décolle. Si ça continue ça va finir par pendre de tous les côtés. Des langues de papier qui pendouillent. Sans compter que les fissures que c'était censé cacher ont réapparu aussi sec. Des genres de veines gonflées qui sinuent au-dessus de sa tête. Comme des varices blanches. Ok il continue. Allez. Deux trois coups de pédales. Dans un océan de semoule. Incroyable comme il peut se noyer dans une goutte d'eau. Si les mecs qui l'ont nommé savaient ça. Ce qu'ils se marre-raient. De voir à quel point il est inapte, inca-pable, largué. Si on regarde les choses en face, tout ça c'est quoi ? Des affaires minables. Des gens à la ramasse. Des imprudents qui se font surprendre par la tempête. Une ado dépressive qui pleure son défunt copain camé jusqu'au tro-gnon, petite fille de bourge qui a voulu se la jouer Bonnie and Clyde et qui aurait mieux fait de rester au milieu de ses chevaux et de ses leçons de musique... Deux minables qui bra-quent un entrepôt et se font gauler juste après. Ces deux-là d'ailleurs, sur le coup il s'est dit qu'ils avaient fait coup double. L'entrepôt. Et cette histoire bizarre avec Antoine. Depuis le début il ne sait pas trop quoi en penser. Pas de témoins, pas vraiment d'indices. Le mec laissé à moitié pour mort devant l'hôpital et par qui ? À part son pote Jeff ? Mais alors pourquoi il se serait tiré comme ça celui-là ? Même si on voit bien qu'il est à moitié dingue. Comme si des mouches lui passaient dans le cerveau à longueur de temps. Bon. Admettons que ce soit lui. Qu'il ait trouvé son pote le crâne défoncé à coups de batte et qu'il l'ait amené à l'hôpital, se soit tiré par peur de quoi, de la police, des médecins, d'avoir des emmerdes. Et puis d'ailleurs l'histoire des battes ça vient d'où ? Ok les médecins disent que ça y ressemble mais merde, qui a lâché ça un jour ? Qui était là pour voir ? Ça aurait pu être aussi bien des barres de fer, un bout de bois, n'importe quoi. Pourquoi des battes ? Et pour quel mobile ? Juste pour une histoire de coup de boule après un tacle trop appuyé dans un match à la con ? Franchement il a du mal à y croire. Que ces gamins puissent être à ce point tarés. Surtout qu'à force, ils ne le sont plus tout à fait, plus du tout même, des gamins. Ici tout le monde continue à les voir comme ça, parce qu'on les a vus grandir, qu'ils ont jamais pris les rênes de leurs vies, qu'ils vivotent, trafiquent à droite à gauche, font les marioles à la saison, que personne n'est capable de leur donner un âge, mais ils commencent à se faire vieux les gamins, non ? Quand ils ont mis la main sur les types du braquage, le fameux Freddy et son pote Lucas, ils se sont dit que ça marchait. Les deux types supportaient l'autre équipe, on les voyait souvent au stade. Ils bossaient de temps à autre pour le propriétaire du club adverse qui peut pas saquer Perez – et Perez le lui rend bien. Mais là aussi les types nient. Et quand il a apporté leurs photos à Antoine ça ne lui a rien évoqué. Mais il dit que de toute façon il ne se souvient de rien. Que depuis quelques jours il a des images bizarres qui s'impriment dans son cerveau mais qu'il n'est pas sûr de pas les inventer. Deux types. Son chien qui aboie. Rien d'autre. Son chien. L'autre jour quand il est allé visiter le camping pour la cent dix-huit millième fois, et la paillote de Jeff dans la foulée, et tous les environs avec son équipe, le clébard était comme dingue. Il leur tournait autour et n'arrêtait pas d'aboyer. Jeff a essayé de le calmer, en vain. Il a fini par le mettre en laisse et l'attacher à un piquet derrière le resto. Là où il le garde en attendant qu'Antoine sorte de l'hosto. Putain de Jeff. Merde quoi. Apparemment tout le monde savait qu'il planquait une arme sous son pieu. Quand le petit vieux est venu rapporter le fusil échoué sur la plage, qu'il a lui-même demandé un peu partout si quelqu'un avait une idée, c'est le premier nom qui a fusé. Évidemment Jeff nie. Il ferait pareil à sa place. Mais c'est pas ça qui le chiffonne. Qu'est-ce que faisait ce putain de flingue à la flotte ? Et la seule réponse qui lui vient c'est que Jeff a profité de la tempête pour s'en débarrasser. Soit parce qu'il ne voulait pas qu'on la retrouve chez lui. Soit sur un coup de tête. Parce qu'il faut savoir se débarrasser de ses armes quand on n'est pas sûr de ne pas s'en servir un jour. Il regarde son flingue accroché à la patère, près de sa veste. Lui-même n'aime pas l'avoir avec lui. Se dit que dorénavant il ferait mieux de le laisser au bureau. Dans son tiroir. Ça fait plusieurs nuits qu'il le regarde trop intensément. Comme si il lui faisait de l'œil. Ça fait trop de nuits qu'il s'imagine avec le canon dans la bouche. À chaque fois l'image de ses gosses surgit. Dans ses rêveries c'est ça qui l'empêche d'aller au bout mais pour être franc y a rien d'autre. C'est que des rêves à la con, des pensées qui se dérobent. Mais quand même. Ouais. Demain c'est certain il le laissera au bureau. Et aussi il ira refaire un tour au camping. Il ira voir Jeff. À l'école on lui disait ça. Qu'il ne fallait pas hésiter à retourner voir les gens plusieurs fois. À leur poser les mêmes questions. À ratisser les mêmes lieux. Y a toujours un truc qui nous échappe. Y a toujours un truc qui finit par leur échapper.

Il regarde l'heure sur son téléphone. Deux heures du mat' et toujours pas le moindre signe de fatigue. Si ce n'est celle des nerfs. Je ne suis pas fatigué je suis épuisé. C'est ce qu'il voudrait répondre quand on lui dit qu'il a une mine atroce, des cernes qui lui mangent la moitié des joues. L'air d'un raton laveur sous Tranxène. T'as l'air crevé mon vieux. Non mais j'aimerais bien l'être si tu veux savoir. Voilà ce qu'il voudrait répondre. Il regarde l'écran de son portable. Fait défiler les noms dans le carnet d'adresses. De A à Z. Même s'il aurait aussi bien fait d'en rester à A. Ou aussi mal. Parce que toutes les nuits ça le prend. Il compose le numéro. Il attend qu'elle décroche. Parfois c'est lui. Rarement. Alors il raccroche aussitôt. Le plus souvent c'est elle. L'effet que ça lui fait d'entendre sa voix. Sa voix prise dans le sommeil. Sèche, lasse, excédée. Parce que ça dure depuis si longtemps ces coups de fil nocturnes. Où il ne dit rien. L'écoute dire allô, allô. L'insulter. Raccrocher. Elle a tout tenté. Obtenir une réponse à ses questions. Qui êtes-vous ? Que voulez-vous ? Laisser décroché pendant plusieurs minutes sans rien dire. C'est ce qu'il préfère. Parce que toujours au bout d'un moment un des gosses entre dans la pièce et dit maman le téléphone m'a réveillé. C'est qui ? C'est personne. Une erreur. Rendors-toi. Elle sait parfaitement que c'est lui. Dès les premières fois, après avoir dit allô. Après être restée face à son silence. C'est son prénom qu'elle a prononcé. Elle a toujours eu du flair. De l'intuition. D'ailleurs quand ils étaient dans la banlieue lyonnaise il lui racontait ses affaires. Et toujours elle avait la réponse. C'est comme le nez au milieu de la figure, disait-elle. Lui n'avait rien vu. Et finalement elle avait raison. C'était comme un don. Tu aurais dû faire flic, lui balançait-il. Et elle haussait les épaules. C'est toi qui aurais dû faire autre chose. Tu n'es pas fait pour ça. Et puis, avoir fait des études pour ensuite bosser dans la police, qu'est-ce qui t'a pris ? Elle l'a toujours méprisé pour ça. Ce boulot. Il faut bien que quelqu'un le fasse, répliquait-il. Oui mais pourquoi toi ? Ben quoi. Je suis utile. Je protège mes concitoyens. Je veille sur eux. Elle se marrait. Lui-même ne croyait pas un mot de ce qu'il disait. Au début oui. Au début il y avait cru. Mais ça lui était passé. Très vite il avait dû se rendre à la raison. Il n'était pas fait pour ça. Tout le monde le savait. C'est d'ailleurs bien pour ça qu'il est ici. Un placard doré. Un placard bordé de mer azur, le plus souvent couronné de ciel immaculé. Un placard de roches cramoisies fondant sur les eaux turquoise. Les bons, les vrais, on les met là où on a besoin d'eux. Là où c'est difficile. Dans un endroit comme ici de toute façon au bout de trois secondes ils pètent un câble. Même si les choses ont l'air de changer.

Il y a ce nouveau préfet. Qui semble vouloir remettre de l'ordre. On dit ici et là que c'est fini les petites magouilles, que des types comme Perez ont du souci à se faire. Mouais. Pour ce qu'il en a à foutre. Finalement elle décroche. Elle ne dit plus allô ces jours-ci. Ne pose plus de questions. Elle ne raccroche plus parce qu'elle sait qu'aussitôt après il rappelle. Elle a changé de numéro mais il l'a quand même. Parce qu'il est le père de ses enfants. Pendant quelques semaines il a arrêté de téléphoner. Parce que c'était définitivement se griller. Elle était sur liste rouge. Qui à part lui aurait pu récupérer ce numéro ? Qui aurait été assez détraqué pour faire ça ? Alors maintenant elle décroche. Il entend le combiné qu'elle pose sur la table de nuit. Et elle se recouche. Il n'y a aucun bruit. Parfois il croit discerner sa respiration. C'est juste du silence. Le silence de son ancien chez-lui. Mais c'est comme palpable. Il a l'impression d'y être. Quelques minutes. Il finit par raccrocher. Quand les larmes viennent il finit toujours par raccrocher.

Un jour elle s'est pointée à son bureau. Elle l'a regardé dans les yeux. Elle a dit, Voilà je viens parce qu'un type me harcèle au téléphone. Il n'a eu aucun doute. Elle savait que c'était lui. Il a pris sa déposition. Elle sentait le parfum. Il aurait voulu toucher ses cheveux. Sa joue. À l'autre bureau sa collègue tapait la déposition en leur jetant des regards amusés. Le chef et son ex. Quand Audrey était partie la collègue avait demandé, Qu'est-ce qu'on fait ? Il avait répondu : Rien. Il va bien finir par se lasser. La collègue avait dû penser que c'était juste un de ces coups de pute qu'on se fait après le divorce. Pas plus. Elle avait laissé tomber. Elle n'était pas du genre à faire du zèle. Personne ne l'était ici de toute manière. Le soir même il avait rappelé. Elle avait juste dit : Tu fais chier. Et l'avait abandonné au silence de son ancien chez-lui. De son ancienne vie.

22

Jeff

C'est le chien qui l'a prévenu. S'est mis à aboyer comme un taré. Ça a mis des plombes à lui arriver au cerveau, avec la murge qu'il s'est pris la veille. Et l'avant-veille. Gros week-end. Il y avait du monde au restaurant. C'était la réouverture. Terrasse impeccable. Plus un grain de sable dans la salle. Cuisine opération-nelle. Si t'avais vu ça mon pote. Et d'ailleurs il a vu le gros Perez. Il était là avec toute l'équipe dimanche soir pour faire la fête. Bon ce n'était pas les teufs de l'OM ou de Nice avec la coke les bains de champagne les putes et tout le reste c'était tranquille mais tout le monde avait l'air content. En tout cas Perez semblait satis-fait. Bon travail mon gars il lui a fait. Ça l'a soulagé d'un poids maous. De le voir là toute la soirée ça lui a collé des frissons. Depuis sa dernière visite il rêvait de lui toutes les nuits. Le type lui réclamait son fric et le torturait jusqu'à ce qu'il crache le morceau. Selon les nuits il changeait de méthode. Mais mon vieux c'était toujours atroce et plein d'imagination. Une fois un pote lui avait dit : Je travaille pour lui en ce moment. Je te jure c'est un psycho.

Il est pas net. Je crois qu'il a fait l'Algérie. C'est pour ça. Ça l'a rendu maboul. Jeff a enregistré ça dans un coin de sa tête. Même si putain, faut pas être un génie pour voir qu'au niveau des dates ça ne colle pas. Il a toujours eu le chic pour s'entourer de cancres. Mais quand même ça lui a foutu les jetons sur le coup. Surtout après sa visite l'autre jour. Et comment il avait bien merdé il fallait l'admettre.

Il s'habille en vitesse et se rappelle qu'il y a encore quelques heures une fille était avec lui dans ce lit. Non pas qu'il soit négligent sur ce genre de détail mais bon Dieu, c'était tellement inattendu et dément qu'il n'est pas sûr de ne pas l'avoir rêvé. Faut croire que l'euphorie des victoires peut parfois changer les choses. Il jette un œil par la fenêtre et hésite à être déçu par son absence. Ou rassuré au contraire. Se faire réveiller par les flics quand on a passé la nuit chez un type ça ne donne pas franchement confiance. Ils sont six ou sept à tourner autour du restaurant. À inspecter le sable comme si la mer allait recracher ce qu'ils cherchent maintenant. Mais ils peuvent lui faire confiance : ce qu'ils cherchent ils ne sont pas près de le trouver. Enfin si ce connard de clébard ne recommence pas ses conneries. La dernière fois il était là comme un dingue à renifler la terre derrière dans le maquis. Les flics se marraient de le voir si dingo. Y en a pas un qui s'est dit qu'il essayait peut-être de leur dire quelque chose. Putain quand il y pense il a eu chaud. Ce chien, va falloir en faire quelque chose. Antoine ne va pas tarder à sortir ils disent. Mais pas tarder dans leur langage et vu ce qu'il a subi ça peut signifier des semaines. Jeff avale deux Xanax. Une gorgée de bière pour faire passer. Se détend la nuque et fait craquer ses doigts. Dingue comme il est toujours tendu. Comme ses os sont raides et toujours soudés les uns aux autres. Comme s'il manquait d'huile à l'intérieur. Que les rouages s'étaient grippés dès l'origine. Il respire un grand coup. S'efforce de ne pas penser à toute cette merde. D'aller voir les flics comme si c'était sans enjeu, comme s'il n'avait aucune idée de ce qu'ils lui veulent. Pour le moment ça marche. Il joue au con. Se lave le cerveau. Se persuade qu'il ne s'est rien passé. Qu'il n'a pas engagé Ryan et Javier sur l'ordre de Perez. Qu'ils ne se sont pas pointés alors qu'Antoine était là. Qu'il ne l'a pas vu courir comme un dératé vers le resto avec les types à ses trousses. Qu'il n'a pas vu de ses yeux vu son meilleur pote à la vie à la mort se faire défoncer la tête à coups de batte à cause de lui, si on réfléchit bien, à cause de lui, ça personne ne lui enlèvera jamais du crâne. Oublier qu'il a pris son fusil sous son lit et qu'il a tiré avant que les types ne l'achèvent et en fassent Dieu sait quoi. Oublier qu'il a fallu emmener Antoine à l'hôpital. Le laisser comme un chien sur le banc sur le parvis. Et s'enfuir dans la nuit d'encre. Qu'il a fallu revenir ici pour tout nettoyer. Se débarrasser de toute cette merde. Le flingue. Les types. Après ça la mer s'était déchaînée et il avait pris tellement de trucs pour ne pas paniquer, il avait tellement tout mélangé, les pilules et les joints et l'alcool et la coke, il tremblait et suait de partout, reclus dans son restaurant il avait l'impression qu'un dieu quelconque le punissait, que la mer voulait l'avaler. Que la terre se vengeait. Ce n'est pas qu'il soit persuadé de sa propre importance mais parfois quand t'es rongé par la culpabilité tout semble te faire signe. Tu deviens sérieusement parano. Tu vois des indices, des présages et des punitions partout. Il est resté terré dans sa piaule pendant deux jours. Jusqu'à ce que ça passe. Que les dieux se calment. Il a surtout pensé à lui. C'est qu'après qu'il a réalisé qu'il avait les pieds dans l'eau. Que la cuisine était inondée. Que les circuits avaient grillé. Que la terrasse s'était effondrée dans le sable deux fois plus haut que d'habitude.

— Je peux vous aider messieurs ?

Il a vu ça dans un film. Il trouve que ça sonne classe. Dégagé. Au-dessus de tout soupçon. Il ne peut pas savoir que sa voix chevrote et que son œil droit tressaute. On ne passe pas sa vie devant un miroir. Des fois on n'a aucune conscience de l'effet qu'on fait aux autres. On ne peut pas savoir qu'on ressemble à ce point à un junkie perclus de tics nerveux, parcouru de soubresauts bizarres, comme si on se prenait des tas de petites décharges électriques. D'ailleurs si on avait conscience de ça le miracle de ces deux derniers jours ressemblerait plus encore à un miracle. Et se réveillant seul dans son lit on finirait par conclure qu'on a rêvé, qu'on n'a pas pu passer deux nuits avec une fille aussi belle, aussi intense. Il envisage sérieusement la chose. Parfois son cerveau lui joue de ces tours. Il arrive à se persuader de trucs pas vrais. Il est foutu d'avoir rêvé tout ça. Il se connaît à force. Peut-être qu'il a tout inventé. Il est tellement sous tension. Surtout ces derniers temps. Il fait des trucs et après il oublie et se demande même comment il a pu les faire. Genre paniquer et avoir tellement l'impression que le père d'Antoine le juge et va l'envoyer brûler en enfer qu'il se précipite dans la chambre et prend le fric pour le lui donner. Lui dire c'est pour le petit quand il sera grand. Comme si ça pouvait régler quoi que ce soit. Éponger la dette. Effacer l'ardoise. Ça ne rime à rien. À part avec de grosses emmerdes. De plus grosses emmerdes encore. Parce que Perez veut récupérer son pognon. Et qu'il ne vaut mieux pas qu'il découvre un jour ce qu'il en a fait.

Grindel vient lui serrer la main. Il lui explique qu'ils refont un tour. Qu'ils sont déjà allés au camping.

— On dirait que votre boss a pas eu la patience d'attendre qu'Antoine revienne de son petit congé maladie...

Jeff hausse les épaules. Depuis ce matin il y a un type. Qui a repris le mobile home. S'est mis à peindre. À arranger les toits style tropical. Jeff n'a pas cherché à comprendre. Perez paie Antoine pour tout retaper. Après il lui demande à lui de trouver des mecs et de tout brûler. Ça merde et il reprend les choses là où elles en étaient. Enfin. Il fait ce qu'il veut. Si ça l'amuse. Il doit chercher à noyer le poisson. Un truc comme ça.

— Si vous avez besoin de moi je suis là.

— On va faire un tour derrière.

Jeff va pour rentrer dans le restaurant quand Grindel tousse un coup, comme pour attirer son attention.

— Dites, votre chien.

— Ouais.

— Il a pas l'air très content d'être attaché là. Vous devriez le laisser gambader un peu.

C'est vrai qu'il aboie comme un dératé depuis tout à l'heure.

— C'est à cause de vos types là, ils lui font peur. Il ne les connaît pas.

Grindel fait le tour du resto. Il s'approche de l'animal. Jeff le voit lui caresser le crâne, le museau, lui flatter les flancs. Chet aboie de nouveau mais c'est plutôt un truc de joie, genre je te fais la fête mon pote.

— Il me paraît pas très effrayé. À mon avis il a juste envie de se dégourdir les pattes.

— Ouais vous avez peut-être raison.

Jeff détache le chien et ce bâtard file droit vers les pins. Putain de clébard de merde. Il remet ça. Ça doit être l'odeur. Même à travers des litres de terre. Jeff ne préfère pas voir ça. Retourne au restaurant. De toute façon il a du boulot. Perez leur a demandé d'ouvrir en semaine quand il fait beau. Pour rattraper un peu les jours perdus. Et aussi parce que certaines zones sont en vacances maintenant. Qu'il peut y avoir du monde en plus des Italiens des Hollandais des Allemands et des vieux. Hier soir il a fini tellement tard et il était tellement parti et cette fille le rendait tellement dingue que, quand il n'y a plus eu qu'elle et lui, il a tout laissé en plan et ils ont baisé dans la nuit parfaitement calme. D'abord elle était venue le samedi soir. Avec des amis. Il l'avait repérée tout de suite. Elle l'avait comme foudroyé. Il ne saurait pas dire pourquoi, pourquoi elle et pas une autre. Un truc dans le regard. Les yeux bleus les cheveux noirs. Toujours eu un faible pour cette combinaison-là. Les yeux bleus les cheveux noirs. Une affaire de contraste, sûrement. Ou alors c'était son air sérieux. Alors que les autres étaient tous hilares. Ils ont passé la soirée là. L'apéro. Le repas. Et après ont bu des coups. Ils étaient les seuls à n'en avoir rien à foutre du match, à tourner le dos à l'écran. Il la bouffait des yeux chaque fois qu'il venait les servir. Faut croire qu'elle n'a pas détesté ça parce qu'à la fermeture elle était là à glander sur la plage.

— Vous avez perdu vos amis ? il lui avait demandé.

— Disons plutôt que je leur ai faussé compagnie.

— Je vous offre un dernier verre ?

— Pourquoi un dernier ?

Parfois la vie ressemble à un film. Rarement mais ça arrive. Et quand ça arrive en général c'est juste un accident. Un truc éphémère, une épiphanie. Et pour ce qu'en sait Jeff, quand ça se présente faut pas se poser de questions ni trop réfléchir à la suite. Faut juste être là. Prendre ce qu'il y a à prendre et ne pas chercher plus loin. Au réveil il lui a apporté son café et elle était à poil dans son lit. Tellement belle que c'était à peine croyable. Comme si l'alcool et le reste lui filaient des visions. Un genre d'hallucination. Ils ont rebaisé et il se disait qu'il n'en aurait jamais assez de son cul de sa bouche de ses seins, il était comme en adoration devant chaque millimètre de sa peau, une fille pareille ça lui suffisait comme preuve de l'existence de Dieu. Quant à ce qu'il avait pu faire pour mériter ça, c'est un mystère bien plus grand. Après il lui a dit, Prends ton temps, j'ai du boulot, faut que je prépare pour midi. Le cuistot et son aide étaient déjà là à s'affairer en cuisine. Il dressait les tables de la terrasse quand il l'a vue s'éloigner en direction des parkings, ses sandales à la main. Elle lui a fait un petit signe qui ressemblait plus à un au revoir qu'à un adieu. Mais il ne voulait pas se faire des idées. Jusqu'à maintenant la vie ne lui a pas trop fait de cadeaux. Alors il n'espérait rien de trop beau. Avec les radins vaut mieux ne rien attendre. Il sait ça mieux que personne. Ses parents n'ont jamais été exactement des gens généreux. Ses parents ont toujours été de parfaits connards. Mais le lendemain elle s'est repointée. Enfin s'il n'a pas rêvé. Si son cerveau ne lui a pas joué un tour. Il entre dans sa piaule et se désape. Refait son lit. C'est là qu'il voit le papier sur la table de nuit. Une feuille pliée en deux. Il l'ouvre. Il y a un numéro de téléphone. La vache. Elle lui a laissé son numéro. La vache. Putain. Il oublierait presque que les flics rôdent autour et que le chien s'excite à l'endroit pile où il faudrait pas qu'on vienne trop fouiller. Il en oublierait presque tout ce bordel.

Il va prendre une douche pour se remettre les idées en place. Se paie une gaule monstrueuse rien qu'en pensant à elle, en se laissant planter dans les yeux la forme de ses nichons, le soyeux de son cul, la douceur de son ventre, et putain ses yeux quand il la baise, cette façon qu'elle a de le regarder bien en face, de s'accrocher à lui comme s'il pouvait la sauver de quelque chose. L'arracher au pire. Sans blague. Lui. Sauver qui que ce soit. C'est la meilleure. Il met un peu plus d'eau chaude en se disant que d'une certaine manière il a sauvé Antoine. Quand même. Qu'on peut au moins lui accorder ça. Que c'est peut-être ça qui l'a racheté. Que c'est pour ça qu'il a mérité le cadeau qu'on lui a fait ces deux derniers jours. Noël avant l'heure. Même s'il doit bien l'avouer. Quand on lui a dit qu'Antoine était tiré d'affaire son cerveau entier a hésité. C'est dégueu il veut bien l'admettre, mais d'un côté il était tellement soulagé et heureux. Antoine. Son pote. Son pote de toujours. Le seul et l'unique. Et aussi l'épine que ça lui retirait du pied. Le poids de la culpabilité et tous ces trucs. Le genre à t'empêcher de te regarder dans la glace jusqu'à la fin de tes jours. Le genre qui te fournit l'excuse idéale pour tout merder jusqu'à nouvel ordre. Et tant pis si tu lui fous sur le dos tout ce qui a précédé. Jeff n'est pas plus con qu'un autre. Il sait bien qu'en se réveillant Antoine lui a épargné non seulement le chagrin de le perdre, mais aussi celui d'en être responsable. D'un autre côté faut voir les choses en face, qu'il se réveille c'est aussi la porte ouverte aux emmerdes taille XXL. Pour l'instant visiblement il ne se souvient de rien. Mais la mémoire, il n'y a rien de moins fiable. Dans un sens comme dans l'autre. Ça va ça vient. Ça lui fait ça tout le temps. Il oublie des pans entiers de sa vie. Et d'autres qu'il croyait enfouis à jamais viennent tout à coup se loger dans son crâne sans qu'il puisse rien faire pour les chasser, à part se persuader que c'est des salades. Il ressort de la douche et après s'être rhabillé vérifie qu'il n'a pas rêvé. Qu'il y a bien un papier plié en deux sur la table de chevet. Le numéro écrit un peu penché. S'il s'écoutait il deviendrait même dingue illico de la façon qu'elle a de tracer des chiffres sur du papier. Il n'y peut rien si son esprit galope à toute vitesse, qu'il s'imagine déjà une vie avec elle, des gosses, une maison, des voyages, des hôtels et tout le reste. Il sait qu'il doit freiner. Qu'il ne doit pas s'emballer. Qu'il leur fait toujours peur avec ses conneries. Qu'il a toujours l'air d'un animal assoiffé et que ça les effraie. D'ailleurs il l'appellera ce soir. Ou même demain.

Il entre dans la salle. Il reste des tables non débarrassées. Et le sol est dégueu. Il faudra aussi installer la terrasse. Dehors le soleil a émergé du massif. La luminosité lui casse la tête. Tout étincelle à vous vriller le crâne. Et la mer lui crame direct la rétine. Il la sent se consumer. Peut-être même qu'elle va fondre. Il ferme les yeux un moment. Les frotte pour effacer la brûlure. L'air est bourré d'algues et de fonds sous-marins. Il a l'impression de sniffer du sel. Parfois être là, à cet endroit précis, ça ressemble presque au bonheur. Il a l'impression de se fondre dans tout ça. L'étendue d'eau saline. Le sable constellé de coquillages et de grains de mica. La résine qui suinte des pins. Parfois il prend conscience d'à quel point il appartient à tout ça. D'à quel point il y est lié. Parfois il se dit qu'atteindre une sorte de sagesse ce serait tellement facile. Qu'il pourrait presque devenir un mec bouddhiste, zen. Qu'est-ce qui cloche chez lui ? Qu'est-ce qui l'a toujours empêché d'être exactement ce qu'il savait devoir être ? Qu'est-ce qui le pousse depuis toujours à faire un pas de côté ? Et le mauvais de préférence. À croire qu'au fond de lui il y a comme un goût pour le ratage. Comme si on avait bousillé un circuit à la base et que ça lui brouillait l'esprit à la moindre occasion. Il garde les yeux fermés et tout s'inverse. Le bruit de la mer se retire et il n'entend plus que l'arrière-plan. Le chien qui aboie toujours comme un con et les voix des types qui fouillent un peu partout. Il sort par la terrasse et se dirige vers les pins. Traverse l'espèce de petit bois qu'ils forment serrés les uns contre les autres par-dessus la terre orange et constellée d'aiguilles brûlées. Derrière c'est plus que des arbustes et des rochers plantés n'importe comment jusqu'à la route, à deux kilomètres de là. Il n'a même pas besoin de se fier aux voix et aux cris du clébard. Il sait parfaitement où ils sont. Il hâte le pas. De la sueur perle à ses tempes. Pourquoi il sue toujours comme ça ? Quelle que soit la température. Dès que son cœur s'emballe ça perle à la racine des cheveux. Comme s'il avait de la fièvre.

Le chien est là, à trépigner comme un débile. Et ils le regardent en se marrant. Il gratte la terre ce con.

— Marrant ce clébard, fait un des flics.

— Ces chiens dès qu'ils sont loin de leur maître ça les rend marteaux, répond Grindel.

Et ils font demi-tour et laissent Chet creuser dans la poussière. Jeff se tire lui aussi, retourne au restaurant. Ce n'est pas de gaieté de cœur mais il sait ce qu'il lui reste à faire. Cette nuit il les changera d'endroit. Il a déjà une idée. Derrière la vieille citerne. Dans le coin des sangliers. Rien que d'y penser il a envie de vomir. Dans quel état vont être ces deux types ? Au bout de combien de jours ça devient vraiment immonde là-dessous ? À quelle profondeur devra-t-il creuser pour être tranquille ? Jamais assez profond mon pote. Jamais assez profond. Il voit déjà la scène. Les deux corps au fond du trou. Et le chien attaché avec eux. Il fera nuit. Il ne verra pas les yeux de l'animal l'implorer quand il lui enverra les premières pelletées de terre à la gueule.

23

Antoine

Il sent son cœur battre dans sa tête. Ça et son souffle, ça prend toute la place. Le bruit des verrous, les murs de béton et les fenêtres barrées de grilles de fer, ça passe. Les mecs qui discutent sur les bancs, les autres qui courent un ballon à la main entre les deux panneaux de basket, ça passe. Les surveillants, le goût de merde qu'il a toujours dans la bouche et tout ce qui lui bouffe le ventre et lui ronge le sang, ça passe. Ça finit toujours par passer. Il court et au bout d'un moment il n'entend plus que son cœur battre. Sa vue se trouble et tout se brouille en une bouillie grise plus ou moins lumineuse en fonction du soleil. Parfois tout se fond dans une grande masse argentée. Le jugement qui approche et le temps qu'il va devoir tirer ici ou ailleurs, dans une autre prison une autre région d'autres cellules une autre cour derrière d'autres barreaux, il oublie. Marion et Nino, il oublie. Il court jusqu'à l'épuisement. S'est mis à la boxe. Soulève de la fonte. Jusqu'à ce que tout son corps brûle. Que son cerveau soit réduit en cendres. Il n'a jamais connu d'autre méthode. Les pompes dans la cellule.

Jusqu'à devenir marteau. Et rendre les autres à moitié dingues. Qu'ils aillent se faire foutre. De toute façon il n'est pas certain de tenir. Faudra bien que tout ça cesse un jour. Des fois il aurait préféré ne jamais se réveiller. Des fois il aurait préféré rester avec sa mère, là-haut, ou en bas, quelque part il ne sait pas où, un endroit blanc comme un concentré de lumière, une étendue neigeuse où t'as pas froid, un désert de glace à vingt degrés Celsius.

Un surveillant gueule son nom. Parloir ! Ce mec l'a à la bonne. Il était toujours au stade avant. Lui parle de l'équipe à la moindre occasion. Dommage qu'ils aient tiré le PSG. Dommage qu'Antoine n'ait pas été remis à temps. Dommage qu'il ait merdé comme ça. Ils se sont pris 4-0. Ibra fois quatre. Putain quand même c'était quelque chose. Ils ont joué à Nice parce que le stade était trop petit pour un truc pareil. S'il avait vu ça. Le stade bondé de Parisiens déchaînés. Ibra en personne qui les toisait tous comme de vulgaires moucherons. Un carnage. Ils ont tenu une mi-temps quand même. Une mi-temps face à des types pareils ce n'était pas rien. À onze en défense. À se ruer sur chaque ballon comme des morts de faim. Au bout de quarante-cinq minutes ils étaient complètement lessivés. Alors que les autres avaient juste l'air d'avoir terminé leur échauffement. À la reprise ils ont commencé à jouer. Fallait voir. Couraient deux fois plus vite. Tiraient deux fois plus fort. Des pieds comme des aimants attirant le cuir. Le type espère au moins que les Parigots remporteront la finale. Que l'honneur sera sauf. Parce que pour le reste, depuis c'est un désastre. Les mecs sont plus là. Ont perdu trois matchs d'affilée. La montée en Nationale c'est foutu.

— Tu vas voir que l'an prochain, sans toi ils vont redescendre. Si ça continue comme ça. Les mecs si tu les voyais on dirait qu'ils ont été vidés une fois pour toutes. Comme des foutus poissons. Ils agonisent sur le terrain. Promènent leurs yeux dans le vide. Comme s'ils s'étaient réveillés d'un rêve trop beau et qu'à côté la vie leur semblait tellement fade qu'ils n'y avaient plus goût.

Antoine l'écoute philosopher tandis qu'il ouvre et referme les grilles les unes après les autres. Qu'ils longent les cellules jusqu'aux salles communes. Les douches. Après une grille encore la bibliothèque. L'infirmerie. Encore une grille et c'est la salle des surveillants, les bureaux de la direction. À droite les parloirs. Il dégouline de sueur, pue l'ours mort à cent mille lieues à la ronde. Il aurait aimé prendre une douche. Pas se présenter dans cet état. Surtout si c'est Sarah. Ou même Marion.

— Au moins on peut dire que t'as de la visite mon pote. C'est beau d'avoir tant de gens autour de soi.

Peut-être qu'il a raison au fond. Peut-être que c'est comme une leçon. De voir tous ces gens tenir à lui à ce point. Malgré ce qu'il leur fait subir. Malgré le nuancier complet de couleurs qu'il les contraint de contempler depuis qu'il est tout môme. À commencer par son père. Qui a encore pris dix ans. Comme si c'était possible.

Les rides creusent des sillons si profonds à certains endroits de son visage qu'on se demande si elles ne vont pas finir par toucher l'os. Il a encore maigri. Il dit qu'il s'occupe du petit. Qu'il faut qu'il arrête de déconner. Que Nino réclame de le voir, qu'il a compris ce que c'était qu'une prison, qu'on lui a expliqué pourquoi il était là et qu'il n'en démord pas. Ils le font tous chier avec ça. Louise évidemment. Et même Éric depuis qu'ils se sont mis ensemble. S'il n'était pas de l'autre côté de la vitre, sûrement qu'il lui casserait la gueule. Même si casser la gueule du premier venu ne lui a pas vraiment porté chance dans sa vie. Même si ça ne l'a pas mené bien loin. Entre quatre putains de murs. Pas bien loin, non. Depuis qu'il se prend pour son beau-frère Éric vient tous les deux jours. Parfois avec Louise. Parfois sans. Il a pris Nino sous son aile. Et il parle. Ça putain pour parler il parle. Il déverse sur Antoine un flot de paroles ininterrompu tout le temps que dure le parloir. Certaines fois il endosse le costume du coach. D'autres celui du grand frère. Parfois Antoine a envie de l'envoyer bouler. Il se fout de sa gueule. Répond Yes coach. L'appelle coach Taylor. Comme le type de *Friday Night Lights*. Mais la référence a l'air de lui passer bien au-dessus des oreilles. Je ne regarde pas la télé, il dit. Moi non plus pas trop mais là tu rates quelque chose mon pote. À force il s'y est mis. Au fond ça ne lui déplaît pas de s'identifier à coach Taylor. Du coup il le surnomme Antoine Riggins. Comprenne qui pourra. Des histoires de foot américain. Rien d'important.

Ils peuvent toujours le tanner en tout cas. Le petit ne viendra pas le voir ici. Point barre. Ce n'est pas un endroit pour lui. Pas question qu'il voie son père au milieu de ce ramassis de losers mis en cage par des types qui ne valent pas mieux. C'est ce qu'il leur répète à chaque fois ; même si la vérité c'est que ça le déchire tellement d'avoir fait ça à Nino, de penser à la suite, à ce que ça implique, qu'il n'a juste pas la force d'affronter son regard. Et d'y voir tout ce qu'il a ruiné. Le désastre qu'il a semé.

— Et si t'en prends pour perpète ? Hein ? Ça va se passer comment ? Ton fils va juste devoir considérer qu'il a plus de père ? Antoine, merde.

Louise a toujours les larmes aux yeux quand elle le sermonne comme ça. Il sait que cette fois il l'a mise en pièces. L'a détruite. S'il n'y avait pas Éric et le mignon petit appartement qu'ils viennent de louer. Si son tocard de routard n'était pas quelque part sur les routes, au fin fond de la Pologne ou ailleurs, loin d'elle à jamais, elle aurait pu craquer tout à fait. Le laisser tomber lui aussi, si ça se trouve. Mais c'est comme ça. Le bonheur donne des forces. C'est comme les épinards.

Sarah, elle, est plus optimiste quand elle vient. Elle dit qu'il va s'en sortir. Que le juge va considérer les circonstances atténuantes. Ses addictions, l'agression qu'il a subie, le coma. Son compréhensible sinon excusable besoin d'explication, de confrontation avec le type qu'il croyait d'une manière ou d'une autre responsable. Comment ça a dérapé. Le côté involontaire de la chose. L'emprise des médicaments, le poids des séquelles. Traumatisme, circuits neuronaux. Tout le bordel. Tout un bataillon d'experts est sur le coup. Antoine hoche la tête. Mais la vérité c'est que Florian est mort. Et que maintenant sa gentille fiancée se retrouve seule au monde avec un gamin qu'il aurait dû voir grandir. La vérité c'est que tout ça c'est un tel gâchis, une horreur tellement totale, qui repose sur tant d'erreurs et une telle montagne de conneries qu'une part de lui ne peut pas s'ôter de la tête qu'il a mérité ça. S'il a pu être assez con pour aller chercher ce type à la sortie du stade. S'il a pu être assez bourré pour le provoquer quand l'autre n'arrêtait pas de répéter qu'il n'y était pour rien, que ça n'avait rien à voir avec le match, que si jamais des types s'étaient mis en tête de le venger lui n'était pas au courant et qu'il avait passé des jours entiers à interroger tout le monde à se renseigner partout, personne n'avait rien à lui dire. Si ça avait été lié au club, aux joueurs aux supporters, ça aurait fini par fuiter et il l'aurait su. Il déblatérait son truc mais de toute façon Antoine ne voyait rien n'entendait rien, il était en feu et de la bouillie rouge lui voilait le regard et le cerveau. Il a fini par lui décocher une droite et le type est mal retombé et merde, depuis quand on peut crever comme ça en tombant en arrière contre le rebord du trottoir ? Depuis quand le filet de sang qui s'écoule alors de l'arrière du crâne ça suffit à vous vider de toute votre vie, à faire de vous rien de plus qu'un sac d'os et de chair déjà pourrissante ? Ce qu'il voudrait bien savoir aussi c'est qui lui a fait ce double coup de pute. S'il y a quelqu'un quelque part qui s'est dit, Tiens celui-là on va bien se foutre de sa gueule. S'il y a quelqu'un qui s'est amusé à régler son cerveau sur la mauvaise fréquence et à le remettre sur la bonne juste après. Une fois ce pauvre type mort et le bébé orphelin. Une fois au trou. Putain. Ça ne pouvait pas remonter plus tôt ?

Il s'assied face à la vitre et en face c'est Jeff. Il est un peu déçu parce qu'il espérait Sarah, même s'il ne comprend pas bien le temps qu'elle passe ici en face de lui, même si de la voir décomposée, comme s'il était son gentil mari foutu en taule, sans pouvoir la prendre dans ses bras et lui fourrer la langue entre les dents ou même ailleurs des fois ça lui fait plus de mal que de bien. Il n'arrive pas à savoir. Quel genre de film elle se fait dans sa tête. Dans quelle putain de série elle se croit. À lui dire qu'elle a trop longtemps refusé de voir l'évidence. Qu'ils devraient être ensemble. Qu'ils sont faits l'un pour l'autre. Attends. C'est maintenant qu'il est en taule, maintenant qu'il a tué un type par désir bestial d'une connerie plus qu'épaisse de vengeance de merde. Oh. Sérieux. C'est quoi ce délire ?

— Ça va mon vieux ?

— Fait aller.

— T'as vu Grindel ?

— Ouais. Hier.

— Qu'est-ce qu'il voulait ?

— À ton avis. En savoir plus sur ce qu'il a vu dans le dossier et qui n'avait pas été porté à sa connaissance, il a dit.

— Et tu lui as raconté quoi ?

— La même chose qu'à l'avocat... Je suis désolé Jeff. Je sais que j'ai merdé. Mais putain je te jure que s'ils mettent la main sur les types qui m'ont fait ça j'irai pas chialer.

— Tu lui as dit quoi exactement ?

— Juste que depuis que j'étais ici la mémoire revenait par petits bouts. Que des images venaient se fixer. Que c'était encore rien qu'un foutu puzzle mais que je peignais quand ces types étaient arrivés et s'étaient mis à vider leurs bidons autour des caravanes. Qu'ils ressemblaient ni de près ni de loin à Florian. Que je leur avais demandé ce que c'était que ces conneries et qu'ils avaient attrapé des battes. Et s'étaient mis à me courir après. Et bang. Rien d'autre.

Jeff a l'air tellement éparpillé en face de lui. Tellement désemparé que parfois Antoine se demande qui est de quel côté du parloir. Ce type lui a sauvé la vie, merde. Ce type lui a sauvé la vie et il s'en veut encore d'il ne sait pas quoi. D'être arrivé trop tard ? D'avoir laissé déguerpir ces types ? De pas avoir été foutu de se débarrasser du flingue avec lequel il les a menacés ? De l'avoir flanqué sur un banc devant l'hosto au lieu de le déposer bien proprement ? Mais merde. Qu'est-ce qu'il pouvait faire de plus ? Après, qu'il s'en fasse comme ça, Antoine peut bien le comprendre. Au début il ne voulait rien dire. Ne rien porter au dossier. De toute façon c'étaient juste des images qui se fourraient dans son crâne. Qui disait qu'elles valaient plus que les autres ? Et puis ça restait trouble. Et quand Grindel lui a remontré les photos des deux types de l'entrepôt, le fameux Freddy et son pote Lucas, franchement il n'a pas su dire. Ouais peut-être que c'est eux. Peut-être que non. Mais plutôt non. Dans sa tête les visages étaient flous mais il n'avait pas l'impression qu'ils pouvaient ressembler à ça. Et encore moins à Florian. Ça il en est certain. C'est trop tard mais il en est certain maintenant. Sûr qu'il ne lui rend pas service à Jeff. Qu'il ne lui rend pas vraiment la monnaie de sa pièce. Mais merde. Il ne va quand même pas laisser ces types s'en tirer aussi facilement. Grindel a dit : Il me faut tout. Tout ce dont on dispose. Le moindre détail peut jouer. Et quand Antoine a fini par cracher le morceau il a dit : Intéressant. Les deux types. Les bidons. Intéressant. Rien de plus. En tout cas suffisamment pour qu'il rouvre l'enquête. Mais Antoine n'a pas mentionné Jeff. Au pire ça le touchera indirectement. Parce que si les types ont voulu mettre le feu au camping de Perez ça veut dire que c'était vraiment un truc crapoteux, qu'ils vont devoir fouiller dans les affaires du gros et que forcément on trouvera des trucs pas nets et ça c'est bon pour personne. Et surtout pas pour ceux qui comme Jeff travaillent pour lui. De près ou de loin.

— Dis, t'as retrouvé Chet ?

— Non mec. Il s'est évaporé. Il doit chasser le sanglier dans le maquis derrière. Ou peut-être bien qu'il rôde par ici. Il paraît que les chiens peuvent retrouver leur maître n'importe où.

— Ouais. Peut-être même qu'il creuse un tunnel.

Antoine se marre mais il y a que lui. Des fois il ne sait pas trop ce qui se passe dans la tête de Jeff mais il y a des sujets qu'on aborde, des phrases qu'on prononce et qui ont le pouvoir de le mettre en pièces immédiatement. De lui faire monter les larmes en trois secondes chrono.

— Qu'est-ce qu'il y a ? J'ai dit une connerie ?

Jeff regarde sa montre. Il doit partir. Le restaurant est ouvert aujourd'hui. Il doit dresser la terrasse. Dehors c'est le plein été. Des masses de touristes. Y a du monde cette année. C'est bien. Y a du monde.

— Allez vieux, prends soin de toi.

— Toi aussi mon pote.

— Jeff ?

— Ouais.

— Dis-moi juste. Les deux types avec leurs battes.

— Quoi ?

— Ben je sais pas. Ils se sont évaporés eux aussi ?

Jeff ne répond pas. S'en va et laisse Antoine sur sa chaise. Dans son dos le surveillant lui fait signe qu'il est temps de regagner sa cellule. Antoine se lève. Foutu puzzle de merde. Il voudrait bien que tout colle un peu. Histoire d'avoir l'esprit clair. Il sent bien que Jeff ne lui dit pas tout. Qu'il se reproche un truc. Qu'il se torture l'esprit. Et tout ce pognon qu'il a filé au vieux pour Nino. Quand Antoine est sorti de l'hosto son père a voulu le lui rapporter mais

Jeff n'a rien voulu entendre. Il a encore fait sa bonne vieille crise de panique. Ses trucs de psycho. Quand il est comme ça il fout vraiment les jetons. Vraiment.

Antoine regagne sa cellule. Se dit qu'il ne va pas pouvoir moisir ici trop longtemps. Qu'il faudra bien qu'il trouve une solution à un moment ou à un autre. Et vu ce qu'il risque de prendre il n'en voit pas des masses. Il s'allonge sur sa banquette. Voudrait juste être auprès de sa mère. Et lui demander pardon. Pardon. Pardon d'avoir toujours tout gâché. Pardon de n'avoir jamais été à la hauteur. De rien. De ses dons. De la tendresse qu'on lui prodiguait. De la confiance qu'on lui accordait en dépit de tout. Pardon d'avoir merdé. À ce point. Dans les grandes largeurs.

Table

11208

Composition
NORD COMPO

Achevé d'imprimer en Espagne
par BLACKPRINT CPI IBERICA
le 19 juillet 2015.

Dépôt légal juillet 2015.
EAN 9782290109502
OTP L21EPLN001785N001

ÉDITIONS J'AI LU
87, quai Panhard-et-Levassor, 75013 Paris

Diffusion France et étranger : Flammarion